Eva Klingler

KÖNIGS-
DRAMA

Eva Klingler

KÖNIGS-DRAMA

Kriminalroman

KRIMI IM GMEINER-VERLAG

Bibliografische Information
der Deutschen Bibliothek
Die Deutsche Bibliothek verzeichnet diese
Publikation in der Deutschen Nationalbibliografie;
detaillierte bibliografische Daten sind im Internet
über http://dnb.ddb.de abrufbar.

Besuchen Sie uns im Internet:
www.gmeiner-verlag.de

Im Ehnried 5, 88605 Meßkirch
Telefon 0 75 75/20 95-0
info@gmeiner-verlag.de

1. Auflage 2006

Lektorat: Claudia Senghaas, Kirchardt
Umschlaggestaltung: U.O.R.G. Lutz Eberle, Stuttgart
Unter Verwendung eines Fotos von photocase.de
Gesetzt aus der 9,6/13 Punkt GV Garamond
Druck: Fuldaer Verlagsanstalt, Fulda
Printed in Germany
ISBN 13: 978-3-89977-666-9
ISBN 10: 3-89977-666-6

Alle Personen und Namen sind frei erfunden.
Ähnlichkeiten mit lebenden Personen sind zufällig und nicht beabsichtigt.

Meinen Eltern, die mich das Lesen gelehrt haben!

MACBETH

Die schottischen Edelmänner Macbeth und Banquo haben sich als Feldherren im Kampf hervorgetan und werden von König Duncan belohnt. Macbeth wird zum Than von Cawdor ernannt. Damit wird eine Prophezeiung wahr, die ihm drei Hexen am Strand gemacht hatten. Diese Prophezeiung beinhaltete auch die Königswürde und nun wird Macbeth gierig nach deren Erfüllung. Allerdings besagte die Prophezeiung auch, Banquo werde Stammvater vieler Könige werden.

Lady Macbeth – ehrgeiziger und stärker als ihr Mann – kann und will es nicht abwarten, bis sie Königin ist. Sie stiftet ihren Mann dazu an, König Duncan bei einem Besuch in ihrem Schloss zu ermorden. Er zögert, sie tut es schließlich selbst.

Die Söhne des Königs fliehen nach England und Irland, sodass Macbeth den Mordverdacht auf sie lenken kann. Doch nun soll auch Weggefährte Banquo als Zeuge der Hexenprophezeiung sterben ebenso wie dessen Sohn Fleance. Letzterem gelingt die Flucht. Banquos Geist erscheint darauf bei einem Bankett als Mahner.

Von nun an geht es abwärts. Macbeth wird von Angst geschüttelt, weitere sinnlose und überhastete Morde folgen, so an der Familie des Adeligen Macduff. Lady Macbeth verfällt über all diesen Untaten dem Irrsinn.

Immer schneller rollt die Lawine abwärts.

Die um Rat aufgesuchten Hexen prophezeien nichts Gutes. Doch Macbeth sei sicher – Gefahr drohe ihm nur von einem Mann, der nicht von einer Frau geboren sei, und dann, wenn der Wald von Birnam auf das Schloss zukäme. Eine scheinbar irrwitzige Vorstellung.

Doch beides trifft ein: Macduff kehrt zurück, um sich zu rächen – er wurde durch Kaiserschnitt entbunden – und die das Schloss von Macbeth erobernden Soldaten tarnen sich mit Zweigen aus dem Wald von Birnam und rücken auf Macbeth Festung zu, der im Kampf sterben muss.

Die göttliche Ordnung ist so wiederhergestellt.

Vorspiel 1

Ich liebe deine Augen, ein Bedauern les ich Verschmähter drin. (Sonett 82)

Straßburg, April 1575

Draußen auf den engen Gassen heulte irgendwo ein Hund, der Mond war fast voll gerundet und schien durch die karierten Vorhänge direkt in seine Kammer hinein.

Diese lag ganz oben in einem sehr hohen Haus, das bis unter das Dach mit Wohnungen belegt war.

Er legte die Arme unter den Kopf, öffnete den ersten Knopf seines feinen Nachthemdes und dachte, dass es eigentlich ein langweiliger Abend gewesen sei. Sturmius hatte gewünscht, dass er verschiedene Leute kennen lernte, mit denen er zu tun hatte. Nun, die Königin bezahlte ihn schließlich auch recht großzügig für seine Dienste auf dem Kontinent.

Sie gehörte nicht in den Haushalt von Sturmius, war die Tochter von Freunden, die im Stadtviertel über dem Fluss wohnten. Jemand machte eine Anspielung, es seien eigentlich Hugenotten aus Nancy, die dort gefährlich lebten und sich nun hier mit noch ein paar anderen Familien angesiedelt hätten. Dieses Massaker, von dem man gehört hatte, lag nicht lange zurück. Was sie war – gleichgültig, sie hatte die herrlichsten dunklen Augen, die er je gesehen hatte. Und er liebte dunkle Augen. Dunkle Frauen.

Rasch verdrängte er den wärmenden Gedanken, wusste aber mit einer süßen Erwartung, dass er davon träumen würde.

Sturmius hatte schlecht französisch gesprochen, immer wieder kamen ihm deutsche Ausdrücke dazwischen. Schließlich hatten sie die lateinische Sprache benutzt.

Er wälzte sich auf seinem Lager. Es roch nach Holz, nach Kohle und nach frisch gewaschenem Bettzeug. Seine Gedanken wanderten zurück zum Abend. Es war ganz hübsch im Elsass – ein zu Hause ziemlich unbekannter Landstrich – der Rhein war in der Nähe, ein Fluss, dessen Name man immer mit Respekt aussprach.

Sturmius. Er grinste. Ein Fanatiker. Immer bereit, eine Rede gegen Rom zu halten. Ein humorloser Bursche. Und dann hatte er ihm noch von einem Mann namens Ulrich von Hutten, einem Freund Luthers berichtet, von dem er überhaupt noch nie etwas gehört hatte. Aber offenbar wurde erwartet, dass er zumindest ein wissendes Gesicht machte. Er lächelte. Nun, die Kunst der Verstellung beherrschte er seit Kindesbeinen. Wer am Hof der Königin überleben wollte, der tat gut daran, nicht zu sagen, was er dachte, und nicht zu sagen, was er tat.

Die morschen Hölzer in der kleinen Stube knackten ein wenig.

Er dachte befriedigt, dass es wenigstens interessant gewesen war, diese Uhr im Münster zu sehen. Ein Machwerk! Zur vollen Stunde tat sich an dieser Uhr einiges – ein Hahn krähte, Figuren liefen umher. Zweimal musste er sich das anhören, dann wurde ihm langweilig. Bei dieser Exkursion war sie schon dabei gewesen, es war kühl und regnerisch, sie trug einen langen Mantel mit einem Umhang. Sie sah aus wie eine Sarazenin. Kein Wunder, dass er den Kopf verloren hatte.

Und am Abend hatte es diesen Wein gegeben, den sie hier schon mittags tranken und der ihm eigentlich zu sauer war. Um nicht als zu fremdartig zu gelten, verzichtete er darauf, Zucker hineinzurühren, wie es zu Hause üblich war. Gespräche waren hin- und hergeflogen, auch in diesem merkwürdigen Dialekt, den sie hier sprachen und der wohl mehr wie Deutsch klang, härter als das melodischere Französisch. Doch bei ihr hörte sich auch diese knorrige Sprache reizend an. Sie lief immer wieder hinaus in die einfache Küche und holte grobes Brot und einen in Lake schwimmenden weißen Käse. Und natürlich wieder Wein.

Die Stimmung wurde immer besser, man sprach über *sein* Land und *seine* Stadt, über den Handel und die neue Welt, die Schiffe und über die vielen Vergnügungen, die sich da boten, vor allem die Theater. Jeder würde wohl gemerkt haben, wie ihn dieses Thema faszinierte. Er sprach und sprach und Sturmius runzelte die Stirn, nicht ganz geheuer schienen ihm wohl diese allzu weltlichen Vergnügungen. Und dann hatte er weinselig und unvorsichtig davon berichtet, dass er selbst gerne Verse schreibe und sich auch an Stücken versuchen wolle. Ein Stück von zwei Liebenden, die an ihrer Liebe starben – er hatte eine solche Geschichte gelesen – und etwas, das in Italien spielen würde. Italien, das Land seiner Sehnsucht! Und von den Herrschern seines Landes. Aber die Königin, sie schätzte es nicht, wenn man Stücke schrieb, anstatt sie anzubeten und ihr zu dienen. Und schon gar nicht sollte man damit Geld verdienen.

Nicht einer wie er. Er seufzte. Er müsste eines Tages einen Weg finden, diese Leidenschaft zu befriedigen.

Er richtete sich auf, trat mit nackten Füssen zu dem winzigen Fenster und versuchte auf die dunkle, nicht einmal von Fackeln erhellte Straße zu spähen. Ein rückständiges Land. Er seufzte. Dann kam ihm wieder ihr hübsches Gesichtchen in Erinnerung. Obwohl sie immer wegsah, wenn er ihren Blick suchte und seine Berührung mied. Doch seine eigene Frau war weit weg, wie lange hatte er sie nicht mehr gesehen. Und wer weiß, was sie tat, in seiner Abwesenheit. Kummer schlich sich in sein Herz.

Er setzte sich hin, nutzte den Schein des Mondes, der auf den wackligen Tisch fiel, holte seine Feder hervor, tauchte sie in die Tinte, die er, eigentlich ein Luxus, immer mit sich führte, und begann für sie zu schreiben – *das Todesurteil für eine andere Frau viele Jahre später.*

Vorspiel 2

Der Teufel selber könnte nichts verkünden, verhasster meinem Ohr!
(Macbeth 5. Akt, 7. Szene)

Mannheim, März 2005.

Sie hatte von Anfang an kein gutes Gefühl gehabt bei dieser Verabredung. Aber der Ort im Wald war ihr durchaus bekannt, in der Wärme der Gaststätte konnte man sich gut unterhalten.
Sie hatte das Auto vorne geparkt und war eilig an den Treffpunkt gelaufen.
Man hatte sich mit Küssen begrüßt.

Doch die Gaststätte war zu. Geschlossen.
Erstaunen.
»Gehen wir ein paar Schritte!«
Sie waren spazieren gegangen, obwohl es schon beinahe dunkel war.
Sie hatten gesprochen.
Über ihn.
Und über den anderen.
Ihr Gegenüber setzte sich auf die Schaukel.
»Komm doch auch! Ich stoße dich an!«
Man sprach weiter.
Die Stimmung wandelte sich.
Das Gesicht ihr gegenüber – plötzlich verzerrt!
Dann ein Schrei!
Ihr eigener?
Nur noch ein Gurgeln.
Und als sich der Strick um ihren Hals legte, unbarmherzig und der Wald zu tanzen begann, gar auf sie zuzukommen schien, da dachte sie nur, da wollte sie noch sagen:
»Ich überlege es mir noch einmal. Wirklich! Halt!«
Doch es war zu spät.
Die Schaukel wiegte sich im Wind.
Sie war tot!

1

Welch Eilen deutet uns sein Blick! So müsste der blicken, der von Wundern melden will
(Macbeth 1. Akt, 2. Szene)

Samstag, 9.01. 2005. Nachmittag, Straßburg.

»Was mache ich eigentlich hier? Ich habe ein eigenes Studio in Mannheim. Ich bin gefragt. Führe sogar eine Warteliste. Na ja, ich *könnte* zumindest eine führen. Das ist ja nicht verboten, oder? Ansonsten – bin ich attraktiv, witzig und mit etwas Glück hätte ich heute Abend eine Verabredung gehabt!«

Alicia sah sich um.

Sie stand in Straßburg vor dem Münster. Es herrschte kaltes feuchtes Winterwetter. Kein Klima für eine mittelalterliche Stadt, wo die Winde wirbelnd durch die engen Gassen pfeifen und sich alle auf dem Platz vor dem Münster zu treffen scheinen.

Sie steckte sich eine Gauloise an. Was also tat sie hier? Vor sich eine Staffelei, neben sich eine Blechbüchse für Geld oder auch Trinkgeld?

Alicia Aherne, 36 Jahre alt, hellblaue Augen, eine gerade, kurze Nase, auffallend mit ihrer schwarzen Lockenpracht, ganz schlank in ihren verwaschenen tief sitzenden Jeans und einem flaschengrünen Flohmarktpullover, strich flüchtig über das grobe Papier vor ihr und sah nach oben. Bleifarbene Wolken. Die Spitze der Kirche schien ins Endlose zu ragen. Ein dicker grauer Regentropfen fiel auf ihr leeres Blatt, doch er blieb glücklicherweise ein Einzelgänger.

Vielleicht war der Grund Nostalgie und Heimweh nach Straßburg? Sehnsucht zurück nach einem anderen verrückteren und jüngeren Lebensgefühl? Oder war es der Wunsch einfach mal wieder auszubrechen aus der Puppenstube, in der sie mit ihrer allzu biederen ordentlichen Schwester in einer Mannheimer Wohnung lebte.

Doch musste es gleich wieder eine Straßenmalerin auf Kundenfang sein?

Hätte man Alicia Aherne gesagt, dass sie eines Tages wieder wie früher – seinerzeit war der Schauplatz allerdings das Seineufer in Paris gewesen – nach zahlenden Modellen Ausschau halten würde, um dann endlich glücklich einen deutschen Dackel im Angesicht des Straßburger Münsters zu malen, hätte sie den Sprecher keines Blickes gewürdigt, sondern sich mit einer ihrer hochfahrenden temperamentvollen Gesten abgewendet. Vielleicht hätte sie auch noch ihren kleinen Mund, der angeblich haargenau die Form eines Herzens hatte, amüsiert verzogen.

Denn von der Form des Mundes auf die Gutherzigkeit seiner Besitzerin zu schließen, wäre in Alicias Fall fatal. Hätte sie nämlich den Mund, der zu ihr passte, wäre es eher das launische, sich zu einem Gähnen öffnende Mäulchen einer Katze. Alicia liebte Stimmungen und gab ihnen nur zu gerne nach.

Noch mehr liebte sie die Freiheit und sie diente niemandem, außer sich selbst. Sie konnte auch durchaus einen Auftrag ausschlagen, wenn ihr das Gesicht unsympathisch war.

Doch zurück zum Dackel, der von jemandem gemalt

werden wollte. Durch die Erkrankung einer von Alicias eifrigen Schülerinnen, die sich gerne in Straßburg etwas hinzuverdiente, war das eigentlich Unvorstellbare Wahrheit geworden.

So stand sie heute hier, an diesem viel zu kühlen Januarmittag, zusammen mit einigen Kollegen, wovon fast hundert Prozent bekennende Rotweintrinker waren. Eine Tatsache, die sich an der dunkelgrünen Flasche rechts von ihrem Farbenkasten manifestierte. Neben sich das stattliche Gebäude der Post, das Münster fest im Blick und in ihrem Rücken die bunte Reihe von unsäglichen Andenkengeschäften mit ihren vor dem Laden im Wind schaukelnden Stoffstörchen in allen Formen und Farben. Der Auftrag war nicht schlecht, wenn man hier sein Geld verdiente oder verdienen musste. Die anderen Straßenmaler hatten sie sogar um das Tier beneidet, denn es ist netter einen Dackel darzustellen, wie er nun mal aussieht, mit Falten und Triefaugen, als genau diese Eigenschaften an einer vollschlanken Touristin mittleren Alters zu retuschieren oder einen sehr weichen Bleistift zu benutzen, dessen Strich die Spuren der Jahre fast bis zur Unkenntlichkeit besänftigte.

Alicias schauspielerische Fähigkeiten kamen ihr dabei gut zu Hilfe.

»Reizender -und!«, sagte sie in einem gespielt gebrochenem Deutsch ohne das h zu sprechen, denn das gefiel den deutschen Touristen so gut. Es gab ihnen, die sie gerade mal die Nase über die Grenze gestreckt hatten, das Gefühl richtig in Frankreich gewesen zu sein.

Natürlich war Alicia niemand, der sich anbiederte – im Gegenteil – aber jenes kleine Tröpfchen Theaterblut in ihr liebte es eine Rolle zu spielen. Aber natürlich nur eine, die ihr gefiel. Sie sprach perfekt Deutsch, las meistens deutsche Bücher und Zeitschriften und liebte gefühlvolle deutsche Literatur beinahe mehr als die französische, die so oft an die Vernunft appellierte. Darüber ärgerte sie sich – sie wollte ihre französischen Wurzeln nicht ausdünnen lassen, aber es war eben so. Für das Gefühl scheint im Leben die Muttersprache verantwortlich zu sein, dachte sie manchmal.

Alicia legte letzte Hand an die Augen. Die machte sie immer zuletzt. In den Augen lag das eigentliche Wesen.

Das Porträtmalen hieß jeden Tag ein Stückchen Unsterblichkeit schaffen, denn die Porträts würden gewiss nicht rasch weggeworfen, sondern lange in den Familien aufgehoben. Für Generationen manchmal.

Und Familienerinnerungen können langlebig sein.

Wie langlebig und dass sie auch ein Leben vernichten können, davon wusste sie an diesem Samstag noch nichts. Noch war das Wort ›Mord‹ für sie ein Begriff aus Kriminalromanen oder aus der Zeitung, ein abstrakter Begriff. Schnell weiterblättern. Das passiert anderen.

Ein letzter Strich. Ein zitterndes Haar. Das Bild war beinahe fertig.

Alicia liebte ihre Arbeit. Für einen kurzen Moment entstand zwischen ihr und ihrem Modell eine Beziehung. Sie fing seine Seele ein, und er schenkte sie ihr für eine Viertelstunde.

Alicia kannte die Privilegien ihres Berufs ebenso wie seine Schattenseiten. »Für mich ist Luxus, das machen zu können, worauf ich Lust habe. Mehr brauche ich nicht. Na gut, vielleicht noch ein Ericsson Handy. Und ab und zu ein paar hübsche, gesunde, bretonische Austern mit einem guten Glas Champagner.«

»Du hast wirklich Glück, dass du dieses Talent zum Leute-Abmalen hast! Das hast du von unserer Mutter!

Die konnte ja auch so wunderbar zeichnen«, pflegte Beate zu bemerken, »sonst müsstest du dich auch nach den Launen deines Chefs richten!« Dabei machte sie stets ein resigniertes Gesicht. »Oder deiner Chefin!«

Ein aktuelles Problem für Beate Aherne, die nur ein Jahr jünger war als Alicia, aber um so vieles hilfloser wirkte. Dazu trug auch ihre unangenehme berufliche Situation bei. Ein Netzwerk aus Unsicherheit und Bequemlichkeit, das abzustreifen und etwas ganz Neues anzufangen, ihr der Mut fehlte.

Beate hing beruflich gesehen an einem seidenen Faden, der sie wenn er zerriss, in die Arbeitslosigkeit fallen lassen würde. Dabei war sie doch so sehr auf Nummer Sicher gegangen – etwas das ihr bei der unsicheren Familiensituation, in der sie aufgewachsen war, über alles ging. Doch alles hatte sich ins Gegenteil verkehrt. Je mehr sie versuchte, eine feste Arbeitsstelle zu halten und ihr Bestes zu geben, desto weiter schien das Ziel zu schwinden.

Sie liebte Büchereien und war vorübergehend als Mitarbeiterin an der Ausleihe in der Stadtbibliothek beschäftigt worden. Stelle gestrichen. Neue Chance. Dort war sie dann auch arbeitslos geworden, als man bei dem Evangelischen Stadt-Museum, dessen Bibliothek sie verwaltet hatte, alle Jobs außer denen der Chefs kündigte.

Beate hatte sich beworben, jeden Tag ihren Berater beim Arbeitsamt angerufen, die Zeitungen durchforstet und passende Angebote ausgeschnitten, bis nur noch Konfetti übrig geblieben war.

Dann war der Schatten einer Chance aufgetaucht. Jetzt arbeitete sie seit einem Dreivierteljahr in der Pressestelle des Polizeipräsidiums und war vorübergehend zweite Verantwortliche für einen Bereich mit pompösem Namen aber wenig Geld und noch weniger Bedeutung. Hausinterne

Mitteilungen, Zusammenarbeit mit Schulen und anderen Bildungsträgern sowie Presse -und Öffentlichkeitsarbeit mit Frankreich.

Das Grenzüberschreitende hatte sie ihren beinahe perfekten Französischkenntnissen zu verdanken, aber eigentlich bestand daran insgesamt von beiden Seiten sehr wenig Interesse, sodass man die gesamte Kostenstelle bald auflösen würde.

Ingesamt war die Arbeit nicht uninteressant, wenn auch für jemanden mit zarten Nerven und Angstattacken in der Nacht nicht immer einfach. Ab und zu wurde sie zu den täglichen Besprechungen der Ermittlungsteams und Kommissionen gerufen, wo gelegentlich sehr hässliche Bilder von Menschen gezeigt wurden, die am Rande der Mannheimer Gesellschaft lebten und sogar von hier noch verdrängt werden sollten. Es ging nicht immer um Mord. Schlägereien und Vergewaltigungen waren fast schlimmer. Die Verletzungen waren brutaler. Dennoch – die Arbeit war geschützt in den dicken Mauern des alten Polizeipräsidiums von Mannheim und ihr Konto saugte nach Wochen der Unsicherheit das monatliche Gehalt nur zu dankbar auf.

Trotz allem hatte sie nur einen einjährigen Zeitvertrag, der im April auslief und auf dessen Ende sie starrte wie das Kaninchen auf die viel besungene Schlange.

Gemeinsam mit ihr wartete nämlich noch eine andere Kraft mit Zeitvertrag, Frau Weiß, Mutter einer bereits herangewachsenen Tochter. Die hatte irgendwann mal Bürokauffrau gelernt, wurde in einem ähnlichen Bereich wie Beate eingesetzt und hoffte ebenfalls auf die ersehnte Verlängerung. Dass es nur maximal *einen* längerfristigen Vertrag geben würde, war das weniger Erfreuliche an der Sache.

Jeder Fehler, jede Unaufmerksamkeit, jedes längere Fehlen schlug jetzt zu Buche. Ihre Chefin, Frau Spohr, die stellvertretende Leiterin der Öffentlichkeitsarbeit, mochte Beate nicht und schikanierte sie, wo sie konnte – und Beate war ein dankbares Opfer, denn sie lebte in dem ständigen Bewusstsein etwas falsch gemacht zu haben, wenn man sie nur scharf ansah.

Frau Iris Spohr hatte ihr Jurastudium abgebrochen, weil sie das erste von nunmehr insgesamt drei Kindern bekommen hatte, eine Tatsache, die sie unablässig subtil und weniger subtil ins Feld zu führen pflegte.

Unter ihr zu arbeiten, war die Hölle, aber die Hölle war warm und zahlte jeden Monat Geld aus, wohingegen die Arbeitslosigkeit kalt war und den sozialen Abstieg einläutete.

Allen drei Frauen war klar – die nächsten Wochen waren so etwas wie eine Probearbeitszeit! Beate war seit Jahresbeginn der Kriminalpolizei zugeteilt, feilte bis über die Bürostunden hinaus an Pressemitteilungen und Kurzzusammenfassungen der geleisteten Arbeit für die hausinterne Zeitschrift ›Blaulicht‹.

»Du hast ein Talent. Ich nicht«, war sie ihrer Schwester oft vor. Und die konterte dann meist: »Du bist ein Schaf. Talent ist der Fleiß und der Mut herauszufinden, was einem wirklich liegt und das dann auch durchzuziehen. Dazu sind die meisten zu bequem. Aber ohne mein so genanntes Talent würde ich nicht so eine angestaubte Dokumentenmaus werden wollen wie du. Ich würde etwas anderes machen.«

Beate hatte sich an die aggressive Argumentation ihrer Schwester gewöhnt. Darin war Alicia ihrem gemeinsamen Vater ähnlich, der von Mama jahrelang mit seinen besseren Eigenschaften totgeschwiegen worden war – eine davon war auch ihrer Schwester eigen: Alicia sagte, was sie dachte!

In Beates Büroalltag sagte kein Mensch, was er dachte. Sie sagten nicht mal genau das Gegenteil, von dem was sie dachten, das wäre ja noch verlässlich gewesen. Das, was sie sagten und das was sie dachten, gehörte manchmal offenbar in zweierlei Köpfe.

»Und was würdest du dann tun? Irgendjemand muss die Miete bezahlen.«

Alicia krauste die Stirn unter den schwarzen Locken.

»Na, Prostituierte! Edelprostituierte. Eine, die nur fürs Reden mit diesen verheirateten Männern bezahlt wird, denen im Büro keiner mehr widerspricht und zu Hause keiner mehr zuhört!«

»Dafür bezahlt niemand!« Beate seufzte.

»Du musst es ja wissen, mit deinem Reihenhaus-Casanova, Nein, nein, kommt darauf an, wie du das machst: Also – ich sitze da, elegant gekleidet, schwarzes Nadelstreifenkostüm, Netzstrümpfe. Mein Handy wippt ungeduldig in meiner Hand. Die kleine teure silberne Uhr tickt. Wenn er etwas sagen will, weise ich ihn kalt ab. »Was reden Sie für einen Unsinn. Überprüfen Sie Ihre Ansichten bitte noch einmal. Außerdem habe ich jetzt keine Zeit mehr. Eine Besprechung. Ich werde Sie anrufen. Aber fassen Sie sich in Geduld. Und nächstes Mal möchte ich Sie besser vorbereitet antreffen!«

Beate hatte wider Willen gekichert.

Alicia atmete ein, sah sich um und genoss ein kleines Stückchen Frankreich. Mittelalter und Neuzeit auf einem Fleck. Nicht, dass das Mittelalter sie besonders interessiert hätte, aber die Begegnung von Fachwerk mit Satellitenschüsseln, von Baukunst am Münster mit Videoinstallationen im Inneren waren reizvoll. Überhaupt Straßburg. Heute.

Ein Ausflug in eine halb vergessene Welt und in ein längst abgestreiftes Milieu.

Abgestreift und doch vertraut.

Alicia war in Straßburg aufgewachsen. Dann war sie alleine bei ihrem bretonischen Vater geblieben, lebte aber jetzt seit Jahren wieder in Mannheim und sprach Deutsch akzentfrei. Die Mutter war Deutsche gewesen, Mannheimerin, und hatte ihren Kindern in ihrer Sprache Kinderlieder vorgesungen und Märchen vorgelesen.

Auch die Großeltern, alteingesessene und sehr lokalpatriotische Mannheimer aus der Gartenstadt, und zwar aus einem der kleinen Siedlungshäuschen dort, mit Garten, Hasen und selbst gezogenen Karotten – das alles im Schatten der großen Fabriken – hatten in den Ferien den Kindern ihre Stadt so liebevoll gezeigt, dass Alicia zwar manchmal die bei Franzosen üblichen Vorbehalte gegen Deutschland, aber nicht gegen Mannheim hegte.

Das ältere Ehepaar vor ihr strahlte überglücklich beim Anblick des Porträts ihres Vierbeiners. Sie liebten ihren Dackel über alles, das war offensichtlich.

Diese hübsche junge Frau, die flink zwischen Liebling und der Staffelei hin – und herhuschte war aber auch zu nett und wie Raudi auf dem Bild den Kopf schief legte – das war er wie er leibte und lebte! Er würde so bei ihnen auf dem Wohnzimmerschrank unsterblich werden. Sie legten noch fünf Euro drauf.

Alicia seufzte leise. So schön das freie Malen auch war, auf Dauer würde das freundliche Lächeln in den Mundwinkeln schmerzen. Wenn dies der künstlerische Alltag auf dem herrlichen Platz vor dem Münster war, dann verstand sie, dass der Rotwein ständiger Begleiter ihrer Kollegen an den farbverschmierten Staffeleien war. Die Kunden, die zu ihr in ihr Porträtmalstudio in Mannheim kamen, konnte sie sich zwar auch nicht aussuchen, doch allein der Terminkalender und der Preis trafen eine gewisse Vorauswahl. Deshalb waren viele Künstler unter ihren Kunden und die waren bekanntlich kritisch und eitel ihrer eigenen Erscheinung gegenüber. Vielleicht war es nicht Freiheit, aber es war wenigstens die Illusion davon.

Alicia ließ den Blick über den Platz schweifen. Irgendwo ließ ein Kind einen Luftballon steigen, hinauf in den französischen Himmel über den verschachtelten Dächern. Ganz am Anfang hatte sie mit ihrem Vater in einer solchen Dachwohnung gelebt, bis sie sich durch Papas Erbschaft etwas Besseres leisten konnten.

Papa.

Sein Name und damit auch der von Alicia – Aherne – klang beinahe britisch, die Vorfahren mochten aus Irland gekommen sein. Der dunkle Typ mit der braunen Haut, den schwarzen Locken und den blauen Augen könnte auf Kelten, Südfranzosen oder Spanier deuten.

Die Ahernes mit ihrer bunten Familiengeschichte hatten sich zunächst in Paris niedergelassen. Patric Aherne, der leider lebenslänglich ein Draufgänger und Filou geblieben war, hatte einen Laden für Segelbedarf eröffnet, der mäßig gut lief. Mama Friederike, ursprünglich eine Touristin, die sich verliebt hatte und geblieben war, übte ihr erlerntes Schneiderhandwerk mit deutschem Fleiß und Pünktlichkeit aus. Es lief bedeutend besser als der Segelladen und ernährte die beiden kleinen Töchter.

Durch Zufall geriet Friederike Aherne-Notter an Aufträge aus dem Tanzmilieu und schließlich an eine Trachtengruppe aus dem Perigord. Die waren von den Kostümen der Deutschen begeistert, ihr Ruf sprach sich herum und mit dem Niedergang von Patrics Segelladen kam das gute Angebot, in Straßburg für einige Trachtentanzgruppen die Kostüme zu schneidern. Einige kleinere Heimattheater aus der Umgebung waren hinzugekommen und schließlich nähte Madame auch Hochzeitsroben und historische Kostüme für Umzüge. Alicias Mutter war klug gewesen. Früh hatte sie begriffen, dass man sich spezialisieren musste, wenn man mehr werden wollte, als nur eine kleine Gelegenheitsschneiderin, die geholt wurde, wenn die eigenen Ausstatter es vor der Premiere nicht mehr schafften.

Die ganze Familie zog nach Straßburg. Bald waren Friederikes Arbeiten im Elsass begehrt und sogar darüber hinaus. Außerdem war sie geschäftstüchtig. Das musste sie auch sein, denn Patric Aherne war sein Leben lang ein Draufgänger gewesen und machte auch jetzt mit dieser Gewohnheit nicht Schluss. Rotwein, Zigaretten, Kneipen und am Wochenende Angeln. Gelegentliche Abenteuer, die er nur mühsam geheim hielt. Das letzte Abenteuer war die verwitwete Chefin eines kleinen Restaurants in Münsternähe.

Die Ehe ging in die Brüche. Patrick Aherne heiratete noch einmal, wurde sehr schnell Witwer, erbte das Restaurant, erkannte bald, dass er nicht kochen konnte, verpachtete es und beendete sein Leben in ziemlichem Wohlstand.

Seiner deutschen Frau und dem zweiten Töchterchen gab er lebenslänglich nichts von den geerbten Francs ab. Die mussten für sich selbst sorgen. Inzwischen hatte Friederike ihre Kontakte nach Mannheim wieder aufgenommen, die Stadt, aus der sie stammte und deren Akzent sie auch im Französischen niemals verloren hatte.

In einem Trachtenmodenatelier wurde sie zweite Direktrice und später Mitinhaberin. Sie stellte es ihren beiden Töchtern frei, wo sie leben wollten. Was sie sich im Geheimen wünschte, äußerte sie nicht.

Alicia blieb bei ihrem Vater und studierte in Straßburg Kunst. Ihr wildes Wesen wurde nicht gebändigt, ihr Temperament entfaltete sich in moderner Malerei, in Rockkonzerten und zu viel Rotwein und Zigaretten.

Beate ging mit ihrer Mutter nach Mannheim, machte dort ihr Abitur, studierte etwas halbherzig Geschichte und Literaturwissenschaften, ließ sich von jedem Professor einschüchtern, meldete sich nie in den Seminaren und wollte am liebsten unsichtbar sein. Sie brach in Panik ab, als die erste Prüfung anstand, arbeitete zuerst als Bibliothekarin, obwohl sie keinen Studienabschluss hatte und dann im Museum, bis das auch zu Ende war Nun hatte sie eine befristete Stelle bei der Kriminalpolizei. Sie war stets ängstlich besorgt alles recht zu machen, sie hatte zu lange mit ihrer Mutter zusammengelebt.

Diese hatte während Beates Kindheit mit der Zeit eine gewisse strenge Selbstgerechtigkeit entwickelt, richtete sich ihr ureigenes Bild vom Leben ein, und in dieses Puzzle steckte sie nach Belieben ihre Tochter, die sich an der jeweiligen Stelle brav einzufügen hatte. Auch als ein verheirateter Mann ins Leben von Friederike trat, der die Extras bezahlte und der nur ein liebes Mädchen sehen wollte, das »ach hallo« sagte und sich dann verzog. Wohin war ihm egal. So wuchs Beate auf. Als wortlos funktionierende Tochter. Und Alicia frei und wild und nicht gebremst.

Die Schwestern wurden sich fremd.

Es blieben nur ein paar Familienbilder, auf denen eine blonde, mollige Beate mit skeptischem Gesichtsausdruck auf ihre Schwester schaute, die so ganz anders aussah.

Klein – und schmal, wenn auch durchaus gut geformt.

Sie hatte schwarze Locken, keine Spur von Blond fand sich darin. Ihre Augen waren leuchtend blau. Es war das Blau der Seemänner, die von Cherbourg nach Amerika spähten. Und ihre Haut war typisch für die einer Südländerin, unempfindlich, hellbraun und mit Sommersprossen übersät, die man nur im Winter sah. Es war wenig Deutsches an ihr. Nach dem Kunststudium versuchte Alicia in Straßburg eine Stelle zu finden, doch irgendwie wollte nichts gelingen. Männliche Chefs plädierten für ihre Einstellung, ihre weiblichen Kolleginnen waren dagegen. Eine Frau mit rotem Rock und schwarzen Lackschuhen passte nirgendwo hin. Und diese merkwürdigen Augen? Schwarzhaarige hatten braune oder grüne Augen – aber hellblau. Das war exotisch.

Obwohl Alicia eigentlich gar keine feste Stelle wollte, fiel sie in ein Loch von Ratlosigkeit. »Warum sterbe ich nicht gleich, sondern mache den Umweg über vierzig Jahre langweiliges Leben?« Ging nach Paris, wohin alle Franzosen irgendwann einmal gehen, wenn ihr Leben an einem Wendepunkt ist, trieb sich in Kneipen herum, fing ein bisschen an zu trinken, hörte aber bald damit auf, weil es ihr zu teuer wurde, ebenso wie das Rauchen. Sie trug ihre Markenjeans, bis sie Löcher am Po hatten und sie froh war, dass sie diesen Job als Zeitungsausträgerin in einem der teureren Viertel von Paris, nahe dem Boulevard Haussmann, hatte. Dort sah man sie nur im Halbdunkel des Morgengrauens und nicht am helllichten Tag. »Um fünf bin ich wieder zu Hause, da geht die Sonne auf!«

Ihre Kumpels in dieser Zeit waren andere, ebenfalls arbeitslose Künstler, Musiker, die an ihrer großen Oper feilten und Maler, die ausprobierten, ob man Picasso wurde, wenn man die entsprechende Menge Rotwein trank, ohne viel mehr als ein paar Baguettes oder hin und wieder einen Croque Monsieur zu essen.

Irgendwann an einem schönen Sommertag saß Alicia tatenlos neben Julien, der Touristen malte – nein, nicht bei Sacré Coeur, wo es so überfüllt war, dass man die Kunden regelrecht jagen musste, sondern im Jardin du Luxembourg, wo die Menschen entspannter waren, allerdings nur bei schönem Wetter. Das musste eben einkalkuliert werden.

Julien, der ebenfalls arbeitsloser Schauspieler im Fach Musical war, hatte gerade angefangen eine asiatische Touristin zu malen, als sich sein Handy meldete. Phantom der Oper! Ein Nebendarsteller hatte sich den kleinen Zeh gebrochen, ob er einspringen könne?

Die Asiatin konnte die Eile kaum fassen, in der ihr Maler seine Sachen zusammenraffte und davon hastete. »Wo willst du hin, bist du verrückt?«

»Mach du das«, warf er Alicia zu, »lange genug zugeschaut hast du. Und pass auf Felix auf!«

Felix war sein Hund. Ein kleines Etwas mit Kindergesicht und langen Ohren, mit einem Blick wie alle Waisenkinder der Welt zusammen. Er sei ein Cavalier-King-Charles-Spaniel, eine alte Rasse, die schon auf den Bildern der flämischen Maler zu sehen gewesen sei, also etwas Besonderes. Teuer, edel und sehr intelligent!

Alicia hatte übernommen und da sie noch unerfahren im raschen Gesichterzeichnen war, hatte sie das Gesicht der Asiatin gemalt und den Louvre andeutungsweise darüber gelegt, sodass es aussah als spiegele er sich darin. Als sie das Bild von der kleinen Staffelei nahm und zeigte, hatte die Asiatin ihr die Hand geküsst und ihr Mann, beides waren ältere Leute gewesen, hatte geweint.

Das Trinkgeld war fürstlich ausgefallen, die rührende

Szene hatte Kunden angelockt, Alicias persönlicher Stil prägte den Nachmittag. Sie zeigte mehr als das Gesicht, sie zeigte den Blick in den Augen, wenn sie auf die Stadt schauten. In ihren Augen spiegelte sich die Stadt. Etwas Besonderes!

Alicia wurde Straßenmalerin und spezialisierte sich später auf Porträts, in denen sich das Erlebte oder die Umgebung des Kunden spiegelte.

Alles wäre gut gewesen, doch kurz darauf verliebte sie sich. Neben all den kleinen Affären und den Küssen so nebenher – endlich richtig.

Er war ein junger Regisseur aus der Welt des Theaters und dieser auch leidenschaftlich verbunden, der für Schulfernsehprogramme Filme über das mittelalterliche Erbe in Straßburg gedreht hatte. Eine reizvolle Aufgabe, die ihn in alle möglichen Winkel der Welt verschlug, aber mit jenem Geist erfüllte, der Funken schlug und der Frauen gefiel. Die Ehefrau, von der er angeblich geschieden war, habe er jahrelang nicht gesehen. Jetzt war Frederic in Paris, um Filme zu verkaufen und neue Aufträge hereinzuholen.

Alicia verliebte sich und als die Liebe an der Entfernung zu scheitern drohte, folgte sie ihm – in Richtung der früheren Heimat. Nach Straßburg.

Mit ihr reiste Felix, dessen Herrchen sie nie wiedergesehen hatte.

Alicias Geschäft ging ganz gut. Sie mietete ein winziges Zimmerchen, unweit des Münsters, an einem reizenden kleinen sehr französisch wirkenden Platz, der von kleinen, kaum renovierten bunten Häuschen umgeben war und in dessen Quadrat sich Studenten, Künstler und gelegentliche Touristen bis am späten Abend trafen, lachten, mit den Stühlen auf dem Pflaster schabten. Es gab dort Tauben, freilaufende Hunde, die sich ständig hinsetzten, um sich hinter dem Ohr zu kratzen, träge beobachtet von der einen oder anderen fetten Katze.

Frederic machte sie bekannt mit Archivaren und mit Kunsthistorikern, zeigte ihr Ecken der Stadt, die keines Touristen Fuß je berührt hatte.

Mit der Schwester aus Mannheim hatte sie kaum Kontakt und wenn sie mit ihr telefonierte, so flogen Ermahnungen durch den Äther. »Hat er einen Beruf? Ist er treu? Kannst du dich auf ihn verlassen? Du bist zu emotional, das Bett ist nicht alles!«

Doch es war eben Liebe, eine Liebe, die erst endete als eine blonde, hübsche Frau vor der Tür stand, die nur für ein Studienjahr in Marseille gewesen war und die keineswegs eine beinahe geschiedene Frau Frederic war, sondern deren klitzekleines Babybäuchlein von mindestens einer Begegnung kündete.

Die Liebe ging in einem Rausch aus Betrug, Heulen, Türenschlagen und Männer-T-Shirts, die zusammen mit Liebesbriefen, kleinen Fotos und ein paar wirklich gut gelungenen Porträts in jenem Feuer auf, das Alicia an den Ufern der Ill, beobachtet von ein paar schweigenden elsässischen Anglern, anzündete. Die Liebe war gegangen und auch Alicia mochte nicht mehr bleiben.

Sie zog also nach Mannheim, die zweite Heimat, wo immerhin ein Teil ihres Erbes schlummerte. Da sie nicht gleich eine Wohnung fand, wohnte sie zunächst bei Beate, deren Wohngemeinschaft mit einer Studentin aus Ravensburg gerade auseinander gegangen war.

Ihre Schwester hatte eine Dreizimmerwohnung in Neckarau – drei große Zimmer, zwei davon mit Balkon, und was als Übergang gedacht war, denn die beiden Frauen passten überhaupt nicht zusammen, dauerte jetzt schon vier Jahre.

Seit ein paar Monaten, also etwa so lange, wie sie bei der Kripo arbeitete, hatte Beate ein Verhältnis mit dem Leiter des Dezernats 11, Kapitalverbrechen, was für Alicia das einzige Kapitalverbrechen war, das er ganz leicht lösen könnte. Kennen gelernt hatten sie sich bei einer Pressekonferenz zum Mord an einer französischen Prostituierten. Fisher genoss Beates atemlose Bewunderung für seine Position weit über ihr. Ob sie auch die Macht genoss, die er über sie und ihre fragile berufliche Situation hatte, war unklar.

Aus Alicias Sicht war es jedoch eindeutig, dass e r sie genoss.

Doch das Leben ging weiter und in Mannheim konnte man gut leben. Alicias Studio lief nicht schlecht. Ihren selbst erfundenen Stil, sich die jeweiligen Gebäude, Kinder oder Hunde in den Augen spiegeln zu lassen, hatte sie sich inzwischen patentieren lassen und ausgebaut.

Beide Frauen waren Singles, aber jede lebte dieses Dasein anders. Alicia übernachtete gelegentlich woanders, es gab Verehrer, Männer, die sich von ihrer unzähmbaren Freiheit und ihrem hitzigen Temperament angezogen fühlten.

Mindestens fünf Mal lehnte sie ein Treffen ab, meistens von Mal zu Mal mit unfreundlicheren Worten, schaffte es einer und sie ging mit ihm essen, so fand sie an jedem etwas auszusetzen. Zu bieder, zu langweilig, zu karrieresüchtig, zu konservativ. »Du endest wie die Prinzessin mit Drosselbart!«, mahnte Beate.

»Besser Drosselbart als ein verheirateter Staatsknecht!«

Worauf Beate stets schmerzlich zusammenzuckte. Denn die biedere Beate hatte sich verliebt, gegen jede Vernunft.

Der Liebhaber hatte alles an sich, was Alicia verachtete.

Er war nicht nur ihr Boss, er war verheiratet, hatte eine Tochter, war arrogant und konservativ, legte mehr Wert auf Autos als auf Kultur und er war, das war das Allerschlimmste, nicht nur Polizist, weil sich nichts anderes ergeben hatte, nein, er war es mit Leib und Seele. Ein Flic. Einer von denen, denen man aus dem Weg geht.

Sie ließ ihn ihre Verachtung deutlich spüren. »Schönes Ehebrechen«, wünschte sie regelmäßig, wenn Peter Fisher die Wohnung betrat, um sich mit Beate in ihr Zimmer zurückzuziehen. Beate hatte ihr gedroht: »Peter lacht nur und sagt, er nimmt dir das nicht übel und steht über den Dingen. Er meint, du bist wahrscheinlich frustriert, aber wenn er mal beginnt sich zu ärgern, dann muss ich leider an Auszug denken. Oder du!«

»Da bekomme ich aber Angst, wenn dein Peter anfängt, sich zu ärgern! Ich zahle die Hälfte der Miete und er kann froh sein, dass ich in meinem Teil der Wohnung nicht von meinem Hausrecht Gebrauch mache! Er soll Mörder jagen und nicht Frauen!«

Sogar Felix knurrte, wenn Fisher erschien. »Schließlich heißt Felix treu!«, sagte Alicia unverfroren mit gesunder Halbbildung.

»Fidèle heißt treu!«, konterte Fisher kühl, »Felix heißt glücklich – Felix Austria, schon mal gehört! Ich dachte, als Französin wissen Sie, was fidèle heißt. Obwohl Französinnen sind ja nicht besonders treu, nicht wahr?«

»Streitet euch nicht!«, flehte Beate, die Harmonie liebte und sei es auch nur falsche.

Um Fishers meist samstagsnachmittäglichen Besuchen zu entgehen, war Alicia meistens jeder Kinofilm recht und um so lieber war es ihr, dass eine Kollegin, die als Straßenmalerin am Münster arbeitete, sie anrief: »Kannst du einspringen? Ich verliere sonst meinen Stuhl und morgen ist viel los.«

Alicia hatte zuerst gezögert. Anfang Januar. Es würde kalt sein. Durch die alten Gassen rund ums Münster würde der Wind pfeifen. Doch dann tat sie es doch.

»Warum nicht? Zurück in die Vergangenheit! Zehn Prozent für dich, wegen dem Stuhl, den Rest für mich«, erwiderte Alicia, packte ihre Malsachen und sprang in ihren 2 CV, der Heimatluft schnuppernd, sich auf der Autobahn beinahe wie ein Großer benahm.

Mannheim endete, Karlsruhe flog vorbei, Baden-Baden versteckte sich hinter Hügeln und in Straßburg drängten sich die Touristen ums Münster. Alicia beanspruchte den Stuhl ihrer jungen Kollegin, erstaunte die anderen Maler mit ihrem fließenden Französisch, parkte den misstrauisch dreinschauenden Felix unter ihrem Sitz und ließ den Blick nach oben wandern.

Der Tag verging. Alicia, die jetzt meistens im Auftrag und auf feste Rechnungen arbeitete, hatte beinahe vergessen, wie viel Spaß es machte, das Geld sofort in die Hand gedrückt zu bekommen. Ein elementares Erlebnis. Sie gönnte sich ein dreigängiges Mittagsmenü in einer Winstub, wobei sie auf die Sauerkrautbeilage verzichtete, und trank einen kühlen Riesling aus kleinen Kelchen auf hohen grünen Stielen. Der Wein berauschte sie ein wenig, plötzlich spürte sie wieder die alte, beinahe verschüttete Abenteuerlust in sich. Sie sah sich um und schien auf einmal nur noch Paare zu sehen. Überall Paare. Es wäre Zeit sich wieder zu verlieben, dachte sie urplötzlich. Sanft, kreativ und liebevoll müsste er sein. Ruhig und besonnen, vielleicht ein Schriftsteller. Wie der da hinten, der Pfeife raucht und einen alten Wollpullover trägt. Er denkt sich bestimmt was über die Welt. Etwas Kluges, Besonnenes. Mit dieser Leidenschaft, die von einem Mann auf mich zukommt, will ich nichts mehr zu tun haben – ich will über meine Leidenschaft selbst bestimmen.

Der Nachmittag verging mit drei oder vier Kunden, davon zwei Kinder. Irgendwann bot ihr der Nachbar einen Schluck aus seiner Thermoskanne an und ein anderer streichelte Felix. Alicia, die Individualistin, fühlte sich zugehörig und vergaß für einen Moment, dass sie ihrer Schwester etwas anderes gönnte als einen verheirateten Macho. Die Scharen von Touristen, die sich jetzt um halb sieben noch immer rund um das Eingangsportal drängten, ebenfalls nach oben starrten, oft mit geöffnetem Mund, wirkten wie Ameisen, wie bedeutungslose Zwerge, was sie ja auch waren angesichts dieser Ewigkeit.

Alicia gab es vor sich selbst nicht gerne zu, aber der Anblick des Straßburger Münsters schlug selbst den von Notre-Dame.

»Haben Sie Zeit? Sind Sie frei?« Eine kühle, gebildete Stimme.

Alicia riss den Blick los.

Vor ihr stand eine Frau unbestimmbaren Alters, schlank, mit rötlichblonden, gut frisierten Haaren, gepflegt, sorgfältig gekleidet.

»Ich hätte gerne ein Bild von mir. Als Erinnerung an diesen Tag. Dauert das sehr lange?«

Die Frau sprach gut Französisch, mit deutlich deutschem Akzent, aber immerhin sprach sie überhaupt Französisch. Alicia schwankte. 25 Euro, die sie gut gebrauchen konnte, denn wie sie die Clique kannte, endete der Abend in irgendeiner Bar am Place de la Gare, wo sie gerne hingingen und sich ein wenig über die Touristen lustig machten.

Sie lebte schließlich von dem, was sie mit dem Malen verdiente – auch wenn sie es normalerweise in einem Studio tat. Doch, wenn man einmal die Faszination des freiberuflich verdienten Geldes verspürt hat – Bezahlung gegen einmalige erbrachte Leistung – dann lässt sie einen nicht mehr los.

»Gut, nehmen Sie Platz. Meine Spezialität ist Ihr Gesicht, in dem sich das Münster spiegelt. Wünschen Sie das?« Sie hatte unmerklich ins Deutsche gewechselt.

Die Frau, deren Alter man nun doch bestimmen konnte, wenn man genauer hinschaute, sie mochte Mitte dreißig sein oder vielleicht sogar noch älter, schüttelte entschieden den Kopf. Sie schien überhaupt eine recht entschlossene Person zu sein.

»Nein, nein, keinen Kitsch bitte. Ich verabscheue das Gewollte. Ich schätze die Wahrheit in der Kunst!« Jetzt lächelte sie auf eine merkwürdige Weise. »Bitte, ganz schlicht, es ist für einen Bekannten, der durchaus etwas von Kunst versteht!«

»Ein Bekannter?«

»Nun ja«, die Frau setzte sich, »mein Wohnungsnachbar, der mir viel geholfen hat!« Ihr Lächeln ging beinahe in ein Grinsen über – eine Miene, die ihr nicht gut zu Gesicht stand.

»Ah ja! Dann werden wir uns Mühe geben«, sagte Alicia ironisch. »Es gibt nicht viele, die etwas von Kunst verstehen!«

Die Frau runzelte die Stirn.

»Nun, das hier ist ja mehr ein Vergnügen, oder?«

»Und was für eines!« Alicia fing an zu stricheln. Sie begann immer an den Schläfen. Das Münster würde es überleben, nicht in den Zügen dieser Frau zu erscheinen. Ohne das Spiegelbild ging es sowieso schneller.

Neben ihr packte Francois, der gescheiterte Bühnenmaler, seine Rotweinflasche ein, entschied sich aber dann, dass es sich nicht mehr so recht lohnte, sie mitzunehmen und leerte den Rest aus einem der Plastikbecher, die er immer neben sich stehen hatte. Francois war eine tragische Gestalt – er war Deutscher und hatte angeblich in Berlin für die größten Häuser gearbeitet, bis irgendetwas Unaussprechliches geschehen und er nach Frankreich geflüchtet war. Er ließ offen, um was es sich handelte, widersprach aber nicht, wenn jemand vermutete er sei Opfer der deutschen Terroristenjagd in den 80ern geworden. Mit dem Wort Berufsverbot konnte jeder ältere Linke in Frankreich etwas anfangen und da es auch die Lehrer kannten, wussten auch die Jüngeren davon. Francois lebte seither in Straßburg und ging allen mit seiner großartigen Vergangenheit, die er in übertrieben provenzalisch gefärbtem Französisch vortrug, auf die Nerven. Er mochte an die sechzig sein und neigte zum Neid. Auch jetzt warf er Alicia einen erbitterten Blick zu. Die Frau war schließlich zuerst bei ihm stehen geblieben und nur, weil Alicia eines ihrer magisches Lächeln hervorgezaubert hatte, war sie weitergeschlendert.

Alicia sah den Neid und freute sich auf das Bild, das einfach zu werden versprach. In zehn Minuten konnte sie fertig sein und zusammenpacken. Außerdem wurde es ein bisschen kühl. Die Sonne war Richtung Westen hinter den Giebeln der hohen alten Häuser, die den Münsterplatz umschlossen, verschwunden.

»Sie sind länger in Straßburg?«, fragte Alicia leichthin, während sie die Umrisse des ovalen Gesichts skizzierte, dann die Augenbrauen, die Stirn, das Kinn, die Augen nur angedeutet.

»Nein, nur noch heute.« Die Frau lächelte triumphierend. »Ich hatte etwas zu erledigen!«

»Und, *haben* Sie es erledigt!«

Wieder dieser Ausdruck im Gesicht der Frau, die fast schwarze, kleine Augen hatte.

»Ja, das kann man wohl sagen. Ich habe es hinter mich gebracht, und jetzt werden wir ja sehen, was passiert!« Sie lächelte wieder ein überlegenes Siegerlächeln.

Darauf fiel Alicia nichts mehr ein. Sie fand die Frau merkwürdig und unsympathisch.

»Interessieren Sie sich für das Theater?«, fragte die Kundin nun vollkommen unvermittelt.

Eine mollige, belgische Frau mit Blümchenkleid und einem Strohhut blieb stehen und blickte anerkennend auf Alicia Bild. Sie zupfte ihren Mann am Arm, aber der hatte offenbar keine Lust stehen zu bleiben. Wahrscheinlich machte sie ihn andauernd auf etwas aufmerksam, das Geld kostete.

Francois warf der Belgierin ein verlockendes Lächeln zu, doch die beiden gingen zögernd weiter und waren damit verloren. Kundschaft blieb entweder sofort stehen oder nie mehr. Zurück kam kaum einer. Zu viele Attraktionen gab es in den Gassen rund ums Münster. Geschäfte, Postkarten, Musik, Pantomime, die farbigen Gürtelverkäufer und der Mann, der kleine Papiermännchen wie durch Zauberkraft zum Tanzen brachte. Frederick sah den Belgiern nach und fluchte leise.

Irgendwo begannen kleinwüchsige Südamerikaner in Ponchos zu spielen, die Zigeunerin, die immer auf den Stufen des Münsters bettelte, schob den Ärmel ihres zerlumpten Pullovers nach oben und sah heimlich auf eine teure Armbanduhr. Sie packte ihre zwei Kinder und warf die Münzen routiniert in ihre Handtasche. Der Duft von frisch gebackenem Flammkuchen wehte zu Alicia hinüber und erinnerte sie daran, dass sie bald gehen musste.

»Ja, ich interessiere mich fürs Theater! Ich wohne in

Mannheim, und da gibt es ein sehr renommiertes Schauspielhaus«, erwiderte Alicia ein wenig erstaunt. Normalerweise wollten ihre gemalten Kunden wissen, wo man gut essen konnte und wo es die günstigste Gänseleber zu kaufen gab. Wieso erzählte sie ihr, dass sie in Mannheim wohnte. Trotzig strichelte sie die Augenbrauen etwas zu stark und musste sie gleich wieder korrigieren.

»Aha!«, sagte die Frau und lachte. Allmählich nahm sie auf Alicias Bild Konturen an. Alicia überlegte, ob sie den etwas schmalen Mund schmeichelnd verbreitern sollte. »Mannheim, sehr interessant! Eine nette Stadt, wenn man dort die richtigen Leute trifft!« Wieder dieses viel sagende Grinsen.

»Ja sicher.« Alicia wusste nicht, was sie dazu sagen sollte.

»Das Mannheimer Theater! Sie mögen es? Und wer sind Ihre Lieblingsautoren auf der Bühne?«

Lieblingsautoren! Alicia wäre inzwischen froh gewesen, die merkwürdige Kundin bald loszuwerden und beschloss, den Mund zu lassen, wie er war.

»Lieblingsautoren?!« Alicia fühlte einen Schmerz, wenn sie an die Welt des Theaters dachte. Eine Welt, aus der Frederic gekommen war, eine Welt, die sie betrogen hatte, ihr Liebe vorgespiegelt hatte, wo nur momentane Lust gewesen war. »Moliére, Ionescu, Shakespeare, Samuel Beckett und natürlich Goethe. Den Faust.«

Die Frau lachte ein überhebliches, eigentlich eher unsympathisches Lachen. »Aha, aha, und Mannheim! Welcher Zufall! Und Sie lieben seine Stücke. Wie schön, meine Liebe. Genießen Sie es, solange Sie können.« Wieder lachte sie. »Sie werden noch von mir hören! Mannheim!« Alicia wunderte sich. Normalerweise rief die Erwähnung des Wortes Mannheim keine starken Reaktionen hervor.

Bei Heidelberg war das anders. Und wessen Stücke meinte sie?

Alicia vollendete die Nase und gab sich viel Mühe. Wenn die Nase nicht stimmte, waren die Leute immer fürchterlich beleidigt. Natürlich zeichnete sie sie immer etwas schöner als sie wirklich war. Niemand wollte in den Spiegel sehen, wenn er sich von ihr malen ließ. Man verkaufte immer eine Illusion.

»Zeigen Sie mal, ja sehr hübsch, nur da an dem Ohr, das steht ein wenig vor, können wir das noch retuschieren – sehr gut, ja, danke.«

Alicia wollte gerade sagen, sie könne nicht wechseln, als ihr die Frau dreißig anstatt der verlangten fünfundzwanzig Euro gab. Sie gestattete ihr sogar einen Blick in eine gut gefüllte Börse, rund ums Münster nicht gerade das Klügste, was man tun konnte.

»Schon gut, behalten Sie es. Es kommt mir heute wirklich nicht darauf an. Nicht mehr. Und, wenn Sie das nächste Mal ins Theater gehen, denken Sie daran: Der gute alte Bühnenerschütterer hat ausgedient!« Sie lachte wieder, und bevor Alicia irgendetwas sagen konnte, war sie verschwunden. In einer Reisegruppe von vierschrötig aussehenden Franzosen, die mit namenlosem Entzücken der Schirmspitze ihrer Führerin folgten, die einen Halbkreis über das Portal malte.

Alicia sah der seltsamen Frau nach. Was hatte sie damit sagen wollen?

Merkwürdige Leute gab es, aber das Gute an dieser Arbeit war die Flüchtigkeit, dachte Alicia. Du bekommst einen Auftrag, du malst, der Kunde holt ab, prüft, bezahlt und du musst ihn nie wieder sehen.

Im Fall der seltsamen Frau sollte sich Alicia gründlich täuschen.

2

Kommt an die Weibesbrust. Trinkt Galle statt der Milch (Macbeth 1. Akt 5. Szene)

Sonntag, 10. 1. 2005, Nachmittag. Straßburg.

Eine zufrieden stellende Nacht?

Nein, aber eine befriedigende vielleicht. Gut gegessen in einer winzigen Winstub, irgendwo in den Gassen der Altstadt und eine Nacht in einem schmalen französischen Bett.

Sie kannte ihn noch von früher. Er war ebenso alleine wie sie. Doch man konnte mit ihm lachen, verrückt sein und unvernünftig.

Frühstück ohne Ansprüche. Nicht ans Essen und nicht an den anderen.

Alicia wusste im Inneren, dass sie nicht ewig so weitermachen konnte. Doch die Männer, die interessant waren und etwa in ihrem Alter, die nicht gerade am anderen Ende der Welt, sondern entweder in Mannheim lebten oder in Straßburg, und die nicht schon verheiratet waren, waren einsames Wild, das sich scheu in den Wäldern verkroch. Beziehungsweise in den Quadraten. Wo sie mit einem Freund essen gingen und dann wieder nach Hause, um ein Buch zu lesen, welches sie sich kauften und nicht etwa ausliehen, sodass man dieses scheue Wild nicht einmal in der Bibliothek antraf.

Alicia summte im Bad.

Heute kümmerte sie das nicht, heute ging es ihr gut. Ihr Vater hatte ihr trotz aller schwermütigen Momente doch eine urwüchsige, nicht ausrottbare Lebensfreude und den Mut vermacht, jeden Tag beim Aufgehen der Sonne an ein neues Glück zu glauben.

Ein Kuss, ein Adieu und dann die Heimfahrt von Straßburg. Und zwar auf der Landstraße.

Alicia hasste die Autobahn. Vor allem die deutsche mit ihren ausgelebten Aggressionen.

Hintereinander herfahren, nebeneinander herfahren, sich hetzen lassen von Leuten, die dem Wahn verfallen waren, Minuten einzusparen, andererseits auch wieder abgebremst vom Opa mit Hut, der sich in aller Ruhe die Landschaft anschauen wollte.

Sie wollte selbst über ihr Tempo entscheiden und sich nicht drängen lassen. Wenn sie es sein wollte, war sie eine Träumerin, wenn auch nicht gerade eine von der stillen, lieben Sorte, sondern eine, die bunte Träume träumt. Lautstark, temperamentvoll, widersprüchlich und manchmal böse.

Doch Träumer – egal welcher Sorte – haben es schwer, noch schwerer auf deutschen Autobahnen und manchmal endet ihr Traum tödlich.

Straßburg verschwamm langsam im Rückspiegel, das Münster nur noch eine kleiner werdende graue Nadel in einem blassblauen kalten Winterhimmel. Alicia gondelte nach ihrem Ausflug in die Welt der Bohèmes gut gelaunt durch die elsässischen Dörfer, die sich heute – am Sonntagmorgen – wie ausgestorben präsentierten. Sie genoss den Kontrast zu Mannheim, das sie bald als Großstadt empfangen würde. Mit gedämpftem sonntäglichem Leben aber doch mit Leben. Hingegen hier auf dem Land – das war wirklich Sonntag pur. Erinnerungen an eine Kindheit. Man hatte sonntags weiße Söckchen anziehen müssen.

Leer gefegt die Straßen, die Autos, manche davon mit weißen Schleifchen parkten vor den Kirchen und vor den Fischerheimen. Deutsche Grenze, die B 36 bis Karlsruhe und dann gemütlich weiter über die B 3 nach Mannheim. Alicia wusste, dass sie die dreifache Zeit benötigte wie die Autobahnnutzer, doch es war ihr egal.

Felix glotzte ebenfalls nach draußen. Alle paar Minuten sah er einen Feind in Gestalt einer Katze oder eines anderen Hundes und er knurrte fast unaufhörlich. Ein Fest für ihn. Im Atelier in der Mannheimer Meerfeldstraße musste er oft still in der Ecke liegen. Nicht alle Kunden schätzten Hunde und einer Malerin schrieb man ohnehin eher eine Katze zu als einen Hund. Katzen sind künstlerischer.

Alicia kraulte seine Schlappohren, ließ ihn knurren und nahm sich die Zeit, einen ausgiebigen Blick auf das Bruchsaler Schloss zu werfen. In seinen Fenstern glitzerten Kronleuchter, der weite Hof wurde ehrfürchtig von Touristen begangen. Das Mannheimer Schloss ist größer, dachte Alicia, aber um derart bewundert zu werden, ist es fast ein wenig zu groß. Irgendwo hatte sie gelesen, es sei nach dem Escorial das zweitgrößte barocke Schloss Europas. Aber dafür war es eben nicht so richtig alt. Gerade mal 18. Jahrhundert.

In Schwetzingen widerstand sie der Versuchung, zusammen mit Felix in den Schlosspark zu gehen. Dort hätte er sich austoben können. Der Schwetzinger Schlosspark war für sie einer, der zum Rennen einlud. Diese langen geraden Alleen, diese flachen Wasserbecken, diese hügeligen

Wiesen, die sich irgendwo mit der Natur vereinigten. Ein Paradies für den Hund und sie.

Doch Alicia blickte auf ihre elegante mit Strasssteinen glitzernde Swatch. Flach, ein bisschen verrückt. Sie hatte sie sich gestern noch schnell von ihrem Tagesverdienst gegönnt. Im Kaufhaus nicht widerstehen können. Manchmal mochte sie den Luxus, manchmal kaufte sie sich ein Jahr lang nichts Neues. Anders wie ihre Schwester Beate, die bei jedem Schlussverkauf loszog, um ein weiteres ihrer taubenblauen oder rosa Strickjäckchen günstiger zu erstehen.

Mannheim meldete sich an, zunächst mit dem Rheinauer Wald, der von der Schnellstraße unschön zerschnitten wurde.

Von links grüßte das mächtige Kernkraftwerk, es dampfte eifrig und stieß Schwaden in den ohnehin diesigen Himmel. Felix folgte dem Rauch mit seinen großen dunklen Augen, bis dieser sich im Himmel auflöste.

Die Bebauung wurde dichter, städtischer, kleine Straßen durchschnitten Neckaraus ältere Viertel. Rechts der kleine, kaum noch benutzte Bahnhof, daneben der riesige türkische Supermarkt, in dem man sich nach Istanbul versetzt fühlte.

Links abbiegen. Kein Parkplatz in der dicht bebauten Katharinenstraße. Die Straße lag ruhig vor ihr, überraschend dörflich war auch der Charakter der Häuser. Kleine Geschäfte, kleine Hotels, kleine Häuser. Sogar noch Handwerksbetriebe. Unweit gab es das Neckarauer Heimatmuseum, das tatsächlich aussah wie ein richtiges Dorfmuseum.

Wenn es still war, konnte man hier in diesen Straßen allerdings die Züge hören – der Hauptbahnhof war nicht allzu weit.

Es gab einige Dinge, die an Mannheim angenehm waren. Dazu gehörte der Bahnhof. Nicht nur, dass beinahe alle Züge, die durch Deutschland brausten, Mannheim berührten, auch die unterirdischen, von ewigem Licht erleuchteten Passagen versorgten Leute wie Alicia, die sich bis heute nicht an die deutschen Öffnungszeiten hatte gewöhnen können, mit Salat, Joghurt und Butter.

Hatte sie überhaupt etwas Essbares zu Hause? Sie hätte in Straßburg noch etwas kaufen sollen. Alicia fuhr bis in die Richterstraße. Dort wohnte jeweils nur eine Familie in einem Haus mit Garagen, deshalb war in dieser Straße Platz für Parkasylanten aus der Katharinenstraße. Sie hatte schon fast eine Lücke ausgefüllt, da sah sie s e i n Auto. Ein, wie sie fand, angeberischer, machtvoller BMW in Metallicblau. Natürlich. Das passte zu ihm. Alicia bemühte sich eine Erklärung zu finden, warum sie jetzt wieder wegfuhr. Trotz Parklücke. Schließlich hatte sie endlich eine und nichts zu Hause, nicht einmal Rotwein.

Beate trank mit ihrem Lover meistens Sekt, den er großzügigerweise mitbrachte.

Sekt! Das, was der deutsche Fremdgeher für seine Geliebte reserviert. Alicia würde es nicht unter Champagner machen und mit ihm schon gar nicht.

Den Parkplatz verachtend, fuhr sie zackig wieder auf die B 36, vorbei an der Fachhochschule für Technik und schwang sich über die Eisenbahnbrücke Richtung Bahnhof.

In Mannheim herrschte sonntägliches Leben. Eine rege Stadt war das, die auch am Wochenende nicht rastete. Paare bummelten durch die Stadt, sahen sich Schaufenster an, Kirchgänger kehrten nach dem Restaurantbesuch nach Hause zurück, die Museen entließen ihre Besucher mit zufriedenem Gesichtsausdruck. Kein verschwendeter Sonntag, man hatte etwas für die Bildung getan. Die Mannheimer nahmen ihre Kulturstätten mit trotzigem Interesse an. Zu lange hatten sie gegen das Image, nichts als eine graue stinkende Industriestadt zu sein, ankämpfen müssen.

Und doch ein Unterschied zum Alltag: Keine Staus.

Alicia fuhr am Luisenpark entlang. Auf der Umlaufbahn keuchten einige Jogger, Kinder spielten und Hunde kläfften.

Sie hielt kurz an, Felix winselte und hauchte gegen sein Seitenfenster, bis sie ihn aussteigen ließ und gemeinsam gingen sie ein paar Schritte an der Seitenfront des Theresienkrankenhauses spazieren.

Das Theresienkrankenhaus war Alicia noch aus ihrer Kindheit in leidvoller Erinnerung. Sie hatte in den Sommerferien die Mandeln dort verloren und angeblich hätte sie so geschrieen, dass man noch jahrelang auf der Station davon gesprochen hatte. Beate war ein Jahr später dran gewesen und von ihr hatte man keinen Mucks gehört.

Alicia warf einen dankbaren Blick auf die andere Seite der Straße und aufs Theater.

Eigentlich war sie keine besonders leidenschaftliche Theaterbesucherin, zu zappelig war sie oft, um die drei Stunden durchzustehen. Doch seit einiger Zeit hatte sie einige Kunden unter den Schauspielern gefunden. Sogar für das Programmheft der vorletzten Spielzeit hatte sie ein paar Aufträge bekommen und hoffte auf eine Fortsetzung. Anstatt der üblichen Fotos, die die Schauspieler oft mit etwas starren Gesichtsausdrücken zeigten, hatte man Zeichnungen in die Begleithefte aufgenommen. Beim Publikum waren die Bilder gut angekommen, auch wenn die Porträts der Schauspieler manchmal moderne oder Karikaturen ähnliche Züge annahmen. Ihre Darstellung des Prinzen in Büchners genial-schönem Stück *Leonce und Lena* als Märchenfigur mit doppeltem Gesicht – todtraurig auf der

Rückseite – war gelobt worden. Seither kannte sie ein paar Leute vom Theater, allen voran die alterslose Uschi, Maskenbildnerin, klein und ewiger Single, eine treue Freundin, und Syl, die stundenweise in der Ausstattung arbeitete und die ganz ähnlich aussah so als blühe dieser Typ Frau in der Theaterluft – schlank, mit weißblond gefärbtem Haar und konzentrierten kleinen Gesichtszügen.

Alicia atmete die durch die Bäume des Parks gefilterte würzige Luft ein. Es hatte ein wenig geregnet, die Erde war feucht, es roch gut. Felix sah sie aufmerksam von schräg unten an. Alicia warf einen Blick auf die schönen Villen gegenüber unweit des Neckars. Obwohl sie es nicht gerne zugab – inzwischen liebte sie diese Stadt.

Hier fand man alles, was Leben ausmachte. Sie verstaute den ergeben dahertrottenden Hund im Auto und fuhr nach Hause. »Dieses Jahr fängt gut an, Cherie!«, sagte sie. Felix schüttelte seine langen Ohren. »Es hat nicht geschneit, in Straßburg haben wir 230 Euro verdient und es war wirklich schön, mal wieder mit den anderen auf der Straße zu stehen. Und weißt du was – dieses Jahr suchen wir uns endlich eine eigene Wohnung. Schwesterchen kann ja ab und zu zum Tee kommen, aber ich denke, es ist Zeit, dass wir ihr eine sturmfreie Bude zubilligen, wenn ihr fieser Lover kommt. Wir schauen uns mal um. Nach Hause wollen wir sowieso nicht. Wahrscheinlich ist der Gigolo noch da.«

Felix knurrte.

Der Neckar, links freier Blick Richtung Heidelberg, rechts Hochhäuser. Mannheim konnte es nicht verleugnen – hier wurde Geld verdient. Hier wurde geschafft. Was in Straßburg so mühelos aussah – hier sah man den täglichen Kampf ganz deutlich.

Hinter dem Neckar bog Alicia links ab und tauchte ein in die Neckarstadt-West. Eines ihrer Lieblingsviertel. Eines, in das sie gerne ziehen würde, wenn sie es eines Tages fertig brächte Beate wirklich alleine zu lassen.

Ein bürgerliches Wohnviertel – Studenten, ältere Leute, ausländische Mitbürger, die es geschafft hatten, ihren Platz irgendwo in der deutschen Gesellschaft zu finden. Viele Wohngemeinschaften, Pärchen, allein erziehende Mütter. Es gab Läden, die meisten davon billig, Bäckereien und an der Ecke Kobell- und Uhlandstraße eine kleine Buchhandlung.

Kobellstraße? Da hatte sie sich mal eine Wohnung angesehen. Hohe Häuser, kaum Grün, doch fast jeder hatte auf seinem Balkon einen Ersatz gepflanzt, der malerisch über die Eisenbalustraden hing. Alicia, großstadterfahren, vermisste das Grün sowieso nicht. Der Herzogenriedpark war ganz in der Nähe und der Neckar mit den Spazierwegen, die allerdings eigentlich den Hunden gehörten, zumindest waren sie tabu für Leute mit Hundeangst.

Sehnsucht nach purer Natur überfiel Alicia eigentlich selten, viel öfter überfiel sie die Sehnsucht in einem Café mit alten Ledermöbeln und viel, viel Rauch zu sitzen, Leute zu beobachten, Gedankenskizzen zu machen und Zeitungen zu lesen.

Also die Kobellstraße! Eines Tages vielleicht. Alicia zuckte die Achseln und fuhr wieder zurück, diesmal über die Kurpfalzbrücke, dann rechts Richtung Uni, durch den Lindenhof, zurück nach Neckarau. Das Auto fuhr langsamer und Alicia zögerte, aber irgendwann musste sie heim. Duschen, Anrufbeantworter abhören, Internet, ihre Homepage, neue Aufträge, sich auf den anderen Tag vorbereiten.

Wieder die Katharinenstraße.

Der BMW war weg, an seiner Stelle klaffte eine Lücke. Wenigstens d a s hatte er ihr hinterlassen.

Alicia schloss auf, lief durch den Hausgang, links drei Stufen hoch, öffnete die innere Haustür und betrat den eigentlichen Hausflur. Ihre Schwester und sie lebten im dritten Stock. Es war ein ruhiges, ordentliches Haus. Keine Studenten. Ältere Leute, nur eine Familie mit zwei halbwüchsigen Söhnen, zwei allein stehende Frauen unterm Dach, also über ihnen. Stolz war die Hausgemeinschaft, dass bisher keine Türken eingezogen waren, oder andere Ausländer. Alicia, die Frau Bertram neben ihnen manchmal darauf hinwies, sie sei schließlich auch Ausländerin, da Französin, erntete nur Erstaunen. »Das sind doch keine Ausländer! Außerdem sprechen Sie so gut Deutsch! Wenn man es nicht genau wüsste, könnte man sie für eine echte Mannheimerin halten.«

Ein sicheres Haus also, ein Haus, in dem man angstfrei die Treppe hochlaufen konnte, vorbei an den einigermaßen dezenten Mittagessensgerüchen bis zu der Wohnung die sich Alicia mit ihrer Schwester teilte.

Beate stand in der Küche und brütete über Tabellen und Rezepten, auf denen es grün aussah. Sie war besessen davon, schlanker zu werden, beschäftigte sich deshalb dauernd damit, leichte und kalorienarme, vernünftige Gerichte zu kochen und verbrachte viel zu viel Zeit in der Küche. Sie probierte die Mahlzeiten, um dann einen Apfel und noch einen zuckerfreien Joghurt zu essen.

»Beate, du beschäftigst dich viel zu sehr mit dieser Esserei – gedanklich, meine ich!«

»Das ist typisch für dich!« Im Unterschied zu Alicia hatte Beate stets einen klein wenig beleidigten Tonfall. »Du kommst heim und kritisierst an mir herum. Kannst du nicht erst mal ordentlich guten Tag sagen?«

»Guten Tag!«, sagte Alicia und warf ihre Jacke über einen Haken. Felix suchte in der Küche nach seinem Fressnapf. Beate rückte die Jacke gerade. »Nur damit sie nicht runterfällt.«

Alicia verdrehte die Augen zum Himmel.

»Meine Güte, Beate, und wenn sie runterfällt, dann heb ich sie eben wieder auf.« Alicia schlenderte in die Küche und füllte für Felix den Napf mit Trockenfutter auf. »Was? Du hast getrocknete Datteln gegessen. Die sind verboten. Die haben mehr Kalorien als eine Schwarzwälder Kirschtorte.«

»Aber gesund. Frauen in arabischen Ländern haben tolles Haar und tolle Haut!«

»Und dazu die Gene von Schehezerade. Wir haben die Gene aus Mannheim-Gartenstadt und von irgendeinem nordfranzösischen oder irischen Kartoffelbauern.«

»Sei nicht so ironisch. Ironie lässt Frauen sehr unattraktiv wirken. Sagt Peter!«

»Na, der muss es ja wissen. Ich will nur nicht, dass dein Liebhaber wieder mit hochgezogenen Brauen deine Speckröllchen mustert. Du weißt, der Mann ist verwöhnt!«

Alicia schleuderte die hochhakigen Pumps von den Füssen und ging ins Bad. Sie band ihre dichten Locken mit einem Band zusammen und zog sich aus.

»Warum kannst du meine Beziehung zu ihm nicht endlich akzeptieren!«, rief ihr Beate nach. »Du verstehst ihn nicht. Wie auch? Ich kenne seinen alltäglichen Stress, die Belastungen, die diese Arbeit mit sich bringt. Die Brutalität, die er täglich sieht. Er kennt Mannheim von unten und glaube mir, das ist nicht immer ein angenehmer Anblick.« Sie klang optimistischer als sie war. Wie lange würde sie noch in seinem Dunstkreis arbeiten können? Selbst ihr fiel es schwer, sich für eine Sache zu begeistern, die einem nur auf eine vertraglich geregelte Zeit gehörte.

»Wenn er sich scheiden lässt – sofort!« Alicia stellte die Dusche auf heiß.

Beate wandte sich wieder ihrem Joghurt zu, mit Hingabe goss sie Mineralwasser dazu. »Dann wird es wie Sahne!«, murmelte sie vor sich hin.

Alicia hatte geduscht und ihr Make-up erneuert. Summend kam sie wieder in die Küche. Sie roch nach einem sehr teuren Parfüm.

Auch ein Punkt, in dem sich die Schwestern dramatisch unterschieden. Beate schminkte sich sorgfältig ab, wenn sie nach Hause kam und trug eine dicke Schicht pflegender Tages- oder Nachtcremes auf. So lief sie den ganzen Abend herum, so sah sie fern. Alicia schminkte sich ab. Geprägt war sie von dem Lebensstil der französischen Frauen und ihrer Disziplin, was sie selbst betraf. »Die sitzen am Strand in der Normandie, es windet, sie haben einen Hund, einen Mann und drei Kinder. Sie tragen kleine goldene Ohrringelchen, ein Goldkettchen am Fuß, die Haare sitzen, das Make-up auch und kein Härchen am Körper, wo es nicht hingehört.«

»Wir sind aber nicht in Frankreich!«, sagte Beate trotzig. »Ich bin Deutsche!«

»Wenn du es noch oft genug sagst, vielleicht stimmt es irgendwann!«, sagte Alicia und riss sich ein Haar aus.

Beate musterte sie mit gekrauster Stirn und zusammengekniffenen Lippen. Wie oft hatte sie sich gefragt, wie ihr Leben verlaufen wäre, wenn s i e bei Papa geblieben wäre, anstatt Alicia.

Was sie nicht wusste, war, dass Alicia sich das ebenso oft fragte. Ihr wilder Geist, ihr Temperament, ihre Fantasie, ihr Wunsch auszuprobieren in den Händen ihrer fleißigen energischen und humorlosen Mutter? Was wäre sie dann heute? Zeichenlehrerin an einer Mädchenschule?

»Du bist zu gut für diesen Typ!« Alicia machte sich einen Espresso. Die Maschine schäumte und zischte. »Mit einem aus der Chefetage ein Verhältnis zu haben, zahlt sich nur aus, wenn man eiskalt und berechnend ist und das bist du nicht. Du bist ein Schaf, das noch dankbar ist, wenn er seine beruflichen Sorgen ab und zu mit dir diskutiert.«

Felix war auch unzufrieden. Er maulte.

»Du wirst zu dick, mon chien. Kein Stück mehr oder wenn, dann nur noch eins!«

»Ich liebe ihn!«

»Und *er* liebt seine Frau!«

»Tut er nicht! Er ist nur noch aus Vernunftgründen bei ihr. Sie ist oberflächlich und egoistisch.«

»Warum hat er sie dann geheiratet?«

An diesem Punkt endeten die Gespräche der Schwestern meistens. Alicia ging zum Kühlschrank und spähte in ihrem Fach, was es zu essen gab: sie pickte sich ein paar Oliven heraus und goss sich einen Pernod ein. Mit Wasser wurde das Gelb zu einem milchigen Hell.

»Wie war es in Straßburg?«, fragte Beate und raspelte eine Karotte.

»Nett. Mal wieder was anderes. Interessante Kunden. Eine Holländerin, die aussah wie ihr eigener Käse, ein Dackel und ein seltsame Frau. Ich hatte vergessen wie es ist, wenn du für bares Geld arbeitest. Das Geld bekommt dann beinahe etwas Sinnliches, etwas Greifbares!«

»Von diesem Greifbaren könntest du unsere Badezimmersparbüchse auffüllen!«, entgegnete Beate humorlos.

Sie war sehr ordentlich, sehr gewissenhaft, hatte Angst eine Rechnung nicht pünktlich zu bezahlen oder einen Brief für 55 Cent wegzuschicken, der eigentlich schwerer war. Alles Dinge, die Alicia vollkommen egal waren. Sie parkte ihr Auto verboten und zahlte die Strafzettel als Ehrenschulden.

Beate konnte nahezu jedes Rendezvous beenden, nur um zum Auto zu hasten, aber nicht etwa um die Parkzeit zu verlängern, nein, das war ja verboten, sondern um es an eine andere Parkuhr zu stellen.

Nahezu jedes Rendezvous wohlgemerkt, aber nicht das mit Peter Fisher. Hier würde sie kalt lächelnd zusehen, wie man ihr Auto abschleppte.

Alicia schob sich eine Scheibe Serranoschinken in den Mund.

»Du musst das Bad nicht jedes Mal putzen, wenn ich mir die Haare kämme!«

»Leider doch!«, sagte Beate, doch dann wurde sie direkt versöhnlich, »na ja, du kannst nichts dafür, dass du schwarze Haare hast – es hätte auch mich treffen können!«

Beate war klein und trug ihr blondes Haar kurz. Ihre Nase täuschte. Sie war klein und stupste nach oben, doch keck war ihre Besitzerin deshalb noch lange nicht.

»Gehst du heut' Abend weg?«

»Ich glaube nicht! Ich bin müde.«

»Hm!«

Beide schwiegen.

Alicia verzichtete darauf ihr zu sagen, was sie ihr schon oft gesagt hatte – dieses Warten, ob ein verheirateter Mann es irgendwie schaffte, sich ›loszueisen‹ oder sich wenigstens zu melden, lohnte nicht. Jede Wette wartete Beate auf einen Dankes-Anruf von ihm. So in der Art: »War schön mit dir, Kleines!« Doch Fisher rief selten nach getaner Tat an. Warum auch? Irgendwann kehrte er sowieso zu seiner Frau oder einer neuen Geliebten zurück.

»Ein Mann trennt sich im ersten Jahr von seiner Ehefrau oder er tut es nie!«

»Du kann ihn nur nicht leiden! Du kennst ihn nicht so wie ich ihn kenne. Und ich kenne ihn auch, wenn er im Büro ist. Es ist bewundernswert, wie souverän er auftritt.«

Alicia warf den Kopf zurück und lachte laut und tief. »Souverän kann man es auch nennen. Beate, es tut mir leid, ich liebe dich, du bist meine Schwester, aber ich kann mich mit deinem Job bei der Kripo und mit deiner Liebelei an Ort und Stelle nicht recht abfinden. Ich sage es deutlich und wenig vornehm – der Kerl ist für mich einfach ein Kotzbrocken. Mit seinen geschniegelten Anzügen, seinem Sportwagentick, seiner Angeberei mit diesen Uhren und seinen Sprüchen, die meistens haarscharf an der Frauenfeindlichkeit entlang schrammen.«

»Peter lebt nun mal in einer reinen Männerwelt. Im Präsidium gibt es auf seiner gehobenen Ebene nur ein paar Sekretärinnen und bei uns in der Pressestelle die wenigen Frauen«, antwortete Beate sanft und brav.

Alicia stellte ihr Pernodglas lautstark neben die Spüle.

»Wir können ja ein paar Mörderinnen einfliegen, damit er mehr Weiblichkeit um sich hat. Du lebst in einer Schäfchenwelt! Wie auf einem gestickten Gobelin. Ausgerechnet du, die du doch so moralisch und so korrekt bist! Du würdest dir noch selbst einen Strafzettel ans Auto hängen!«

»Einen unglücklichen Menschen zu trösten, ist nicht unmoralisch!«

Alicia lachte laut auf.

»Kommt auf das Trösten an. Erinnerst du dich an Martine, die kleine, blonde Bedienung aus der Bar Opera, die das Verhältnis mit Papa hatte. Die hat ihn bestimmt auch nur getröstet. Wie habt ihr, Mama und du euch über sie aufgeregt!«

»Das war etwas ganz anderes!«

Hier endete der Disput meistens.

»Und du? Gehst du noch weg?«

Beate betrachtete ihre Schwester mit einem Anflug von nachdenklichem Neid.

Alicia schien immer in Bewegung, ließ sich nichts gefallen, war leicht und oberflächlich in ihren Beziehungen. Sie litt nicht, sie ließ leiden.

»Ja, ein paar Leute vom Nationaltheater treffen sich. Sie haben mich gefragt, ob ich mitkommen will zum unregelmäßigsten und unordentlichsten Stammtisch Mannheims.«

»Schauspieler«, Beate seufzte leise. Sie würde stattdessen warten.

Er rief nie an, ›hinterher‹. Er schickte auch keine Blumen. Vielleicht schickte er ihr seine Gedanken. Beate konnte es nur hoffen. Außerdem war sie sowieso müde.

»Nein, heute keine Schauspieler. Zwei Ausstatter und Uschi, die Maskenbildnerin und ihre Freundin, Syl, die Schneiderin von der Ausstattung und ein Beleuchter, namens Jos. Wir gehen ins Casino im Werkhaus und später noch woandershin, mal sehen, vielleicht irgendwo in der Schwetzingerstadt, da gibt es immer ein paar neue Kneipen.«

»Ich gehe lieber in den Kleinen Rosengarten!« Beate ließ es trotzig klingen.

»Den gibt es schon lange nicht mehr. Da sieht man, wie wenig du ausgehst. Weil du lieber zu Hause hockst und den Ehemann einer anderen Frau bekochst!«

»Ich habe eben gerne häusliche Gemütlichkeit. Ich bin den ganzen Tag unter Menschen!«

»Menschen nennst du das!«, sagte Alicia. »Bullen.«

»Das stimmt nicht. Wir machen auch Informationsveranstaltungen und Schülerbegegnungen. Wir haben Kontakte zu den Leuten von der Presse.«

»Oh, du bist einfach ein braves Schaf. Und ebenso brav wartest du, bis dein Peter dich zur Schlachtbank führt, beziehungsweise eines Tages einer anderen Dame gestattet ihn zu bekochen und ihm nach dem Bett seinen Kaffee zu kredenzen.«

»Du bist nur neidisch! Du bist einfach schon zu lange alleine. Frauen, die so lange alleine leben, entwickeln einen eigenen Sinn für Humor. Bissig. Schneidend. Grausam.«

Alicia war erstaunt, dass ihre Schwester solche Worte benutzte. Und wider Willen dachte sie an die Frau vor dem Straßburger Münster. Ob die auch allein stehend gewesen war. Wahrscheinlich. Ein wenig bissig und schneidend war sie ihr schon vorgekommen. Grausam? Vielleicht sogar auch das. Der Bühnenerschütterer hat ausgedient, hatte sie gesagt. Also eine feindselige Bemerkung gegen jemand vom Theater. Ein Regisseur? Ein Schauspieler?

Beate war erfreut, dass ihre Worte Alicia zum Schweigen gebracht hatten. Triumphe egal welcher Art waren in ihrem Leben nicht allzu dicht gesät, etwas das sie wusste und gegen das sie einfach nichts unternehmen konnte.

Alicia warf ihr einen verärgerten Blick zu.

»Bevor dieser sinnlose Dialog ausartet, gehe ich in mein Zimmer und ziehe mich um. D'accord?«

Beate sah ihrer Schwester nach.

Sie selbst zog sich nicht um, bevor sie ausging. Morgens überlegte sie sich, was der Tag an Terminen aufbot, dann kleidete sie sich vernünftig und passend. Alles andere war Verschwendung. Alicia hatte zwei Modepuppen aus Paris bei sich im Zimmer stehen, die sie wahlweise mit Kleidern bewarf, um aus irgendeiner Schachtel einen lila Samtfetzen herauszuziehen, der einmal ein Pullover gewesen war und den sie jetzt über einer schwarzen Strumpfhose als Kleid trug.

Insgeheim war Beate tatsächlich nicht immer zufrieden mit ihrem Kleidungsstil. Strickjacken in Blau, Braun und Schwarz. Jeans, ein paar Stoffhosen für bessere Anlässe, zwei Röcke. Pullover und flache Schuhe – das Erbe aus der Zeit in der Bücherei. Außerdem erwartete man von einer Bibliothekarin ein gewisses Auftreten und ein bestimmtes Aussehen.

»Gefalle ich dir?«, fragte sie Peter immer wieder.

»Aber natürlich, warum denn nicht?« Und er hatte gelacht und sie auf die Nasenspitze geküsst. »Du bist so praktisch!«

Ihre Mutter hatte ein problemloses, braves Kind gebraucht, bei dem keine allzu frühe Schwangerschaft oder Ärger anderer Art zu erwarten gewesen war. Nicht auffallen und nicht anecken. Freche Worte unterdrücken, Mama hatte es schon schwer genug gehabt.

Patric Aherne hingegen erzog seine Tochter zu dem Bild, das er von Frauen hatte. Wild, frei und frech. Wenn sie ihn in seinem Lieblingsbistro Nähe Opera besuchte und die Männer ihr nachsahen, war er stolz. Wahrscheinlich ohne jemals an die Konsequenzen zu denken. Die waren ihm auch erspart geblieben.

Patric war ziemlich unpassend gestorben. An einem Ort, den er freiwillig eigentlich selten aufgesucht hatte. In einer Kirche, wo er den Auftrag gehabt hatte, ein kleines Schiff, das die Ankunft von Jesus symbolisieren sollte, so zu restaurieren, dass es wieder wie ein funktionstüchtiges Schiff aussah. Das Schiff hatte ziemlich hoch über dem Altar gehangen, zu hoch. Er war schlicht und einfach von der Leiter gefallen und hatte sich am Altar den Kopf angeschlagen. Er war bewusstlos gewesen und nie wieder aufgewacht.

Alicia war einerseits traurig gewesen, andererseits aber auch wieder erleichtert, dass er einen Tod gefunden hatte, der zu ihm passte und nicht hatte leiden müssen.

Jetzt war Patric Ahernes Tochter in der Welt seiner deutschen Exfrau und ihrer Tochter.

Alicia schlief lange, benutzte das Bad und machte es erst sauber, wenn sie Lust dazu hatte, sie trank Alkohol nur noch, wenn sie Lust dazu hatte und dann manchmal zu viel. Beate hatte zweimal einen Mann bei sich in der Küche antreffen müssen, der auf ihre Frage »Wer sind Sie?« im Wörterbuch nachsehen musste.

Beate hielt sich für treu. Dass der Mann ihres Lebens verheiratet war, untermauerte sie mit einem Gebäude an Entschuldigungen. »Sie lässt sich einfach nicht scheiden. Sie erpresst ihn. Er ist zu gutmütig. Er hat nun mal einen guten Charakter!«

»Wenn dieser Mann gutmütig ist, setze ich einen Pitbull in einen Hamsterkäfig und die beiden kuscheln. Er bumst gerne fremd, ist aber zu bequem dazu zu stehen!«, pflegte Alicia zu ergänzen. Wenn Peter kam, verschwand sie meistens. Das letzte Mal war er mit einer Tasche erschienen, die auf Übernachtungsbesuch schließen ließ.

»Was ist los? Haben Sie Ihre Frau eingeschläfert oder warum darf Beate sie über Nacht behalten!«

Fisher hatte amüsiert gelächelt.

»Keineswegs. Meine Gattin erfreut sich bester Gesundheit und spielt bei einem Tennismatch der ›Under Fifties‹ in Freiburg mit. Ich nutze die Gelegenheit, ein wenig frische Luft vom Alltag zu schnuppern, wenn es Sie nicht stört. Ich meine, wenn jemand längere Zeit Single ist, dann fällt es ihm immer ein wenig schwer, sich das Glück anderer anzusehen.«

»Es fällt mir schwer, das Unglück meiner Schwester mit anzusehen!«, erwiderte Alicia. Sie war stolz auf ihre moralische Haltung und stolz auf die geistreiche Antwort – und das noch dazu in Deutsch. Florettfechten fiel ihr immer noch leichter in Französisch.

Alicia fuhr in die Stadt. Das Glück blieb ihr treu. Sie fand einen Parkplatz, direkt am Ring, am Eingang zu T 6. Nicht weit entfernt war die Gutsschenke, wo sie manchmal mit Kunden hinging. Bürgerlich-deftig. Vielen war das lieber als immer nur das Geknabbere vom Thai oder die ewig gleichen Spaghettivarianten.

Und das Nationaltheater war direkt gegenüber.

Alicia wartete an der Ampel. Sie sah sich um. Früher waren hier am Ring Kneipen gewesen, in denen der gutbürgerliche Mannheimer ein preiswertes großes Bier und einen Wurstsalat essen konnte. Oder eine Pizza wie in Italien. Heute wechselten die Kneipen verschiedener Nationalitäten – zwischen Mexikanern und Chinesen – so oft, dass es sich kaum lohnte, die Namen zu behalten. Es wurde grün, der Fluss der Autos Richtung Kurpfalzbrücke wurde gestoppt. Einige Fußgänger liefen mit Alicia zusammen aufs Theater zu. Große Poster verhießen die Stücke der Zukunft. *Macbeth* war eines von ihnen, doch das Bild stieß Alicia ab. Eine Frau mit der Frisur und dem Kleid eines Kindes streckte die blutenden Hände von sich. Alicia schüttelte sich. Sie kannte nicht allzu viel von Shakespeare. Sie bevorzugte die Komödien. Der Eingang des Theaters war hell erleuchtet, Menschen strömten hinein.

Das Nationaltheater wurde gut angenommen in Mannheim; es gehörte zu der Stadt wie der Rheinhafen oder wie das Reißmuseum.

Die Clique hatte sich bereits am Stammtisch in der winzig kleinen Kneipe im Werkhaus breit gemacht, Zigarettenschachteln, Rotweingläser waren schon benutzt. Syl, die Ausstatterin, die aber erst kurz beim Theater war, noch keine feste Stelle hatte und nur gelegentlich geholt wurde, hatte ihre geliebten Nüsschen schon in Krümel verwandelt. Sie betrieb nebenher noch ein ›Studio für harmonisches Miteinander von Möbeln‹ nicht weit von Alicias eigenem Atelier. Manchmal traf man sich zu einem Kaffee. Uschi, die Maskenbildnerin schaute nachdenklich. Sie war wie Syl allein stehend und beide witzelten häufig über die Methoden zur Beendigung dieses Zustandes. Alicia bezweifelte, dass sie es wirklich wollten. Zu frei war ihr Leben, zu unregelmäßig ihre Arbeitszeiten am Theater und zu gerne schliefen die beiden lange in den Morgen hinein.

»Hallo, Alicia. Wie war es in Straßburg?«

Man küsste sich auf beide Wangen.

»Wunderbar. Aber Mannheim ist …«

Alicia schwieg. Und alle schwiegen mit ihr.

»Wir wissen, was du meinst. Fast alle von uns wollten nur kurz bleiben und dann weiter nach Berlin oder nach Zürich. Da wo es besser ist. Wir sind noch hier und mögen das sogar!!«

Alicia nickte, bestellte und zündete sich eine Zigarette an. Sie betrachtete die Runde. Uschi war nach eigenen Angaben etwa 45, winzig klein, ganz dünn, wie ein bewegliches Streichhölzchen mit Fransen oben dran und Maskenbildnerin. Thomas und Steffen sahen aus wie maßgeschneiderte Stewards vom Traumschiff, waren ein Liebespaar und arbeiteten als Beleuchter, beziehungsweise Ausstatter. Jos, der Belgier, war dritter Inspekteur, hatte aber eigentlich Tontechniker gelernt. Er war nicht groß, wirkte ein wenig weich und hatte braune Locken.

»Die Stühle aus dem Hänsel und Gretel – erinnert ihr euch noch, letztes Jahr.«

»Klar, diese überdimensional großen Dinger!«

»Genau – die soll ich wieder aufpolieren – zu Thronen für Lord und Lady Macbeth!«

»Wann ist Premiere?«

»Im Juni voraussichtlich!«

Jos zuckte die schmalen Achseln und wischte sich eine seiner Kuschellocken aus dem Gesicht. Er gab sich französischer als die Franzosen, was stets eine Eigenart der Beneluxbewohner zu sein schien.

»Oder auch später. Der Rosen will richtig was Großes draus machen. Seine Lady Macbeth ist übrigens ein viel versprechendes Talent – von dieser Frau wird man noch einiges hören und lesen. Sie heißt Isabella Verbicki. Ich habe gehört, aber ich kann es nicht sicher sagen – Lord und Lady Macbeth sollen wie Kinder dargestellt werden. Die auf zu großen Thronen sitzen! Sie haben auch immer zu große Schuhe und Kleider an. Und sie spielen mit Kinderspielzeug! Blasen Seifenblasen in die Luft und so weiter. Brechen die Gastfreundschaft, morden, um Könige zu werden und das alles so beiläufig als machten sie ein Computerspiel.«

Syl lachte, »gottlob hab' ich ein paar Nichten und Neffen. Darf ich ein paar Förmchen beisteuern! Diese Regisseure müssen sich immer etwas Verrücktes einfallen lassen! Kein Wunder – wie willst du einem Stück noch etwas Neues abgewinnen, das seit 400 Jahren aufgeführt wird!«

Alle schwiegen einen Moment. 400 Jahre.

»Ihr habt doch diesen Extraraum mit den Sachen für die Kinder!«

»Stimmt, da wird er sich schon noch bedienen. Da drin herrscht sowieso das Chaos. Jeder bringt von zu Hause was mit und wirft es rein. Unsere lieben Kollegen!! Aber bei manchen Ideen denke ich auch, es sind reine Sparmaßnahmen. Erinnert ihr euch noch an den *Ring* vor einem Jahr – nur graue Betttücher als Dekoration! Das hätte Wagner nicht gewollt. Und ob Shakespeare gewollt hätte, dass sein Macbeth wie ein großer dummer Junge daher kommt – das wissen wir nicht. Er war so klug sich niemals zu seinen Stücken zu äußern. Freie Hand für die Regie!«

»Klar«, stimmte Uschi zu. »Mir haben sie zwei Honorarkräfte gekürzt und die Stelle von dem Piston wird nicht mehr besetzt. Wenn es so weitergeht, dann schminken sich unsere Darsteller eines Tages noch selbst!«

»Manche können das ganz gut. Ich glaube, die lernen das sogar auf den Schauspielschulen. Auf jeden Fall wird *Macbeth* gut angenommen werden. Shakespeare ist immer eine sichere Miete. Schon ein Wunder, der Mann. Überlege dir mal – schreibt Stücke im tiefsten Mittelalter und kein experimentelles Vorstadttheater in London oder New York kommt an ihm vorbei! Wenn er das heute wüsste oder sehen könnte, wie er sich wohl fühlen würde?«

»Na, Mittelalter? 1616 ist er gestorben. Das war schon der Beginn der Neuzeit!«

»Aber er war dem Mittelalter noch sehr verbunden. Göttlicher Ordnungsgedanke, klare Hierarchien, die Elemente regeln die Hormone, und Könige bleiben schön unter sich! Für die blöden Sprüche war immer die Unterschicht verantwortlich. Obwohl seine Widerspenstige mag ich.«

»Auf jeden Fall war er ein einmaliges Genie. Ein Landkind, das Weltgeschichte schrieb. Das will der Rosen auch irgendwie herausarbeiten. Er plant, bestimmte Sätze an eine Leinwand werfen zu lassen und ihre geniale Ewigkeit herauszustreichen, immer mit Bildern von Shakespeare untermalt! Und natürlich die Idee mit den kindlichen Mördern. Finde ich nicht schlecht, könnte aber Ärger geben mit den Kinderschutzorganisationen. Ich sehe schon die Besprechungen vor mir.«

»Deshalb kriegt die Kleene ja auch die Hauptrolle!«

Uschi war unverkennbar aus Berlin und manchmal verfiel sie wieder in den Dialekt der Heimat.

»Na, die Kleene ist immerhin auch schon 25. Da kommt Arbeit auf dich zu, Uschi! Wenn du die auf 15 runterschminken musst.«

»Immer!«, sagte Uschi lässig. »Wenn alle aussehen würden, wie sie aussehen, wär ick arbeetslos!«

Alle lachten. Syl bestellte neue Nüsschen. Ein paar verfrühte Theaterbesucher kamen herein, sahen sich um, murmelten sich etwas zu und gingen wieder.

»Und ich auch!«, sagte Alicia. »Die meisten lassen sich malen, wie sie aussehen wollen und nicht wie sie tatsächlich aussehen!« Sie bestellte sich noch einen Rotwein und war froh, einmal nicht die tadelnden Blicke von Beate dabei zu sehen. »Davon lebt meine Branche!«

»Nicht nur deine. Wir eigentlich alle!«, sagte Steffen nachdenklich. »Wir schaffen eine Scheinwelt für zwei Stunden und bemühen uns die Lüge glaubhaft zu machen. Das Theater ist eine Lüge für einen Abend! Beim Fernsehen kannst du umschalten, im Theater musst du sitzen bleiben. Ein Abend in einer erlogenen Welt.«

Später sollte Alicia manchmal an diesen Satz denken, doch jetzt genoss sie erst einmal den Rauch, den Rotwein und Jos bewundernde Blicke auf ihrem Gesicht. Das Leben war schön. Irgendwie.

Und die Nacht verging.

Und es kam ein nächster Morgen.

Es könnte ewig so weitergehen.

Alicia und Beate frühstückten ebenso verschieden wie sie waren. Während Alicia morgens nicht viel mehr als einen Schluck schwarzen Kaffees trank, im Sommer manchmal einen Orangensaft und ausgiebig im Bad verschwand, aus dem sie als echte Künstlerin wieder perfekt gestylt erschien, schlurfte Beate zunächst ins Bad, kam zwar frisch geduscht, aber ungeschminkt heraus, um deutsch mit Wurst, Käse und Marmelade zu frühstücken.

Auf Alicias fragende Blicke hatte sie zu Beginn ihres Zusammenlebens achselzuckend gemeint: »Ich schminke mich im Büro! Seit wir diese Telefonzeiterfassung haben, melden wir uns an und erledigen so viel wie möglich danach!«

Man sah ihr deutlich den Stolz an, mit dem sie ihren Arbeitgeber – immerhin die Kriminalpolizei – ausschaltete. »Du mit deinem schwarzen Kaffee. Unsere Mutter hat mir jedenfalls beigebracht, ordentlich zu frühstücken. Schließlich war sie mittags nicht zu Hause und ich musste mir irgendeine Suppe aufwärmen.«

Alicia musterte sie ironisch. Beate hatte die kleine kompakte Statur ihrer Mutter geerbt. Es schien, als sei sie mit einer Art Deckel auf dem Kopf groß geworden, der immer von oben kontrolliert hatte, dass sie nicht über eine bestimmte Linie hinausschoss.

»Mit unserem Vater habe ich meistens im Café gefrühstückt. Mittags haben wir dann sowieso nur einen Salat gegessen! Irgendwo in einem Bistro!«

»Natürlich auch außerhalb!« Beate schüttelte den Kopf. »Da wundert mich nicht, dass er seinen Unterhalt immer zu spät gezahlt hat! Und von all dem Geld, das er geerbt hat, hat er uns gar nichts gegeben. Wenn wir mehr Möglichkeiten gehabt hätten …«

»Aber verhungert bist du doch nicht!«, erwiderte Alicia anzüglich und drehte eine Strähne ihres schwarzen Haares in der Hand, schlug ein schlankes Bein in hochhackigen Schuhen über das andere und angelte nach ihrer Gauloisepackung. »Mama hat ja auch …«

Beate sagte nichts dazu. Ihre Mutter hatte eine sehr heimliche, nicht unlukrative Beziehung zu einem verheirateten Chefarzt gehabt – ein Muster für ihr eigenes Leben? Jedenfalls hatte man von Beate stets nettes Wohlverhalten erwartet. Ein Accessoire – nicht mehr.

So war sie bis heute.

Was würde geschehen müssen, damit Beate es wagte aus dem Karo des Wohlverhaltens herauszutreten und sich traute einen Schritt neben den Weg zu setzen.

Es war Januar, und es war kalt! Die Welt und ihre Beziehungen schienen erstarrt.

Während Beate und Alicia ihre leisen Feindseligkeiten austauschten, begann – ganz in ihrer Nähe – eine beinahe gleichaltrige Frau mit einer ganz anderen Gemeinheit.

Sie war eine Fischerin. Sie begann den lange vorbereiteten Köder auszuwerfen, langsam und in verschiedene Richtungen. Viele Tiere sollten danach schnappen.

Aber sie wollte die Fische gar nicht töten. Sie wollte nur reiche Beute machen.

Und doch, sie würde ihre Angel nicht mehr einrollen können.

Dazu würde sie bald ganz einfach zu tot sein.

***

Mittwoch, 9. 3. 2005, früh am Morgen.

Das Wetter wurde langsam freundlicher. Alicia konnte es kaum erwarten, auf der Straße zu leben, zu essen, im Park zu malen und zu lesen. Die Wohnung mit Beate war ihr einfach zu beengt. Ihr und auch Felix, der zwar duldsam und lieb war aber dennoch überall nur an Türen stieß. Alicia stand am Küchenfenster und bewunderte die Forsythien im Garten hinter dem kleinen Haus.

Bald würde sie draußen frühstücken können. Etwas Frivoles in den Augen ihrer Nachbarn und auch ihrer eigenen Schwester. »Iss doch zu Hause, wie alle.«

»Zu Hause? Unter der Woche? Nur im Notfall!«, erwiderte Alicia hochmütig.

Ihr erster Termin war um zehn, also suchte Alicia heute vor dem ersten Kunden das Kaffeehaus im Bahnhof auf.

Dieser Ort gab ihr etwas von Freiheit, etwas von ›theoretisch einfach eine Fahrkarte kaufen und nach Marseille fahren‹. Sie liebte Bahnhöfe und Flughäfen. Es war Leben pur.

Dort frühstückte sie so, wie sie es gelernt hatte: Croissant, rabenschwarzer Kaffee, zwei Zigaretten und manchmal gönnte sie sich den Luxus der New York Times. Das gab ihr das Gefühl, die ganze Welt stünde ihr offen. City Girl. Smart. Das Leben noch vor sich. So etwa.

Ihr Ausflug nach Straßburg lag nun schon Wochen zurück.

Der Hauch von Frühling war sogar hier zu spüren. In den Mannheimer Parks streckten Schneeglöckchen und namenlose gelbe Blumen die Köpfchen aus dem Boden, in der Bahnhofshalle waren die Wintermäntel verschwunden. Alicia gähnte.

Gestern Abend hatte sich die Clique wieder getroffen. Die Themen waren wieder die gleichen gewesen – Klatsch und Tratsch aus dem Theater, Politik und wie man es schaffte mit dem Rauchen aufzuhören. Alicia hatte sich an letzterem nicht beteiligt. Warum auch? Sie w o l l t e nicht endgültig mit dem Rauchen aufhören. Und mit dem Trinken auch nicht. Und mit dem anderen eigentlich auch nicht. Sie dachte an Straßburg, ihre letzte Kundin, das Essen im Restaurant und die Nacht mit Rafael. Der israelische Medizinstudent. Sie kannte ihn nicht wirklich gut. Unmoralisch? Es war doch nur das eine Mal gewesen. Trotzdem.

Nur schade, dass man Männer nicht am Automaten ziehen konnte.

»Leb unvernünftig!«, hatte ihr Vater ihr mitgegeben. »Es ist kürzer, macht aber deutlich mehr Spaß!«

Heute saß tatsächlich Syl am Nachbartisch. Auch ein Bahnhofsfan. Ein unausgesprochenes Gesetz ließ sie sich zunächst gegenseitig in Ruhe lassen wie zwei Katzen, die ihr Revier eingeteilt haben.

Erst nach der zweiten Zigarette war Sprechen erlaubt. Syl gähnte. »War ganz nett gestern, aber für mich ist nix drin. Thomas und Steffen zählen nicht und Jos steht auf dich. Muss eine Solidarität unter Galliern sein!«

Syl gähnte wieder.

»Mag sein. Hat deine Schwester eigentlich immer noch dieses Bratkartoffelverhältnis.«

»Ja, leider. Eigentlich müsste er sie als Chefsekretärin bezahlen. Sie hört sich brav seine Mordgeschichten an und steuert den gesunden Menschenverstand einer Mannheimer Mittelschichtlerin bei. Ob ihn das der Lösung seiner Fälle näher bringt. Eigentlich dachte ich immer, er darf diese Dinge nicht erzählen, aber Beate ist im Öffentlichen Dienst auch bei der Polizei und lässt angeblich nichts nach draußen.«

Syl zuckte die Achseln. »Ist mir auch egal! Ich denke, die ist arm dran, deine Schwester. Irgendwann schmeißt *er* sie raus und das Präsidium auch. Er ist doch da ein höheres Tier. Da darf man sich keine Illusionen machen. Zu viele Chancen hast du nicht im Leben.«

Alicia lächelte. Sie überflog ihren Teil der Zeitung.

Jeden Tag war ein kleiner Artikel über das internationale Shakespearesymposium in der Zeitung, das zwei Wochen in der Stadt tagen würde und sogar eine Schrift ›Die Mannheimer Shakespearegespräche‹ herausgeben würde. Die Artikel waren stets auf der Kulturseite und mit einem Bild geziert, welches jeder Mensch als das von Shakespeare erkannte.

Eine Ehre! Schließlich hatten Mannheims Philologen lange in der Wirtschaftshochschule ein Stiefmütterchendasein gespielt. Aber jetzt: Wissenschaftler mit und ohne große Namen wohnten in den Dozentenhäusern oder Hotels, es gab Vorträge, Diskussionen, eine Theatergruppe aus England spielte bei einem kleinen Festakt den *Hamlet* und zwar ohne Worte. Wieder etwas Neues.

Der arme Shakespeare.

Alicia fragte sich, ob sich der ganz normale Mannheimer Bürger mit seinen alltäglichen Sorgen für diese literarischen Feinheiten interessierte. Der Mannheimer Bürger wollte seine Theaterstücke *mit* Worten hören.

Draußen vor dem Café erwachte das Leben. Banker, Verkäuferinnen, späte Schüler und frühe Studenten hasteten zu ihren Zügen und draußen zu ihren Straßenbahnen, die klingelnd und leuchtend ihre Fracht durch die Straßen trugen.

Ampeln schalteten viel zu schnell auf Rot und mancher witschte noch durch – auf der Kreuzung stand ja doch ein Stau.

Alicia war einmal für eine Familie, die sich porträtieren lassen wollte, drei Tage in Karlsruhe gewesen. Karlsruhe war ganz anders. Es räkelte sich gemütlich, streckte sich und wachte gemütlich auf – wie eine Rentnerin. Mannheim war wie ein Halbstarker dagegen. Es gab sich einen Ruck, sprang aus dem Bett, ließ die Muskeln spielen und brüllte, »*Hier bin ich, Leute, wo kann ich anfangen!*«

»Also, was Jos betrifft«, meinte Alicia, gähnte auch, dehnte sich aber dabei wie eine laszive Katze. »Du kannst ihn gerne haben! Ich warte noch auf den Richtigen. Wie die Juden auf den Messias. Jeden Tag kann er kommen!«

»Meinst du denn, du merkst es, wenn es der Richtige ist?«

Alicia nickte ernsthaft.

In ihr steckte keltisches Erbe. Für die Kelten war Gefühl alles! Kein Wunder, dass sie die ganze Welt erobern konnten, die meisten Literaturnobelpreisträger und geniale Rocksänger hervorgebracht hatten, aber leider immer zu spät aus dem Pub kamen und die Finger nicht vom Guiness lassen konnten. »Lebt unvernünftig!« musste ihnen ihr Häuptling wohl einmal zugerufen haben. »Ja!«, sagte Alicia, »es gibt da dann ein Gefühl. Ein starkes Gefühl!«

»Na!« Syl drückte ihre Zigarette aus, »dann warte du mal auf das Gefühl. Ich suche jemanden Verlässliches, keinen Hallodri vom Theater, einen, der morgens um sieben zur Arbeit geht und abends heimkommt – mit Rentenberechtigung und Abteilungsleiter. Dann könnte ich endlich arbeiten wo und wie ich will und muss mich nicht an jeden Regisseur ranschmeißen, damit er für mich ein gutes Wort einlegt. Gut, bei dem Rosen macht man es ja gerne – da mitzumachen, ist eine Chance. Trotzdem, ein Ehemann wäre spießig aber nicht schlecht. Mit dieser Sicherheit kommt das Gefühl von alleine!«

Alicia zuckte die Achseln.

Syl entfaltete ihren *Mannheimer Morgen.* »Willst du einen Teil?«

Alicia nickte. Beate hatte ebenfalls den Mannheimer Morgen abonniert, reichte ihr aber morgens bestenfalls den Sportteil. Syl überflog die Todesanzeigen und die Nachrichten aus dem Gemeinderat. Wanderte zu allgemeinen lokalen Begebenheiten. »Meine Güte – eine Frau vermisst. Seit Freitag. Nachbar gemeldet. Wohnhaft am Luisenpark. In einem Block mit Ferien- und Eigentumswohnungen. Gutes Wohnviertel. Sehr schön. Hatte mir mal in der Gegend eine Wohnung angesehen. Unser Alter, die Frau! Auf dem Foto kann man nicht viel erkennen. Was machen diese Weiber nur? Gehen mit irgendeinem Kerl in die Wohnung, weil er noch den Hund holen muss. Oder ne wärmere Jacke. Oder sie steigen in Heidelberg in ein Auto und hoffen in Mannheim und vor dem Traualtar anzukommen. Enden tun sie dann in Edingen am Neckar!«

»In unserem Alter sollte man sein eigenes Auto haben!«, nickte Alicia. »Meine Schwester fährt auch mit der Bahn. Sie hat sich ausgerechnet, dass sie davon sechsmal im Monat Taxi fahren kann! Macht sie aber nicht, weil sie meistens auf dieses Arschloch wartet.«

Uschi grinste und reichte Alicia den Lokalteil. »Mon dieu, die kenn ich!«

»Was?« Syl ließ die Internationale Politik sinken.

»Die Frau, die kenne ich. Die hab ich gemalt!«

»Gemalt? Sie war in deinem Studio?«

»Nein, nein, das war auf der Straße. Vor vier Wochen, als ich in Straßburg war. Eine seltsame Person.«

»Viele sind seltsam und verschwinden doch nicht! Ehrlich gesagt, wenn alle verschwinden würden, die seltsam sind, wäre Mannheim entvölkert!«

Alicia nickte langsam. »Schon klar, Syl, aber dennoch, es war etwas Besonderes an dieser Frau, etwas Triumphierendes!«

»Naja, vielleicht taucht sie ja wieder auf. Manche Leute fahren spontan in den Urlaub, weißt du. Abends im Internet die Reise gesehen, gebucht und weg. Wir sind Singles, vergiss das nicht. Und wenn wir keinen Hund haben, so wie du, dann ex und hopp. Und wenn wir nie mehr wiederkommen, interessiert es auch nur den, der schon lange auf deinen Job wartet!«

Das ist ziemlich traurig, dachte Alicia. Single. Irgendetwas in ihr wehrte sich gegen dieses Wort, obwohl sie die Freiheit stets recht plakativ auf ihre Fahnen schrieb. Aber lieber Single als eine Ehe, in der der Mann hastig das Parfüm einer anderen abwusch, bevor er heimkam und sich um die Kinder kümmerte. Beate dagegen verblühte im Warten auf bessere Zeiten.

Alicias Blick wanderte zurück zu dem Bild. Rötliche Haare, der Mund ein wenig dünn, die Augen intelligent, aber scharf und kühl, die gesamte Frau vielleicht etwas zu dünn. Genauso hatte sie auch in Straßburg ausgesehen. Nicht unattraktiv aber zu kühl. Von dem Zeitungsbild mit schlechter Auflösung sah sie Alicia an und schien zu sagen: »Na, kommst du mir auf die Schliche?«

»Noch einen Kaffee?«, fragte die Bedienung müde.

»Nein!«, sagte Alicia und legte – wie in Frankreich üblich – das Geld auf den Tisch, ohne sich um eine Rechnung zu kümmern. »Ich muss gehen! Felix ist ein alter Herr, er steht spät auf, aber jetzt muss er raus!«

Der Blick der Frau verfolgte sie ebenso wie die Erinnerung an die Begegnung mit ihr.

»Kommst du mir auf die Schliche?«

3

Weiß man, wer tat die mehr als blut'ge Tat? (Macbeth, 2. Akt, 3. Szene)

Mittwoch, 9. 3. 5 15 Uhr, 2005

Als er gegangen war, bebte Alicia vor hilfloser Wut.

Und wie schon so oft nahm sie sich vor, unverzüglich eine eigene Wohnung zu nehmen. Selbst in ihrem Atelier wäre sie besser aufgehoben als hier, wo ein Mann, den sie ablehnte unbehelligt aus- und einging.

Sie musste sich in ihren eigenen Räumen von einem arroganten Kerl belehren lassen und wenn sie sich schon herabließ, der Polizei zu helfen, wurde dies auch noch gegen sie verwendet.

Das gesunde Misstrauen, das jeder Franzose gegen die Ordnungsmacht hegt, hätte sie warnen sollen. Dass die eigene Schwester tagtäglich die Belange der Polizei bearbeitete und half sie zu verbreiten, war an sich schon eine Zumutung. Oft war es ihr peinlich am Stammtisch darüber zu sprechen, doch Beate hatte sich immer schon – auch als Bibliothekarin – wohl gefühlt in der Welt der festgelegten Benutzerordnungen und Regeln.

Und jetzt noch ihre unerschütterliche Liebe zu einem Polizisten. Wenn er ein ordentlicher, allein stehender Mann gewesen wäre, ein wenig einsam, einer, der ruhig und zäh und gerecht seiner Aufgabe nachging, so eine Art kultivierter deutscher Maigret, dann hätte man ihn sympathisch finden können. Stattdessen war er einfach nur ein Filou mit Hang zum Küchenpersonal.

Alicia war am frühen Nachmittag heimgekommen, nachdem sie eine überraschend rüstige 90-Jährige und ihre ziemlich erschöpft aussehende Tochter, die gerade 70 geworden war, porträtiert hatte. Eigentlich hätte auch die 40-Jährige Enkelin auf dem Bild sein sollen, doch diese hatte überraschend wieder ihre Depressionen bekommen und lag mit Kopfweh zu Bett.

»Diese jungen Leute!«, schmunzelte die 90-Jährige bestens gelaunt. »Sie sagt, sie wird traurig, wenn sie an das Elend auf der Welt denkt und zweifelt am Sinn des Lebens. Zumal das Universum sich ausdehnt und irgendwann sowieso auseinander bricht. Aber in Mannheim dehnt sich doch nichts aus. Wir sind dazu da, uns zu amüsieren, solange wir da sind, was können wir sonst tun?«

Alicia war nach Hause gekommen und hatte sofort gemerkt, dass er da war, denn es war noch aufgeräumter als sonst und Felix war in der Küche eingesperrt.

»Warum habt ihr ihn wieder eingesperrt?«, schrie sie gegen Beates geschlossene Zimmertür gerichtet. »Ihr braucht keine Sorge zu haben! Er interessiert sich nicht im Geringsten für euch!«

Die Tür öffnete sich und beide traten auf den Flur. Beate hatte den Nachmittag frei gehabt – eine willkommene Gelegenheit. Sie waren allerdings korrekt angezogen, im Hintergrund sah man ein nettes Stövchen mit Flamme auf dem eine Teekanne stand, Gebäck war in einer zierlichen silbernen Schale arrangiert. Vivaldi war zu hören.

»Und das mitten in Mannheim!«, sagte Alicia verblüfft.

»Was ist das hier? Japanische Teezeremonie. Bist du zur Geisha mutiert, Beate!«

»Ihre Schwester hat heute Nachmittag ein Stündchen frei, und sie war so freundlich mich zu einer Tasse Tee zu bitten, aber ich muss jetzt schon gehen. Dringende Geschäfte. Leider nichts Erfreuliches.« Fisher deutete eine Verbeugung an, die sich bei ihm wie Hohn ausnahm.

»Und zu was hat meine Schwester noch gebeten?«

Fisher, groß und schlank, sein ganz kurz geschnittenes Haar mochte hellbraun gewesen sein, war aber jetzt auf dem Weg zu dekorativem Grau, sah aus wie ein Schauspieler, der im Fernsehen einen jener eleganten Topmanager darstellt, die über Leichen und Arbeitskräfte gehen.

Stimmt, dachte Alicia und amüsierte sich über ihre eigenen Gedanken. Er geht über Leichen, steht neben ihnen, vor ihnen.

»Der Kuppelparagraph ist aus dem deutschen Recht verschwunden, meine Liebe – insofern ich mich ganz unschuldig fühle.«

»Bitte!«, sagte Beate.

»Der letzte Tag, an dem Sie unschuldig waren, war der Tag bevor Sie auf die Welt kamen!«, sagte Alicia.

»Alicia!«, sagte Beate.

Fisher lachte.

»Ich bewundere, wie Sie als Ausländerin unsere Sprache beherrschen, meine Liebe!«

Felix knurrte, was bei einem Cavalier-King-Charles-Spaniel eher ein wenig lächerlich als bedrohend wirkte. Dennoch sagte Alicia, »aus, Felix!«, so als habe sie einen scharfen Kampfhund vor sich.

Fisher schmunzelte.

»Leider, wie gesagt, die Damen!«

Er verbeugte sich.

»Die Pflichten rufen. Schließlich bin ich …«

»… ein verheirateter Mann!«, ergänzte Alicia.

»Ein *berufstätiger* Mann!«, betonte Peter Fisher. »Wie ihre Frau Schwester weiß, kennt unsere Arbeit keine Schonfristen. Mörder und Schwerkriminelle halten sich leider nicht an Schönwettertage.«

Alicia betrachtete ihn mit neuer Nachdenklichkeit.

»Bon, wenn Sie schon da sind, dann kann ich Ihnen vielleicht etwas mitteilen. Und zwar betrifft es die Frau auf dem Foto heute in der Zeitung.«

Beate wollte etwas sagen, doch Fisher hob die Hand, an der ein Ehering steckte, was Alicia heute zum ersten Mal bemerkte. Sie wertete es als Zeichen von Arroganz und Unverschämtheit, dass er ihn nicht einmal abnahm.

»Diese Frau …«

Fisher gab ihr ein Zeichen und Beate verstummte.

»… zu dieser Frau würde ich gerne etwas sagen!«

Beate wagte einen neuen Vorstoß.

»Alicia, Peter hat doch nun wirklich anderes zu tun.« Beate war an die Kleinkriege zwischen ihrem Liebhaber und ihrer Schwester gewöhnt, die neue Qualität ihres Wortwechsels überforderte sie.

»Davon bin ich überzeugt, aber diesmal …«

Fisher musterte Alicia leidenschaftslos.

»Ich bin nicht im Dienst. Wenn Sie einen Hinweis geben können, kommen Sie bitte unverzüglich zur Kriminalpolizei, 2. Stock, Dezernat 1, Anmeldung Zimmer 5. Beate, du bist so nett und zeichnest es ihr auf! Nicht, dass sie sich noch verläuft.«

Alicia schüttelte den Kopf. »Tut mir leid, ich bin gerade erst heimgekommen, werde bestimmt nicht gleich wieder fortgehen und ich kann es Ihnen doch …«

Fisher betrachtete einen Autoschlüssel, dessen Lederanhänger exakt zur Farbe des Wagens vor der Tür passte.

»Wenn Sie n i c h t kommen, machen Sie sich strafbar. Auch hier dürfte ihre Frau Schwester kompetent genug sein, Sie zu beraten.« Er sagte es kühl, und sah dann auf seine flache silberne Uhr. »Ich erwarte Sie in einer halben Stunde. Wenn Sie sich beeilen, schaffen Sie es noch!«

»Siehst du, Alicia.« sagte Beate in einem rührenden Versuch, Schwester und Liebhaber auf einen wie auch immer gearteten Nenner zu bringen »Peter ist ganz korrekt, das habe ich dir immer gesagt! Dafür ist er im Präsidium bekannt.«

Bevor Alicia etwas erwidern konnte, das dazu passen würde, war der korrekte Ehebrecher gegangen.

***

Mittwoch, 9. 3. 5 17 Uhr, 2005.

Das Polizeipräsidium Mannheim lag an einer Stelle, die man sich gut merken konnte.

An einer lauten, verkehrsreichen Straße, unweit des Schlosses und der Universität am Quadrat L 6.1 – ein mächtiger alter Bau, reich verziert mit Ornamenten und Respekt gebietend. Ebenso Respekt gebietend die Prozedur bis man drin war: Ausweis zeigen, oben anrufen. Jemand bringt sie hoch. Als Verbrecher hatte man es vermutlich leichter, dachte Alicia während sie die langen Gänge entlang geführt wurde, bis zum Büro des »Chef« wie der junge Begleiter es ausdrückte. Es herrschte lebhaftes, fast hektisches Treiben in den Büros und Besprechungszimmern, Telefone läuteten und Faxgeräte schnurrten – alles wirkte wie unter Alarm, so als sei gerade eine Verbrechensnachricht bekannt geworden. Wahrscheinlich normal hier. Mannheim war eine lebendige, widersprüchliche Großstadt und bestand nicht aus vierhunderttausend Chorknaben. Gott sei Dank, fügte Alicia für sich an.

Im Vorzimmer Fisher war es dagegen ziemlich ruhig.

Dass Fisher eine junge, attraktive Sekretärin hatte, wunderte Alicia nicht. Sie hatte es nicht anders erwartet. Männer wie er versuchten, möglichst nahe am Klischee entlang zu leben.

Mit funkelnden Augen saß sie der jungen, flachsblonden Frau gegenüber, die nachdem sie ihr freundlich einen Stuhl zugewiesen hatte, keine Notiz mehr von ihr nahm. Das Sekretariat war freundlich und modern eingerichtet: Computer mit Flachbildschirmen, Kaffeemaschine, auf dem Fensterbrett ein Kaktus.

Draußen hörte man aus der gleichmäßigen Musik der Autos nur die größeren Lastwagen heraus, die Richtung Ludwigshafen brummten und brausten, von Ampeln mühsam gebremst wurden und ihre Kraft beim Anfahren wieder entfalteten. Die Sekretärin stand auf und schloss das Fenster.

»Mannheimer Luft«, sagte sie lächelnd, »verträgt nicht jeder!«

»Nein!«, erwiderte Alicia spitz. »Manchen scheint sie gar nicht zu bekommen, sonst existierte Ihre Dienststelle nicht!«

Bevor die junge Frau über den Satz nachdenken und entsprechend antworten konnte, öffnete sich die Tür. Der vertraute Anblick von Peter Fisher füllte den Türrahmen. Alicia hatte sich vorgenommen, »Na, ausgeschlafen?« zu ihm zu sagen, als Rache für alles sozusagen, doch eigenartigerweise waren die Karten hier für *ihn* gemischt.

Das war sein Reich, während in der Katharinenstraße wenigstens die Hälfte der Domäne ihr gehörte.

Eigentlich sah er aus wie der Mann, der eine Stunde zuvor aus dem Zimmer ihrer Schwester gekommen war und doch war er ein anderer.

Ihr Vater, der alle Arten von Beamten abgrundtief gehasst hatte, hatte sie gewarnt. »Die Deutschen sind nicht alt oder jung, schön oder intelligent. Sie s i n d Lehrer, Arzt, Bauarbeiter oder Sekretärin! Der Beruf bedeutet ihnen alles!«

Wenn Alicia jetzt Peter Fisher betrachtete, dann konnte sie die Erkenntnis ihres Vaters nur bestätigen. Er sah aus wie 007, der nach Mannheim abkommandiert worden war.

So deplatziert er mit seinen Anzügen, seiner teuren funktionalen Uhr und seinem Messerhaarschnitt in Alicias Teil der Wohnung wirkte, so sehr schien er hier mit seiner Umgebung verwachsen.

In Alicias Welt kamen solche Leute eigentlich nicht bis über ihre Türschwelle. Es stimmte, was ihr Beate gelegentlich vorwarf, »Du hast ja auch Männergeschichten!« Doch seit Frederic kamen Männer vielleicht in ihr Bett, aber nicht in ihr Herz. Und es waren grundsätzlich keine Männer aus Fishers Gedankenwelt: Es waren Künstler oder vielleicht mal ein Lehrer. Ein Sozialpädagoge und ein spanischer Kellner. Sie waren sanft und freundlich, lasen mit ihr zusammen Gedichte und besprachen keine Mordfälle, so wie es Fisher mit Beate tat. Manchmal dachte Alicia, er benutze Beate, um sich über seine eigenen Überlegungen klar zu werden. *Ihre* Männer tranken Rotwein, keinen Whisky wie Fisher, und sie öffneten mit ihren Schlüsseln eher Fahrradschlösser oder Türen von bescheidenen Autos. So wie Stephane, ein Gitarrenlehrer aus Saarbrücken, der sein knatterndes Mofa mit erstaunlicher Lebensfreude fuhr.

»Frau Aherne«, fragte er, aber es klang nicht fragend, sondern wie ein Befehl. Wenigstens spricht er meinen Namen richtig aus, dachte Alicia. Aber Kunststück! Es ist ja *unser* Name und wenn er Beate in ihrer Bibliothek anruft, um jene heimlichen Treffen zu vereinbaren, auf die sie wochenlang lauert, dann muss er ja auch nach ihr fragen.

»Ich bin hier«, gab Alicia trotzig zur Antwort, »aber ich habe nicht viel Zeit!«

Er lächelte ein schmallippiges Lächeln. »Wir werden sehen! Bitte!«

Die Sekretärin nahm ihre Bildschirmarbeit wieder auf und Alicia betrat erstaunt ein großes elegantes Büro. In Frankreich waren Beamte nicht so großzügig ausgestattet, dort hockten sie meistens in kleinen, einfach möblierten Räumen, wo vielleicht nicht an der Technik aber an den Möbeln gespart wurde.

»Nehmen Sie Platz, Frau Aherne!«

Alicia war froh, dass er sie nicht Alicia nannte, was er manchmal tat, wenn sie sich zu Hause im Flur über den Weg liefen. Denn das hätte sie sich hier ebenso verbitten müssen wie daheim.

»Danke!«

Sie setzte sich. Schlug die Beine übereinander. Sie trug einen kurzen Rock mit dunkelgrünem Tigermuster. Er war aus einem Secondhandladen in Käfertal. Darüber einen gelben Pulli, aus dem gleichen Geschäft und dazu alte Stiefel aus weichem Leder. Sie wusste, dass sie gut aussah und sie wusste, dass sie schöne Beine hatte. Jeder zeigt, was er hat, dachte sie.

»Frau Aherne, Sie kannten die Frau, die wir«, er machte einen kleine Pause, »suchen!«

»Kennen? Nein. Ich habe sie lediglich gemalt!«

Er räusperte sich. »So wie ich Ihren Geschäftsgang kenne, musste sie dazu ja mehrmals in Ihr Porträtstudio kommen!«

»Sie kennen eben nicht meinen ganzen, vollständigen Geschäftsgang, Herr Fisher«, versetzte Alicia. »Sie war nicht in meinem Studio, sie war auf der Straße!«

Sie genoss Fishers leichte Verunsicherung. Aber natürlich – diese Polizisten wurden geschult, keine Gefühle zu zeigen. Pokerfaces.

»Sie malen auf der Straße?«

»Gelegentlich!«

Fisher musterte Alicia kühl. »Frau Aherne, ich habe nicht ewig Zeit. Wo und wann haben Sie die Frau auf dem Foto gesehen?«

Alicia zuckte die Achseln. »Vor etlichen Wochen. Anfang Januar. Ich war in Straßburg, als Vertreterin für eine meiner Schülerinnen – ich unterrichte gelegentlich Porträtzeichnen, sie brauchen das für ihre Aufnahme an der Kunstakademie – habe ich vor dem Münster Touristen gemalt.«

Fisher hob die Hand. Wieder glitzerte der Ehering provozierend.

»Um eines klarzustellen, Frau Aherne. Auch ein Kriminalbeamter hat ein Privatleben. Respektieren Sie das bitte!«

Alicia fühlte Protestwellen in sich aufkommen. Sie war schon in der Schule nicht gerne zurechtgewiesen worden. Was nahm er sich heraus? Bumste ihre arme Schwester, benutzte ihre Dusche und vielleicht sogar das Gästehandtuch und spielte sich hier auf als sei er ein makelloser Saubermann?

»Sie respektieren nicht m e i n Privatleben! Ich würde

jemanden wie Sie normalerweise niemals in meiner Wohnung dulden!«

»Letztes Wort dazu!«, erwiderte Fisher mit drohendem Unterton. »Es ist nicht *Ihre* Wohnung. Sie sind mit Ihrer räudigen Töle unaufgefordert dazu gestoßen. Ziehen Sie doch ganz einfach wieder aus. Wie wär's?«

»Ich? Ziehen Sie doch aus. Und zwar zu Hause. Bei Ihrer Frau!«

»Frau Aherne, wenn Sie jetzt nicht zur Sache aussagen, nehme ich Sie in Beugehaft!«

Alicia war sprachlos.

Schließlich sagte sie: »Beugehaft, so ein Wort fällt auch nur euch Deutschen ein!«

»Schildern Sie jetzt bitte die Situation mit der betreffenden Person?«

»Wird das nicht protokolliert?«

»Machen Sie sich keine Gedanken über unser Vorgehen.«

Alicia erzählte von der Frau, von ihren seltsamen Worten und dem Geld, das sie so verschwenderisch dabei gehabt hatte und so freizügig gezeigt hatte.

Fisher nickte, ab und zu machte er sich eine Notiz.

»Konnten Sie sich auf diese Worte irgendeinen Reim machen?«

»Nein! Die Frau wirkte zufrieden, ja, beinahe triumphierend. Ich hatte den Eindruck, sie sei aus geschäftlichen Gründen nach Straßburg gekommen und die Geschäfte seien gut gelaufen.«

Fisher nickte vielsagend.

»Und ihre Verbindung zu Mannheim?«

»Sie fand es offenbar lediglich interessant, dass ich aus Mannheim stammte. Warum hat sie nicht gesagt. Und diese Frage, ob ich gerne ins Theater gehe, darauf konnte ich mir keinen Reim machen, obwohl man manchmal merkwürdige Sachen gefragt wird. Auf der Straße!«

»Das kann ich mir denken!«, sagte Fisher noch vielsagender.

Er stand auf. Eine Welle herben Rasierwassers wehte über den Schreibtisch. Es wehte auch gelegentlich durch ihr Bad. Man sollte solche Männer irgendwie in einer von Singlefrauen abrufbaren Datenbank erfassen. Bei ihrem Namen sollten rote Ausrufungszeichen erscheinen.

»Gut, das war's dann. Wir erstellen jetzt kurz drüben im Sekretariat das Protokoll, das unterschreiben Sie und Ihre Aussage wird dann an die Staatsanwaltschaft zusammen mit den anderen weitergeleitet.«

Alicia folgte ihm wie willenlos. Staatsanwaltschaft, dachte sie. Immerhin. So wichtig wird man, wenn man verschwindet.

***

Mittwoch, 9. 3. 5 18 Uhr, 2005.

Am späten Nachmittag hatte sie eine interessante Kundin. Frau Murayama war Pianistin, Japanerin und wollte ihren Eltern ein Bild von sich und im Hintergrund den Mannheimer Wasserturm schicken. Sie setzte sich routiniert und malerisch auf das Mäuerchen vor dem ausgeschalteten Springbrunnen, lächelte unverdrossen, trotz der Kälte. Nicht ein Härchen veränderte sich an ihr während der Stunde, in der Alicia die Grundzüge des Bildes gestaltete. Sie selbst hatte dicke Winterstiefel an und eine dicke Jacke mit Fleecefutter. Manche Leute blieben stehen, es kamen bissige Kommentare, »ob sie auch genug Gelb in ihrem Farbkasten hat!« – »Für die Augen gibt's Rabatt, da braucht sie ja kaum was zu malen!«

Das Leben flutete aus der Augustaanlage am Rosengarten vorbei, schien durch den Platz am Wasserturm gleichsam gebremst und wurde dann kanalisiert Richtung Fressgasse, Bahnhof oder Kurpfalzbrücke. Doch nach einer Weile hörte man den Verkehr kaum noch. Sehnsüchtig wanderte Alicias Blick zwischendurch zum Maritim Hotel.

In einem Hotel zu wohnen wäre ihr Traum.

Sie hasste Hausarbeit, ein ständiger Streitpunkt zwischen ihr und Beate, die von Sauberkeit und Ordnung besessen schien. In einem Hotel müsste sie nichts machen, könnte sich nur dem Malen und dem Lesen widmen. Ausgehen, spät heimkommen, morgens das Frühstück ans Bett, aufstehen, wenn man zurückkommt ist das Bett gemacht, »Das nenne ich die wahre Konzentration auf das Wesentliche im Leben!«, murmelte sie vor sich hin.

***

Mittwoch, 9. 3. 2005, Abend. Gegen 20 Uhr

Beate und Alicia machten nicht mehr allzu viel gemeinsam. Es reichte, dass sie zusammenwohnten. Da mussten sie nicht noch zusammen l e b e n. Alicia hatte einen winzigen alten Fernseher in ihrem Zimmer, viele Bücher, viele noch in Kisten schlummernde Erinnerungen: Skizzen, Tagebücher, alte Zeugnisse, Fotos. Stundenlang konnte sie in diesen Erinnerungen leben.

Beate hatte einen großen Fernseher, ihre Erinnerungen

waren säuberlich beschriftet und befanden sich in Ordnern. Gemeinsame Erinnerungen gab es fast keine.

In der Küche trafen sie am häufigsten zusammen und dort entzündete sich meistens auch ihr Streit. Alicia hatte eine kreative – aus Beates Sicht unordentliche – Art zu kochen.

Von Zeit zu Zeit kaufte sie sich irgendein exotisches Kochbuch und fertigte für ihre Freunde ein üppiges Mahl an, das tagelange Spuren in der gesamten Wohnung hinterließ.

Dann wieder kochte sie eine Woche überhaupt nichts und machte sich nur Sandwiches. Beate nahm abends kalte Brote zu sich. Nur wenn Fisher da war, stand sie mit Hingabe am Herd.

Dort bereitete sie kleine feine Steaks zu, die den Magen nicht belasteten und vor allem geruchlos waren. Denn Peter konnte schwerlich behaupten auf einer anstrengenden Sitzung gewesen zu sein und nach Knoblauch und Rotwein riechen. Zumindest nicht jedes Mal.

Heute Abend trafen die beiden Schwestern ausnahmsweise mit ähnlichen Nahrungsvorstellungen zusammen. Alicia hatte beschlossen, zu sparen und Spaghetti mit Tomatensauce zu essen und Beate hatte beschlossen, die Kohlehydratdiät zu machen und ebenfalls Spaghetti mit frischen Tomaten zu essen.

»Ich war übrigens tatsächlich bei deinem Casanova im Büro!«

Beate band sich eine Schürze um, damit die hellbraune Gabardinehose nicht beschmutzt würde.

»Ich weiß«, sagte sie und versuchte cool zu klingen, obwohl ihre Stimme vor Genugtuung zitterte. »E R hat es mir gesagt!«

»Darf er das? Der Mann ist Leiter der Kommission Kapitalverbrechen. Hat Vermisste zu suchen und Morde aufzuklären und zwar diskret. Mir als Leiche wäre es nicht recht, wenn diejenigen, die meinen Tod aufklären sollen, mit Gott und der Welt über mich reden.«

»Ich bin nicht Gott und nicht die Welt. Ich arbeite derzeit im Polizeipräsidium, in der Pressestelle. Es ist üblich, dass wir über die Vorgänge im Haus bis zu einem gewissen Grad informiert werden und überdies habe ich so etwas wie einen Eid geleistet. Peter weiß, dass alles was er mir sagt, wie in einem Safe schlummert!«

»Na dann! Pass mal auf, dass du nicht vor lauter Anbetung deines Peter, und frenetischer Beschäftigung mit *seinem* Job *deinen* bald los bist. Wir sind im 21. Jahrhundert, Beate. Eine Frau lebt nicht mehr im Schatten eines Protegé, auf seine Gnade angewiesen!«

»Da mache ich mir keine Sorgen!«, erwiderte Beate erschreckend ernsthaft. »Solange ich ihn habe, fühle ich mich irgendwie stark. Wie unangreifbar. Er kennt meine Chefs und geht manchmal mit ihnen essen. Ich denke schon, dass seine Meinung etwas zählt.«

Alicia würzte die Sauce mit Olivenöl, Kräutern, Knoblauch und rieb frischen Parmesan. Sie aß Spaghetti aus Italien, ohne Ei, Beate – nomen est omen – verwendete Zabler Hochzeitsnudeln. »Die Hoffnung stirbt zuletzt!«, bemerkte Alicia.

Ihre Gedanken wanderten zu der unbekannten Person aus Straßburg.

»Hoffentlich finden sie diese Frau, die ich gemalt habe und die jetzt vermisst wird. Nicht, dass sie mir besonders sympathisch gewesen wäre, aber es ist kein angenehmer Gedanke, dass in Mannheim Frauen einfach verschwinden. Verschwinden bedeutet irgendwie niemals etwas Positives bei uns Mädels!«

Beate verdrückte frische Tomaten mit der Gabel, langsam. Es sah irgendwie grausam aus.

»Ach, sie ist gar nicht mehr verschwunden!«

Und lächelte. Herrschaftswissen will ausgekostet sein, vor allem gegenüber einer Schwester, die sich sonst aufführte, als sei sie etwas Besseres.

»Was? Man hat sie gefunden. Und wo war sie? Warum hat sie sich nicht gemeldet.«

»Im Käfertaler Wald. In einer sehr versteckten Lichtung. Zwischen einem Holzstapel. Unweit ein kleiner Spielplatz. Von dort ist sie wohl an ihren Liegeplatz geschleppt worden. Man hat entsprechende Schleifspuren gefunden. Aber keine aussagekräftigen!«

»Geschleppt? Machst du Witze?« Beate genoss sichtlich, was jetzt kam. »Ach, es war auch gar nicht witzig. Sie ist nämlich tot. Ermordet. Erdrosselt, wahrscheinlich mit einem dicht geflochtenen Seil. Materialproben werden derzeit ausgewertet. Die Tatzeit kann nicht ganz genau definiert werden, das Temperaturgefälle zwischen den sehr kalten Nächten und den relativ warmen Abenden macht unseren Gerichtsmedizinern natürlich zu schaffen.«

Unseren! Alicia verdrehte die Augen.

»Es geschah wohl Freitagabend, heute Morgen, sehr früh um sieben Uhr, ist sie gefunden worden. Spät, aber es war nun mal im Unterholz. Natürlich läuft jetzt die ganze Maschinerie. Tatortsicherung, Spurensuche, Befragungen – dreißig Leute sind an der Sache dran. Deshalb hatte Peter wenig Zeit heute. Er ist einer der beiden Leiter der Sonderkommission.«

Alicia ließ ihren Löffel in die brodelnden Spaghetti fallen. Fischte ihn fluchend und mühsam wieder heraus. Jetzt erst drang in ihr Bewusstsein, was Beate wirklich gesagt hatte.

»Was? Sie ist tot? Ermordet? Die Frau, die ich gemalt habe, ist ermordet worden. Mein Gott, wer war das?«

»Das werden wir herausfinden! Mach dir keine Gedanken!«

Alicia starrte ihre Schwester an. Sie war jemand, der sogar auf rhetorische Fragen Antworten gab. Gut, dass sie nicht in England lebte – sie würde bei jedem »isn't it?« strammstehen.

»Ja! Leider. Peter geht, aber das dürfte ich dir wirklich nicht sagen, bei all den seltsamen Vögeln, mit denen du verkehrst, von einer Rauschgiftsache aus! Es gibt da gewisse Hinweise, Querverbindungen, aber mehr, tut mir leid, darf ich nicht sagen!«

»Ich verkehre mit weit weniger sonderbaren Vögeln wie du, meine Liebe. Zumindest sind meine Freunde ordentliche Singles, geschieden *oder* verheiratet!«

»Ja«, erwiderte Beate streng. »Nur leider sind die Falschen miteinander verheiratet: Männer mit Männern etwa.«

Alicia lachte. »Aber immerhin!«

Beate kniff die Lippen zusammen. Auch sie hatte manchmal Zweifel, hässliche Zweifel, die ihr die Lust verschlugen. Sie hatte Peters Frau nämlich gesehen, vor einer Woche im Miramar in Weinheim. Es war ihr freier Tag gewesen und dann ging sie gerne ins Kino oder ins Schwimmbad.

Sie selbst hatte sich hinter einer künstlichen Palme versteckt und die Frau beobachtet, die das hatte, was sie wollte. Sie war mit einigen gut gelaunten und gut aussehenden Freundinnen zusammen gewesen, die Clique hatte gelacht und getuschelt. Alle hatten Sekt getrunken, morgens schon.

Peters Frau war schlank und sah frech aus. Nicht gerade wie eine, die sich verzehrt. Sondern wie eine die sich unbekümmert durchs Leben lacht. Das hatte Beate sehr irritiert. Sollte sie nicht leidend aussehen, so wie jemand der spürt, dass sich ihr der Ehemann entzieht.

»Also, die Frau ist tot!« Alicia setzte sich schwer auf einen Stuhl »Das hätte ich nicht gedacht! Wer war sie? W a s war sie? «

Beate sonnte sich im Glanz ihrer Mitwisserschaft.

»Dazu darf ich keine Auskunft geben. Man sieht es jemandem außerdem nicht an, dass er Wochen später ermordet wird, Alicia. Die Menschen tragen kein Kainsmal auf der Stirn. Die Mediziner gehen von einer Tatzeit am Abend aus. Sie haben ihre Methoden. Gegen neun. Um acht Uhr am Freitagabend war nämlich der Förster auf der Lichtung. Zufällig zu einer Kontrolle. Es muss schon dunkel gewesen sein. Und der Täter hat keine Spuren hinterlassen. Profiarbeit!« Beate tat so als arbeite sie seit Jahren bei der New Yorker Kripo.

Alicia betrachtete ihre Schwester nachdenklich. »Nein, kein Kainsmal, aber sie wirken als hielten sie sich in einer falschen Welt auf, verstehst du, was ich meine. Als stimme irgendwas nicht mit ihnen.«

»Nein!«, sagte Beate rundheraus. »Keine Ahnung. Peter, aber das bleibt jetzt echt unter uns, geht von einer Rauschgiftsache über die Grenzen hinweg aus. Dazu passt, dass du sie in Straßburg gesehen hast! Du weißt ja – Straßburg ist ein gewisses Pflaster. Du weißt schon für was!«

»Nein, für was? Für Lebensfreude? Gutes Essen? Riesling?«

Alicia musterte ihre Schwester feindselig. Manchmal standen die Städte, in denen sie aufgewachsen waren, zwischen ihnen wie Ideologien.

»Nein. Das kannst du in Mannheim auch haben. Ich meine vielmehr Rauschgift. Drogen!«

Alicia schüttelte den Kopf. »Und die kannst du in Mannheim nicht haben, ja? Träum weiter. Sag mal, gibt es aber noch mal irgendwas, was dir dein Peter nicht erzählt. Bist du online mit ihm verbunden und kriegst die Protokolle rübergeschickt?«

»Morgen bin ich wieder im Büro und erfahre mehr. Peter freut sich, dass ich mich für seine Arbeit interessiere. Das tut sie nämlich nicht. Und wir sind beide Angestellte im Dienste der Verbrechensaufklärung. Wir wissen, dass wir Schweigepflicht haben!«

»Wie man sieht. Schließlich erzählst du mir gerade alles!«

»Du bist doch meine Schwester!«, erwiderte Beate geradezu rührend ernsthaft. Alicia seufzte und nickte.

»Warum Rauschgift?«

»Man hat einen winzigen Rest in ihr gefunden.«

»Dann müsste halb Mannheim tot sein!«, sagte Alicia und goss ihre Spaghetti ab.

***

Donnerstag, 10. 3. 2005, am Tag.

Alicia saß in ihrem Studio und malte ein Hochzeitspaar von einem Foto ab. Normalerweise nahm sie solche Aufträge nicht an. Doch die Braut lag mit einer scheußlichen Allergie im Bett, wollte aber ihr Bild dennoch haben und irgendeiner Erbtante in Neuseeland schicken.

Die beiden lächelten als seien sie aus Wachs. Vom Fotographen gestelltes Glück, doch hinter dem Lächeln lauerte die Unsicherheit – bei beiden!

Alicia ließ den Stift sinken, trat ans Fenster und sah hinaus auf die Meerfeldstraße. Das Leben pulsierte zielgerecht. Niemand schlenderte einfach nur so durch die Meerfeldstraße. Hier lief man herum, weil man etwas besorgen wollte oder musste oder weil man hier wohnte.

Für Alicia, die das Stadtleben liebte und sich auf dem Land unsicher fühlte, vor allem, wenn sie mehr als drei Kilometer vom nächsten Café oder zumindest einem Supermarkt mit Stehcafé, für den raschen Espresso zwischendurch, entfernt war, war es der ideale Ort für ihr Atelier. Zum Hinterhof war es ruhig und im Sommer verströmten Bäume einen Illusionshauch von Natur. Im Winter brauchte man kein Auto und war dennoch umgeben von Menschen, Lichtern, von Gerüchen und Geräuschen bis in die Nacht.

Sie musste an die Frau denken, die Frau aus Straßburg, die jetzt tot war. Die jemand einfach erwürgt hatte.

War es nicht dennoch eigenartig, dass sie ihr praktisch zweimal in ganz verschiedenen Städten begegnet war? Einmal im Moment des Erfolgs und dann ihres Erfolgs so ganz beraubt? Hatte das nicht etwas zu bedeuten?

Tief im Inneren glaubte Alicia an Bestimmungen und an Zeichen. Sympathisch war ihr die Fremde nicht gewesen, keineswegs. Aber dennoch. Vielleicht wollte das Schicksal, dass sie ihr begegnete.

Damit – und Alicia spürte bei dem Gedanken, wie es trotz der durch den Kohleofen verbreiteten Wärme kalt wurde – sie half, ihren Tod aufzuklären? Felix knurrte, als habe er die Gedanken seiner Besitzerin gelesen.

Eine Frau, etwa in ihrem eigenen Alter, eine stolze, intelligente, vielleicht ein wenig herrische Frau – eine intellektuelle Person, ehrgeizig. Eine solche Frau, als weiblicher Drogenkurier in Straßburg unterwegs? Schwer vorstellbar. Oh, Alicia wusste, dass Drogen überall konsumiert wurden und keinesfalls etwa nur in der Unterschicht. Doch wie jemand, der das Handeln mit Drogen gewerbsmäßig macht, verbunden mit Unruhe und sich verstecken, hatte sie einfach nicht gewirkt.

Und dann dieser Triumph in ihren Augen.

Alicia hatte vielleicht bei ihren Männerbeziehungen nicht gerade eine herausragende Menschenkenntnis erkennen lassen. Welche Frau, so dachte sie flüchtig, hat das schon, aber es war nach allem, was sie vom Leben wusste nicht der Triumph eines Menschen gewesen, der gerade Stoff verkauft hat. Stoff, der später vielleicht das Leben Jugendlicher ruinieren würde.

Fast traumwandlerisch verließ Alicia ihren Aussichtsposten auf den quirligen Lindenhof unter ihrem Fenster, schob das ewig lächelnde Polaroid-Brautpaar unwillig zur Seite und begann aus der Erinnerung in raschen kühnen Strichen das Porträt der Frau aus Straßburg zu zeichnen. Da war er wieder, der dünne Mund, die energische Linie am Kinn, die arrogant nach oben gezogenen Augenbrauen und die verhältnismäßig breite Stirn. Und da war es auch – das triumphierende Lächeln, das wohl mit ihr irgendwo und irgendwann im Käfertaler Wald erstorben sein mochte. Wer hatte das Leben aus ihr herausgewürgt. Alicia stellte das Porträt auf den imitierten Kaminsims, der ihr Studio geradezu unbezahlbar machte, obwohl der Architekt seinerzeit vor vierzig Jahren, als das Haus entstanden war, gewiss nicht an ein Atelier gedacht hatte, und zog die Schuhe aus. Sie steckte sich eine Gauloise an, schenkte sich ein kleines Glas Rotwein ein und legte ihre Lieblings-CD von einer bretonischen Folk-Rock-Gruppe namens Tri Yann ein.

Beinahe archaische Klänge von Meer, von Rebellion und von Freiheit erfüllten den Raum. Alicia träumte. Neben ihr saß Felix und träumte grunzend mit. Ob er das Meer kannte? War sein Herrchen je mit ihm dort gewesen und hatte ihm Stöckchen ins Wasser geworfen, hatte er sich je am Strand geschüttelt und Millionen feiner Körnchen in einem Wassernebel um sich verbreitet?

»Ich zeige dir das Meer, bevor du in den Hundehimmel einziehst!«, sagte Alicia und kraulte Felix Schlappohren. »Versprochen!« Der kleine Hund sah sie mit einem treuherzig wirkenden Blick an. Wahrscheinlich konnten Cavalier-King-Charles-Hunde gar nicht anders gucken.

Als es klingelte, schraken beide zusammen.

Kundschaft? Ein kurzer Blick auf ihren Terminkalander. Nein. Erst heute Nachmittag. Die kleine Laura, deren Mutter wollte, dass sie mit ihrer Violine porträtiert wurde, bevor sie die Lust am Geigenlernen verlor und nicht mehr weiterspielte.

»Du bist es?«

Uschi keuchte die Treppe hoch. Obwohl streichholzdünn, war sie total unsportlich. Heute sprach sie wieder ihr gepflegtes Deutsch und berlinerte nicht.

»Ich habe meine Tante besucht; sie wohnt in der Seniorenwohnanlage neben dem Diakonissenkrankenhaus. Fühlt sich wohl da. Ich dachte, ich schau mal auf einen Kaffee bei euch rein? Syl ist nicht zu Hause. Hast du Kundschaft?«

»Nein! Espresso?«

Usch nickte, seufzte und setzte sich. »Meine Tante war verheiratet. Jetzt ist sie seit 25 Jahren Witwe, aber sie spricht immer noch von wir, wenn sie etwas erzählt. Warum ist mir das nicht vergönnt? Ich glaube, ich versuche es am Wochenende mit einer Anzeige im *Mannheimer Morgen*. Hab ich schon lange nicht mehr gemacht – vielleicht haben sich neue Männer eingefunden in der Quadratestadt! Vielleicht nehm ich Syl mit, ich glaub die sucht auch. Wenn man nicht mal einen festen Job hat, ist ein Mann doppelt so wertvoll. Und das Theater ist ein launischer Arbeitgeber. Du musst deine Chancen jeden Tag packen, um zu zeigen was du kannst. Manchmal kommt keine zweite Gelegenheit! Muss man sich das Theater als Arbeitsplatz aussuchen?«

»Wahrscheinlich muss man. Es ist ein Drang. Oder kannst du dir Shakespeare oder Moliére vorstellen, wie sie in einem Büro arbeiten?«

»Nein!« Uschi fuhr sich durchs Haar. Ihre Nägel glitzerten. »Wahrscheinlich nicht. Anders ist die Leidenschaft nicht zu erklären. Mit den Balletttänzerinnen üben, bis sie umfallen und dabei kaum was essen. Und wie Regisseure Nachtschichten einlegen, um an einer winzigen Szene zu feilen.«

»Ach, Uschi, lass doch das mit den Anzeigen. Ihr Deutschen meint immer, man kann das Glück planen wie eine Autoversicherung. In Frankreich macht man das nicht – mit den Zeitungen. Die Liebe kommt oder sie kommt nicht. Wie die Brandung. Und die kommt ja auch immer irgendwann.«

»Du! Du bist beinahe eine Nonne, seit deiner Enttäuschung. Mein Gott, wenn ich mich von den Männern abgewandt hätte, nur weil mich ein Kerl betrogen oder belogen hat, wäre ich keusch seit der Tanzstunde!«

»Ich bin keine Nonne. Ich warte nur auf einen Mann, der irgendwie in Ordnung ist! Einer, der *mich* meint und nicht *eine* wie mich.«

Uschi musterte Alicia. »Siehst aus wie Pariser Sünde gemischt mit Scarlett O' Hara und lebst wie Florence Nightingale!«

Uschi stand auf, streckte sich. »Na, ich geh mal wieder!« Sie wanderte durch den Raum und blieb vor dem

Porträt der Unbekannten aus Straßburg stehen. »Ach, die hast du auch gemalt? Interessant. Hätte ich nicht gedacht, dass sie an so was überhaupt Interesse hat! Oder dass ihr das etwas bedeutet. Na ja, manchmal täuscht man sich in den Menschen. Eigentlich sollte ich das wissen – ich arbeite schließlich lange genug in der Illusionsfabrik.«

»Wieso?«

Uschi deutete auf das Porträt der Frau aus Straßburg. »Das ist doch die Hunold, die Alexandra Hunold!«

»Hunold?«

»Ja, eine bekannte Theaterkritikerin. Eine, die sie alle fürchten wie der Teufel das Weihwasser. Sie ist nicht fest angestellt, das will sich wohl keiner antun. Arbeitet freiberuflich und nimmt sich jede Spielzeit ein anderes Theater aufs Korn, über das sie dann in verschiedenen Zeitungen und Journalen schreibt. Sie war auch schon manchmal im Fernsehen. Drittes Programm meistens. Also, ein Kotzbrocken! Hat sie sich also unser Nationaltheater ausgesucht. Ich wusste gar nicht, dass sie kommt. Normalerweise spricht man drüber. Sie war vor Jahren schon mal da. Gut, dass Schiller seine Räuber schon uraufgeführt hat, vor ihren Augen hätte bestimmt nicht mal d i e s e s Stück Gnade gefunden!«

»Eine Theaterkritikerin!«

»Ja, aber wie gesagt. Ich kenne einige, die ihr gerne Gift geben oder sie anders um die Ecke bringen würden!«

»Nicht mehr nötig«, sagte Alicia nachdenklich, »nicht mehr nötig!«

Uschi sah auf ihre Fossil-Uhr. Die Uhr einer 20-Jährigen am Arm einer 45-Jährigen. »Du, ich muss los. Heute Abend ist Vorbesprechung für den *Serail*. Schminke mal

Mädels aus Buxtehude, so dass sie aussehen wie arabische Prinzessinnen. Wir sehen uns? Ciao, Ciao!«

Sie war weg, bevor Felix bellen konnte. Felix war nämlich ein seltsamer Hund in vielerlei Beziehung: er bellte nicht, wenn Leute kamen, sondern wenn sie weggingen!

Alicia trat wieder zu dem Porträt.

»So, jetzt wissen wir, *wer* du bist. Deshalb deine merkwürdigen Bemerkungen übers Theater. Und dieser Fisher weiß es natürlich. Und Beate mit Sicherheit auch! Und mir erzählt sie was von Drogen.«

***

Donnerstag, 10. 3. 2005, Abend.

Beate war heimgekommen, in ihrer Einkaufstasche befanden sich etliche Bücher über Öffentlichkeitsarbeit für öffentliche Einrichtungen, die sie sich übers Wochenende anschauen und durchlesen wollte. Bei den Führungen mit Schulkindern machte es sich gut, wenn sie auf interessante Fakten aus diesen Büchern hinweisen konnte. Damit konnte sie Frau Weiß aus dem Felde schlagen, die natürlich als Mutter und Hausfrau wenig Zeit hatte, sich noch privat mit dienstlicher Literatur zu versorgen. Dafür hatte sie ihren Senf laut und deutlich abgegeben als es um die Planung einer neuen Verkehrssicherheitsbroschüre ging.

Obwohl ihre Chefin, Frau Spohr gerne und oft sagte: »Nur wer Kinder zu Hause lesen sieht, weiß was Kinder wissen wollen!«

Alicia stellte sich vor Beate, die Arme in die Seite gestemmt, die schwarzen Locken wütend aufgestellt. »So, heraus mit der Sprache. Frau Hunold: Ich höre!«

»Alicia, was soll das?«

»Hat Mama dir dieses Talent zum Lügen mitgegeben?«

»Wenn es ums Lügen geht, wende dich bitte an die Gene von unserem Vater!« Beate lackierte sich in aller Ruhe die Fingernägel. Felix saß fasziniert vor ihr und verfolgte mit seinen großen dunklen Augen, die manche Leute Glubschaugen nannten, jeden Pinselstrich. Beate sah ihn böse an. Sie mochte Tiere nicht besonders, übel riechend und schmutzig, aber Hunde gehorchten wenigstens, wohingegen Katzen ihr verdächtig erschienen durch einen fremdartigen Freiheitswillen. »Erzähl mir doch nichts. Dein Gspusi wird dich schon über alles informiert haben – du weißt, wer diese Frau ist. Alexandra Hunold, eine bekannte Theaterkritikerin! Komm schon, früher oder später wird es sowieso in der Zeitung stehen!«

»Ja und wenn sie Alexandra Hunold hieß. Was geht es dich an? Ich meine, was hast du überhaupt mit dieser Frau zu tun?«

Alicia sah durchs Küchenfenster in einen Mannheimer Hinterhof mit an die Backsteinmauern angeklebten Balkonen hinaus. Fast überall flatterte Wäsche in dem viel zu warmen Januarwind und wenn es nur ein Küchenhandtuch war. Ein Balkon war mit einem Katzennetz versehen, eine Katze saß auf einem Regal und beobachtete unerreichbare Spatzen.

Unten in dem weitläufigen Hinterhofgewirr versteckten sich Garagen, Schuppen, winzige Gärtchen, Mäuerchen und eine Fahrradwerkstatt. Straßburger Hinterhöfe waren romantisch, Mannheimer Hinterhöfe waren wie die Mannheimer selbst – illusionslos, praktisch, ehrlich!

»Was ich mit ihr zu tun habe?«, antwortete Alicia langsam. »Das weiß ich eigentlich auch nicht! Doch es war eigenartig. Wenn man in dem Moment sterben muss, in dem man sein Glück gefunden zu haben glaubt. Ich glaube, das geht uns alle irgendwie an. Und ich kann nur hoffen, dass dein Freund mit seiner großen Sonderkommission den Täter findet. Sonst suche ich ihn selbst. Diese Frau wollte nicht sterben. Dafür war zu viel Leben in ihren Augen.« Sie dachte nach und fügte an: »Es war nicht nur Lust am Leben. Es war auch Gier. Und gierige Menschen wollen nicht sterben. Dafür haben sie noch zu viel vor!«

Beate schüttelte tadelnd den Kopf. »Die Methoden der Kripo haben sich verfeinert. Der Normalbürger bekommt da gar nichts davon mit. Die Zeiten von Agatha Christie sind vorbei! Man löst keine Fälle, indem man im Garten arbeitet, mit den Nachbarn schwätzt und Kissen bestickt.«

»Aber vielleicht indem man nachdenkt. Gründlich nachdenkt.«

»Das ist nicht die kriminalistische Realität! Heute gibt es vernetzte Informationen und internationale Datenbanken. Glaub nur nicht, dass Frau Hunold nicht bereits in sämtlichen Computern gespeichert und gesucht worden ist. Was willst du da mit Nachdenken erreichen?«, erwiderte Beate streng.

Alicia kraulte Felix' Kopf. Er begann, beinahe wie eine Katze zu schnurren. »Ich weiß nicht. Vielleicht nicht. Aber manchmal doch. Irgendwie denke ich, manche Fälle lassen sich nicht lösen mit Labors und mit Gentechnik und mit Computern. Diese Frau Hunold war kein normales Mordopfer.«

Beate gab widerstrebend zu: »Jeder Fall ist anders gelagert und dieser wird für Peter und seine Ermittlungskommission wahrscheinlich einige Probleme aufwerfen. Soviel darf ich dir sagen, man hat leider nichts gefunden am Tatort, keinerlei Spuren. Fußspuren. Reifenspuren. Bekanntlich hat es geregnet in der Nacht nach der Tat, die wohl gegen neun Uhr abends verübt wurde, wie wir jetzt wissen. Glück oder Berechnung des Mörders? Sie hat übrigens in Baden-Baden gelebt. Eine Freundin, mit der sie manchmal etwas unternommen hat, eine Lehrerin, die aus Eppingen stammte, wusste nichts von Männergeschichten zu berichten. Sie hatte offenbar überhaupt nichts Interessantes auszusagen.« Etwas schwächlicher. »Sagt Peter.«

Alicia lehnte sich gegen eine Tür. Ihre Beine wippten unruhig. Sie brauchte eine Zigarette, aber dafür müsste sie auf den Balkon gehen und ausnahmsweise war das Gespräch mit ihrer Schwester interessant genug, auf Nikotin zu verzichten.

Schweigend sah sie Beate an. Die knabberte an ihrer Unterlippe.

»Und die Alibis? Die Menschen aus ihrem Umfeld, die vernommen wurden, haben eins oder man prüft ihre Behauptungen noch nach.«

Alicia stieß sich ab.

»Das ist nicht immer einfach, hm? In einer Welt voll Singles. Wenn du allein im Bett liegst, wer soll das bezeugen? Harald Schmidt!«

Beate sagte nichts. Das schlechte Gewissen über ihre Vertrauensbrüche malte sich in ihrem Gesicht. Das war Beates Problem, dachte Alicia, sie tut immer Dinge, die sie bereut. Alicia schüttelte den Kopf.

»Die Spuren für diesen Mord liegen im Leben der Alexandra Hunold! Und sie sind nicht mit technischen Mitteln zu ergründen. Wenn man weiß, warum sie so triumphierend war an diesem Tag in Straßburg – dann wissen wir vielleicht auch, wer sie umgebracht hat«, meinte sie nachdenklich und wehrte Beates Bedenken ab. »Ich kann es nicht begründen, aber das glaube ich einfach!«

»Wirst du jetzt Hobbydetektivin?« Beate versuchte ironisch auf ihre Schwester herabzusehen, doch der Versuch misslang. Ironie war nicht ihre Stärke.

»Sag mal, diese Frau, diese Bekannte oder Freundin in Baden-Baden. Meinst du, man könnte irgendwie ihren Namen herausbekommen. Lehrerin, aus Eppingen, geschieden. Das müsste sich doch recherchieren lassen.«

»Oh, das brauchst du nicht. Ich kenne den Namen natürlich. Wir haben noch keine offizielle Pressekonferenz dazu gemacht, aber der Name ist uns bekannt.«

»Nie im Leben! So etwas würde er dir gewiss nicht sagen.« Ein einfacher Trick. Es war fast peinlich, dass ihre eigene Schwester darauf hereinfiel.

»Es geht dich zwar nichts an und ich hoffe, du hast keine Pläne, Peter und seinem Team ins Handwerk zu pfuschen, aber er lautet Beate!« Beate lachte kurz. »Ja, eine Namensvetterin, Beate Hagedorn. Nennt sich aber Beatrice, das klingt wohl vornehmer. Sie ist von dem Besitzer der Hagedornwerke in Eppingen geschieden – die Firma stellt Bauteile für Schalter her.«

»Woher weißt du denn das?«

Beate versuchte ein geheimnisvoll-strenges Gesicht zu ziehen, doch es gelang ihr nicht.

»Man erfährt eben einiges in der Pressestelle!«

»Und sonst wo.«

»Alicia, bitte!«

»Mit dieser Frau müssten wir einfach mal sprechen. Dein Peter sagt, sie wusste nichts Interessantes, doch das kann ich nicht glauben. Eine Freundin oder eine Bekannte weiß *immer* etwas!«

»Wenn sie etwas zu erzählen hatte, dann haben Peters Leute das bereits registriert!«, murrte Beate. »Sie wurde ganz normal vernommen!«

»Peters Leute sind Bullen. Sie fragen Standardfragen ab. Wo waren Sie, wann waren Sie da? Hat die Tote ihnen etwas von einer Bedrohung erzählt? Nein. Sonst etwas, das sachdienlich sein könnte. Nein? Bitte unterschreiben Sie hier.«

Beate seufzte schmerzlich, auch deshalb, weil es genau so war. Alicia stach mit ihrem Zeigefinger in ihre Richtung. Felix verfolgte die Handbewegung interessiert.

»Ich will mit dieser Frau sprechen. Wir rufen sie an, los komm, wir rufen sie an und vielleicht kann man sich mit ihr treffen!«

»Das darfst du nicht!« Beates Empörung war echt. Sie fühlte sich eng mit der Sonderkommission ›Hunold‹ verbunden.

Alicia warf den Kopf nach hinten und ließ die Augen blitzen.

»Ich darf, was ich will. Du hast natürlich Angst, aber ich bin weder abhängig beschäftigt noch abhängig verliebt. Also, lass mich!«

Beate murmelte mehrere Proteste, doch ihre Augen folgten neugierig dem Kugelschreiber, mit dem Alicia die Nummer der Beatrice Hagedorn aufschrieb, welche die Auskunft nur zu bereitwillig preisgab.

»Du kannst doch da heute Abend nicht mehr anrufen!«

»Warum nicht? Die Frau lebt anscheinend alleine. Da geht man nicht so früh zu Bett. Jedenfalls nicht schon am Nachmittag!«

Alicia grinste und stellte den Lautsprecher des Telefons an. In Baden-Baden läutete es klar und deutlich fünfmal, bevor sich eine strenge Frauenstimme, der man die Lehrerin ein wenig zu deutlich anhörte, meldete. »Hagedorn, ja bitte?«

»Frau Hagedorn?«

»Ja!«

»Sie kennen mich nicht, mein Name ist Alicia Aherne. Meine Schwester arbeitet bei der Sonderkommission des Falles ›Hunold‹ und ich kannte Frau Hunold zufällig durch berufliche Zusammenhänge. Ich habe sie im Januar gesehen. Und ich war deswegen heute bei der Kriminalpolizei!«

Selbst Alicia, die nicht unter geringem Selbstwertgefühl litt, kamen ihre eigenen Worte unzusammenhängend vor.

»Ja?« Misstrauisches Abwarten bei Frau Hagedorn. Dann ein wenig viel versprechendes »Und?«

Alicia wurde plötzlich klar, dass sie sich festgeredet hatte. Was würde Fisher sagen, wenn er erfuhr, dass Beate den Namen der Zeugin ausgeplaudert hatte. Was wenn da am anderen Ende der Leitung eine superzickige Lehrerin war, dünnlippig und besessen vom Datenschutz? Die gleich zum Hörer greifen würde, um in Mannheim anzurufen. Bestimmt hatte man ihr eine Nummer gegeben: *Hier Fräulein, da können Sie jederzeit anrufen, wenn Ihnen noch was einfällt!*

Sie machte eine kleine Pause und atmete dann ein wenig schwermütig.

»Ich will ganz ehrlich zu Ihnen sein, Frau Hagedorn. Uns beide, vor allem mich, beschäftigt der Tod sehr und wir haben ein bisschen Angst, die Polizei mit ihren sehr technischen und sehr strukturierten Methoden übersieht etwas – etwas aus dem Leben ihrer Freundin! Etwas, das nur wir Frauen verstehen!«

Am anderen Ende war Stille. Alicias Herz sank nach

unten. Sie wollte Beate keine Schwierigkeiten machen, es ging schließlich um ihren Job. Aber es sah danach aus, als ob mit Beatrice Hagedorn nicht zu scherzen war.

Doch dann kam die Überraschung. »Nur Frauen verstehen! Das ist ein sehr guter Gedanke, finde ich! Ich habe auch das Gefühl, dass – wie soll ich sagen – man ihr nicht gerecht wird.«

»Was für eine Frau war sie?«

Die Stimme zögerte. »Das kann man eigentlich nicht am Telefon erzählen! Ich werde in den nächsten Tagen nach Mannheim kommen. Dann können wir darüber sprechen! Ich schaue meinen Gesprächspartnern dabei gerne in die Augen.«

Alicia fühlte unruhige Spannung.

»Bitte nur kurz! War sie nett?«

Keine Frau auf der Welt, die nicht wüsste, was das bedeutete.

Die Stimme zögerte. »Nett? Ich weiß nicht. I c h kam ganz gut mit ihr zurecht, aber ich bin vielleicht auch nicht so nett. Sie war sehr ehrgeizig und strebsam. Sie interessierte sich für vieles, versuchte alles im Griff zu haben – sie war eine Perfektionistin. Deshalb auch diese intensive Beschäftigung mit immer nur einem bestimmten Theater. Gegen die Oberflächlichkeit! Für die Wahrheit. Aber sie war auch ehrgeizig, was Geld betraf. Ihre Artikel konnte sich nicht jeder leisten.«

Zum Schluss sprach Beatrice Hagedorn immer rascher.

Alicia hörte zu und fragte sich, ob Fisher das alles auch richtig gehört hatte. Sie bezweifelte es. Diese Frau war ganz begeistert von ihrer Freundin gewesen, sie hatte sie bewundert. Und sie würde ihnen noch mehr erzählen können.

»Könnten Sie nach Mannheim kommen?« bat Alicia

noch einmal sanft. Beate sah sie erstaunt an. Normalerweise war der Ton ihrer Schwester fordernder.

»Wann Sie wollen!« sagte die Andere nervös und zu hastig. »Ich habe ein Auto – es ist nicht sehr weit, nicht wahr? Oder ich fahre mit dem Zug, ja ich nehme den Zug!«

»Morgen? Ist das zu früh? Freitagnachmittag? Wir könnten etwas essen gehen!«

Am anderen Ende hörte man ein Blättern. »Ich könnte um 17.25 da sein. Ich fahre nicht gerne Auto. Früher ist immer mein Mann gefahren und einen Chauffeur kann ich mir nicht mehr leisten.« Sie lachte ein wenig bitter. »So werde ich also mit dem Regionalzug kommen.«

»Wie erkennen wir uns?«

»Ich bin groß und schlank, habe kurze braune Locken und eine beigefarbene Popelinejacke an!«

Popeline! Dass es das überhaupt noch gab.

»Gut!«, sagte Alicia. »Danke – und schlafen Sie gut!«

***

Donnerstag, 10. 3. 2005 Nacht

Sie selbst lag noch lange wach. Die Stimmung war gereizt gewesen am Ende dieses Abends. Es war etwas Eigenartiges in ihre kleine Wohngemeinschaft getreten – ein böser Geist. Einer, der keine Ruhe mehr geben würde.

Beate hatte sich nicht entscheiden können zwischen ihrem ganz persönlichen Interesse an dem Fall der ermordeten Frau Hunold und ihrer Vasallentreue zu Fisher, dem sie es ganz alleine zutraute, einen Mordfall aufzuklären, auch wenn es zunächst so aussah als gebe es keine Spuren.

»So clever ist kein Mörder. Irgendetwas hinterlässt er

immer. Immer. Man wird es finden. Wie ist er zum ›Karlsstern‹ gekommen? Wahrscheinlich mit dem Auto. Man wird Reifenspuren erkennen! Den Autotyp einkreisen können.«

»Die Straße ist gepflastert, fast bis vorne hin!«, wusste Beate es besser.

»Jemand wird das Auto beobachtet haben!«

»An einem verregneten Abend, als es schon dunkel war?«

»Leute essen im ›Karlsstern‹!«

»Es war Ruhetag. Wegen einer Familienbeerdigung. Wie passend übrigens. Kein Mensch war an diesem Abend im Wald. Nur Wildsäue.«

»Woher weißt du das?«

»Ich habe vorhin angerufen. Die Beerdigung war zwar ziemlich kurzfristig, aber doch seit ein paar Tagen angekündigt.«

»Was? Das sollst du nicht, das darfst du nicht!«

»Lachhaft. Ich darf anrufen, wo ich will. Und außerdem – wenn ich mich abends mit jemandem am ›Karlsstern‹ treffen wollte, mit unguten Absichten, dann würde ich das Auto vorne abstellen, wo noch Wohnhäuser sind und den Rest durch den Wald zu Fuß gehen. Bei dem Gestrüpp findet man keine Fußabdrücke. Und selbst wenn – jemand, der schlau ist, wechselt einfach die Schuhe! Wie ist denn eigentlich Alexandra zu ihrem Tatort gekommen?«

»Mit dem Auto. Ihr Auto stand vorne. Direkt beim Wildgehege. Ein Golf! Es waren keine Spuren darin, die auf einen Mitfahrer schließen ließen, die genaue Auswertung läuft noch!«

»Ein guter Ort, um jemanden umzubringen. Vor allem, wenn man weiß, dass das Sicherheit spendende Lokal geschlossen hatte.«

»Du hast verbrecherische Potenzen!«

»Ich erinnere mich, dass *du* als Kind gerne Krimis gelesen hast! Agatha Christie, Miss Marple. Hercule mit den grauen Zellen, Maigret mit der Pfeife. Lord Whimsey, der Weinkenner, erinnerst du dich noch?«, lockte Alicia. »Hättest du nicht auch mal Lust, zumindest theoretisch zu versuchen, auf die Spur eines Motivs zu kommen!«

Beate lächelte wider Willen. Als Kinder hatten sie einmal von einem Prostituiertenmord in Frankfurt erfahren. Sie hatten ihre Sommerferien in Mannheim verbracht und Oma und Opa hatten sich leise mit tuschelnden Stimmen über den Fall unterhalten.

Sie hatten allerdings nicht Prostituierte gesagt, sondern ›Lebedame‹ – ein Wort, das vor allem Alicia sehr faszinierte. ›Lebedame‹! Der Mörder habe einen silberfarbenen Benz benutzt. Tagelang hatten Beate und Alicia an der Ausfallstraße von Mannheim Innenstadt in Richtung Weinheim gelauert – links entstand gerade das neue Viertel Vogelstang mit den Hochhäusern und damit mit einer ganz neuen Wohnwelt gegenüber dem bürgerlich-biederen Käfertal – und hatten alle silberfarbenen Mercedeswagen mit Frankfurter Kennzeichen notiert. Der Polizeibeamte auf der Käfertaler Wache hatte ihren handgeschriebenen, von Schokoladeflecken übersäten Zettel, gutmütig lächelnd entgegengenommen. Wochen später war der Mörder in Spanien gefasst worden.

»Schon, aber wir sind keine Kinder mehr und die Zeiten haben sich geändert. Nette Damen oder pfeiferauchende Kommissare, die Fälle nur durch Kombinieren und durch kultivierte Gespräche lösen, gibt es nicht mehr. Die Technik …«

»Hör mir endlich auf mit deiner Technik. Die Technik kann nicht herausfinden, wer oder was Alexandra Hunold an diesem Tag in Straßburg so glücklich gemacht hat. Ob wir es herausfinden können, ehrlich gesagt, ich weiß es nicht, aber ich würde es gerne versuchen!«

»Dann mach das, aber rechne nicht mit meiner Hilfe!«

Sagte Beate und sah aus als meine sie etwas ganz anderes.

4

Als einzig Ehrgeiz, der, zum Aufschwung eilend, sich überspringt und jenseits niederfällt, (Macbeth, 1. Akt 7. Szene)

Freitag, 11. 3. 2005 Vormittag

Alicia hatte es längst aufgegeben, ihre eigenen Emotionen und Handlungsweisen zu verstehen. Irgendwann kapituliert man, lässt sie über einen bestimmen, lässt sich treiben und schaut, was dabei herauskommt. Wahrscheinlich ein Zeichen des Älterwerdens. Konnte sie das verstehen, was sie heute tat? Es war so, als stehe sie neben sich und schaue sich selbst zu wie einer Fremden.

Was zog sie an diesen Ort?

Der Käfertaler Wald im Sommer war wunderbar.

Als Kinder waren sie oft mit Oma und Opa zum ›Karlsstern‹ geradelt, um den See gewandert, hatten eine Decke auf den zahlreichen Lichtungen ausgebreitet, ein Picknick genossen oder Minigolf gespielt. Sie hatten eine Cola bekommen in der einfachen Gartenwirtschaft und Brot an die Tiere im Gehege verfüttert. Im Sommer war der Käfertaler Wald für alle Mannheimer ein herrlicher, romantischer Ort – auch für Liebespaare. Oder für alles Geheimnisvolle, bei dem man alleine sein wollte.

Aber jetzt, im frühen März, machte er noch einen unfertigen Eindruck. Die Bäume zeigten erst schüchterne Wachstumsspuren, die Büsche ebenso, doch zwischen den Bäumen am Boden, da bedeckte schon frisches Grün mit weißen Einsprengseln das tote Laub vom Winter. Schneeglöckchen waren schon vorbei, es begann jetzt die Zeit der Forsythien und des Bärlauchs. Dennoch der Wald schien zu sagen: Geduldet euch noch ein paar Sonnentage; Leute!

Es war Morgen. Nur ganz wenige Unverdrossene hatten ihre Autos am Wildschweingehege geparkt. Vor allem Hundebesitzer taten so, als mache es viel Spaß hier herumzulaufen und zuzusehen wie ihre Hunde sich lange und quälend ausgiebig überlegten, an welchem der noch kahlen Stämme sie ihr Bein heben sollten.

Vereinzelte Jugendliche fuhren schon wieder Fahrrad, ein paar verstreute Mütter hatten den Nachwuchs noch vorsorglich wetterfest eingeschweißt und atmeten Waldluft statt Mannheimer Dunst. Natürlich gab es die unvermeidlichen Ganzjahresjogger und zwei hübsche farbige US-Soldatinnen hielten sich an einem Baum fest und vollführten gymnastische Übungen. Der Käfertaler Wald war wie ein Überraschungsei. Ein Wald, in dem dauernd etwas passierte.

Und jetzt noch ein Mord.

Alicia fühlte sich seltsam aufgeregt. Zwischen dem Straßburger Münster mit seinem bunten Treiben und diesem doch noch stillen Wald hatte etwas gelegen, das Alexandra Hunold das Leben gekostet hatte. Und immer weniger glaubte sie daran, dass Fisher und sein Team das herausfinden konnten.

Langsam gingen Alicia und der aufgeregt am Boden schnuppernde Felix Richtung Kinderspielplatz. Sie begann kriminalistisch zu denken. Ohne Experte zu sein, konnte sie sich ausrechnen – hier auf diesem viel besuchten Waldboden gab es entweder gar keine Spuren oder ganz viele. Felix Ohren schleiften ein wenig auf dem Waldboden. Alicia verdrehte die Augen, »Felix, bitte! Kopf hoch!« Felix tat so, als habe er nichts gehört.

Der Kinderspielplatz nahe dem ›Karlsstern‹ lag verwaist. Im Sommer sah es aus als tobe hier halb Mannheim herum – alle Nationen, alle Altersgruppen, aber jetzt war nicht ein einziges Kind zu sehen. Stattdessen sah Alicia das, was sie vermutet hatte – einen Polizisten. Nein, zwei, sie standen hinter dem Spielplatz, etwas verborgen, da wo der kleine Weg Richtung See ging und wo die älteren Kinder manchmal langsam hinschlenderten, weg aus den Augen von Mama oder Geschwistern, um den allerersten Kuss zu erleben. Sie lief direkt auf die beiden Polizisten zu. Ein Mann und eine Frau – die Frau hatte ihre dunkelblonden Haare zu einem Pferdeschwanz zusammengebunden, der Polizist sah fremdländisch aus.

»Hallo!«, sagte sie.

Die beiden betrachteten sie ausdruckslos, so wie sie es wahrscheinlich auf der Polizeischule gelernt hatten. Ihr Blick wanderte erst über Alicias unverdächtige Gestalt, dann zu dem Hund hinunter, fachmännisch wurde die Existenz der Hundemarke abgescannt, wieder zurück zu Alicias Gesicht.

»Ich habe gehört, hier ist vor ein paar Tagen ein Mord geschehen. Wo war das eigentlich genau?«

Jetzt war jede Gleichgültigkeit aus den Gesichtern blitzartig verschwunden; höchste Wachsamkeit machte sich breit. Schließlich, das wusste jedes Kind und erst recht jeder Polizist, der die Aufnahmeprüfung hinter sich hatte, kehren Täter gerne an den Tatort zurück.

»Woher wollen Sie das wissen?«, fragte die Polizistin misstrauisch.

»So etwas spricht sich herum!«

»Können Sie sich ausweisen?«

Alicia hatte eigens ihren Pass mitgenommen, denn sie hatte sich diese Szene im Voraus ausgemalt.

»Sie sind Französin?«

»Ja!«

Die beiden zeigten keinen Ausdruck, aber es war klar: Ihre Wachsamkeit war noch gestiegen. Mit unbewegter Miene gab ihr die Polizistin den Pass zurück.

»Können Sie mir sagen, wo genau es passiert ist?«

»Wir sind nicht befugt, darüber Auskunft zu erteilen!«, sagte der junge Polizist, doch er war Südländer und er hatte seine Gefühle nicht ganz so gut im Griff. Eine Sekunde zu lang schweifte sein Blick weg von Alicia und Felix zu dem Waldweg hinter der Schaukel, die sich ganz leise in einem immer noch zu milden feuchten Märzwind bewegte.

Alicia lächelte. »Merci!«, sagte sie. Sie drehte sich um und zog den widerstrebenden Felix, der aus einem nicht erkennbaren Grund Gefallen an der blonden Polizistin gefunden hatte, mit sich fort, hin zu der Schaukel und spähte in das dichte, für Spaziergänger unattraktive Gestrüpp. Alicia war mit einer starken Vorstellungsgabe gesegnet. Oder dazu verdammt, das kommt auf die Perspektive an.

So sah sie die Frau, die sie gemalt hatte, gemalt in einem Moment, in dem sie wohl glücklich gewesen war, wie sie irgendwo zwischen Baumstämmen lag, tot, ermordet, zerstört!

Hatte es geregnet an dem Tag, war ihr rötliches Haar in nassen Strähnen um ihr Gesicht gehangen, waren Ströme von Regen über ihr Gesicht geronnen, so als habe sie geweint?

Was hatte sie hier überhaupt gemacht? Um diese Uhrzeit? Wer konnte sie hierher locken? Alicia schloss die Augen und sah sie wieder vor sich.

Sie erinnerte sich an fast alle Leute, die sie porträtiert hatte. Wenn du jemanden malst, dann kriechst du ein Stück weit in seinen Charakter. Deshalb erinnerte sie sich auch so gut an diese Frau. Sie hatte wirklich nicht ausgesehen wie jemand, der leidenschaftlich gerne zu Unzeiten in einem volkstümlichen Wald bei Mannheim herumlief. Man hätte sie sich in einem Café sitzend vorstellen können. In einem Café nahe des Theaters oder des Museums oder vielleicht nahe der Bibliothek, eine Zigarette im Mund und wegen der Figur nichts als einen schwarzen Kaffee ohne Zucker vor sich. Aber durch den Wald stapfen, auf der Suche nach Ruhe und Erholung? Nein. Nicht Alexandra Hunold. Eine Theaterkritikerin, die ihren Job sehr ernst nahm. Eine Frau, die wusste was sie wollte.

Sie musste an jenem Abend hierher gekommen sein, um jemanden zu treffen. Doch angesichts der Einsamkeit des Käfertaler Waldes war es ein gefährliches Treffen gewesen und das musste auch ihr klar gewesen sein. Wenn man trotz der Gefahr zu diesem Treffen erscheint, dann war es einem verdammt wichtig. Entweder man wollte etwas von demjenigen, den man traf oder derjenige hatte etwas in der Hand und konnte einen zu diesem Ort zwingen.

Und wie hing all das mit dem Triumph zusammen, der in ihren Augen gewesen war?

****

Freitag, 11. 3. 2005, mittags.

Alicia war kein Luxusgeschöpf im klassischen Sinne. Ein Auto musste nicht mehr können als fahren und ihr

Schmuck brauchte keinen Silberstempel, er musste nur gut aussehen.

Doch beim Essen machte sie, wie die meisten Franzosen, wenige Kompromisse. Mannheim war nicht Paris und auch nicht Straßburg, wo es diese kleinen, feinen Delikatessentempel namens Traiteur gibt. Deshalb musste sie sich ihre Einkaufsorte sehr genau aussuchen.

Sie liebte es, in der Feinkostabteilung des *Kaufhofs* am Paradeplatz einzukaufen. Sie aß sowieso nur kleine Portionen auf viele Gänge verteilt und da durfte das Essen ruhig etwas mehr kosten.

Alicia stand am Eingang des *Kaufhofs* und schaute über den neu gestalteten Paradeplatz. Schick sah er aus, mit dem Stadthaus am Ende. Aus ihrer Kinderzeit und den häufigen Besuchen bei den Großeltern erinnerte sich Alicia noch an einen ganz anderen Paradeplatz, weitläufig, aber ein wenig unfreundlich-kahl, ohne die Möglichkeit, sich irgendwo hinzusetzen, eigentlich nur ein Platz zum Drüberlaufen. An der Uhr neben den Straßenbahnhaltestellen hatten Mannheimer Teenager ihre ersten Rendezvous gehabt, bevor sie dann zur Tanzschule Lamade weiterliefen, um an der sonntäglichen Beatparty teilzunehmen.

Damals gab es das Stadthaus noch nicht, aber das *Kaufhaus Hertie* gegenüber, in dessen Imbissrestaurant sie gerne einen ungesunden Eiersalat mit viel Mayonnaise gegessen hatte. Er hatte zwei Mark gekostet. Alles war damals viel einfacher gewesen, aber auch grauer. Mannheim hatte den Ruf der trostlosen Arbeiterstadt gehabt. Eine Stadt ohne Glamour. Heute war der Paradeplatz grün und lud an jeder Ecke zum Geldausgeben ein.

Mit ihrer Tüte schlenderte Alicia noch durch die Schmuckabteilung des *Kaufhofs*. Beunruhigenderweise stellte sie bei sich in letzter Zeit eine Neigung zu klassischem Goldschmuck fest – ein Zeichen des Älterwerdens? Wo war ihre Leidenschaft für orientalischen Schmuck geblieben? Oder ihre trotzig getragenen Keltenkreuze. Sie würde enden wie Beate mit ihren kleinen Goldringelchen überall.

Bei einer ziemlich massiven und konservativen Goldkette blieb sie stehen. Sah sich in einem grauen Kaschmirpullover. Mit dieser Kette! Wie ein Schmuckstück einen Menschen verändern kann, dachte sie.

Was machte eine solche Kette aus einem!

»Eine Geliebte!«, sagte eine Stimme hinter ihr.

Alicia schnellte herum. Hinter ihr stand die Person, die sie am wenigsten zu sehen wünschte, aber jetzt am besten brauchen konnte.

Peter Fisher deutete auf das Collier. »Sie haben sich doch bestimmt gefragt, wer solche Ketten geschenkt bekommt. Antwort: *Gute* Geliebte!«

Er lachte auf eine unerträglich selbstgefällige Weise.

Alicia musterte ihn mit Abscheu. »Ersparen Sie mir die Antwort darauf. Und ich hoffe, dass Sie beim Aufklären ihrer Fälle mehr Einfühlungsvermögen zeigen, denn an so etwas habe ich bestimmt nicht gedacht!«

Er lachte wieder, musterte sie stillschweigend von oben bis unten.

»Eine solche Kette wäre mir bei meiner Schwester auch bislang nicht aufgefallen.«

Er verbeugte sich kurz und ironisch. »Ziehen Sie Ihre Schlüsse, Mademoiselle!«

Erst einen Moment später wurde ihr klar, was er gesagt hatte. »Ich werde das meiner Schwester erzählen!«

Er lachte gut gelaunt. »Sie wird es Ihnen nicht glauben! Der Mensch lässt sich sein Bild von sich selbst nicht gerne zerstören.« Alicia sah ihn stumm an. Und wusste, er hatte Recht.

Peter Fisher blickte sich um. »Das ist kein gemütlicher Ort, um sich zu unterhalten, meine ich. Gehen Sie mit mir einen Kaffee im Café Herrdegen trinken? Da ist es so schön altmodisch. Inmitten all dieser modernen Bistros und Dönerbratereien eine angenehme Abwechslung.«

Alicia zuckte zusammen. »Was? Nein! Natürlich nicht. Gehen Sie doch mit Ihrer Frau ins Café. Ich denke, die kommt ein bisschen zu kurz bei diesem amüsanten Spielchen zu dritt! Menage à trois, comme on dit.«

Fishers Miene wurde ernster, seine amüsierten Augen distanziert.

»Jetzt sag ich Ihnen mal ein deutliches Wort dazu: Was, was genau habe ich jetzt getan? Ich habe Sie gefragt, ob Sie mit mir einen Kaffee trinken wollen, nicht mehr und nicht weniger. Es war kein unsittliches Angebot. Dazu haben Sie es erst gemacht mit Ihren Andeutungen und Unterstellungen. Kann es eigentlich sein, dass S i e dabei andere Ideen hatten als lediglich den harmlosen Kaffee?«

Alicia riss sich von der Goldkette los, die inzwischen geradezu höhnisch zu funkeln schien.

»Und jetzt sage *ich* Ihnen ein deutliches Wort, Herr Fisher. Nicht jede Frau erlebt sexuelle Stromstöße, die sie bis in den Unterleib hinein erschüttern bei dem Gedanken, dass S i e mit ihr einen Kaffee trinken gehen. Sie interessieren mich nicht, weder als Mann noch als Gesprächspartner. Nicht einmal als Feind! Ich habe ihr Gesicht in dem Moment vergessen, wenn ich dieses Kaufhaus hier verlasse. Ist das klar?«

Alicia drehte sich um. Ihr Herz jagte. Eigentlich hasste sie solche Szenen zutiefst.

Sie war keine drei Schritte gegangen, als er etwas sagte.

»Alexandra Hunold.« Alicia blieb stehen.

Er trat hinter sie, fast konnte sie seinen Atem spüren.

Er war nicht heiß, nicht begehrlich, er schien kühl wie eine Brise am Atlantik. Eine dicke Frau mit Plastiktaschen drängte an ihnen vorbei und schimpfte in Mannheimer Dialekt: »Wann ihr eich unnerhalte wollt, warum geht ihr net ins Kaffee!«

»Eben!«, sagte Fisher. »Wie wär's!«

Langsam drehte sich Alicia um. Ihre Augen bohrten sich in seine.

»Nur für sie«, sagte sie leise, »nur für sie!«

Wen hatte sie gemeint? Alexandra oder Beate?

***

Alicia lehnte sich an die Wand. Ihr Magen krampfte sich schmerzhaft zusammen. Mit Fisher Kaffee zu trinken war Verrat. Verrat an ihrer grundsätzlichen Kritik an ihm.

Neben ihr versuchte eine Frau verzweifelt Zigaretten zu ziehen. Sie rüttelte an dem Automaten, ihr Blick war verbissen und wechselte zur Erleichterung als das rot-weiße Päckchen endlich nach unten stürzte.

Alicia rauchte auch, aber das Süchtige daran war ihr fremd. Sie fand nichts Schlimmes dabei, also genoss sie es. Sie machte sich los und ging zurück in den traditionsreichen Raum mit seinem gepflegten Gemurmel und durch Teppich gedämpftem Klappern der Kuchengabeln.

Fisher saß lässig auf einem Stuhl im gemütlichen, traditionsreichen Café Herrdegen und wartete. Sie hatte sich immer gefragt, was ihre Schwester an diesem Mann fand und eigentlich wusste sie es auch jetzt nicht und doch. Er hatte etwas Unruhiges und etwas Beunruhigendes. Er schien auf der Suche, er schien die Welt um sich herum ständig zu beobachten und zu analysieren. »Sehen Sie diesen Mann da drüben? Ich wette, er ist arbeitslos! Ich wette er wartet, dass es endlich wieder Abend wird.«

Der Mann war in mittleren Jahren, sein Blick schweifte ständig von der Serviererin zur Buffetkraft und dann mit einer sehnsüchtigen Hoffnungslosigkeit auf die Straße. Alle fünf Minuten sah er zur Uhr.

»Ich mache mir nicht ständig Gedanken, welche dunklen Seiten meine Mitmenschen zu verbergen haben!«

»Aber Sie haben sich Gedanken über Alexandra Hunold gemacht. So viele, dass Sie sich heute Morgen den Tatort angesehen haben!«

Alicia zuckte zusammen. Fisher machte eine abfällige Bewegung mit dem Mund. »Das war doch selbstverständlich. Wenn jemand sich am Tatort auffallend verhält, werden wir informiert. Der Tatort ist interessanter als die Wohnung von Ermordeten. Dorthin würde nur ein Idiot zurückkehren, die kann man bald wieder freigeben. Aber der Tatort – der hat für viele Mörder etwas Magisches – vor allem haben sie Angst, sie haben etwas vergessen oder irgendetwas deutet auf sie hin. Was hier leider nicht der Fall ist.« Er zuckte die Achseln. »Dabei sind Waldspielplätze eigentlich sonst nicht schlecht als Tatorte – für uns, meine ich. Irgendjemand beobachtet immer etwas. Deutschland ist dicht besiedelt und wir leben in Zeiten des Joggings. Aber es war regnerisch und ungemütlich!«

Alicia erwiderte nichts.

»Nun ja, die Sache von heute Morgen wurde natürlich zu meinem Stab weitergeleitet, nein, nein, nicht zu mir direkt, aber zufällig habe ich das Telefonat mitgehört und als ich gefragt habe, ob die betreffende Person eine attraktive Französin war, wusste ich Bescheid, meine Liebe.«

»Ich bin nicht Ihre Liebe. Sie haben genug Lieben für einen einzigen Mann!«

Er musterte sie scharf.

»Was interessiert Sie an Frau Hunold?«

Alicia rührte in ihrem Kaffee. »Ich habe es nicht gerne, wenn Leute ermordet werden, die ich kurz davor gezeichnet habe! Der Maler entwickelt eine Beziehung zu seinem Modell. Falls Sie so etwas verstehen können. Es ist wie ein Schriftsteller – er liebt seine Bücher wie Kinder.«

»Ist das alles?«

Alicia versuchte sich über ihre eigenen Gefühle klar zu werden. Und antwortete ehrlicher als es Fisher, der Unehrliche, eigentlich verdient hatte.

»Vielleicht nicht. Man kennt tatsächlich wenige Leute, die ermordet werden. Gott sei Dank, eigentlich, und doch, wohnt dem ein Geheimnis inne. Und außerdem, sie war ungefähr in meinem Alter. Sie war eine selbstständige Frau, allein stehend so wie ich. Aber sie war keine Ausgeflippte, sie wirkte nicht unseriös sondern eher gebildet, oder sogar ein wenig künstlerisch. Da denkt man sich – wenn es die treffen konnte, könnte es dich auch treffen. Und man will wissen warum!«

Fisher hatte ihr aufmerksam und mit Interesse zugehört.

Der Arbeitslose stand auf, zahlte und schlurfte aus dem Café hinaus ins Mannheimer Leben, in dem er sich wahrscheinlich jeden Tag überflüssiger vorkam. Alicia sah ihm nach.

»Nicht schlecht Ihre Analyse. Sie haben Recht!« Fisher spielte mit einer beinahe zärtlichen Geste mit ihrer Gauloiseschachtel. Wider Willen sah Alicia, dass er gepflegte Hände hatte.

»Frau Aherne, ich gehe hiermit einen für uns Polizisten ungewöhnlichen wenn auch nicht ganz und gar ausgeschlossenen Weg. Ich werde Ihnen jetzt ein wenig von Frau Hunold erzählen, etwas das Sie selbstverständlich vertraulich behandeln, aber vielleicht bringt es etwas, wer weiß«

»*Ich* behandele Dinge vertraulich!«

Er zuckte die Achseln.

»Alexandra Hunold war eine bekannte und erfolgreiche Theaterkritikerin, die sich jede Saison eine andere Stadt aussuchte, sich für einige Zeit dort niederließ oder entsprechend häufig hinfuhr und das Programm beobachtete. Manchmal blieb sie ein halbes Jahr. Unstetes Leben aus meiner Sicht, aber sie hatte keine Kinder und war nicht verheiratet, wir haben auch keine Hinweise auf eine feste Beziehung gefunden. Flirts vielleicht, aber keinen dauerhaften Mann in ihrem Leben. Und auch kein abgelegter Liebhaber, der einen Groll gegen sie hegte.

Sie hat sich nicht bedroht gefühlt, zumindest niemals etwas erwähnt, es gab keinen Stalker, keine nächtlichen Anrufe, außer dass sie offenbar vor einiger Zeit ihren Wohnungsschlüssel verloren hatte und nicht mehr wieder gefunden hatte. Sie war gut beschäftigt, konnte ihre Artikel regelmäßig in Zeitschriften und gehobenen Tageszeitungen absetzen. Sie galt als gebildet. Kam offenbar aus sehr guter Familie.«

»Wie hat sie gelebt? Ich meine, wie sah ihre eigentliche Wohnung aus?«

Er musterte Alicia aufmerksam.

»Eine kleine, nicht unelegante Dachwohnung in Baden-Baden. In einem gepflegten Wohnviertel unterhalb des Krankenhauses. Aber dort hat sie sich nur einen Teil des Jahres aufgehalten. Die Kollegen dort haben im Rahmen von Amtshilfe die Sache natürlich untersucht. Die Nachbarn kannten sie kaum, kein Herrenbesuch, keine Partys, wenig Besuch, natürlich Post, das schon. Sie hatte lediglich so etwas wie eine Freundin, eine Grundschullehrerin, die etwas älter war als sie. Geschieden. Aus Eppingen im Kraichgau nach Baden-Baden versetzt. Die hat sie in der Allee beim Joggen kennen gelernt und man war sich offenbar sympathisch. Mit der ist sie manchmal essen gegangen. Oder joggen. Die Dame ist bereits vernommen, sie weiß nichts. Sie ist nicht vorbestraft und es gibt keinerlei Hinweise, dass sie etwas über die Tat oder über Hintergründe aus dem Leben der Toten weiß, die einen gewaltsamen Tod erklären würden. Nach unserem Fragenkatalog ist sie unverdächtig und konnte auch keinerlei Hinweise geben.«

Ich, dachte Alicia, werde einen ganz anderen Fragenkatalog haben.

Sie lächelte.

Er betrachtete sie mit misstrauischem Argwohn.

»Meinen Sie nicht, dass eine Freundin immer irgendetwas weiß!«

»Die nicht. Sie ist ein wenig der Typ alte Jungfer! Trauert noch ihrer Ehe hinterher, aber die Chancen auf was Neues sind ziemlich bescheiden, würde ich sagen. Ich hatte den Eindruck, dass sie ein wenig nervös ist, vielleicht zur Depression neigt, aber das ist ja normal. So ohne Mann.«

Er lachte.

Alicia dachte daran, dass ihre Freundinnen gewusst hatten, dass Frederic verheiratet war und ihr nichts gesagt hatten. »*Du warst so verliebt*!« Beate war auch wider jede Vernunft in diesen Mann verliebt. »Sah Liebe jemals mit den Augen?« Wer hatte das gesagt? Shakespeare natürlich! Und er hatte Recht. Wie meistens.

Fisher winkte der Kellnerin. »Sie wissen, wann der Mord geschah. Wir haben sofort eine Sonderkommission gebildet. Wie es üblich ist. 25 Leute. Diese Fernsehkrimis schildern eine Welt, die es nicht gibt. Szenen, in denen eine Kommissarin mit einem einzigen Assistenten im Alleingang Verdächtige aufsucht und befragt, sind ganz unrealistisch. Wir arbeiten immer im Team, decken alle möglichen Felder ab und werden uns – das kann ich Ihnen sagen – auf eine mögliche Verbindung der Toten in Drogenkreise konzentrieren. Mannheim-Heidelberger-Schiene. Aber da könnten auch noch andere Sachen sein. Sie hatte keinen Partner, möglicherweise war sie lesbisch oder hatte andere Vorlieben.«

Alicia blickte ihn ironisch an. »Eine Frau, die keinen Partner hat, muss nicht lesbisch sein. Es gibt eben nicht genug anständige Männer. Nicht einen für *jede* Frau!«

Er grinste. »Warum haben *Sie* eigentlich keinen Partner?«

»Das geht Sie nichts an. Was soll dieses ganze Gespräch eigentlich?«

Fisher gab großzügig Trinkgeld und schenkte der Serviererin ein flüchtiges Lächeln, das sie verwirrt erwiderte.

Alicia wurde sich ganz plötzlich darüber klar, dass er ein gut aussehender Mann war. Nicht ihr Typ vielleicht, aber für manche Frauen wirkte er wahrscheinlich so attraktiv wie ein Offizier in einem amerikanischen Kriegsfilm.

»Was wollen Sie von mir?«

Dann sagte Fisher kurz und knapp, was zu sagen war.

Und Alicia konnte es nicht glauben.

»Was? Ich soll im Theatermilieu herumspionieren? Für S i e?«

Fisher machte eine beinahe ungeduldige Geste. »Nicht für mich. Sie haben merkwürdige Vorstellungen von unserer Rechtsordnung. Für die Sicherheit der Mannheimer Bürger. Und Bürgerinnen! Die liegen Ihnen doch besonders am Herzen.«

Wieder lachte er.

»Warum ermitteln Sie mit Ihrer vielköpfigen Hydra von Sonderkommission nicht selbst?«

»Nun, Mademoiselle, glauben Sie, einer wie ich kommt gut an bei den Theaterleutchen?«

»Nein!«, sagte Alicia und meinte es ernst. Sein Bürstenhaarschnitt, sein flotter Pony, sein stets zu einer sarkastischen Bemerkung verzogener Mund und seine schmalen energischen Gesichtszüge, die Art wie er sich kleidete, die Uhr und das Auto, nein!

»Außer im Zimmer meiner verblendeten Schwester kann ich mir offen gestanden keinen Ort vorstellen, an dem Sie besonders gut ankommen!«

Fisher lächelte gespielt gutmütig. »Na sehen Sie!«

Alicia schwieg.

»Ich schlage Ihnen ganz einfach nur einen Deal vor – Ihre natürliche Neugierde und Anteilnahme Frau Hunold und ihr trauriges Ende betreffend gegen Ihre Hilfe. Finden Sie was heraus über diese Frau!« Alicia stand langsam auf, strich ihren fuchsfarbenen Rock zurecht. Machte er ihr etwa genau das Angebot, das sie bereits geheim verfolgt hatte?

»Etwas, was w i r eben nicht so ohne weiteres erfahren mit unseren Verhören und Protokollen und unserer ganzen ausgefeilten Technik. Nicht alle Morde lassen sich mit der Auswertung von genetischem Material, Fuß- und Schmauchspuren lösen. Leider. Es gibt offenbar so etwas wie einen zwischenmenschlichen Bereich, vor allem bei Morden in der bürgerlichen oder gebildeteren Schicht. Die Motive einen anderen auszulöschen sind die gleichen wie beim Volk, aber sie liegen versteckter. Wie ein Weisheitszahn. Und die Mannheimer sind sowieso selbstbewusste Leute, lassen sich nicht leicht einschüchtern von der Obrigkeit. Sie haben noch dazu wenig Lust, der Polizei zu erzählen, was sie wissen! Mein Eindruck ist, die Theaterleute erst recht. Die stellen sich tot, wenn die Polizei kommt. Warum weiß ich nicht, ich kann mir nur vorstellen, dass da einiges läuft, welches das Licht des Tages scheut.«

»Vielleicht sollten Sie öfter ins Theater gehen, Herr Fischer. Dort sind nicht automatisch geborene Verbrecher zu Hause – höchstens Leute, die sehr glaubhaft geborene Verbrecher darstellen. Aber ich bin keine Spionin, Herr Fisher. Und ich bin auf die Sympathie dieser Theaterleutchen, wie Sie sie nennen, angewiesen. Ich habe ab und zu Aufträge dort, gute Aufträge. Also – vergessen Sie es. Veranstalten Sie Ihre Mörderjagd alleine!«

Fisher betrachtete sie nachdenklich. Dann sagte er langsam und akzentuiert. »Ich denke, Sie werden es tun.«

Alicia tippte sich nur an die Stirn und lachte hochfahrend.

»Den Macho können Sie zu Hause lassen! Bei mir geraten Sie an die Falsche.«

»Ich mache mit Beate Schluss!«, sagte er beinahe träge und verschränkte die Arme hinter dem Nacken, sah freundlich zu ihr hoch. »Sie wissen ja, ich bin verheiratet. In gewissem Sinne kommt mir das alles doch allmählich nicht ganz fair vor, meiner kleinen Familie gegenüber!«

Und schüttelte bedauernd den Kopf.

Alicia starrte ihn an.

»*Das* wollen Sie als Druckmittel nutzen? Und Sie wissen, dass ich nichts lieber sähe als dass Sie aus unserem Leben verschwinden!«

»Sie ja! Aber Beate? Sie hängt sehr an mir und jetzt, wo sie diese Probearbeitszeit vor sich hat – wegen der Leitungsfunktion. Tststs, da braucht man emotionale Stabilität und gute Fürsprecher in der Führungsebene des Präsidiums. Und – diese Sache ist ihr wirklich sehr wichtig, denn wenn sie diesen Job nicht bekommt, sieht es düster aus! Und wenn ich meine Hand von ihr löse, könnte dies das Aus für sie bedeuten.«

Vor Alicias Augen erschien die Zeit nach Frederic. Wochenlang kaum gegessen, kaum geschlafen, wochenlang geweint. Aufträge verschludert, die wenigen Bilder, die sie gemalt hatte – schlecht, so schlecht, dass man sie kaum abgeben konnte.

»Was sind Sie für ein Mensch! Lieben Sie Beate nicht? Wenigstens könnte sie Ihnen leid tun.« Sie brach ab, hilflos gegenüber seiner Kälte.

Er zuckte die Achseln. »Ich könnte Ihnen jetzt etwas vorspielen, aber ehrlich gesagt – ich weiß es nicht. Liebe? Ich weiß nicht einmal, ob ich dieses Gefühl kenne. Aber ich bin ein Bulle, und *ein* Gefühl kenne ich ganz genau – ich mag es nicht, wenn Mörder frei herumlaufen! Und intelligente Mörder mag ich noch weniger. Die morden nämlich meistens nur einmal und haben deshalb keine schlechte Chance davonzukommen. Ich bin nicht gläubig, aber ein Mord stellt die Schöpfung auf den Kopf.«

Alicia erinnerte sich, was Beate einmal über ihn gesagt hatte. »Seine Kollegen sagen, er ist besessen davon, Erfolg zu haben. Ein Verbrecher in Freiheit, da wird er zum Tier!«

Sie wandte sich zum Gehen. Hasste sich selbst. Für ihre Schwäche?

Nein, es war nicht allein die Drohung mit Beate Schluss zu machen, so grausam das auch war. Es war – und das hatte er erkannt – ihre Neugierde Alexandra Hunold betreffend.

»Ja, ich mache es. Ich höre mich um. Freuen Sie sich, Sie haben Ihr Ziel erreicht. Aber mehr kriegen Sie nicht von mir. Ich verabscheue jede Unterhaltung mit Ihnen.

Lassen Sie mich jetzt alleine!« Alicia war fast sprachlos vor Wut.

Es schnürte ihr die Luft ab. Mit der Polizei hinterrücks zusammenarbeiten. In Frankreich war das noch unmöglicher als hier. Wenn ihr armer Vater das wüsste.

Sie beschloss Fisher nur das zu berichten, was sie wollte.

Er sah ihr nach. Als sie noch in Hörweite war, sagte er kalt: »Ich lasse Sie an der langen Leine. Aber ab und zu werden Sie einen Ruck spüren!«

Alicia wandte sich um. Nickte.

»Ich spüre ihn jetzt schon!«

***

Freitag, 11. 3. 20005, früher Nachmittag.

Beate war schon zu Hause. Sie hatte sich die Haare gewaschen, sie purzelten lockig, dunkelblond und nach einem Pflegemittel duftend um ihr erwartungsvolles Gesicht herum. Dennoch hatte sie einen muffigen Ausdruck um den Mund.

Alicia wusste warum. Natürlich hatte sie wieder auf einen Anruf gewartet. Fisher pflegte oft nach Büroschluss anzurufen, eine Zeit, die sich manchmal nicht mit den Arbeitszeiten von Beate deckte. Und mit denen der normalen Bürger sowieso nicht, denn natürlich gab es lange Abendstunden und kurze Nächte.

Die Pressestelle hatte auch an manchen Tagen länger Dienst, Besprechungen, Sonderaktionen – nur Alicia kannte die akrobatischen Kunststücke, die ihre Schwester vollführte, um aus den Dienstplänen möglichst frühzeitig herauszukommen.

So viel für einen Mann, der ihr keinerlei Perspektive bot. Warum taten Frauen das? Alicia hatte sich viele Gedanken dazu gemacht: War es vielleicht gerade die Perspektivlosigkeit, die Frauen reizte. »Den krieg ich noch!« War es der Sex, der dadurch jedes Mal zum Testfall wurde. Bin ich gut? Bin ich besser? Die Gefahr der Ehefrau? »Wann merkt s i e es?«

Auf dem Heimweg hatte sich Alicia einiges überlegt. Wie sie es auch in Paris oft getan hatte, war sie nicht mit der Straßenbahn gefahren sondern gelaufen. Durch den gesamten Lindenhof bis nach Neckarau.

Sollte die Beate von der unfreiwilligen Zusammenarbeit mit Fisher erzählen? Nein, denn dann müsste sie ihr berichten, mit welchen Mitteln Fisher sie dazu zwang: Eine Welt würde für sie zusammenbrechen und Fisher könnte unangenehm reagieren.

Also nicht! Und hoffen, sie fände es niemals heraus.

Wo sollte sie anfangen?

Sie würde Uschi anrufen, noch heute Abend. Den Hebel ansetzen am Theater? Aber wo?

Zur gleichen Zeit saß Peter Fisher zu Hause. Seine Frau duschte. Er hatte mit ihr geschlafen. Er tat das regelmäßig. Weil sie sonst Verdacht schöpfte? Nein, das war es nicht. Seine Frau gefiel ihm, hatte ihm immer gefallen und Sex mit ihr war etwas Selbstverständliches. Also warum nicht? Er hatte Beate keine Treue versprochen. Dass sie ihm freiwillig die Treue hielt, das wusste er, aber das war üblich bei verliebten Frauen. Er hatte es ihr nicht versprochen, er verlangte es nicht von ihr und er erwartete es nicht einmal wirklich bei seiner Frau. Manchmal dachte er, dass eines Tages eine Frau erschiene, bei der es ihm etwas ausmachen würde, wenn sie untreu wäre. Und was dann? »Dann hängst du am Haken, alter Junge!«, scherzte er mit sich selbst.

Als er heimkam, war sie gerade vom Tennisplatz gekommen. Susanne war eine hervorragende Tennisspielerin; sie kümmerte sich jetzt um den Nachwuchs im Feudenheimer Tennis-Verein, und das tat allen gut. Tochter Sabrina, die ihre Mutter dorthin begleitete und inzwischen gut spielte, Susanne Fisher selbst, die eine Aufgabe hatte und ihm, dem Ehemann und Vater, der Verhältnisse hatte, seit er denken konnte.

Warum eigentlich?

Fisher sah hinaus in den Garten. Er wohnte in Feudenheim, in guter Wohnlage, denn er stammte aus einer wohlhabenden Familie. Sein Vater, Dr. Alfred Krieger, war ein bekannter und wohlhabender Anwalt und Strafverteidiger gewesen; der Gedanke an das Recht war ihm seit der Wiege vertraut.

Eine unbeschwerte Jugend, die jäh zerbrochen war, als er erfuhr, dass sein Vater nicht sein Vater war. Fishers Mutter, eine kokette Frau, die aus einer Unternehmerfamilie aus Bruchsal bei Karlsruhe stammte, hatte ihm nach dem Abitur kühl und fast abweisend erzählt, sein wahrer Vater sei ein amerikanischer Offizier, mit dem sie sich als Studentin, gerade frisch verliebt in Alfred Krieger, nur aus einer Laune heraus eingelassen hatte.

Fisher hatte sich für die Ehrlichkeit entschieden und seinem Stiefvater alles gesagt. Jahrzehntelang hatte man sich geliebt und geachtet, das konnte nicht einfach so vorbei sein. Seine Offenheit war nicht belohnt worden – Anwalt Dr. Krieger hatte das Kuckuckskind kurzerhand aus dem Haus geworfen.

Fisher war in die USA geflogen und hatte seinen leiblichen Vater besucht. Jim Fisher war verheiratet, ein gut aussehender Mann. Ein Polizeioffizier und Politiker. Er ermahnte seinen Sohn, die Sünden im Verborgenen blühen zu lassen, denn dann könne man sie länger genießen. Mrs Fisher erfuhr nie etwas. Peter bewunderte seinen Vater auf eine Weise, die er sich selbst nicht erklären konnte und als er wieder nach Deutschland fuhr, hatte er das Lügen gelernt.

Er wurde Polizist, vielleicht auch aus Trotz gegen seinen Stiefvater. Und Fremdgehen wurde für ihn zu einem fragwürdigen Erbe.

Heute war er stellvertretender Kripochef von Mannheim. Eine Karriere, die noch nicht zu Ende schien. Leiter der Mordkommission. Gutes Gehalt. Respekt. Eine gut aussehende Frau, ein nettes Töchterchen. Dass er keinen Sohn hatte, freute ihn beinahe. Er wollte nicht erinnert werden an seine eigene Kindheit.

Seit Jahren hatte er Affären. Sie endeten meistens, wenn die Frauen auf etwas ›Dauerhaftes‹ und auf ›Entscheidung‹ drängten. Zu diesem Zeitpunkt waren sie ihm meistens sowieso schon langweilig.

Beate hatte er bei einer Podiumsdiskussion über den Krimi in Literatur und Realität kennen gelernt. Sie war als Vertreterin der Pressestelle da gewesen – eigentlich war sie nicht sein Typ. Zu bieder, kein vordergründiger Sex und eigentlich auch keiner beim zweiten Blick.

Doch als er von ihrer Familiengeschichte erfuhr, rührte sie ihn und erinnerte ihn ein wenig an seine eigene. Sie war freundlich, entgegenkommend und ein wenig ängstlich. Auch das rührte ihn. Man könnte sie sich näher anschauen.

Es war kein Problem gewesen. Sie hatte sich sofort in ihn verliebt, keinerlei Widerstand geleistet. Das tat sie bis heute nicht. Ihre Mutter, allein erziehend und von ihrem unzuverlässigen Mann verlassen, hatte sie dazu erzogen, still zu sein und sich anzupassen – alles Eigenschaften, die Fisher in schwierigen Zeiten sehr gelegen kamen. Er hatte sie einmal betrogen, mit einer Kollegin aus Mainz, hatte aber seltsamerweise ein schlechtes Gewissen dabei gehabt. Wäre sie selbst etwas lockerer, nun, dann fiele ihm das leichter. Er musste langfristig Schluss machen, es war etwas Lähmendes an ihr. Sie gluckte zu sehr um ihn herum und sie war so besorgt. Er wollte das nicht. Sie war doch nicht seine Mutter oder seine Frau.

Fisher sah in den Garten hinaus. Ein früher Vogel suchte nach Essbarem auf dem feuchten Boden. Kaum zu glauben, dass man nur drei Kilometer von der Mannheimer Innenstadt entfernt war. Es war wirklich schön in Feudenheim zu wohnen. Morgens joggte er manchmal am nahen Neckarufer, am alten Wehr entlang. Dann vergaß man die manchmal brutale Hässlichkeit seiner Arbeit in einer Stadt, die nachts ein geheimes Eigenleben führte.

Aber diese Schwester? Sie war von Anfang an seine Feindin gewesen. Das hatte ihn amüsiert. Hatte keinen eigenen Freund, war wahrscheinlich frustriert und neidisch. Oder?

Fisher spürte plötzlich etwas wie Unruhe in dem geordneten Gefüge seiner Welt. Er stand auf und machte die Balkontür auf.

Er sehnte sich nach frischer Luft.

***

Auch Beate machte sich Gedanken.

Alicia war nach Hause gekommen und fuhrwerkte laut und angriffslustig im Bad herum. Sie bewegte sich immer schneller als Beate und lauter sowieso. Ob sie war wie ihr Vater? Beate konnte sich kaum noch an ihn erinnern und ihre Mutter hatte nicht von ihm sprechen wollen, »Lass mich in Ruhe! Ich bin froh, wenn ich von ihm nichts höre!«

Eigentlich unfair hatte Beate oft gedacht. Er ist doch mein Vater. Doch sie hatte nichts gesagt. Ihre wenigen zarten Rebellionsversuche waren von der resoluten Mutter radikal niedergeschlagen worden: »Du kannst gerne zu deinem Vater ziehen und dort mit deiner Schwester, von der der Herrgott weiß, wie sie sich entwickeln wird, und seinen Schulden, seinen Weinflaschen und seinen Frauengeschichten leben!«

Eine Horrorvision für ein ordentliches Kind wie Beate, das schon mit 12 begann sein Taschengeld fürs Alter zu sparen. Schulden! Alkohol! Wäre sie schon etwas reifer gewesen, hätte sie ihre Mutter vielleicht darauf hingewiesen, dass sie auch zweimal die Woche Besuch hatte und der Herr nicht kam, um Kleider anzuprobieren.

Beate seufzte und lehnte sich gegen den Kühlschrank. Sie würde sich einen Kräutertee machen. Einen ›Gute Laune‹-Tee. Sie hatte schlechte Laune. Die Beziehung zu Peter war qualvoll in ihrer Ungewissheit. Sie hätte gerne eine Familie, doch solange sie auf ihn wartete, blieb das eine Illusion.

»Hoffen und Harren macht Frauen zu Narren!«, sagte Alicia und Beate ahnte, dass sie Recht hatte.

Alicia würde niemals etwas von ihrer Persönlichkeit aufgeben, für einen Mann. Sie nahm sich ab und zu einen Liebhaber, aber es schien so als bestimme sie, wann es wieder zu Ende war.

Kein Wunder, dass Peter sie verabscheute. Sie war sein Gegenteil. Oder sein Ebenbild?

Beunruhigt öffnete Beate den Kühlschrank und nahm einen kalorienarmen Joghurt heraus.

***

Freitag, 11. 3. 2005, gegen 16 Uhr.

Alicia hatte Beate nicht mitgenommen zu dem Treffen mit Beatrice Hagedorn. Leiser Protest hatte sich geregt. »Bleib du lieber zu Hause. Es ist besser so, glaub mir. Fisher würde das nicht gerade begrüßen, wenn du dich mit Zeuginnen triffst, ohne ihm etwas davon zu sagen!«

»Ich will sowieso nicht mit zu dieser Frau! Weil es pure Zeitverschwendung ist«, behauptete Beate in beinahe kindlichem Trotz. »Denn wenn man mir sagt, sie haben keine Erkenntnisse aus den Befragungen dieser Frau gezogen, dann ist das so. Peter hat jahrelange Erfahrung, er weiß, was er sagt. Er hat ein untrügliches Gespür dafür, wenn ein Zeuge lügt. Sagt man ihm nach.«

Alicia nickte. In gewissem Sinne glaubte sie das sogar.

»Niemand behauptet, dass sie lügt. Vielleicht hat man ihr nur nicht richtig zugehört. Mir ist es auch recht, wenn du nicht mit zu Frau Hagedorn gehst. Offen gestanden glaube ich nicht, dass an dir eine geniale Detektivin verloren gegangen ist. Höchstens eine geniale Beamtin. Intuition und Inspiration«, erwiderte Alicia aggressiver als sie es eigentlich sagen wollte. »Nichts für dich. Du hast in deinem Tagebuch immer die Seiten nummeriert und das Wetter oben hingeschrieben! Erinnerst du dich?«

»Und du hast Sachen in dein Tagebuch gemalt, die eindeutig nicht jugendfrei waren!«

Alicia dachte, warum sie sich für eine Schwester auf

den unseriösen Deal mit Fisher eingelassen hatte, die so anders war und ihr das gebrachte Opfer nicht einmal danken würde.

Am Bahnhof einen Platz über der Erde zu finden war in Mannheim ebenso aussichtslos wie in anderen Großstädten. In der Tiefgarage kreiste Alicia, Menschen mit Koffern und Babies und den entsprechenden Gefährten ausweichend, bis sie einen Parkplatz fand, der nicht zu weit vom Ausgang entfernt war. Sie fürchtete weniger um ihr eigenes Leben als um das ihres Autos. In Straßburg war ihr vor Jahren ein Wagen geklaut worden, der genau einen Tag lang in ihrem Besitz gewesen war – selbst für Alicia, die weltlichen Besitz nicht überbewertete ein beinahe traumatisches Erlebnis.

Sie erkannte Beatrice Hagedorn sofort.

Irgendwie passte ihr Name zu ihr. Der Nachname – nicht der Vorname. Da wäre die gute alte Beate sicherlich passender gewesen. Sie war groß, fast dürr und wirkte nicht sehr attraktiv. Sie trug zu weite, zu flattrige Leinen und Naturstoffe in beigefarbenen Tönen, ihr Haar war kurz und kraus in einem etwas nichts sagenden Braun und ihre Augen huschten klein und dunkel hin und her. Sie hatte einen leicht verbitterten Zug um den Mund. Dennoch, dachte Alicia, ist sie gewiss eine gute Lehrerin, die sich engagiert und ihren Job ernst nimmt. Vielleicht weil es sonst nicht viele Dinge gibt, die sie vom Leben ablenken.

»Frau Hagedorn? Ich bin Alicia Aherne!«

»Aherne? Ein ungewöhnlicher Name? Irisch?«

Alicia lachte. »Nicht schlecht geraten. Bretonisch!«

»Ja, die Kelten!«, seufzte Beatrice Hagedorn so, als handele es sich bei den Kelten um ein sehr aktuelles politisches

Problem. »Ein geniales Volk, künstlerisch, kreativ, alles, doch eines konnten sie nicht – wissen Sie was?«

»Nein!«, sagte Alicia.

»Staaten bilden. Waren einfach immer chaotisch organisiert ihre Stämme!«

»Kommt mir bekannt vor!«, sagte Alicia ernsthaft. »Wohin gehen wir? Haben Sie einen bestimmten Wunsch?«

»Ich würde vielleicht gerne in das Restaurant vom Dorint Hotel gehen. Ich war vor Jahren in dem Dorint Hotel in Karlsruhe und da habe ich eine sehr gute Gemüsepfanne chinesische Art bekommen. Ich esse nämlich kein Fleisch!«

»Gut, gehen wir. Ich war noch nie da, aber es ist immer irgendwann einmal das erste Mal!«

Beatrice Hagedorn äußerte den Wunsch, zu Fuß zu gehen und es war offensichtlich, dass sie das recht oft tat, denn sie legte einen sehr kräftigen Schritt vor. Ohne sich weiter umzusehen, strebte sie am Tattersall vorüber, passierte dabei zuerst den schon traditionsreichen Mannheimer Beate-Uhse-Shop. Blicklos ging sie ebenso an ihm vorüber, wie an ein paar Boutiquen und einem Schuhgeschäft. Bei dem Schuhgeschäft blieb sie einen Moment stehen – es handelte sich um flache, grobe, vorn abgerundete, höchst gesund und höchst unsexy aussehende Schuhe, die aber vor allem in der Farbschattierung Beige Beatrice Hagedorns Interesse fanden. »Sehr praktisch. Können Sie zu allem anziehen!«, belehrte sie Alicia, die die Schuhe betrachtete, als seien sie von einem fernen Stern herabgefallen. Keine einzige Französin würde solche Schuhe tragen. Lieber würde sie barfuß gehen.

Im Dorint Hotel herrschte geschäftsmäßige, amerikanisch angehauchte Kühle – das Restaurant hatte Wintergartencharakter und die Speisekarte schien Alicia einfallslos.

Es war jetzt Viertel vor sechs – für sie ohnehin Kaffeestunde und nicht die Zeit, in der man aß. Beatrice hingegen fand ihren Gemüseteller wieder und war zufrieden.

»Fehlt Ihnen Ihre Freundin?«

Beatrice fuhr sich mit zittriger Hand über die Stirn.

»Ja, schon. Sie war sehr zuverlässig und geradlinig. Strebsam. Ich meine, Leute vom Theater sind ja manchmal etwas flatterhaft, aber sie nicht. ›Wenn ich Scheidungsanwalt bin, muss ich mich nicht selbst dauernd scheiden lassen!‹«, pflegte sie zu sagen. Sie war ziemlich unbestechlich. Und sie ging den Dingen auf den Grund. Wenn sie einmal eine Sache verfolgte, blieb sie dran.«

»Also keine leidenschaftliche Theaterliebhaberin!«

Beatrice nippte in kleinen, abgehackten und hektischen Schlucken an ihrem Mineralwasser. »Nein, das würde ich nicht sagen. Ehrlich gesagt, denke ich es war ihr Job und den machte sie gründlich. Sie hatte als Gerichtsreporterin angefangen!«

»Ach so!« Alicia rührte in ihrem Kaffee. »Das könnte einiges erklären!«

»Sie müssen sich im Internet mal ihre Kritiken anschauen!«, erklärte Beatrice und nahm das sehr pünktliche Erscheinen ihres Gemüsetellers befriedigt zur Kenntnis. Alicia sah nach draußen. Ein Stau ballte sich Richtung Kurpfalzbrücke zusammen.

»Hat sie jemals Feinde erwähnt?«

Beatrice lachte ein trockenes Lachen. »Da kann ich Ihnen die gleiche Antwort geben wie zuvor. Schauen Sie sich im Internet ihre Kritiken an. Praktisch jeder Regisseur in Deutschland, zumindest in den Städten, in denen sie schon war, hätte sie umbringen können, aber ich weiß nicht ob man so etwas tut. Töten um der Kunst willen! Meistens töten die Leute wegen Geld, nicht wahr?«

»Ja. Hatte sie Geld?«

»Nun, sie hatte ihr Auskommen. Ich denke auch, dass sie von zu Hause ein wenig geerbt hatte. Ihre Eltern waren tot – Geschwister hatte sie nicht, nur ein paar Kusinen und Tanten. Sie hat mir mal ihren Stammbaum gezeigt, an dem hat sie wie besessen gearbeitet – vor einiger Zeit hatte sie mit Ahnenforschung angefangen und sie sagte, das kann richtig zur Sucht werden. Diesen Nachforschungen in der eigenen Familie galt ihr ganzes Interesse. Sie plante vielleicht eines Tages ein Buch darüber zu schreiben. Ein faszinierendes Hobby hat sie gesagt. Sie hatte keine eigene Familie, deshalb hat sie sich ihre Familie in der Vergangenheit gesucht. Es müssen sehr interessante Leute gewesen sein, zumindest hat sie immer so getan!«

Beatrice nickte abgeklärt. Alicia lachte.

»Mag interessant sein, aber ich glaube damit warte ich bis zum Rentenalter! Im Moment muss ich noch an meiner Zukunft und nicht an meiner Vergangenheit arbeiten. Zumindest können es sich meine Schwester und ich noch nicht leisten!«

»Ja, so denke ich auch, aber sie empfand das anders. Sie sagte, manchmal lohnt es sich durchaus in der Familiengeschichte zu graben. Da kann sich mancher Schatz verbergen! Das hat sie erst vor kurzem gesagt. Vielleicht hat sie Familiensilber entdeckt.«

Alicia zuckte die Achseln. »Schätze in der Familiengeschichte? Möchte ich bei mir nicht sagen. Aus was für einer Familie kam sie denn? Adlig? Reich?«

»Hugenotten hat sie gesagt! Ausgewandert aus Frankreich Ende des 17. Jahrhunderts. Woher genau weiß ich nicht. Vorher auch schon oft vertrieben und verfolgt. Deshalb Hunold. Das sei die eingedeutschte Form von Hunaud!«

»Könnte sein! Ja, das klingt französisch.«

Beatrice öffnete ihren Mund zu einem O und stopfte einen Rosenkohl hinein. »Jedenfalls hat sie sich damit wie besessen beschäftigt in letzter Zeit. Das war ihre wirkliche Leidenschaft!«

Alicia nickte.

»Wie sieht es mit Männern aus? Ich meine, sie war 38, war sie nie verheiratet? Keine Ambitionen in dieser Richtung!«

Beatrice Hagedorn sah drein als seien ihr auch diese Leidenschaften fremd geworden und als vermisse sie sie nicht.

»Ich denke, dass sie vielleicht manchmal einen kleinen Flirt hatte – an den Theatern oder in den Städten, in denen sie sich vorübergehend aufhielt, aber Alexandra war, wie soll ich sagen, insgesamt recht ichbezogen. Und sie liebte den Luxus, kaufte sich gerne teuren Schmuck und Uhren und so weiter. Ich denke mal, dass sie sich nicht in einem Reihenhaus mit zwei kleinen Kindern herumwerkeln sah. Doch was diese Dinge anging, war sie sehr verschlossen. Ich habe zumindest niemals etwas mitbekommen.«

»Wie lange war sie jetzt in Mannheim und wie lange genau wollte sie bleiben?«

»Das war ein wenig eigenartig. Wenn ich mich recht erinnere, war Mannheim gar nicht vorgesehen. Eigentlich wollte sie nach Kassel, hatte dort schon ein Zimmer in einem Hotel als Dauergast. In Kassel hatte man sich wohl oder übel schon auf sie eingestellt. Ob die dort enttäuscht waren oder froh, als sie ihre Pläne so kurzfristig änderte – keine Ahnung. Ich habe das auch dem Polizisten erzählt, der bei mir war.«

»Wann hat sie sich denn entschlossen nach Mannheim zu gehen?«

»Im Januar, meine ich!«

»Hat sie gesagt, warum sie nun plötzlich umdisponieren wollte?«

»Nein, ich kann mich zumindestens nicht erinnern. Vielleicht wegen Shakespeare. Ja, ich denke, sie hat einmal erwähnt, dass sie wegen Shakespeare gehe!«

»Dem beginnenden Shakespeare-Zyklus also?«

Beatrice Hagedorn zuckte die knochigen Schultern. »Wahrscheinlich. Obwohl sie mehr auf modernes und auf französisches Theater spezialisiert war. Ich selbst gehe sowieso lieber ins Kino.«

Wieder traten Schweißperlen auf ihre graue Stirn.

»Wie lange wollte sie denn bleiben? Eine ganze Saison?«

»Moment mal, ich denke nach, ja, ich war bei ihr zum Tee und sie hat mir Anweisungen gegeben wegen der Blumenpflege und ihren Fischen. Ich hatte es mir dann notiert, auf einen Zettel, der auf dem Tisch lag. Ihre neue Nummer und die Daten.«

Beatrice begann in ihrer Tasche, herumzuwühlen. Schließlich holte sie ein buntes Faltblatt heraus, das ziemlich zerknittert aussah.

»Darauf hat sie mir ihre neue Adresse, Telefonnummer und die Daten, wann sie in Mannheim ist, geschrieben! Sie wollte voraussichtlich bis Mai bleiben. Aber ganz sicher war sie nicht. Die Wohnung hatte sie bis zu diesem Zeitpunkt gemietet. Es war ja eigentlich nur eine Art Zimmer. Möbliert. In einem Block mit modernen schicken Wohnungen für Leute, die nur kurz oder nur manchmal in Mannheim sind. Ich glaube in der Wohnung war sie schon einmal, als sie in Mannheim Theaterkritiken schrieb. Sie hat mir gesagt, in der Nachbarwohnung würde ein Autohausangestellter leben, den sie noch von damals kannte. Mit dem könnte sie auch mal ausgehen, ich glaube, sie ist ganz gut mit ihm ausgekommen! Nach Mannheim gekommen ist sie am 12. Februar. Und hier ist ihre Handynummer und die Festnetznummer, aber das Handy ist natürlich bei der Polizei. Die haben alles mitgenommen. Auch ihre Telefonregister.«

»Also wollte sie keine ganze Spielzeit bleiben?«

»Nein, diesmal nicht.«

Alicia warf einen Blick auf den Zettel. ›INTERNATIONALES SHAKESPEARESYMPOSIUM MANNHEIM-HEIDELBERG‹ vom 9. bis zum 21. März.

»Darf ich den Zettel einmal sehen?«

»Warum nicht? Eigentlich brauche ich ihn nicht. Der Polizist hat sich die Namen aufgeschrieben und gemeint, man werde das überprüfen, aber ich solle nicht Sherlock Holmes spielen und mir keine Gedanken machen! Also, ich kam mir blöd vor.«

Alicia bat darum den Zettel behalten zu dürfen, worauf Beatrice einen zweifelnden Blick auf den kleinen Prospekt warf. Das weltbekannte Antlitz von William Shakespeare prangte auf der Vorderseite.

»Ich weiß nicht, eigentlich ist es ja so etwas wie ein Beweisstück!«

»Sicher nicht. Ansonsten hätte es die Polizei behalten, nicht wahr?«

Beatrice seufzte zustimmend, sah auf ihre altmodische Armbanduhr und winkte dem Kellner. »Ich lade Sie ein!«, sagte Alicia zu ihrer eigenen Überraschung. Eigentlich war sie nicht sehr großzügig.

»Danke!« Beatrice schien erleichtert. »Ich hatte früher auch mal mehr Geld. Vor meiner Scheidung, aber er hat alle juristischen Tricks ausgenutzt. Und seine neue Frau hat zwei Kinder von ihm. Wir hatten keine!«

Alicia nickte.

Sie kannte das Problem.

***

Freitag, 11. 3. 2005, 18 Uhr.

Beatrice hatte plötzlich nach einem Blick auf ihre Armbanduhr festgestellt, dass es spät, sehr spät war. Sie würde noch ihren Zug verpassen. Sie hastete davon mit einem raschen »Wir telefonieren!« und alles, was Alicia noch von ihr sah war eine hagere Gestalt, die fuchtelnd erreichte, dass die Straßenbahn direkt vor dem Dorint Hotel sie noch einließ und mit ihr davonfuhr.

Alicia schüttelte den Kopf und bezahlte die Rechnung. Wahrscheinlich eine tief einsame Person. Trauerte ihrer Ehe nach und den damit verbundenen Privilegien. Den Kindern, die eine andere geboren hatte.

Neidisch auf ihre Freundin, die geheimnisvolle Dinge tat und wusste? In deren Leben sich noch etwas tun würde?

Alle Kriminalromane ihres Lebens, alle Filme, flimmerten an Alicia vorüber. Kräftig genug für einen Überraschungsangriff im Wald wäre sie. Aber wahrscheinlich hatte sie ein Alibi. Fishers Leute würden diese Dinge längst überprüft haben.

Dann trat sie hinaus auf den belebten Ring und anstatt nach links, Richtung Auto zu gehen, das sie beim Bahnhof geparkt hatte, wandte sie sich nach rechts und stand eine Weile vor dem Nationaltheater, das sich flach und modern, an seinem weitläufigen Platz erstreckte. Es war das Schillerjahr – ein Jahr von Bedeutung für jene Stadt, in der er seine *Räuber* aufführen durfte. Sein Bild prangte auf Plakaten und Postern an Eingangstüren und Fenstern.

Ein Wunder, dass man Shakespeare dieses Jahr auch ein Stückchen Bühne freihalten wollte. Aber Shakespeare, dachte Alicia, ist wahrscheinlich weltweit und zu allen

Zeiten ohne Konkurrenz. Das ist ein Markenname wie Mercedes, Mac Donald oder Coca Cola.

Es war jetzt sieben Uhr. Die Schauspieler müssten alle schon längst da sein, sich vorbereitet haben, ihren Tee getrunken, in der Maske gewesen sein.

Sie würden schon einen Schritt Richtung der abendlichen Verwandlung getan haben, ihr Wesen langsam abstreifen und bald als jemand anders auf der Bühne erscheinen. Alicia drehte sich langsam um. Es musste hart sein, um so weit zu kommen, an einem solchen Theater inszenieren oder spielen zu dürfen. Und wenn dann eine Kritikerin wie Frau Hunold kam, eine kalte Frau, die nicht den Keim des Komödianten in sich trug, und zerfleischte all die Mühe, die man sich gegeben hatte mit ein paar bösartigen Worten – war das nicht eigentlich Grund genug, sie abgrundtief zu hassen.

Waren die potentiellen Täter nicht doch in den Reihen der Regisseure und Schauspieler zu finden, die sie im Laufe ihrer Tätigkeit erlegt hatte? Alicia wusste es nicht. Langsam wandte sie sich zum Gehen. Heute Abend war vielleicht noch Stammtisch, es wäre besser nach Hause zu gehen und zu sehen, was sich inzwischen ereignet hatte.

Und doch fragte sie sich, ob sie jemals wirklich in das Gesicht des Mörders blicken würden: sie oder Fisher. Oder sie *und* Fisher. Ein eigenartiger Gedanke! Und sie war sich sicher, es war Abscheu.

Oder?

5

Die Liebe, die uns folgt, wird uns oft lästig, (Macbeth, 1. Akt, 6. Szene)

Freitag 11. 3. 2005, gegen 19.30 Uhr.

Jos rief an. Leise. Im Hintergrund hörte man schon wie sich ein Orchester höchst unmelodisch einspielte. Er würde sie gerne sehen, habe heute aber leider Dienst. Die Zauberflöte.

Ein Fest für den Beleuchter. Doch morgen habe er frei.

Mit warmer Stimme und einem etwas übertriebenen französischen Akzent bot er für den morgigen Tag ein Konzert, eine Pizza oder einen Vortrag über venezianische Glaskunst an. Doch alles so leidenschaftslos, als schlüge er vor, einen Gang um den Block zu machen. Wie viele, die am Theater arbeiteten, tobten sich Jos eigentliche Gefühle an seinem Arbeitsplatz aus.

Alicia bedauerte in makellosem Hochdeutsch: »Jos, das ist freundlich, aber ich habe im Moment keine Zeit. Kann ich dich zurückrufen?«

Jos bedauerte noch viel mehr. Es schien so, als rede er sich ein, in Alicia verliebt zu sein. Sie nahm es gelassen. Sie hatte kein Interesse an ihm.

»Dieser Jos würde gar nicht schlecht zu dir passen!«, sagte Beate leichthin und mit der Selbstgewissheit einer

Frau, die meint selbst längst den richtigen Mann gefunden zu haben. »Er stammt auch aus deinem Milieu und spricht Französisch. War er schon mal verheiratet?«

»Weiß ich nicht. Aber wenn, wäre das dann gut oder schlecht. Bei dir müsste die Frage heißen: *Ist* er verheiratet!«

Beate überhörte die Bemerkung.

»Was machst du eigentlich da? Seit wann arbeitest du am Computer?«

Alicia hatte es sich lange, für ihre Verhältnisse lange, das heißt eine Viertelstunde, zwei Zigaretten und eine Tasse Kaffee lang überlegt.

Sollte sie Beate in ihre eigenartige Verstrickung mit Fisher einweihen? Und wie viel sollte sie ihr aus dem Gespräch mit Beatrice Hagedorn erzählen?

Sie hatte sich dagegen entschieden. Gegen beides zunächst einmal. Beate war nicht wirklich diskret. Sie plauderte. Aus Verlegenheit und manchmal auch aus Naivität. Und natürlich würde sie aus Liebe alles erzählen.

»Ich gehe kurz ins Internet. Würdest du mich ein wenig allein lassen?«

»Haha!« Beate zog ihren abendlichen Bademantel enger um sich. »Jetzt verstehe ich: Du suchst im Internet nach einem Partner! Mein Gott, Alicia, das muss dir doch nicht peinlich sein, viele machen das! Aber bitte sei vorsichtig. Gib nicht zu schnell deine Adresse preis. Wir wollen keine unangenehmen Überraschungen erleben!«

»Hey!« Alicia drehte sich auf ihrem alten französischen Bürostuhl um, den sie aus der Straßburger Zeit mitgebracht hatte. »Lässt du mich in Ruhe, ja?«

»Mach ich, mach ich!«

Alicia wartete bis Beate aus dem Zimmer gegangen war und sich in der Küche austobte.

Dann tippte sie ›Alexandra Hunold‹. Die Suchmaschine meldete 281 Einträge. Die meisten davon bezogen sich tatsächlich auf die gesuchte Alexandra Hunold, die Alicia kennen gelernt hatte.

Es waren meistens Artikel von ihr. Theaterkritiken.

Alicia überflog die Stücke. Beatrice Hagedorn hatte Recht – spezialisiert hatte sie sich eigentlich auf modernes Theater. Man musste lange suchen, bevor man Kritiken zu Shakespeare oder anderen Klassikern fand.

Sie druckte schließlich eine zu der *Widerspenstigen Zähmung* aus, eine zu einer Neuinszenierung von *Nathan dem Weisen*, eine zu *Faust I. Teil* und eine zu *Antigone* von Brecht, die man in Berlin gegeben hatte. *Sophokles* in Bochum ignorierte sie.

Die Blätter legte sie zur Seite. Sie würde sie später durchlesen.

Gab es eine Homepage von Alexandra?

Etwas Suche war nötig, zwischen all die Treffer hatten sich ein paar Alexandras gemischt, die irgendwie mit anderen Hunolds zu tun hatten, ein Bibelexperte und eine Namensvetterin war Ärztin bei der Unicef und hatte Bilder von halbverhungerten Kindern ins Internet gestellt. Eine weitere Hunold führte ein französisches Restaurant bei Colmar.

Endlich auf der vierten Seite erschien die richtige Adresse. Ein Klick und ein Fenster in Blutrot öffnete sich, das Bild einer Art Bühne erschien. Über diese Bühne lief ein animiertes Foto der Toten. Der Vorhang hob und senkte sich auf Knopfdruck, dahinter erschien in einem Schriftzug, der an alte Ufa-Filme erinnerte, der Lebensweg der Theaterkritikerin. Sie war in Hanau geboren, hatte in Frankfurt Romanistik und Theaterwissenschaften studiert und nach eigenen Angaben nicht einmal den Versuch gemacht, Lehrerin zu werden. Stattdessen Volontariat, Praktika beim Hörfunk, bei verschiedenen Zeitungen und Zeitschriften, Gerichtsreportagen, auch in der Pressestelle des Schauspielhauses in Frankfurt hatte die Dame volontiert. Ganz kurz war sie sogar in Baden-Baden Leiterin der Pressestelle gewesen, allerdings hatte dieses ›Engagement‹, wie sie es spöttisch nannte, sehr bald geendet.

Über sich selbst sagte Alexandra Hunold: »Lieber frei als sicher sterben!« – ein Motto, das sich schneller bewahrheitet hatte als sie es einkalkuliert haben mochte.

Weiter im Lebenslauf: Durch einen Glücksfall konnte Frau Hunold eine Kollegin bei der *Zeit* vertreten. Theaterkritiken im Bereich Schauspiel. Sie machte sich einen Namen. Konnte sich wahrscheinlich schwer in eine feste Hierarchie einfinden und eröffnete vor 5 Jahren ihre eigene Agentur ›C & C – Culture and Critics‹. Sie bediente damit sämtliche Feuilletons nach Wunsch, als Schmankerl hatte sie sich herausgesucht – und das w a r ganz einfach eine gute Idee – einen Theaterstandort eine Spielzeit lang zu beobachten und sozusagen ein Gesamturteil zu fällen. Ohne die ausgedruckten Berichte gelesen zu haben, wagte Alicia jetzt schon die These, dass die meisten Urteile wohl vernichtend ausgefallen waren.

Über die private Alexandra Hunold war auf ihrer eigenen Homepage wenig zu erfahren. Sie liebe Kartäuserkatzen, habe aber aus Zeitgründen keine, sie schätze gutes Essen, französischen Wein und Wanderungen im Burgund und im Engadin, wenn es sich ergäbe. Jil-Sander-Fan. Oder auch Orwell-Jeans. Literarisch verehrte sie Virginia Woolf, Samuel Beckett und Simone de Beauvoir. Arbeitete seit

Jahren an ihrer Promotion über George Sand, hatte sie aber beiseite gelegt, um sich einem anderen Projekt zu widmen. Welchem stand nicht da. Sie gehe gerne ins Kino, liebe französische Filme.

Von Shakespeare kein Wort. Auch nicht von Hugenotten oder von der Ahnenforschung als Steckenpferd. War sie ihr wirklich immer schon so wichtig gewesen oder erst seit kurzem?

Seltsam blass blieb diese Frau, obwohl sie einiges von sich erzählte. Aber sie erzählte eben nicht die *richtigen* Sachen. Denn, nur weil man Katzen mag und Jil-Sander-Kostüme trägt, oder sich in sündhaft teure Orwell-Hosen zwängt, wird man doch nicht ermordet!

***

Alicia heftete die Theaterkritiken zusammen und versteckte sie in ihrem Schreibtisch. Doch ihre Vorsicht war unnötig. Mit strahlendem Gesicht erschien Beate in der Tür.

»Wir gehen aus!«, verkündete sie stolz wie eine Katze, die überraschend eine bereits verloren geglaubte Maus erlegt hat.

»Was? Wer ist wir?«

»Wir eben! Wir gehen essen, nach Heidelberg. In ein Restaurant im Altstadtviertel!«

»Ach so. Nach Heidelberg. Ich dachte tatsächlich, er zeigt sich mit dir mitten in Mannheim. So wie andere Männer mit ihren Freundinnen!«

Beate wirkte beleidigt, aber nicht gebremst in ihrer Freude.

»Hätte er auch, aber der Vorschlag kam von mir. Du glaubst nicht, wie viele Leute er trifft, wenn ich mit ihm in der Stadt essen gehe. Und außerdem ist es in Heidelberg romantischer.«

»Wenn du meinst. Ja, es muss schwer sein, derart prominent zu sein!«

Wie üblich verfehlte Alicias Ironie ihre Schwester um einen Meter. Beate war erfüllt von Vorfreude.

»Ja, da hast du Recht. Morgen habe ich ziemlich früh einen Kosmetiktermin. Ich komme also nicht zu spät. Peter kann leider auch nicht bleiben. Mach's gut!«

Die Tür schlug zu, hinter einer glücklichen Beate. Unten waren ihre raschen Schritte zu hören, dann der satte Klang, als die Tür des BMW zuschlug.

In diesem Moment wurde sich Alicia darüber klar, wie wirksam Fishers Drohung war. Beate würde weinen und leiden und das in den entscheidenden Wochen, in denen sie um ihren Job kämpfte.

»Scheißkerl!«, sagte sie und holte die Theaterkritiken heraus.

Im Unterschied zu vielen Feuilletonartikeln musste man sie nicht zweimal lesen, um ihre Botschaft zu verstehen.

›Faust hatte seinen Namen verdient: Selten kam der Deutschen liebster Forschergeist dergestalt grob daher – die ewige Suche nach Wissen geriet in der Göttinger Inszenierung nach einem Zertrümmern von Barrieren und Schranken – einem Shaolin Film nicht unähnlich. Regisseur Jens Thorbeke, sich sonst gerne in jedem Feld menschlicher Kommunikation als Ästhet darstellend, sollte vielleicht lieber ins Fitnessstudio gehen, um seine martialischen Kraftphantasien auszutoben.‹

Nun ja. Im Erfinden von Bosheiten war Alexandra jedenfalls ihren Autoren ebenbürtig.

Auch Nathan der Weise in Dortmund fand keinen Anklang.

Was uns in der letzten Spielzeit bereits an der Dortmunder Bühne auffiel, setzt sich auch in diesem Jahr offenbar fort – eine bemerkenswerte Entpolitisierung des Theaters. So gerät ein hochpolitisches Stück wie der Nathan zu einer folkloristisch farbigen Darstellung des Judentums während der Aufklärung, der Nathan selbst zu einer Art gutmütigem Familienpatriarch a la Dallas-Jock-Ewing und die einmalige Ringparabel zu einem lieben Märchen. Und das in Zeiten des Irakkrieges und der Auseinandersetzung mit dem Islam. Ob Regisseur Heiner Hallwaag schon einmal davon gehört hat. Oder schließt er sich abends in seinem Wohnzimmer ein und schaut Sissi-Filme?

Alicia las die anderen Kritiken durch, doch ergaben sie immer das gleiche Bild: Ein mehr oder wenig beißender Verriss, gepaart mit einem meist sehr persönlichen Seitenhieb auf den Regisseur oder Autor.

So empfahl sie einem jungen Autorenteam aus Nürnberg lieber Grundschullehrer für Deutsch zu werden als weiterhin Stücke zu schreiben, die im Niveau weit unter einem durchschnittlichen Volksstück auf einer Tiroler Heimatbühne lägen.

Alicia wusste, wie empfindlich Künstler waren. Sie hasste es ebenfalls, wenn jemand ein Bild von ihr kritisierte. Es war wie ein Schnitt in empfindliches Fleisch. Ohne Kinder zu haben, vermutete Alicia, dass es die gleichen Gefühle waren, die eine Mutter hatte, wenn man ihr Kind angriff.

Hier und nur hier vermutete sie nun doch das Motiv für diesen Mord. Ein Motiv, das ein Mensch wie Fisher niemals würde nachempfinden können. Sie stand auf, genoss die Stille in der Wohnung. Sah auf die Uhr. Freitagabend. Jetzt schon beinahe neun Uhr. Wieder Stammtisch der Theaterleute. Heute im Zwischenakt am Schillerplatz. Freitags war die kleine Kneipe neben dem Werkhaus zu voll, deshalb hatte man für die Wochenenden den Schauplatz gewechselt.

Sie würde doch noch schnell hingehen. Neun Uhr war spät, aber für eine Französin nicht zu spät. In Paris war niemand vor zehn Uhr abends irgendwohin gegangen. In Mannheim tickten die Uhren natürlich anders. Sie frisierte sich schnell, steckte die Lockenflut irgendwie zusammen und zog die Lippen und den Kajalstift nach.

Manchmal fragte sie sich schon, ob sie am Theaterstammtisch, der um einiges elitärer war als der normale Mannheimer Stammtisch, so gerne gesehen wäre, wäre sie nicht Französin. Als Französin und damit ›gute‹ Ausländerin sorgte sie für jene Internationalität, die Theaterleute als ein Motiv für ihre Berufswahl angeben und die sie aus der spießigen Masse der Normalbürger heraushebt.

Beim Theaterstammtisch saßen Uschi, die eigentlich immer da war, wenn sie keinen Dienst

hatte, Syl hatte Urlaub, Jos tat bekanntlich Dienst, fehlte also auch. Dafür waren ein paar

Schauspieler anwesend, die sich gut kannten und eine ältere Darstellerin, die schon lange zum festen Ensemble gehörte.

Heiner Burgstaller war Schweizer, pendelte zwischen Zürich und Mannheim, spielte oft den älteren Mann, den reifen und erfahrenen Liebhaber, auch schon mal den Verführer der Jugend. Harry Weiser, der ursprünglich aus Israel stammte, kam vom Musicalfach, hatte längere Zeit in London Engagements gehabt und wurde immer dann besetzt, wenn etwas zu singen war. Frau Thea, eigentlich hieß sie Thea Frau, aber der Name lud einfach zu einem Wortspiel ein, sah ein wenig aus wie Inge Meysel; die unauffällige Beliebigkeit ihrer Erscheinung sorgte dafür, dass sie auch in dem hohen Alter von 63 noch ziemlich oft besetzt wurde, zuletzt in dem Volksstück Kasimir und Karoline von Ödön von Horvath, in dem sie eine Wurstverkäuferin im Wiener Prater dargestellt hatte.

Das Mannheimer Publikum, seinem Ensemble treu, mochte die ›alte Frau‹ wie man sie gerne nannte. Sie war schon 27 Jahre in Mannheim und damit ein stadtbekanntes Fossil. Uschi die Maskenbildnerin liebte sie, weil sie an ihr ihre ganze Kunst zeigen konnte. Alicias Ankunft wurde mit freundlichem Gemurmel akzeptiert. Irgendwann hatte man sie zum Stammtisch eingeladen und jetzt gehörte sie eben dazu, auch wenn sie nicht dazu gehörte. Stühlerücken, man drängte sich eng aneinander, ihre Ankunft diente als Vorwand, um neue Zigaretten anzuzünden.

Alicia bestellte einen trockenen, offenen Landwein und den Ziegenkäse mit der Honigkruste auf Salat. Die Gespräche drehten sich um das alljährliche Theaterfest im Sommer. »Ich hab' ein Gastspiel in Bern, ich kann beim besten Willen nicht. Das habe ich Thiele auch gesagt. Du kennst ja sein Gesicht bei so was – Zahnarztbesuch – seine Rolle der Patient!« Alle lachten.

»Wenn ich an das unsägliche, unvermeidbare Kinderschminken denke, wird mir übel. Tausend Plagen, die aussehen wollen wie ein Kätzchen oder wie eine Prinzessin!«

»Da sieht man die wahren Sehnsüchte unseres Publikums – Theater ist ein Traum und ein Spaß und deshalb muss es gut gemacht sein! Aus einem Traum darf man nicht aufwachen, die Details müssen stimmen.«

Harry Weiser war berüchtigt für seine Kritik am Mannheimer Nationaltheater. Bekannt war, dass der Intendant ihn schon mehrmals gefragt hatte, wieso er an solch einer miesen Schmierenbühne überhaupt spielen wolle.

Alicia ließ das leichte und manchmal seichte Geplätscher, Gerede über vergangene Rollen und künftige Rollen, über große Projekte, die manchmal lustig waren, an sich vorüberplätschern. Mancher Seitenhieb »Manchmal wächst man aus dem Schuh des *Hamlet* einfach hinaus und begibt sich in die Stiefel des *Onkel Wanja*!«; traf einen erstaunten Besitzer, manch Scherz streifte einen Abwesenden.

Sie wartete ein wenig, bis sie zwischen zwei Bissen Käse sehr harmlos fragte. »Wie steht es eigentlich mit dieser Kritikerin, von der ich mal gehört habe – die sich immer ein anderes Haus für jede Spielzeit aussucht. Irgendjemand hat erwähnt, dass sie sich Mannheim rausgesucht hat. Hat sie schon die Feder gewetzt?«

»Aber Alicia!« Harry Weiser schüttelte das grau-schwarz melierte Haupt. »Die gibt es doch gar nicht mehr. Eine lautstarke Stimme der Kritik ist verstummt!«

»Na, lautstark war sie nicht. Eher ein wenig, sagen wir fein, klein und spitz!«

»Na, dann eben das! Egal wie, man hat ihr jedenfalls die Worte abgewürgt!« Harry schüttelte den Kopf. »Bin gespannt, wann ich drankomme! Ein Fan, der durchdreht oder einer, der deine Rolle will – alles ist möglich.«

»Ist sie tot?«, sagte Alicia gespielt erstaunt. Sie konnte nur hoffen, ihre schauspielerischen Fähigkeiten reichten aus, in einer Profirunde wie dieser.

»Ja, stand doch in der Zeitung.«

»Aber ohne Namen! Erst als vermisst, dann kurze Meldung. Die halten hinterm Berg mit Informationen, bis sie den Mörder haben«, sagte Frau Thea resolut und bestellte sich den dritten Wein. Sie trank gerne und viel, rauchte fast Kette und schlief wenig. Dafür sah sie noch gut aus. »Ohne das ganze Zeug würde ich auch nicht besser aussehen!«, sagte sie immer. »Aber mich mieser fühlen!«

»Sie haben ihren Namen nicht erwähnt, warum, weiß ich nicht! Sie war doch bekannt. Sie war auch manchmal in der Kneipe im Kulissenhaus, ab und zu, doch ich habe sie da gesehen. Ich denke, da kommt noch was.«

»Hey, wer hat im ZDF in einer Krimiserie zweimal einen befreundeten Kommissar aus Basel gegeben: Ich, schon vergessen?« Alle sahen aus als würden sie gerne die Augen verdrehen. Die zweimalige Gastrolle beim ZDF zählte zu den Wundern in Heiner Burgstallers Schauspielerleben, leider nicht zu einem Wunder, das immer wieder geschieht, sondern einem einmaligen Wunder, weswegen man um so öfter davon sprechen musste.

»Die stecken noch mitten in den Ermittlungen fest! Wer die umgebracht hat, hinterlässt keine Spuren. Der weiß warum und hat das lange geplant. So sehe ich das. Von unserem Ensemble war es keiner – sie hatte ja mit ihrer Vernichtungsarbeit noch nicht begonnen.«

»Umgebracht! Incroyable«, murmelte Alicia.

»Ja, aber die Reihe der möglichen Täter, zumindest der mit einem handfesten Motiv, liest sich wie eine Besetzungsliste von anderen Theatern. Da sollte die Polizei genauer hinschauen. Jedenfalls eine schreckliche Sache.«

Die Bedienung brachte noch Wein. Am Nachbartisch ließ sich eine Gruppe Bühnenarbeiter nieder. Sie bestellten Bier.

»Diese Hunold war eine oberschlaue Ziege. Neugierig. Wollte immer alles Mögliche wissen. Irgendjemandem hat sie gesagt, Kritikerin zu sein, sei für sie eigentlich ein berufliches Versagenserlebnis. Viel lieber wäre sie eine berühmte Forscherin geworden. Deshalb hat sie ja auch irgendwie noch an einer Doktorarbeit oder etwas Ähnlichem gearbeitet. Irgendwas mit Hugenotten. War angeblich aus einer Hugenottenfamilie. Dieser Sache galt ihr ganzer Stolz. Aber ihren Frust hat sie an uns ausgelassen!«

Uschi schüttelte den Kopf.

»Die Kritik zu ›*Der zerbrochene Krug*‹ hat sie vor zwei Jahren geschrieben, als sie schon einmal kurz hier war. »Der Krug sei in Mannheim solange zu Wasser gegangen bis er zerbrochen ist und die Zuschauer endlich gemerkt haben, dass sie sich Ausschussware angeschafft haben.« Das zitierte Heiner so, als habe er es auswendig gelernt.

»Vielleicht hat unser Supertalent Roman Rosen seinen künftigen *Macbeth* mit ihr abgesprochen. Hofft, dass sie ihn gnädig bewertet!«, meinte Uschi und zupfte sich am Ohr.

»Wieso?«, fragte Alicia, die sich ansonsten bewusst aus dem Gespräch heraushielt.

Mein Gott, sie horchte ihre Freunde aus. Wenn das bekannt werden würde, brauchte sie sich nie wieder im Dunstkreis des Theaters sehen zu lassen. Ob Fisher ein einziges, winziges Mal an solche Dinge dachte? Aber da es vermutlich ohnehin nur wenige Orte gab, an denen er sich sehen lassen konnte, ohne misstrauisch oder verächtlich angesehen zu werden, war ihm dieser Gedanke wahrscheinlich fremd. Uschi berichtete bereitwillig, ihr Gesicht vorübergehend erhellt vom Schein eines blinkenden und blitzenden Feuerwehrautos, das draußen in mäßiger Hast vorbeirauschte.

»Ich hab sie zweimal mit ihm gesehen. Einmal in der Theaterkantine und einmal in einer Pizzeria in der Lange-Rötter-Straße! Nein, dreimal. Damals waren noch ein paar Schauspieler dabei. Aber als die beiden alleine waren, hatten sie offenbar auch keine Langeweile. Die haben ziemlich heftig diskutiert und – ich kann mich täuschen – mir schien als sei er aufgeregt und irgendwie verzweifelt.«

»Na, der Roman ist einer mit hitzigem Temperament. Wahrscheinlich hat sie ihm schon vorher Teile ihrer Kritik vorgelesen!«, sagte Harry und man wusste nicht recht, ob er das gut oder schlecht fand.

»Kritiker – und schon gar nicht solche wie die Hunold – treffen sich nicht privat mit Regisseuren, die eine große Projektserie planen. Jedenfalls fand ich dieses Treffen ungewöhnlich«, beharrte Uschi, »aber mit Shakespeare hatte die sowieso nichts am Hut. Irgendwo habe ich gelesen, Shakespeares Texte kämen ihr vor, als hätte jemand auf einem Flohmarkt des 16. Jahrhunderts alles zusammengesucht, was er über englische Geschichte und über Mord und Totschlag finden konnte und jede Woche ein Stück daraus zusammengebastelt. Ich finde so eine Einstellung abstoßend. Das erste Theaterstück meines Lebens war Romeo und Julia und ich habe wochenlang davon geträumt, ich sei diejenige, die den beiden sagt – sie sollen nicht füreinander sterben sondern füreinander *leben*. Sie sollen ihrer Liebe vertrauen und darauf, dass alles gut wird. Ich verehre Shakespeare und sie soll ihn in Ruhe lassen!«

Den letzten Satz sagte sie mit einem für sie ungewöhnlichen Hass in der Stimme.

Die meisten nickten beifällig.

Das Thema war damit vorerst erledigt.

Doch in Alicia blieben zwei Sätze hängen: *Sie soll ihn in Ruhe lassen!* Und: *Das Treffen mit Regisseur Roman Rosen war ungewöhnlich*!

***

Als sie nach elf Uhr nach Hause kam, fand sie zu ihrer Überraschung eine noch muntere Beate vor. Ein ausgebreiteter Stadtplan lag vor ihr.

»Suchst du eine neue Wohnung?«, fragte Alicia provozierend. Sie erinnerte sich an ihre Studentenjahre, wo alle Welt ständig mit einem ausgebreiteten Stadtplan herumgesessen hatte; dem von Straßburg nämlich mit seinen Gassen, die einem mittelalterlichen Muster und damit keinem folgten, welches ein modernes Hirn verstehen konnte.

Mannheim erwartete, dass man logisch denken konnte und das hinter den Buchstaben und Nummernkombinationen versteckte Prinzip erkannte. Die Quadrate waren reihenweise Richtung Neckar nach Straßenzügen mit den Buchstaben A bis U gekennzeichnet. Vom Schloss aus gesehen, hat man A bis K links und L bis U rechts. Innerhalb dieser Reihen steigen die Nummern A 1, A 2 an Und um das Ganze noch netter für Auswärtige zu machen, hat jedes Quadrat auch noch seine eigene Nummerierung in sich. Die Seite die zum Schloss zeigt ist 1, dann umlaufen die Nummern das Quadrat bei A–K gegen und bei L–U mit dem Uhrzeigersinn.

Jahrelang war Alicia durch Häuserschluchten geirrt, zwischen M und N kreisend und O erwartend, wo dann doch wieder nur M sie erwartete.

»Nein, nein, wie sollte ich, wo es doch mit dir so angenehm ist!«, sagte Beate hastig und mit seltener spitzer Ironie.

»Was machst du dann mit dem Stadtplan?« Alicia überlegte vor dem Küchenschrank, ob sie sich noch einen Wein einschenken sollte, entschied sich aber dagegen. Sie brauchte einen klaren Kopf. Einen klaren Kopf, um Alexandra Hunold zu verstehen. »Knobelst du neue geheime Treffpunkte aus?«

»Wenn ich es nicht anders wüsste, könnte man annehmen, du bist neidisch«, sagte Beate und Alicia sah, dass sie sich schon für die Nacht fertig gemacht hatte. Ihr rundes helles Gesicht glänzte bereits da wo sie die Fettcreme besonders dicht aufgetragen hatte – nämlich auf Kinn und Stirn.

»Lassen wir das!« Alicia fühlte sich plötzlich erschöpft und deprimiert. Und dachte an Beates Schicksal. Fisher würde sie sowieso verlassen, früher oder später. Sie würde dann lange trauern, vielleicht zu lange, um noch einen neuen Partner zu finden. War es bei ihr nicht genauso? Waren ihre flüchtigen Abenteuer nicht nur Flucht und die Angst davor zu erkennen: *Ich meine es ernst, aber der andere nicht*!

»Gibt es etwas Neues im Mordfall Hunold?«

»Ich denke, das interessiert dich nicht und du verurteilst es, dass mich Peter gelegentlich informiert und mit mir darüber spricht.«

»Wenn es dir gut tut, soll es mir recht sein! Also?«

Felix kam und suchte den Küchenboden nach Futter ab, aber bei Beates Ordnung hatte er da ganz wenige Chancen. Alicia kraulte ihm die immer noch seidigen Ohren.

»Man hat noch keine wirkliche Spur. Nach wie vor konzentriert man sich auf Alexandras Fahrten nach Straßburg. Sie war offenbar mehrfach dort. Und das ist merkwürdig, denn was sollte eine deutsche Theaterkritikerin ausgerechnet in Straßburg tun?«

Stille zwischen den Schwestern. Beate stand auf. Alicia beobachtete sie schweigend.

Beate ging schließlich ins Bett und Alicia widerstand der Versuchung noch eine Zigarette zu rauchen. Sie stellte sich auf den Balkon und blickte auf die schweigende Katharinenstraße hinunter. Nur die unteren Stockwerke hatten die Läden geschlossen, bei den anderen konnte man in die Wohnungen schauen. Manche waren schwach erhellt von Aquarien, in manchen flammte noch der Fernseher. Die meisten Mannheimer Bürger waren ins Bett gegangen. Ja, dachte Alicia, was macht eine Theaterkritikerin so oft in Straßburg? Und: Ist man aus Hass auf eine vielleicht nicht immer gerechtfertigte Kritik fähig zu morden?

Darüber werde ich morgen nachdenken.

***

Samstag, 12. 3. 2005, Morgen.

Alicia konnte am besten im Bett nachdenken. Samstagmorgens verfolgte Beate ein ähnlich festgelegtes Ritual wie sonst auch. Das heißt, wenn sie keinen Sonderdienst hatte und heute hatte sie frei.

Sehr früh hastete sie bereits zum Markt auf dem Lindenhof, denn dort gab es glückliche Eier und gesundes Gemüse. Wenn sie zurück war, würde sie die Wohnung putzen, saugen und mit Geschirr klappern.

Die Stille galt es auszukosten.

Alicia schlich in die Küche, gefolgt von einem stets hungrigen Felix, der sie mit seinen leicht vorstehenden, dunklen Augen mit brennender Gier musterte.

»Meine Güte, Felix, du schaust mich an wie ein Mann, der zehn Jahre keinen Sex hatte. Du kriegst ja gleich was.«

Alicia kochte sich einen Kaffee, schnappte sich ein Schokocroissant und verzog sich ins Bett zurück.

Es war acht, draußen war es bereits hell wenngleich auch trübe. Autotüren schlugen, man vernahm das Geräusch von Mineralwasserkisten, die in Autos gewuchtet wurden. Was hatte Alexandra Hunold in Straßburg gemacht?

Auf den ersten Blick schien es ihr schon merkwürdig, die Frage überhaupt zu stellen, denn Straßburg war wunderschön und wenn es ein wenig näher an Mannheim läge, würde Alicia viel öfter dorthin fahren. Einfach nur so. Kaffee trinken. An einem kleinen Platz sitzen. Leute gucken. Dieses gelbe Zeug kaufen, das so gut für die Haare war und das es in Deutschland nicht gab. Freunde treffen. Den jungen Leuten an der Kunstakademie zusehen. Französisch sprechen, Französisch hören, sich fallen lassen. Es gab viele Menschen, die das regelmäßig taten, um so ihre Akkus aufzutanken und das Wohlbefinden zu stärken. Nur jemand wie Fisher, dem leichte Lebensart vermutlich fremd war, konnte sich fragen, was die Frau in Straßburg gemacht hatte.

Andererseits ...?

Nachdenklich nippte Alicia an ihrem Kaffee, der jetzt lauwarm war und damit ihre Lieblingstemperatur hatte. Nicht jeder fuhr so häufig nach Straßburg, einfach so. Es wäre eine Sache, die man zwei-dreimal im Jahr machte. Im Sommer zum Flanieren und im Winter für den wunderschönen Weihnachtsmarkt. Der in Mannheim rund um den Wasserturm war auch reizvoll, aber in Straßburg war die Atmosphäre anders, idyllischer. Auch hauchte dort etwas Fremdländisches durch die Holzbuden. Das Münster. Manche beteten dort besonders gerne, zündeten Kerzen an. Aber das könnte man auch in der Schlosskapelle oder in der Jesuitenkirche.

Also warum? Mehrmals, einfach so nach Straßburg? Alexandra Hunold hatte nicht den Eindruck einer Frau gemacht, die wegen eines schicken T-Shirts einen Tag in Straßburg verbummelt. Zumal man über Mannheim sagen konnte, was man wollte, aber als Einkaufsstadt gab es südlich von Frankfurt keine bessere Adresse.

Alicia war einmal in München gewesen, eine Stadt, die sie persönlich nicht mochte. Zu weit von Frankreich und der französischen Mentalität entfernt. Doch hatte sie festgestellt: In München gab es vielleicht *andere* Sachen, aber keine *besseren* Sachen. Und auf Loden stand sie nun mal nicht. Auch nicht auf Dirndl, in denen sie wie verkleidet aussah.

Wenn Frau Hunold also nicht wegen Shopping nach Straßburg gereist war – warum dann?

Gut, sie könnte natürlich Freunde dort haben. In der Theaterwelt. Oder an der Universität. Alicia machte sich eine Notiz. Oder, sie war wie elektrisiert – war das Straßburger Theater der Grund? Sie kannte doch noch ein paar Leute am Theater in Straßburg. Sie würde ihnen E-Mails schreiben. Hatte einer von ihnen die Frau aus Deutschland gekannt? War Alexandra Hunold eine Nachricht wert gewesen in den ›*Dernières Nouvelles*‹? Sehr wahrscheinlich war es nicht. Die Elsässer blieben gerne unter sich und die Franzosen auch. Zu beiden Gruppen fanden Deutsche schwer Zugang.

Nehmen wir an, philosophierte Alicia in ihrer warmen Betthöhle weiter: Sie hatte keine festen Freunde in Straßburg gehabt. Dann hatte sie dort vielleicht auf halbem Wege jemanden getroffen oder sie hatte etwas gesucht. Ersteres schied beinahe aus. Jeder Weg, von dem aus Straßburg der halbe Weg wäre, könnte auch über Baden-Baden führen. Also hatte sie in Straßburg etwas gesucht.

Alicia bemerkte beunruhigt, dass sie wirklich keine Ahnung hatte! Zu groß war das literarische Feld, in dem Straßburg eine Rolle spielen könnte. Und langsam dämmerte ihr, dass es vielleicht noch nicht ganz so einfach war, hinter das Geheimnis der triumphierenden Frau zu kommen.

Kommst du mir auf die Schliche?

***

Später war sie nicht weniger ratlos. Vier Anrufe und zwei E-Mails hatte es sie gekostet, um zu erfahren, dass es einfach nichts zu erfahren gab. Niemand von ihren Freunden im Theater – oder Künstlermilieu hatte jemals von einer Alexandra Hunold gehört oder eine Frau getroffen, deren Beschreibung auf sie zutreffen könnte. Der Name Alexandra Hunold war ein unbeschriebenes Blatt.

Dass jemand sie anlog? Auszuschließen war es nie, aber Alicia hatte nicht das Gefühl. Und da sie sehr viel auf Gefühle und Stimmungen gab, war das wichtig.

Dem Geheimnis, was Alexandra Hunold in Straßburg getan haben mochte, war sie durch ihre Grübeleien jedenfalls keinen Schritt näher gekommen.

Beate verhielt sich für ihre Verhältnisse ebenfalls rätselhaft. Nach ihrem Marktgang pflegte sie üblicherweise in ihre normale Wochenendwartestarre zu verfallen. Dass heißt, sie wusch sich die Haare, lackierte sich die Nägel und wartete dezent geschminkt auf Anrufe oder spontane Besuche.

Diesmal verließ sie um zwei Uhr das Haus, ohne sich zu äußern, wohin sie ging. Alicia war es ein echter Triumph dem Mann sagen zu können: »Sie ist nicht hier und sie hat n i c h t gesagt, wo sie hingeht!«

»Ach!« Er schien weniger enttäuscht als überrascht zu sein. »Nun, ich könnte ja trotzdem mal vorbeikommen, was meinen Sie?«

»Wozu? Es ist niemand da, der Ihnen die Tür aufmacht!«

Er schwieg.

Dann sagte er mit neutraler Stimme: »Haben Sie bereits etwas erreicht?«

Alicia zögerte. »Nein, nur ...«

»Ja?«

Sie musste es ihm berichten. Obwohl sich alles in ihr dagegen sträubte.

»Eigentlich sollte ich Ihnen das alles gar nicht sagen. Warum finden Sie diese Dinge nicht selbst heraus. Sie ist mit einem Regisseur zusammen gesehen worden. Mehrfach. Und das ist eher ungewöhnlich, bei einer so scharfzüngigen Kritikerin wie Frau Hunold es war. Es zählt eigentlich zu ihrem Berufsbild, sich nicht mit denen zu treffen, die sie hinterher verriss.«

»Wer war der Mann?«

»Roman Rosen!«

»Nie gehört!«

»Ein dem Theater assoziierter freier Regisseur, hat vor zwei Jahren eine viel beachtete Beckettreihe inszeniert, damals noch Matineeveranstaltungen. Sie kamen aber so gut an wegen seiner ungewöhnlichen Ideen, dass er jetzt drei Shakespearestücke machen darf.«

»Beckett, sagt mir nicht viel!«

»*Warten auf Godot*!«

»Ist das dieses furchtbare Stück, in dem zwei Wohnsitzlose in stadteigenen Abfallbehältern ohne Einhaltung der Mülltrennung sitzen und Unsinn reden!«

Alicia fiel fast der Hörer aus der Hand. Nicht nur, dass er das Stück kannte, er konnte sogar witzig darüber reden. D a s hätte sie ihm nicht zugetraut.

»Ja! Und *Macbeth* ist das Stück, in dem jemand gegen die Ordnung verstößt und dafür bezahlen muss!«

»Sagen Sie bloß!«

»Wie dem auch sei, man hat sich getroffen.«

»Dann treffen Sie ihn eben auch.«

»Wie bitte?«

»Ja, es wird Ihnen schon was einfallen. Sie sind doch sonst auch nicht so schüchtern! Und wenn der Kerl nicht schwul ist, was man in dem Milieu natürlich nicht ausschließen kann, wird er beim Blick in ihre veilchenblauen Augen schwach werden.«

»Ist das der versprochene Ruck?«

»Ja« sagte er und bevor er auflegte: »Schönes Wochenende. Ich melde mich Mitte der Woche! Spätestens.«

***

Um auf andere Gedanken zu kommen, rief Alicia Uschi an und fragte sie, ob sie Lust habe, mit ihr in den Luisenpark zu gehen.

Uschi hatte Lust und Felix ärgerte sich, weil er zu Hause bleiben musste. »Tut mir leid, no dogs! Wir rennen später ein bisschen durch den Rheinauer Wald. Abgemacht? Oder wir gehen zu den Pferden in Friedrichsfeld!« Felix knurrte. Er hasste Pferde.

Nachdem Alicia sich zum hundertsten Mal über den saftigen Eintritt geärgert hatte und diesen Ärger auch ausgesprochen hatte: »Ich wollte den Park besuchen, nicht für den Rest des Jahres anmieten!«, betraten sie endlich Mannheims grünen Salon.

Uschi zog sie weiter, von der Kasse fort. Ihr waren solche Szenen peinlich. Alicia wusste das und warf ihr vor, sie sei eben Deutsche und Deutsche beschwerten sich nicht ins Gesicht der Offiziellen hinein, sondern in Leserbriefen oder schriftlich später beim Vorgesetzten.

»Das ist keine Feigheit«, verteidigte sich Uschi, »wir wollen einfach keinen offenen Streit!«

Alicia seufzte und nickte. Dennoch, eines der Dinge, die in Deutschland definitiv besser waren als in Frankreich waren die Parks. Sie waren perfekt. Und so geordnet. Ein Park in Frankreich war niemals so hermetisch abgeriegelt wie hier und vor allem die Hundefrage war gut geregelt. Alicia war als Kind am Strand in der Bretagne einmal von einem Schäferhund bedroht worden, seither hatte sie Angst vor großen Hunden, die ihr auf weiter Flur entgegenkamen. In französischen Parks konnten die ›Chiens interdit‹ – Schilder so groß sein wie sie wollten. Die Hunde – ›bildlich kräftig durchgestrichen‹ – waren immer das Erste was einem im Park entgegenkam und zwar ohne Leine. Von seinen Zigaretten rauchendem, Kippe wegwerfenden Herrchen (ebenfalls verboten) mit Wohlwollen betrachtet. Grünanlagen in Frankreich wurden nicht so sehr geliebt und wurden eher als notwendiges Übel betrachtet. Sie waren nicht ganz so gepflegt, nicht ganz so üppig und gesund wie die deutschen Parks. Außer vielleicht in Paris. Paris war immer und in allem eine Ausnahme. Der Mannheimer Luisenpark war wirklich herrlich, ein Stück abgebildete Natur, eingezäunt, doch fast wie draußen im richtigen Leben und dabei mit Attraktionen, die draußen eben nicht waren – ein angeblich typischer Bauernhof, der allerdings jeden wirklichen Landwirt vor Lachen umfallen ließe. Ein japanisches Teehaus. Riesenvoliere. See mit Booten. Metallsessel, um sich auszuruhen. Würstchenbuden, Spielplätze. Was des Großstädters Herz begehrt!

Alicia sah ein paar Leuten beim Boulespielen zu. Sie waren sehr ernsthaft bei der Sache dabei. Was für Franzosen ein Zeitvertreib, schien für die Deutschen ein Sport und Sport war kein Spaß.

»Dieser Roman Rosen, hast du schon mit ihm zusammengearbeitet?«

»Klar. Bei ›Krapps last tape‹ hab ich die Maske gemacht. War nicht gerade einfach. Ein-Personen-Stücke sind hart. Aber der Rosen ist gut. Sehr intensiv, sehr kontrolliert, keiner, der sich gehen lässt. Bereitet sich extrem gut vor, mit Beckett hat er sich jahrelang beschäftigt. Liest sich ein, kriecht in das Leben des Autors hinein, spielt darin eine Rolle. Er will immer die Stimme des Autors und seiner Zeit mitklingen lassen. Ich habe läuten hören, kann mich aber täuschen, Shakespeare soll eine Art Einführung in einer Videoinstallation machen, bevor das Stück beginnt. Das hat es noch nie gegeben. Und er soll aussehen wie ein Rockertyp – jedenfalls wie einer von ganz unten, woher Shakespeare ja in gewisser Hinsicht auch kam.«

»Von ganz unten?«

»Nun, was soll ich sagen«, wand sich Uschi und schnupperte verlegen an einem Busch mit fetten aufgehenden Blüten. »Wer weiß das schon genau. Ich hab mal gelesen, sein Vater war ein Säufer. Und konnte nicht mal richtig schreiben. War der nicht Metzger oder so was? Nein, Handschuhmacher. Jetzt fällt es mir wieder ein. Erst war er ganz angesehen, weil er anscheinend mit einer Frau aus besseren Kreisen verheiratet war, sogar Bürgermeister war er, hat aber dann alle Ämter verloren. Weil er zuviel Spaß am Wein hatte. Du, kannst du dir vorstellen, die haben damals Zucker in den Wein gerührt. Und auch die Geschwister vom Großen, die haben alle nichts Rechtes zustande gebracht. Ein Bruder war, glaube ich, auch Schauspieler in London. Aber sonst war Shakespeare eine Ausnahmeerscheinung. Nachkommen, die noch mal was verfasst haben, hat er auch nicht. Schon eine einmalige Sache mit diesem Shakespeare. Warum gibt es heute keine solchen Menschen mehr? Die einfach so aus dem Nichts kommen und Großes leisten?«

Uschi zupfte nachdenklich ein Blatt von einem Busch.

Alicia nickte und beobachtete ein heulendes Kind, dem sein Bockwürstchen vom Papierteller ins Gras gefallen war. Die Mutter schimpfte in kräftigem Mannheimer Dialekt, das Kind maulte ebenso deftig zurück. Das war das Gute an Mannheim. Die beiden waren Türken. Mannheimer Türken. Sie identifizierten sich mit der Stadt, in der es eine Kirche, eine Synagoge und eine Moschee in Sichtnähe gab.

»Keine Ahnung. Müsste mal Beate fragen: Die hat Literaturwissenschaften studiert, aber ich würde gerne mal mit ihm sprechen. Mit dem Rosen, meine ich. Vielleicht seine Lady Macbeth malen. Und Mr. Macbeth. Du weißt, ich mache diese Studien. Vor und nach der Premiere. Oder auch von der Probenarbeit.«

»Da ist er sicher aufgeschlossen. Aber mach dich drauf gefasst, dass er seine Arbeit sehr ernst nimmt. Er sieht einen manchmal an, als wolle er in einen hineinschauen!«

»Das macht nichts!« antwortete Alicia forsch. »Ich zeige ihm nur das, was er sehen darf! Gehen wir einen Kaffee trinken? Komm ich lad' dich ein. Ein Espresso.«

»Nicht doch!«, murmelte Uschi, die – bekanntlich – chronisch pleite war, da sie T-Shirt-Kaufen süchtig war. Kein ausgefallener Laden in der Stadt, in der sich Uschi nicht ›was zurückhängen‹ ließ. Alicia lachte und hakte sie unter. Dabei schoss ihr ungewollt der Gedanke durch den Kopf, was Uschi wohl für Geld alles tun würde? Und während sie lachte und den Kopf über sich selbst schüttelte, dachte sie, wie schrecklich es ist, wenn man sterben muss, während man glücklich ist.

***

Als Alicia nach Hause kam, stand Beate unter der Dusche. Nach einer Weile kam sie, ein Handtuch um den Kopf geschlungen und nach Duschgel duftend.

»Das steht dir gut!«, sagte Alicia. »Ist er noch da?«

»Ich dusche nicht nur nach dem Liebesakt!«, erklärte Beate würdevoll.

»Was man so Liebe nennt!«, meinte Alicia und maß das Verhältnis Pernod zu Wasser ab.

»Trinkst du schon wieder. Es ist doch erst sechs!«

»Van Gogh hat auch getrunken und Picasso auch. Eigentlich fast alle. Heute habe ich gelernt sogar Shakespeares Vater hat ein Gläschen nicht verachtet. Ich sagte, das steht dir gut mit dem Handtuch. Vielleicht solltest du noch kürzere Haare tragen.«

»Ganz kurze Haare sind nicht weiblich, in meinen Augen. Und Peter liebt es auch, mit meinem Haar zu spielen!«

»Na dann.«

Alicia pickte eine Olive. »Sag, wo warst du überhaupt?«

Beate setzte sich und schnürte das Handtuch fester um den Kopf. »Ich habe eine Packung drauf. Hot Oil! Aber nur, wenn du es nicht Peter sagst ...«

»Ich spreche nicht mit deinem Liebhaber«, log Alicia mit schlechtem Gewissen. »Jedenfalls nicht, wenn es sich vermeiden lässt. – Aus Felix! Aus! – Das solltest du bereits bemerkt haben, Beate. Also, was ist!«

»Ich war heute in ihrer Wohnung!«

»Du warst in ihrer Wohnung? In wessen Wohnung? Bei Fishers Frau?«

»Nein, wo denkst du hin?«

Beate verteilte Creme auf die Stirn. »In der Wohnung unserer Ermordeten, Frau Hunold. In der Kolpingstraße! Direkt am Park. Sehr schicke Wohnlage, sehr schickes Haus. Besser als hier. Wenn wir es zu was bringen, ziehen wir da hin. Central Park West.«

»Was? Wie bist du denn da reingekommen? Und was wolltest du da?«

Beate lächelte ein schlaues Kinderlächeln. »Sie ist nicht mehr versiegelt! Seit vorgestern. Nächste Woche kommt ihr Cousin, der lebt auf Mallorca, ist dort Arzt und räumt die Wohnung aus. Er ist nicht verdächtig, hat ein Alibi und auch gar kein Motiv.« Alicia starrte ihre Schwester sprachlos an. »Also, ich stand dort herum und ein Mann hat mich reingelassen. Also, nicht direkt rein: Wir haben nur in den Flur geschaut. Bisschen kühl eingerichtet, aber das war nur eine Ferienwohnung. Netter Mann, er hat sie als vermisst gemeldet. Er wohnt in der Wohnung neben ihr. Alexandras Wohnung war nämlich eigentlich nur eine Art Feriendomizil für Leute, die nur kurz in Mannheim sind. Ich habe ihm natürlich nicht erzählt, dass ich bei der Polizei arbeite. Bibliothekarin mit Studium der Literaturwissenschaften, habe ich gesagt. Das kommt besser an. Also, der Mann ist ursprünglich aus Frankfurt, arbeitet hier bei einem Autohaus als zweiter Geschäftsführer. Hat Aufstiegschancen. Ich glaube, er ist noch allein stehend. Soll ich ihn mal zu uns einladen? Er ist sehr besorgt. Als sie sonntags die Samstagszeitung noch nicht hereingeholt hat, ist ihm das seltsam vorgekommen.«

Alicia tippte sich an die Stirn. »Ich glaube, du spinnst. Sorge du lieber für dich selbst. Aber sag mal – hast du vor eine Biographie über diesen Nachbarn zu schreiben. Seine Schuhgröße weißt du aber nicht, oder?« Sie machte eine Pause und ergänzte dann: »Und ich komme ganz gut ohne Mann aus und wenn ich nicht abends im Käfertaler Wald herumstolpere, habe ich auch Hoffnungen zu überleben!«

Noch während sie die Worte sprach, fragte sie sich, ob das eigentlich stimmte. Ein sehnsüchtiges Zerren machte sich immer öfter in ihrem Herzen breit. Es war nicht Sex. Und sie musste sich widerwillig in einer kurzen Sekunde eingestehen, dass sie lieber mit einem Mann durch den Luisenpark, über die Planken, durch die Fressgass gehen würde oder elegante Einrichtungsgeschäfte verspotten und fragen wollte: »Du sag mal, wer kauft sich einen Sessel aus Filz für 3000 Euro?«, als immer nur mit Uschi oder mit Freundinnen. Sex war eine Sache, Alltag eine andere.

In Beates leicht gekränktes Schweigen hinein, sagte sie: »Also, was ist das für ein Mann, erzähle!«

»Ich mach mir einen Tee!« Beate genoss es, Alicias Aufmerksamkeit zu haben. Normalerweise gab ihr Alicia das Gefühl eine unbedeutende langweilige Bücherschnecke zu sein, die nichts erlebte, nichts wirklich Interessantes fühlte. Im Gegensatz zu ihr, Alicia, die ein Atelier besaß und mit Theaterleuten in Kontakt kam. Alicia folgte den ordentlichen Bewegungen ihrer Schwester, die aber seltsamerweise dennoch nie gelassen wirkten, sondern immer ein wenig fahrig oder nervös. So als unterdrücke sie Gefühle oder warte auf etwas.

»Sag mal, was tust du in Alexandra Hunolds Wohnung! Dazu bist du nun wirklich nicht befugt. Du arbeitest nur auf der Pressestelle, bist kein Mitglied der Sonderkommission außer natürlich nachts.«

Beate zuckte ein wenig zusammen, denn Alicias Ton war scharf geworden. So scharf hatte auch ihre Mutter oft mit ihr gesprochen. »Ich interessiere mich eben auch für den Fall, warum nicht? Sonst sind Peters Morde«, hier wurde ihre Stimme anbetend wie immer, wenn sie von Fisher sprach, »immer irgendwie düster. Alte Männer in Laubenkolonien, Penner, psychisch Kranke – das sind die

Opfer. Oder mal ein Drogentoter, bei dem es unklar ist, wie er genau ums Leben kam, aber das hier ist doch mal was anderes. Eine Frau in deinem Alter, aus deinem Milieu, erfolgreich, wahrscheinlich mit interessanten Männergeschichten.«

Beate stockte, als sie Alicias erstaunten Blick sah. So farbenfroh hatte sie ihre Schwester schon Ewigkeiten nicht mehr sprechen hören. Manchmal vergaß man direkt, dass Beate auch die bretonischen Gene in sich trug!

***

Tee und Pastis. Oliven und übrig gebliebene Weihnachtsplätzchen. Hausschuhe und orientalische Tanzschuhe. Unterschiede zwischen zwei Schwestern.

»Ich bin also hingegangen und habe zunächst einmal den Ort auf mich wirken lassen!«

Alicia nickte ergeben. Seit ihre Schwester, dem Spiritistischen nicht abgeneigt, vor einiger Zeit einen Volkshochschulkurs ›Orte und Aura‹ besucht hatte – übrigens rein zufällig an einem Wochenende, an dem Peter Fisher mit seiner Familie die Schwiegereltern bei Aachen besucht hatte – schnupperte sie überall zunächst nach den unsichtbaren Vibrationen eines Ortes. »So und die Aura war eindeutig negativ. Weißt du, was das bedeutet?«

»Nein!«

»Die Ursache für ihre Ermordung liegt nicht irgendwo in Straßburg beim Drogenhandel oder beim Theater sondern bei ihr zu Hause!«

»Und was ist bei ihr zu Hause?«

Beate zuckte die Achseln. »Ich stand da eine Weile, dann kam eben der Mann, der neben ihr wohnt. Ralf Fürst! «

»Ralf Fürst? «

»Ja, ein netter ordentlicher Herr, wirklich. Leider bezog sich der Aura-Kurs nur auf Orte, nicht auf Menschen, deshalb kann ich nicht mehr sagen. Er sieht richtig seriös aus. Gut gekleidet, sehr sauber frisiert, aber das Äußere ist nicht immer entscheidend.«

Alicia stöhnte. »Du bist nicht seine Bewährungshelferin. Also, was war mit diesem Fürsten?«

»Er kannte die Tote sehr gut. Ich denke«, Beate schaute versonnen in ihren Tee, in dem sich Kondensmilch zart auflöste, »er war vielleicht sogar mit ihr befreundet, vielleicht mehr – also das habe ich noch nicht herausfinden können. Jedenfalls war ich in seiner Wohnung, sehr ordentlich, sehr geschmackvoll. Er ist übrigens leitender Angestellter, habe ich das erwähnt?«

»Du warst in seiner Wohnung. In der Wohnung eines Wildfremden, der mit einer Ermordeten befreundet war und vielleicht verdächtig ist?«

»Dass er verdächtig ist, glaube ich nicht!«, meinte Beate heiter und in ihrem Glauben verankert wie ein katholischer Priester. »Sonst hätte mir Peter sicher einen Hinweis gegeben!«

»Amen. Du warst also in seiner Wohnung. Und was war da?«

»Nichts. Er hat mir lediglich einiges über Alexandra erzählt! Sie war vor Jahren schon einmal in Mannheim, damals sind sie beinahe gleichzeitig eingezogen, haben sich gegenseitig mit Kaffeefiltern und solchen Dingen ausgeholfen und sind auch gelegentlich miteinander ausgegangen. Er habe interessante Einblicke in ihr Milieu bekommen. Manchmal seien sie in einer Kneipe gewesen, in der auch Schauspieler waren oder hätten Autoren getroffen. Das waren alles Leute, mit denen er normalerweise nicht in Berührung kommt, denn die können sich im Normalfall keinen Wagen aus seinem Autohaus leisten.« Beate kicherte: »Habe ich erwähnt, dass es ein sehr exklusives Haus ist?«

Alicia starrte ihre Schwester an. I c h, dachte sie, ich sollte doch eigentlich die geheimen Hintergrundinformationen sammeln, nicht s i e!

»Und was hat dieser Mann, der dir da rein zufällig über den Weg läuft, sonst noch berichtet?«

Beate sah gedankenversonnen zur Decke.

»Wie sie so war. Sehr ehrgeizig, sehr fleißig, hat manchmal die ganze Nacht hindurch gearbeitet. Manchmal sind sie – wie gesagt – etwas zusammen trinken gegangen. Ich denke, er war wirklich ganz gut mit ihr befreundet. Jedenfalls, sie hat sehr intensiv an etwas gearbeitet. Etwas mit …«

»Shakespeare!«, seufzte Alicia.

Beates Blick wandelte sich ins Triumphierende. »Falsch. Nicht ganz falsch, aber doch ziemlich falsch. Über das elisabethanische Theater, die öffentlichen Bühnen und über den Adel als Mäzen, hin und wieder kam natürlich auch mal Shakespeare vor. Schließlich hat er seine Stücke in diesem Milieu geschrieben nicht wahr?«

»Unglaublich, dieser literaturhistorische Überblick!«

Beate sah beleidigt aus. »Englische Literatur war nicht mein Spezialgebiet. Du weißt, dass ich Lessing und die Aufklärung gewählt hatte.«

»Wie passend! Also, dein Autoheini scheint Columbo in den Schatten zu stellen! Es ist außerdem kein Wunder, dass sie sich für Shakespeare interessiert hat!«

»Warum denn nicht?«

»Weil es demnächst das erste Stück aus einem geplanten Shakespeare-Zyklus von drei Werken am Mannheimer Nationaltheater geben wird. Natürlich hat sie sich damit beschäftigt!«

»Ja, aber dieser Rolf Fürst hat gesagt, sie hat viel über diese *Zeit* gelesen. Wer hat da eigentlich regiert? Natürlich Elisabeth die Erste. Tochter von Heinrich VIII., Gegnerin von Maria Stuart. Das war die, die nicht verheiratet war. The *virgin queen.* Ziemlich strenge Person. So viel weiß ich. Und ...«, Beate senkte die Stimme, »Alexandra hat sehr viele Bücher ausgeliehen. Aus der Universitätsbibliothek und aus der Anglistischen Fakultätsbibliothek. Ich habe sie gesehen, die Leihliste. Sie hat sie an eine Art schwarzes Brett gepinnt, du weißt ja, man erhält bei jeder Ausleihe diese Quittungsdrucke. Die Polizei hat sie auch angeschaut. Meistens Bücher über das elisabethanische Theater! Und über die Gesellschaftsordnung zu jener Zeit. Außerdem ist ja in Mannheim nun auch der Shakespearekongress. Mit Vorträgen und Diskussionen. Da war sie wohl auch mehrmals anwesend und hat zugehört. Sagt Herr Fürst. Meinst du, das ist alles Zufall? Ich muss Peter fragen.«

»Frag Peter und du wirst eine Antwort bekommen! Mein Gott, Beate, ich sagte dir bereits, das ist eigentlich normal! Es war ihr Job. Theater. Shakespeare.« Alicia fühlte sich plötzlich erschöpft und wie zwischen Mahlsteinen zerrieben. Das stimmte doch gar nicht. Shakespeare war eigentlich *nicht* Alexandras Steckenpferd gewesen. »Trotzdem sollte dein Sheriff das wissen!«

Beate krauste die Stirn.

»Man hat selbstredend mit Herrn Fürst gesprochen. Natürlich nicht Peter persönlich, aber einer seiner Leute! Er war an dem Abend, als der Mord geschah bei Ikea draußen und hat dort Lachs mit süßer Sauce gegessen. Abends geben sie es billiger.«

»Und was hat er dazu getrunken? Das ist kein richtiges Alibi!« Alicia krauste auch die Stirn, was sie aber wesentlich gereizter aussehen ließ als ihre Schwester.

»Ich habe mir die Titel aufgeschrieben!«, sagte Beate wie beiläufig. ›Who gave the money, who gave the words‹ ›Elizabethan Lives‹ – ›Who wrote Shakespeare?‹«

»Na und«, sagte Alicia, »was bedeutet das alles!«

Sie ging ins Bad, um sich die Haare zu kämmen, etwas das sie seit ihrer Kindheit tat, wenn sie aufgeregt war.

»Warum«, fragte sie sich selbst im Spiegel, »sagst du das zu ihr? Es bedeutet sehr wohl etwas. Womit hat sich Frau Alexandra Hunold wirklich beschäftigt?«

Und dann fiel ihr wieder der Zettel von Beatrice ein. »Schlecht organisiert, Mademoiselle Aherne!« Wenn Alicia gelegentlich mit sich selbst sprach, dann streng. Das würde sie allerdings niemand anderem erlauben. Sie sollte die Namen unbedingt nachprüfen. Das würde sie tun sobald sie Zeit hatte. Sie holte den Zettel aus ihrer Tasche. Und ihr Blick blieb hängen an dem Wort, das unten auf die Seite gekritzelt war: *Roman Rosen.*

Und plötzlich hatte sie ein eigenartiges Gefühl. Es war, wie als ob in ihr etwas wüchse, etwas wie eine Ahnung. Doch bevor sie diese Ahnung packen konnte, war sie schon wieder weg.

Sie war einfach noch nicht greifbar.

***

Nachts wachte sie auf. Konnte nicht wieder einschlafen. Zuerst warf sie sich von Seite zu Seite, dann sah sie es ein, stand auf und suchte sich etwas zu lesen.

Viele Bücher aus Beates Studienzeit, von der sie nicht viel sprach, so als versuche sie zu verdrängen wie wenig sie daraus gemacht hatte, standen in ihrem Zimmer in einem schlichten weißen Ikearegal. Alicia ging mit ausgestrecktem Zeigefinger an den Buchrücken vorbei, bis sie fand was sie gesucht hatte: ›Das elisabethanische Zeitalter.‹

Zuerst schien das kleine Büchlein eine eher trockene Lektüre zu sein, doch dann begann eine Zeit sie zu fesseln, in der sie wahrscheinlich nicht lange überlebt hätte. Hexe, hätte man ihr nachgerufen. Mit ihrem schwarzen Haar.

Zunächst einmal war es nicht lustig in dieser Zeit Katholik zu sein: Elisabeth I, Shakespeares Herrin, wenn man mal so wollte, erklärte den Protestantismus zur Staatsreligion. Damit hatten die Katholiken keine rechte Freude mehr an ihren Ritualen und Gottesdiensten. Sie wurden verfolgt und nach der Hinrichtung der katholischen Maria Stuart, die mit Hilfe des Papstes versucht hatte, Elisabeth zu beseitigen, waren sie schnell als Verräter gebrandmarkt. Es erging ihnen schlecht. In einer Zeit von Diktatur, Krieg und einer Philosophie von Fressen und Gefressenwerden, von unbedingter Machterhaltung, war Verrat oder auch nur der Verdacht darauf, eines der schwersten Verbrechen. Verräter wurden zuerst öffentlich grausam aufgehängt, dann wieder abgenommen und man schnitt ihnen die Gedärme aus dem Leib. So war das damals. Und alle schauten gerne zu. Wie Shakespeare es mit der Religion hielt, sei nicht bekannt. So wie überhaupt über ihn nicht sehr viel bekannt war. Ansonsten lebten die Elisabethaner auf dem Land sinnenfroh mit dem Auf und Ab des Ackerjahres. Die Londoner kämpften währenddessen mit Schmutz und Dreck in engen hochbebauten Straßen, voller Vieh und Straßenverkäufern. Die Adligen liebten das Theaterspielen und die Jagd. Ob sie es gerne taten oder nicht – jedenfalls pflegten sie ihrer Königin in einem aufwändigen Tross durchs Land hinterher zu reisen. Die Kaufleute, wie überall in jener Zeit, wurden reich, organisierten sich in Gilden, bauten Kirchen und Banken – der Handel in alle Welt nahm Formen an. Doch zu Hause musste man vorsichtig sein. Alles Mögliche wurde streng bestraft, auch als Höfling konnte einen schnell der Zorn der allgegenwärtigen Staatsmacht treffen. Angst vor der Pest hatten sie alle. Königin Elisabeth residierte schmallippig in Whitehall, Richmond und Greenwich, wo sie sich mit jungen Männern abgab, die ihr schmeichelten und wo Klatsch und Tratsch über Gunst und Unwillen der allmächtigen Herrscherin entschieden. Heute würde man es ›Mobbing‹ nennen.

Jetzt wurde Alicia doch müde. Zum Schluss fiel ihr bei ihrer Lektüre noch etwas Seltsames auf: Königin Elisabeth hatte Shakespeare, der doch so königliche und auch durchaus angepasste Stücke geschrieben hatte, niemals erwähnt und auch er hatte nichts geschrieben, als sie starb.

Warum wohl, dachte Alicia, bevor ihr die Augen zufielen.

6

Die er befehligt, handeln aus Befehl, aus Liebe nicht. (Macbeth, 5. Akt, 1. Szene)

Montag 14. 3. 2005

Am Montag erlaubte sich Alicia den Luxus eines Besuchs bei Uschi, obwohl der Montag ein waschechter Werktag war.

»Gehst du nicht ins Atelier?«, fragte Beate.

Alicia tuschte sich die Wimpern und antwortete nicht.

Sie liebte es zwar unregelmäßig und gegen den Strom zu leben, doch je länger sie in Deutschland war, desto mehr gehorchte sie auch den Gesetzen von schlechtem und gutem Gewissen bei Müßiggang.

Doch heute brauchte sie keines zu haben.

Schließlich hatte sie am Sonntag eine Tischgesellschaft porträtiert, eine große Silberhochzeit. Die Jubilare sahen derart frisch und rüstig aus, dass man sie altersmäßig kaum von ihren erschöpften, noch im Berufsleben sich abrackernden Kindern und Schwiegerkindern unterscheiden konnte. Die gesamte Familie stammte aus Mannheim-Käfertal oder Waldhof, war sehr bodenständig, ja bäurisch. Man hatte irgendwann Spargeläcker verkauft, betrieb nebenher noch eine Hühnerzucht mit Spezialvögeln, die so gut schmeckten, dass sie ständig vorbestellt waren und auch ansonsten war das Familienleben beneidenswert intakt.

Manchmal gab es Alicia einen Stich. Ihre eigene Familie war auseinander gebrochen. Papa hatte noch eine Schwester in der Bretagne, nahe Carnac mit seinen uralten Steinzeitsteinreihen, doch die Dame mit ihrem leicht rosa gefärbtem Haar, die sehr englisch aussah, konnte mit ihren beiden Nichten wenig anfangen. Mama hatte einen Bruder, der als Rechtsanwalt bei Weinheim lebte. Er war das dritte Mal verheiratet und die neue Frau war ein Jahr jünger als Alicia. Auch hier blieb der Kontaktfaden dünn. Andere Tanten, Onkel und Kusinen lebten in alle Welt verstreut – es reichte meistens nicht einmal zu Weihnachtskarten.

»Haben Sie auch Kinder?«, fragte die Silberhochzeiterin gutmütig.

»Nein!«, antwortete Alicia. Alle starrten sie an, deshalb fügte sie hinzu: »Noch nicht!«

»Dann wird's Zeit. Sie sind doch recht hübsch!«, dröhnte der silberne Ehemann, »und außerdem sind Sie Französin, nicht wahr?«

So als seien Französinnen automatisch mit besonderen Fähigkeiten ausgestattet, die das Kinderkriegen erleichterten. Doch diese Leute meinten es freundlich und waren sehr großzügig.

Hinterher luden sie Alicia noch zum Essen im ›Karlsstern‹ im Käfertaler Wald, ein. Die Pommes frites und die Schnitzel türmten sich, doch Alicia fehlte der Appetit.

»Hier in der Nähe ist vor kurzem eine Frau ermordet worden!«, bemerkte der eine Sohn müßig und beinahe beiläufig. »Im Büro haben sie davon geredet! Aber man läuft auch nicht abends im Käfertaler Wald herum.«

»Sind da nicht noch viele Jogger unterwegs?«, fragte

Alicia. Immer wieder dachte sie, es müsse doch einen Zeugen geben.

»Wenn es dunkel wird, ist es hier sehr still. Und wenn es regnerisch ist sowieso. Ein Auto würde natürlich schon auffallen. Aber man kann es ja da vorne bei den Gärten parken, oder da wo die Häuser aufhören. Im Farnkrautweg oder im Ahornhof. Oder noch besser im Herrschaftswald. Dann ist es nicht mehr weit bis hierher.«

»Jedenfalls ist es trotzdem ein Risiko!«, sagte der Sohn. »Wenn ich jemanden in der Öffentlichkeit umbringe, dann muss ich schon ganz schön verzweifelt sein. Oder unbedingt Geld brauchen. Ich jedenfalls würde jemanden in seiner Wohnung ausblasen!«

»Da wirst du erst recht gesehen. Der Wald ist nicht schlecht!«, widersprach seine Schwester. »Früher, als wir noch Kinder waren, haben wir immer Sachen im Wald versteckt oder Geheimtreffen veranstaltet. Als ich dem Jürgen gesagt habe, dass ihn seine Frau betrügt, habe ich ihn auch an den ›Karlsstern‹ bestellt. Seltsam! Obwohl – wenn die Gaststätte offen ist, sind hier schon Leute. Aber letzte Woche war ja geschlossen.«

»Das wundert mich alles nicht!«, sagte die heute so hoch geehrte Mutter und stach in ihr Wiener Schnitzel, sodass ein Rinnsal von Fett und Butter heraustroff. »Außerdem war die vom Theater – da ist nicht alles so, wie es scheint! Heute nicht und früher war das auch nicht anders. Theater! Ich möchte nicht wissen, was uns da alles vorgemacht wird. Ha!«

Alicia betrachtete das fertig gestellte Bleistiftporträt der Familie. Die alte Dame schmunzelte in das Auge der Zeichnerin.

Später, viel später sollte sich Alicia noch an diesen Satz erinnern.

Doch zunächst hatte sie eine Idee. Sie ging zu der jungen Frau am Tresen. »Entschuldigung, nur mal eine Frage. Hat in der vorletzten Woche bei Ihnen jemand angerufen und gefragt, ob Sie am Freitag geschlossen haben!«

Die junge Frau, stark geschminkt und sehr üppig – als sie sich umdrehte, sah Alicia, dass sie schwanger war –, lachte. »Auch ein Hobbydetektiv, was? Das hat mich die Polizei schon gefragt.« Sie sprach mit einem starken Mannheimer Dialekt. »Weil ja in der Woche die Todesanzeige von der Oma drin war! Die frühere Chefin.«

»Ja, und?«

»Na, eigentlich ...« Die Blonde stemmte die Arme in die Seiten, dehnte sich als sei sie schon mindestens im 7. Monat und sagte dann: »Ein paar Leute haben angerufen. Drei. Zwei kannte ich. Einmal war es die Dame vom Schachclub aus Schönau, der sich hier manchmal trifft und die andere war aus der Gruppe der ›Freitags-Walkerinnen‹. Die machen Nordic Walking oder wie das heißt.« Ahmte Stöcke nach und lachte dabei gutgelaunt.

»Ja und? Die dritte!«

»D e r dritte. Kannte ich nicht. Was ein Mann. Der Stimme nach ein älterer Mann, na so mittleren Alters. Könnte ein Ausländer gewesen sein.«

»Ja?«

Die Blonde begann Gläser zu polieren. »Gestern kam so eine alte Sendung im Fernsehen mit Gus Backus, oder wie der hieß. Hat mich erinnert. Ich glaub, das war ein englischer oder amerikanischer Akzent. Ich hab den wiedererkannt. Hab ich aber den Bu ... der Polizei noch nicht gesagt!«

»Sollten Sie noch tun«, nickte Alicia, »nicht, dass so was noch mal passiert!«

Die Blonde zuckte die Achseln. »Wir hatten kein

schlechtes Geschäft mit den Zeitungsleuten.« Mannheimer Pragmatismus!

***

Da sie also sonntags gearbeitet hatte, war ein Kaffeebesuch bei Uschi keine Verschwendung von Arbeitszeit.

Leute, die frei arbeiten, brauchen ein paar Freundinnen, weil sie keine Kollegen haben. Manches Gespräch beim Kaffee in der Abteilungsküche fällt weg. Damit allerdings auch die Intrigen. Man hat Zeit, wenn andere arbeiten, und läuft Gefahr ein wenig vereinsamt durch die Straßen der Stadt zu schlendern, gibt zu viel Geld in den Läden aus und überlegt jeden Tag, ob es nicht besser wäre, wenn man sich im Fitnessstudio anmelden würde.

Uschi, die ebenfalls an den Wochenenden unregelmäßig arbeitete, genoss ebenso wie Alicia dieses Stück ungeordneten Alltags, frei zu haben, wenn andere arbeiten.

Uschi war pünktlich. Sie trug eine lila Samthose und ein besticktes schwarzes Hemd dazu. Sie sah ein wenig aus als stamme sie aus dem London der Siebzigerjahre.

»Na, wie geht's? Haben wir einen interessanten Mann kennen gelernt, letzte Woche, oder einen Mann, der unsere Gefühle in Wallung brachte. Die ewige Frage von Singlefrau zu Singlefrau. Wenn nicht, können wir getrost über etwas anderes sprechen, beispielsweise übers Kino oder das neue Lederwarengeschäft in der Kunststraße mit Kaffeeausschank – *Tragbar*. Das sind alles Unikate.«

Alicia lachte. Dann klingelte ihr Handy. »Ja?«

Eine sachliche Männerstimme sagte: »Haben Sie sich schon mit diesem Rosen getroffen?«

»Ich bin noch nicht dazu gekommen!«, erwiderte Alicia trotzig.

»Dann machen Sie bitte einen Termin mit ihm aus!«

»Warum sollte ich das tun?«

»Denken Sie an unsere Vereinbarung!«, kam es kühl zurück. »Ich erwarte Ihren Anruf!«

Alicia drückte den Aus-Knopf beinahe gewalttätig. »Sale boche flic!«

Uschi ließ den Berliner sinken, in den sie gerade beißen wollte, obwohl diese Art von Gebäck eigentlich figurtechnisch unmöglich war.

»Wer war das? Ein Mann!«

»Ja!«

»Hey, schau dich mal an. Ich habe den Eindruck, es gab letzte Woche doch einen Mann, der dein Herz höher schlagen ließ!«

Alicia stellte ihre Kaffeetasse klirrend ab.

»Uschi, sei so gut, stell mir einen Kontakt mit jemandem her, der seinerseits einen Kontakt mit diesem Rosen hat. Wir hatten ja schon drüber gesprochen, aber jetzt ist es dringend. Bitte!«

Uschi legte den Berliner hin und schleckte Zucker von ihrem Daumen. Erstaunt sah sie ihre Freundin an.

»Alicia, du hast ja Angst! Vor wem denn?«

***

Montag, 14. 3. 2005

Nächstes Wochenende würde Beate voraussichtlich Dienst haben, da eine Delegation von Polizisten und Journalisten aus Mannheims Partnerstadt Toulon erwartet wurde. Für sie ein Ärgernis, da ein potentielles Treffen mit Fisher wegfiel.

Sie sprach Französisch, das zumindest konnte ihr Frau

Spohr nicht wegnehmen. Allerdings ließ sie diese Tatsache nicht unkommentiert. »Wenn man drei Kinder hat, kann man sich nicht mit Sprachen abgeben!« Frau Weiß hatte ihr eifrig zugestimmt.

So hatte Beate heute frei. An einem Wochentag.

Anstatt zu putzen oder in die Sauna nach Weinheim zu fahren, nutzte Beate ihren freien Tag dazu, ein weiteres Mal zu Ralf Fürst zu fahren, der in den nächsten Tagen bekanntlich ebenfalls Urlaub hatte. Wie passend!

Dieser Ralf Fürst!

Beate rief sich sein Gesicht in Erinnerung. Freundlich und ein wenig weich.

Er war eigentlich nicht ihr Typ, aber die Art wie er sie ansah – irgendwie nett. Und was sie für Überraschungen mit ihm erlebte! Sie musste Alicia davon erzählen.

Nein, eigentlich müsste sie ja als Erstes Peter davon berichten.

Warum tat sie das eigentlich nicht? Am liebsten würde sie keinem Menschen davon erzählen. Irgendwie tat der Umgang mit diesem Mann ihrem angeknacksten Selbstbewusstsein gut. Außerdem wäre das Ganze dann *ihr* Fall. Doch sie senkte resigniert den Kopf. Das ging nicht. Dazu hatte sie keinen Mut. Es war unrealistisch, dass sie einem Mörder auf die Spur käme – nur mit ihrer Intuition. Beate glaubte ansonsten durchaus an ihre Intuitionen. Sie waren stark und leiteten sie durch ihr Liebesleben. Auch wenn sie immer wieder in einem Meer von Tränen endeten, ließ Beate nicht von ihnen ab.

Und ihre Intuition sagte ihr, dass dieser Ralf Fürst irgendetwas mit dem Tod von Alexandra Hunold zu tun hatte. Nicht als Mörder, aber irgendwie anderes.

***

Dass Rosen noch am gleichen Abend Zeit für sie hatte, wertete die Keltin in Alicia als besonderes Zeichen. Denn auch sie hatte Intuitionen, die sich meistens auf Zeichen von außen konzentrierten.

Dass er eine ziemlich schummrige Kneipe in der westlichen Neckarstadt und zwar in der Mittelstraße vorschlug, nahm sie als gegeben hin.

»Hier in der Nähe hat einmal ein guter Freund von mir gewohnt!«, sagte er ruhig zur Begrüßung. »Wir haben zusammen in Camus ›Les Justes‹ gespielt – die Gerechten!«

»Ich bin Französin«, erwiderte Alicia, »ich weiß was juste heißt!«

»Ach so!«, sagte er nur. Und dann ein wenig abwesend: »Natürlich!«

Die meisten Mannheimer waren irgendwie beeindruckt, wenn man sagte, man sei Französin. Roman Rosen war kein Mannheimer und er war auch nicht beeindruckt. Insgesamt wirkte er sowieso, als lebe er in seiner eigenen Welt.

Woher, wenn nicht aus Mannheim, mochte er wohl kommen. Alicia waren seine dunklen Züge nur zu sehr aus Paris vertraut, aber dennoch war er wahrscheinlich kein Franzose. Er war nur mittelgroß, schlank, aber nicht dünn, es war jene Schlankheit, die entsteht, wenn man wenig isst, viel raucht und sich intensiv mit etwas ganz anderem als dem normalen, durchschnittlichen Bundesalltag beschäftigt. Sein Gesicht war fein, sensibel, nicht weibisch, die Augen sehr dunkel, die Haare etwas lockig, der Teint braun.

Er musste ihren fragenden Blick gesehen haben, denn er lächelte. »Ungar!«

»Ach so!«, sagte Alicia und lächelte zurück. Dann: »Rosen?«

Er zuckte mit den Achseln. »Vielleicht war ein Zigeuner

unter meinen Vorfahren. Vielleicht auch nicht. Aber was soll's? Ein Schuss Roma kann nicht schaden beim Theater. Ich habe keine Familienforschung betrieben. Hätte auch wenig Sinn gehabt, meine Vorfahren waren zu sehr damit beschäftigt zu fliehen, sich zu verstecken und erschossen zu werden, um Unterlagen abzuheften! Manchmal beneide ich diese alten Familien, österreichisch-ungarisch oder meinetwegen auch preußisch-deutsch, die noch das Monokel vom Urgroßvater benutzen. Und aus dem Rezeptbuch der Ururgroßtante Marillenknödel kochen können.«

Alicia sah ihn an und spürte als gehe ein Engel vorbei und streife sie für einen kleinen Moment mit seinem Flügel.

»Und Sie? So richtig deutsch sehen Sie auch nicht aus!«

»Wer sieht heute schon noch deutsch aus. Ich glaube, davon haben sich die meisten hierzulande verabschiedet. Und vor allem im Schmelztiegel Mannheim. Ich komme aus Straßburg, meine Mutter war allerdings Deutsche, mein Vater Franzose, aus der Bretagne.«

»Ach ja, Aherne. Ich dachte erst Sie seien Engländerin, aber die sind anders. Diese spezielle Haut. Ich habe jetzt viel mit Engländern zu tun. Manchmal haben die Frauen dort wunderbare Augen.«

»Ja!«, sagte Alicia kühl. Sie hatte nämlich gar keine Lust, sich mit diesem Mann über die wunderbaren Augen anderer Frauen zu unterhalten.

»Meine Lady Macbeth wird eine Brille tragen. Allerdings eine, die nur Kinder tragen. Ich möchte sie als kaltes, berechnendes, hochbegabtes Mädchen darstellen! Mit der Macht, ihren Mann zu einem Vertrauensbruch und Königsmord anzustiften. Es ist ganz klar, dass sie eine der stärksten Frauen der Weltliteratur ist«, sagte er und lächelte.

»Außer Scarlett O'Hara natürlich, die ich seit Kinderzeiten bewundere.«

Alicia lachte auch. Ein wunderbarer Mann, dachte sie, aber garantiert wieder mal einer, der mit allem anderen beschäftigt ist, außer mit dir!

»Der Shakespeare-Zyklus nimmt Sie gewiss sehr in Anspruch. Und das ist auch der Vorschlag, den ich Ihnen machen wollte. Ich würde Porträts malen, von den Hauptdarstellern, bevor die ganz heiße letzte Phase der Probenarbeit beginnt und dann noch einmal, wenn die Premiere war. Wie haben sich ihre Gesichter verändert? Wie haben s i e sich verändert? Es ist ein Projekt, das ich bereits einmal beim Ring durchgeführt habe. Die Mannheimer, nun, sie nehmen großen Anteil an ihrem Theater und an den Darstellern. Es hat sie sehr interessiert und die Broschüren konnten sogar später noch im Theatershop verkauft werden.«

Seine Augen leuchteten in warmem Feuer.

So wie ihn stelle ich mir Shakespeare selbst vor, dachte Alicia, zumindest nach den Gemälden, die ich von ihm gesehen habe! Und sie dachte wieder an den Zettel, der zu Hause lag. Sie musste sich jetzt endlich damit beschäftigen.

Die Bedienung wehrte einen Mann am Nachbartisch ab, der ihr seine Telefonnummer geben wollte. »Lassen Sie mal gut sein, das sieht mein Freund gar nicht gerne!«

»Du hast einen Freund?«

»Ja, und der wohnt auf der Schönau!«

Der Gast steckte seine Telefonnummer wieder ein.

Roman lächelte. »Keine gute Empfehlung. Zumindest für den liebeskranken Gast da. Eine unserer Requisiteurinnen stammt aus Mannheim-Schönau. Sie hat einmal gesagt, die halbe Schönau sitzt im Knast. Aber nun zu Ihnen.«

Er spielte mit seinen langen, schlanken, sensiblen Fingern. Kein Ring. Überhaupt kein Schmuck, nicht einmal eine Uhr.

»Das mit den Zeichnungen ist eine interessante Idee. Ich werde mit der Pressestelle sprechen, die auch für die Werbung und die Öffentlichkeitsarbeit verantwortlich ist. Vielleicht kann man tatsächlich die Bilder in das Programm integrieren. Fangen Sie bald an, am besten mit meiner Lady Macbeth – diese Frau hat eine Karriere vor sich. Isabella Verbicki!« Während Roman Rosen von seiner Hauptdarstellerin schwärmte, fragte sich Alicia, ob er in sie verliebt sei, aber sie kam zu einem anderen Schluss.

»Polin?«

»Nein, nein – ich glaube sie ist hier geboren, aber dann in Frankfurt aufgewachsen. Eltern geschieden, das übliche Theater. Die Mutter war früher irgendwas beim Ballett. Mein Mr. Macbeth ist eigentlich viel zu gutmütig für die Rolle eines Mörders, aber das ist er ja auch im Stück – Wachs in den Händen seiner Frau!«

»Wachs kann auch brennend heiß sein!«

Rosen nickte anerkennend.

»Ich lasse sie die ganze Zeit ein wenig abgehackt sprechen, ein wenig atemlos. Mit einer hohen Kinderstimme. Macbeth ist ein Stück mit einer ungeheuren Dynamik, mit einer pausenlos und immer schneller rollenden Maschinerie der Zerstörung und Selbstzerstörung. Die Zuschauer können ihre eigenen Schlüsse daraus ziehen. Politisch gesehen, meine ich. Aber die Politik ist nicht mein Geschäft, mein Geschäft ist die Bühne und die will ich erschüttern, berühren, verändern.«

Alicia sah ihn an. An irgendetwas hatten seine letzten Worte sie erinnert. Woran nur? Wurde sie schon langsam vergesslich?

»Haben Sie sich bereits vorher viel mit Shakespeare beschäftigt?«

Untypisch für die Menschen seiner Zunft, trank Rosen keinen Alkohol. Dafür rauchte er beinahe Kette. Er zog kräftig und drückte die Kippe brutal aus.

»Ich habe versucht, die Zeit, aus der er kam, zu verstehen. Das England des 16. Jahrhunderts hatte etwas ungeheuer Theatralisches an sich. Die Leute liebten nicht nur die Theater, sondern sie spielten selbst unaufhörlich Rollen, legten Masken an, verschlüsselten ihre Texte und ihre Namen. Sie ergötzten sich an Anspielungen und Symbolen. Zahlenrätsel. Enigma. Der Mensch in dieser Zeit lebte in ständiger Unterdrückung. Das hat ihn erfinderisch gemacht und ich denke unser Junge vom Land, der in die Stadt kam, um der Enge einer viel zu frühen erzwungenen Ehe zu entfliehen, konnte auf dieser Klaviatur spielen. Ja, ich wollte wissen, was er dachte, wenn er schrieb.«

»Sehr interessant!«, sagte Alicia und stocherte in ihrem Risotto herum.

»Ich habe etwas Revolutionäres vor – im Theater wird man sich verhalten wie im Theater zu seiner Zeit. Man wird sich unterhalten, essen können, herumgehen. Musik, Gerüche und Geräusche. Und noch eine Überraschung.«

Alicia genoss es. Sie fühlte sich aus Mannheim-Mittelstraße, einem insgesamt nicht so erfreulichen Viertel, plötzlich versetzt in eine andere Welt.

»Also, eine Atmosphäre wie im Globe Theatre, Shakespeares Theater. Hier wurde mittags gespielt, wegen des Tageslichts natürlich, wenige Kulissen, doch fantastische Figuren, die an Seilen schwebten, Schafotte, Ausgänge aus der Hölle für die Teufel und durch Vorhänge täuschte man verschiedene Räume oder Verstecke von Leuten vor. Das ist das Einmalige am Theater dieser Zeit – die Welt draußen auf der Straße und die drinnen im Theater verschmolzen. Sie waren kaum voneinander zu trennen!«

»Ein Traum für einen Regisseur!«, bemerkte Alicia. Draußen gingen Arm in Arm ein paar Männer vorbei. Sie sahen aus wie Seemänner und schwankten schon leicht.

Roman Rosen schüttelte den Kopf. »Sie haben Recht, doch so war es nicht. Es gab gar keinen Regisseur. Und keine festen Texte. Gedruckt wurden die Stücke oft zu einem viel späteren Zeitpunkt, die Mühe schien es nicht wert. Die Schauspieler erarbeiteten sich ihr Stück gemeinsam. So wird wohl auch Shakespeares Begabung entdeckt worden sein. Er war ja zuerst Schauspieler, vielleicht sogar nur Helfershelfer, aber durch das Feilen an den Worten konnte er die Texte mitgestalten!«

»Und dabei hat er seine Gabe entdeckt? Unglaublich! Man schreibt doch nicht einfach Stücke, so wie man eine Weile beim Bäcker zuschaut und plötzlich selbst Brötchen backt. Da müssen doch schon Worte in einem sein. Gedanken, Texte.«

»Ja, wir wissen ja nicht wie er seine berühmten ›Lost years‹ – die sogenannten verlorenen Jahre verbracht hat! Da wird er bereits seine Kunst angelegt haben!«

»Lost years?«

»Ja!« Roman schmunzelte. Es war schon grotesk. Draußen fuhr ein Taxi vor und entließ zwei Mädchen ins Freie, die nicht aussahen als verdienten sie ihr Geld auf der Stadtverwaltung oder bei der Krankenkasse. In kurzen Röcken und mit Netzstrümpfen betraten sie ein Haus auf der gegenüberliegenden Seite. Das Taxi hatte eine Heidelberger Nummer. In Heidelberg wohnen, in Mannheim arbeiten, dachte Alicia. Hier gingen also zwei Damen der Nacht an ihren Arbeitsplatz und sie beide diskutierten über die verlorenen Jahre eines Dichters, der seit Hunderten von Jahren tot war.

»Ja. 1579 war Shakespeare 15 Jahre alt und war mit der Schule der damaligen Zeit fertig. Musste sehen, wo er blieb. Hatte keine Ausbildung und keine Aussichten im Leben. 1592 taucht der genau gleiche Mann, ein erfolgreicher, viel gespielter und durchaus bekannter Bühnenautor in London auf. Was hat er denn dazwischen gemacht? Geheiratet hat er ja, wie Sie sicher wissen, die etliche Jahre ältere Ann Hathaway und hatte drei Kinder mit ihr. Aber danach – 13 Jahre, über die man nichts weiß. In dieser Zeit muss er seinen Schliff bekommen und sich das ungeheure Wissen über Seefahrt, Jura, Waffenkunde angeeignet haben!«

»Aber wo?«

Roman lächelte. »Seit Jahrhunderten ein detektivisches Puzzlespiel!«

»Aber diese Kenntnisse als einfacher Landjunge. Diese Sprache. Ich habe einmal gehört, wieviele Wörter Shakespeare neu erfunden hat, die wir heute noch im Englischen kennen! Es sind mehr als …«

»Ja, es ist ein Wunder. Und doch geschehen solche Dinge. Sicherlich hatte seine Karriere auch mit dem erstarkenden Bürgertum zu tun, aus dem jetzt plötzlich eine unglaubliche Kraft entstand. Und doch ist ein solches Talent, ein Mann aus dem Volk ohne Vorbildung, etwas Einmaliges. Man muss natürlich sehen – er lebte nicht von der Welt gänzlich abgeschnitten in seinem Stratford. Schauspieltruppen machten es dem Hofstaat nach und reisten durch das Land, führten ihre Stücke in Gasthäusern auf. Schlecht hatten es jene, die nicht unter dem Schutz eines Adeligen standen. Wer als Gönner einen der jungen, vitalen, gewalttätigen aber gelangweilten Männer rund um die Queen hatte, der konnte sich glücklich schätzen.« Er atmete tief ein und sah nach oben. »Der Geniegedanke hat mich schon immer fasziniert. Als Kind habe ich mich mit Mozart beschäftigt. Und mit Napoleon – ein Genie von der unterschätzten Sorte!«

»Aber Mozarts Eltern waren Musiker, auch seine Schwester und er lebte in einem musikalischen Milieu! Und Napoleon hatte eine solide militärische Ausbildung!«

Roman Rosen ließ seine brennenden Augen zur Decke wandeln.

Er sah aus, als stehe er in direktem Kontakt zu Shakespeare selbst. »Das mittelalterliche England war ein einziges literarisches Milieu. Sie lebten wie in einem Bild: Farbig, gewalttätig. Die Menschen lebten kurz aber intensiv, man feierte, betrank sich, liebte sich. Die Natur beherrschte die Sinne mit ihrem Reichtum. Südengland, mild, üppig. Man hetzte Hunde auf Bären, ging zu öffentlichen Hinrichtungen, glaubte an Geister, Hexen und Erscheinungen.« Roman seufzte. »Eure deutsche Aufklärung mit furztrockenen Stücken wie denen von Lessing, sind noch weit weg!«

Er erzählte ihr dann von seiner Laufbahn: Gymnasium in Budapest, Studium in Wien, immer wieder Regie geführt: Schülertheater, Studentenbühne. »Meine Spezialität war Ödon von Horvath – typisch ungarisch«, lächelte er. »Regie führen – für mich ist das der herrlichste Beruf der Welt: Es ist, wie wenn man G o t t ist. Du kannst dirigieren, du kannst den Lauf der Dinge, was geschieht und wie es geschieht, bestimmen, immer wieder anders, mit immer neuen Menschen – du kannst die Welt neu erfinden!«

Alicia runzelte die Stirn. Lächelnd zuckte er ein wenig entschuldigend mit den Schultern.

»Und wie bei Gott gibt es Leute, die dafür bezahlen deine Welt betreten zu dürfen!«

»Und Shakespeare aufführen?«

Er wurde ganz ernst. Shakespeare war nichts zum Scherzen, das war eindeutig.

»Shakespeare, das war und ist für mich ein Traum zum Inszenieren. Seine Stücke lassen einfach alles zu. Es ist das Universum von Taten und Gefühlen, von Neid, Hass, Liebe und Gewalt, von Unterwerfung und Lust in Worte gepackt – in der schönsten Sprache der Welt!«

»Ich finde es unglaublich, dass Leute es immer noch wagen, sich mit jemandem zu beschäftigen, über den schon so viel geschrieben wurde? Waren Sie auch einmal auf dem Symposium, das derzeit in Mannheim läuft. Ich meine, haben Sie schon einmal hinter das Genie geschaut. In sein Herz? Das, was ihn freute am Leben. Was ihn leben ließ. Es gibt doch die berühmte rätselhafte Dark Lady in den Sonetten, da wird man doch Anhaltspunkte für den M a n n finden.«

»Sein Leben?«, fragte Roman Rosen erstaunt. Mit seinen sehnigen, schlanken, braunen Fingern winkte er der Bedienung: »Noch einen Pfefferminztee, bitte!«

»Nun, Sie wissen ja sicher, dass man nicht viel weiß über seinen Alltag! Und ehrlich gesagt«, er hob wieder die schmalen Schultern, »eigentlich interessiert es mich nicht so sehr. Sein Herz? Sein Alltag? Sein Leben? Das haben wir in 36 Stücken und über 100 Sonetten. D a s ist sein Leben! Und es ist untrennbar miteinander verwoben. Untrennbar!! Deshalb werde ich ihn auch sprechen lassen in meinem Stück – von einer Leinwand herunter. Er wird m i t meiner Lady Macbeth sprechen. Und das trockene Gerede der Herren Professoren und Forscher – da gibt es sogar welche, die ihn ganz und gar verleugnen.«

Jetzt leuchteten seine Augen böse auf, wie die einer wütenden Katze bevor sie zuschlägt.

Zeig mir einen Fanatiker! Dachte Alicia. Er sitzt hier vor mir.

Später kam man auf das Eigentliche zu sprechen. Ja, er habe sich mit Alexandra Hunold getroffen. Er habe sich selbst gewundert, sie habe ihn eines Tages in der Kantine angesprochen. Wollte sich einfach nur über sein Shakespearebild mit ihm unterhalten. Sie interessierte sich für Shakespeare und seine Zeit.

Nichts Außergewöhnliches – das passte im Moment ganz gut in die Mannheimer Landschaft, schließlich stand das große Shakespeare-Symposium vor der Tür. Er habe sich auch gewundert, dass sie sich in dieser Spielzeit in Mannheim aufhielt, eigentlich war sie nicht avisiert gewesen, aber nun ja, Pläne können sich ändern.

Er sei auch nicht gerade unglücklich gewesen über diese Verbindung, wenn man es so nennen wollte. Alexandra Hunolds beißende Kritiken, die sie sogar gelegentlich im Fernsehen vortrug, waren gefürchtet, vor allem auch ihre persönlichen Angriffe.

»Nennen Sie es Feigheit!«, sagte er und hob ein wenig hilflos lächelnd die Schultern, »aber ich hoffte schon, dass sie unsere Arbeit, nun, sagen wir – wohlwollend betrachtet!«

»Kannte sie sich gut aus mit Shakespeare?«

»Das weiß ich nicht. Sie hat nicht viel erkennen lassen. Interessierte sich für meine Regiearbeit und meinen Interpretationsansatz. Sie wollte wissen, was für Hinweise es in den Stücken, die wir spielen, auf sein Leben gab. Dinge, die man nachvollziehen kann, Spuren seines Daseins. Na ja, wie bei anderen Autoren.«

Alicia fühlte eine Erregung in sich aufsteigen, die sie sich selbst nicht recht erklären konnte.

»Und?«

»Na ja!«, sagte er und zuckte wieder die Schultern. »Wie ich schon sagte – es gibt keine!«

***

Montag, 14. 3. 2005. Nacht.

Mannheim bei Nacht.

Alicia und Roman gingen schweigend nebeneinander her. Die Autos zirkulierten am Ring entlang, sie bildeten gleichsam eine leuchtende Schlange, die sich um die Innenstadt legte. Mochte es in den Wohnvierteln jetzt schon Samstagnacht sein, hier war es noch Tag.

Für bestimmte Leute war das der Tag. Alicia sah es an den Autonummern. Sie kamen von überall her. Aus Karlsruhe sogar, aus Heidelberg, aus der Pfalz und sogar 67er-Nummern aus dem Elsass waren dabei.

Meistens junge Leute, die in die Discos schwärmten, in die Alte Feuerwache zum Konzert oder in die Kneipen in die Schwetzingerstadt, wo man auch manchmal um ein Uhr noch eine Pizza bekam.

»Hier wohne ich!«, sagte Roman und deutete auf die Lameystraße. »Sie wollten mich in der Villa Anna oder im Hotel Mack unterbringen, aber für so lange Zeit habe ich mir doch lieber ein Zimmer genommen. Und jetzt ist sogar eine Wohnung daraus geworden, eineinhalb Zimmer.« Er lächelte wieder dieses Lächeln, das sein Gesicht vollkommen verwandelte.

»Irgendwann zeige ich es Ihnen vielleicht!«

Alicia nickte. Irgendwann war gut und klang verheißungsvoll. Heute war zu früh.

»Soll ich Sie nicht doch bis zu Ihrer Wohnung bringen? Bei uns geht eine Frau nicht allein heim!«

»Bei Ihnen zu Hause gibt es vermutlich auch nicht so viele Singles!«, erwiderte Alicia. »Nein, ich gehe gerne noch ein wenig. Dann habe ich Zeit zum Nachdenken!«

»Worüber wollen Sie nachdenken?«, fragte er und gab ihr einen ganz zarten, fast keuschen Kuss auf die Wange. Mein Gott, dachte Alicia, wenn Beate doch so einen Mann erleben dürfte, anstatt diesen Fisher. Warum dachte sie jetzt daran? Fisher hatte hier nichts zu suchen. Nicht einmal als Gedanke!

»Nachdenken? Ach, über nichts Bestimmtes. Adieu!«

Und während sie davonlief, vorbei am erleuchteten Wasserturm und in Richtung Bahnhof, dachte sie, dass das gelogen war. Sie wollte tatsächlich nachdenken. Nachdenken darüber, was Alexandra Hunold eigentlich wirklich von Roman gewollt hatte und ob er ihr wirklich die volle Wahrheit gesagt hatte. Irgendwie war ihr der Gedanke unerträglich, dass dies der Fall sein könnte.

***

Beate schlief schon, als Alicia nach Hause kam. Sie hatte das Licht überall in der Wohnung brennen lassen. Hatte sie Angst vor Einbrechern oder wollte sie wie im Märchen dem Prinzen mitteilen, dass sie zu Hause sei?

Der Anrufbeantworter blinkte. Alicia drückte auf die Wiedergabetaste. Es war Beatrice Hagedorn. In ihrer schnörkellosen Art erkundigte sie sich, ob es etwas Neues gebe. Alicia dürfe bis 24 Uhr anrufen. Sie sei ohnehin noch am Korrigieren.

Alicia zögerte nicht lange und tatsächlich meldete sich eine erstaunlich frisch wirkende Beatrice.

»Ich bin noch nicht viel weiter, aber Frau Hagedorn, mal eine Frage. Alexandra hat sich offenbar in letzter Zeit oder vielleicht schon länger mit dem Elisabethanischen Theater auseinandergesetzt. Das muss Ihnen aufgefallen sein, sie könnte darüber gesprochen haben!«

»Nein!«, erwiderte Beatrice. »Davon weiß ich wirklich nichts. Das muss dann ein ganz neues Steckenpferd sein. Ich sagte doch – sie hatte nicht viele andere Interessen. Außer teuer und gut essen gehen, elegante Kleider kaufen und im Fitnessstudio trainieren, hat sie vor allem an dieser Familienchronik gearbeitet!«

»Ich melde mich wieder!«, versprach Alicia.

Alicia versuchte, sich leise zu duschen und leise in der Küche noch ein Stück Käse zu essen, ein heiß geliebtes Ritual.

Dann fiel ihr die Butterdose aus der Hand. Der Erste, der protestierend und verschlafen auftauchte war Felix, die Zweite Beate, die ihr Gesicht mit einer dicken Fettschicht bedeckt haben musste, denn sie glänzte immer noch ein wenig. Auf einen Pickel am Kinn hatte sie einen Tupfer Penatencreme getupft, ein Hausmittel von ihrer Mutter, das todsicher wirkte.

»Bist du verrückt?«

»Tut mir leid. Hast du schon geschlafen? War er da?«

»Ja, kurz! Aber er musste schon um sieben wieder gehen. S i e hatte eine frühere Nachbarin eingeladen. Mit der hatte sie zusammen einen Bridgekursus besucht aber abgebrochen. Sie fängt gerne Sachen an und bringt sie nicht zu Ende.«

»Also, ein kurzes Treffen – und danach für dich mal wieder ein Abend vor dem Fernseher. Na, tröste dich, eines Tages schaffst du es noch. Camilla hat Charles auch gekriegt und die hat sogar Diana überlebt.«

»Ich saß gar nicht vor dem Fernseher!«, sagte Beate überraschend. »Ich war auch noch mal weg. Aber er weiß nichts davon!«

»Du warst noch mal weg?«

»Ja, ich hatte mich noch mal mit diesem Herrn Fürst getroffen. Er wollte mich zu einem Tee einladen, aber dann war es doch zu spät und wir waren eine Pizza essen, am Kreisel bei der alten Feuerwache, so eine ganz einfache Pizzeria, aber lecker. Hier ich habe dir das Programm vom Capitol mitgebracht. Mir ist diese ganze Ecke eigentlich zu düster.«

»Beate!«

»Na ja, ich will es kurz machen. Herr Fürst möchte uns helfen!«

»Helfen?«

»Ja, und ich denke, dass wir da etwas Interessantes gefunden haben. Das Einzige«, sie biss sich auf die Lippen, »was mir daran gar nicht gefällt, ist dass er es n i c h t Petes Leuten erzählt hat. Natürlich haben sie ihn auch verhört, sogar zweimal oder dreimal, er musste – so wie du – aufs Präsidium, denn er war schließlich ihr Nachbar und sie haben öfters etwas unternommen! Außerdem kannte er sie noch von ihrem ersten Besuch hier und natürlich wollten sie wissen, ob es Feinde in Mannheim gab. Leute, die ihr an den Kragen wollten. Er hat das alles verneint. Aber er möchte u n s zur Seite stehen und die Wahrheit herausfinden.«

Sie schwieg eine Weile. »Ich bin furchtbar, Alicia, er weiß immer noch nicht, wo ich arbeite!«

»Und du hast nicht gleich deinen Freund angerufen?«

»Ich habe es Ralf, also Herrn Fürst, versprechen müssen und vielleicht dienen wir der Sache mehr, wenn wir zunächst einmal nichts sagen! Was meinst du?« Beate war sanft errötet.

»Vielleicht!«, erwiderte Alicia ironisch. »Also, was ist los?«

»Dieser Herr Fürst, er arbeitet doch für dieses noble Autohaus. Und dort macht man Geschäfte mit einer sehr feinen, kleinen Frankfurter Privatbank: Bankhaus Glas und Sohn. Eine uralte Bank, sehr diskret und nur für bestimmte Kunden!«

»Also, nicht für Plebs wie uns! Arbeitslosengeld lässt man sich dorthin sicher nicht überweisen!«

Beate schluckte. »Das war gemein!« In ihren blauen Augen schimmerten Tränen, wodurch sie für einen Moment so hell aussahen wie die ihrer Schwester.

Alicia sah sie an. »Ach, du, daran hatte ich nicht gedacht. Du wirst nicht arbeitslos. Dafür werde i c h sorgen!«

Erstaunt blickte Beate sie an. »Wie denn?«

»Erzähl weiter. Also, Bankhaus Glas und Sohn!«

»Ja, die haben hier in der Oststadt, Ecke Beethovenstraße, in der Nähe der früheren Oststadtklinik eine kleine Filiale. Und dort war Ralf, also Herr Fürst!«

Alicia fuhr sich ungeduldig durch die wilden Locken. »Meine Güte, Beate, wenn du ihn duzt, dann steh doch dazu. Ist doch kein Verbrechen, oder hast du schon was mit ihm?«

»Bist du verrückt? Ich bin Peter treu!«

»Wenigstens einer von euch beiden!«, erwiderte Alicia trocken. »Also, was ist nun mit dieser Bank?«

Beate atmete tief ein und fuhr sich dann mit der Zungenspitze über die Oberlippe, wie sie es als Kind getan hatte, wenn sie genoss, im Mittelpunkt zu stehen. Was nicht oft vorkam, die quirlige Alicia hatte sie nur zu oft verdrängt.

»Es gibt dort ein Schließfach und dort lagert etwas sehr Interessantes. Was etwas ungewöhnlich ist – es läuft auf Ralf Fürsts Namen. Sie wollte es so. Diese Sache hat sie dort deponiert, nachdem sie ihren Wohnungsschlüssel verloren hatte. Er könnte aber auch gestohlen worden sein. Sie war sich unsicher, hat das Schloss wechseln wollen, das ging aber nicht, weil das eine Ferienwohnung ist. Es gibt ein paar feste Mieter, die zu bestimmten Zeiten im Jahr kommen und die alle diesen Schlüssel haben.«

»Merkwürdig!«

»Ja. Ralf sagt, diese *Sache* sei nicht finanziell interessant, sondern nur kulturell und es habe mit dem Theater zu tun. Mehr habe sie ihm nicht verraten, nur dass es sich um ein Kleinod handele, welches ideellen Wert habe für alle, die das Theater lieben! Ralf vermutet, es handelt sich um ein seltenes Foto oder eine Erstausgabe. Und er, Ralf Fürst, liebt das Theater über alles und deshalb, ja, deshalb würde er gerne zuerst einen Blick darauf werfen. Er hat Angst, die Polizei könne diese Dinge nicht einschätzen!«

»Hm. Hört sich wie aus einem Märchen an. Und?«

»Er hat den Schlüssel zu diesem Bankfach. Sie hat ihn gebeten, ihn aufzubewahren. So als habe sie Angst, jemand könne ihn bei ihr suchen!«

»Dein Herr Fürst ist ja immer zur richtigen Zeit am richtigen Platz!«

Beate beäugte sie misstrauisch. Felix robbte sich konspirativ an Alicia heran und legte sein kleines Altmännergesicht auf ihre Knie. Alicia streichelte ihn mechanisch.

»Ja, warum holt er sich das Theaterstück, oder was immer es ist, nicht?«

»Man braucht ein Passwort und das Passwort besteht aus fünf Zahlen und hat mit dem Objekt zu tun, das da liegt. Soviel hat sie ihm gesagt. Er sagt, sie war sehr selbstbewusst. Beinahe ein wenig auftrumpfend. Sie hat gesagt, dann liegt es so sicher wie im Pentagon!«

Alicia schwieg. Alles wurde komplizierter und komplizierter.

»Aber das ist noch nicht alles. Er wusste noch etwas. Sie hatte Kontakt aufgenommen mit einer Frau Liebling. Frau Liebling ist im Antiquitätenhandel tätig. Und die hat ihr einen Brief geschrieben.«

»Sag mal, sind wir im Kasperletheater. Wie kommt dieser Herr Fürst an einen solchen Brief? Oder vielmehr was hat er dir weisgemacht?«

Beate seufzte. »Manchmal ist es wirklich einfach. Die Postbotin hat den Brief bei ihm eingeworfen. Sie haben nämlich einen gemeinsamen Briefkasten. Das liegt daran, dass dies ursprünglich eine einzige Wohnung war, von der die eine nun als Ferienwohnung vermietet wird. Möbliert. Normalerweise kriegen diese Leute sowieso nicht viel private Post und wenn, dann legt sie der jeweilig andere auf den kleinen Tisch zwischen den beiden Abschlüssen!«

»Trotzdem, ist ein Brief nicht ein wenig ungewöhnlich? Ich meine, in Zeiten von E-Mail.«

»Alexandra hat keinen E-Mail-Zugang in der Wohnung. Und da kommen wir gleich zum nächsten.«

»Noch was?« Alicia schüttelte den Kopf. »Sag mal bist du sicher, dass das kein verfrühter Aprilscherz ist?«

»Ja, aber das ist eigentlich nichts Ungewöhnliches und das hat Ralf Fürst auch der Polizei gesagt. Sie hat einmal eine E-Mail geschickt. Nur ein einziges Mal. An einen Konrad Gundramshausen. Aus dem Inhalt war erkennbar, dass sie private Englischstunden bei ihm nahm. Von dieser Tatsache wusste Herr Fürst, nur zunächst kannte er den Namen des Lehrers nicht.«

»Englischstunden?«

»Ja. Intensivunterricht. Ein zehn-Stunden-Block. Die Adresse von diesem Gundramshausen hat Herr Fürst bereits herausgefunden. Er wohnt in den Quadraten hinter dem *Mannheimer Morgen*. Ich finde, wir könnten mal mit ihm sprechen, findest du nicht?«

***

Alicia konnte sich nicht genug wundern über ihre Schwester.

Wie hatte sie sich verändert. Wieso tat sie das alles? Fisher würde ihr niemals mehr von seinen Fällen berichten, wenn er wüsste, wie sie sein Wissen benutzte. Ich bin fast so etwas wie Beamtin, sagte sie doch immer, so wie er. Wir haben einen Eid geleistet. Er kann sich auf mich verlassen. Und mit irgendjemandem muss er doch reden.

Beate griff hinter sich, nahm einen sehr ordentlichen Ordner vom Stuhl, auf dem Fisher manchmal zu Alicias Missvergnügen eine Tasse Kaffee serviert bekam.

Alicia hätte fast gelacht, als sie den Ordner sah. Mit Beates klaren und sauberen Buchstaben stand ›Mordfall Hunold‹ darauf.

»Das sind die Fakten, die ich bisher privat gesammelt habe. Und was hast du zu bieten?«

Alicia stand auf und holte endlich das vernachlässigte Faltblatt heraus. »Auch nicht schlecht. Es sind drei Namen unterstrichen und zwei Namen an den Rand gekritzelt. Ich bin irgendwie noch nicht dazu gekommen, mir über diese

Liste Gedanken zu machen. Eigentlich hätte ich das schon längst tun sollen.«

Dr. Frieder Landhaus! war unterstrichen. Und *Damian Manteuffel*. So wie auch *Dennis Stafford*.

An den Rand gekritzelt waren die Worte *Eleanor Liebling* und – ›Roman Rosen‹, murmelte Alicia leise. Doch nicht leise genug. »Kennst du den?«, fragte Beate misstrauisch.

»Er ist vom Theater!«, antwortete Alicia wahrheitsgemäß.

Dennis Stafford?

Und »Eleanor Liebling«

Begann sich der Kreis zu schließen?

Keiner der anderen unterstrichenen Namen kam Alicia irgendwie bekannt vor, aber das war ja auch eigentlich kein Wunder. Woher hätten sie ihr auch bekannt vorkommen sollen. Alexandra Hunold hatte sich in einer anderen Welt bewegt. Aber in welcher?

»Ich kann mit den Namen nichts anfangen!«, bemerkte Beate. »Außer eben jetzt mit dieser Liebling, von der du gesprochen hast. Frieder Landhaus? Den könnte ich schon mal gehört haben, ich habe aber keine Ahnung, wo!«

»Was stand denn eigentlich in dem Brief von dieser Frau Liebling.«

Beate zögerte ein wenig. Der Ordner zitterte leicht in ihrer Hand.

»Du kannst sie mir ruhig zeigen. Ich werde es deinem Herrn und Meister schon nicht weitersagen!«

»Alicia, hör auf damit. Lass mich in Ruhe.«

Alicia dachte an die Szene mit Fisher im Café. An seine Drohung, sie einfach so fallen zu lassen. Und sie dachte an ihre eigene vergeudete Liebe zu Frederic. An die Jahre, in denen man etwas aufbaut, in denen Kinder geboren werden. Vielleicht hatte sie Recht und sie waren beide nicht zur Liebe geboren.

»Wenn du meinst, Beate. Also, ich werde es deinem gleichberechtigten Partner nicht weitersagen!«

Wirklich nicht, Alicia, dachte sie. Wirst du das wirklich nicht tun? Wenn er es von dir verlangt? Wirst du ihm wieder nachgeben?

»Hier ist es! Aber ich muss bald schlafen gehen. Die Vertreterin der staatlichen Fachstelle fürs öffentliche Schulwesen besucht uns morgen. Neue Strategien des Unterrichts zur Vorbeugung und Verbrechensprävention bei Jugendlichen in Mannheims Brennpunkten.«

Alicia verdrehte die Augen. Die deutsche Bürokratie beherrschte sogar das Herumhängen nach der Schule. Coladosenkicken und Zigarettenrauchen nach Lehrplan.

»Es ist wichtig, dass ich einen guten Eindruck mache!«, sagte Beate beinahe verzweifelt. »Du weißt es! Sie wird auch da sein.«

»Ja, ich weiß es. Und ich hoffe nur, dass diese Sache bald mal ausgestanden ist!«

Sie warf einen Blick auf den kopierten Text des Briefes.

Er war ohne Briefkopf, oben stand lediglich in sehr energischen Lettern: Eleanor Liebling.

»Bin noch immer interessiert. Gehe aber nicht weiter als wir besprochen haben. Ich erwarte ihre Antwort. Doch ich warne Sie. Kein doppeltes Spiel. Übrigens sind einige Leute der Meinung, dass Sie in Gärten ernten in denen andere zuvor gesät haben. Und diese Leute können ganz schön ärgerlich werden.«

Alicia hob den Kopf mit den schweren Locken. Eine fiel ihr feucht vor Aufregung in die Stirn. »Beate, das darfst du nicht für dich behalten. Das Letzte hier ist ja beinahe eine Morddrohung. Wieso hat dein dubioser Herr Fürst dies alles nicht der Polizei gesagt! Das kommt mir äußerst suspekt vor. Gerade als ein Freund von ihr.«

Beate biss sich auf die Lippen.

»Nun, da gibt es verschiedene Gründe. Er hat mir das sehr überzeugend darlegen können. Erstens will er dem Geschäft dieser Bank nicht in die Quere kommen. Sie sind geschäftlich mit dem Haus verbunden, und e r hat ihr den Tipp gegeben, das Schließfach dort anzulegen. Und dann – na ja, ich kann es dir ja sagen, er, er hat sehr schlechte Erfahrungen mit der Polizei gemacht. In der Kindheit, nichts Ernstes – nur ein Streich, wie es Jungs machen und du weißt ja, sie wollen alle mal angeben – kurzum – er hat Angst vor der Polizei. Aber er möchte das nicht erklären, steckt wohl noch zu tief in ihm. Ich vertraue ihm aber.«

»Beate, das glaube ich nicht. Da steckt etwas anderes dahinter!«

Beate sprang empört auf und schlug den Ordner zu. »Du bist fast schon so misstrauisch wie Peter. Ich gehe ins Bett!«

»Weißt du, was dein feiner Freund mit dir machen wird, wenn er herausfindet, dass du solche Informationen vor ihm verbirgst?«

Beate wandte sich an der Tür zu ihrem Schlafzimmer um.

»Er wird mich ernst nehmen!«, sagte sie entschlossen.

***

Dienstag, 15. 3. 2005, morgens.

Alicia malte eine schlafende Katze von einem Foto ab. Das Bild war in Griechenland aufgenommen. Eine Auftragsarbeit und ein Geschenk zum Hochzeitstag. Eine junge Frau für ihren Mann. »Nirgends haben wir uns einander so nah gefühlt wie beim Anblick dieser Katze damals auf Kreta!«, hatte sie gesagt.

Die schlafende Katze erregte Felix, der ihr Entstehen aufgeregt mit verfolgte und drohend knurrte als die Schnurrbarthaare Gestalt annahmen.

Schließlich bellte er.

»Ruhig, Felix. Es ist nur ein Bild. Sie lebt nicht.«

Felix war das egal. Eine Katze war eine Katze.

Doch er hatte noch mehr Grund zu bellen. Schritte auf der Treppe, ein kurzes lautes Klingeln.

Alicia machte auf und als sie Fisher sah, trat sie unwillkürlich einen Schritt zurück.

»Was wollen Sie denn hier? Haben Sie sich in der Tür geirrt!«

»Ich war in einer Schule, hier in der Nähe. Da ist etwas vorgekommen. Eine bedenkliche Sache, aber darüber sprechen wir jetzt nicht. Wir sprechen über *unseren* Fall. Was war mit diesem Rosen? Was haben Sie von ihm erfahren?«

»Was ist eigentlich mit Ihrer Sonderkommission? Dreißig Leute werden doch wohl nicht darauf warten, dass i c h etwas herausfinde! Sie haben doch heutzutage ungeahnte Möglichkeiten.«

»Ach, Alicia!«, sagte er, trat ans Fenster und sah hinaus auf die Meerfeldstraße. Er verschränkte die Arme hinter dem Rücken. »Der Mann, der Sie bekommt, tut mir leid. Wirklich. Ist es eigentlich auch so schwierig, Sie ins Bett zu kriegen wie ein normales Erwachsenengespräch mit Ihnen zu führen?«

»Eine Frage, die sich Ihnen niemals stellen dürfte.«

»Schade! Der Widerspenstigen Zähmung!«

Alicia erwiderte nichts.

»Haben Sie sich mit diesem Rosen getroffen?«

»Ja, aber ich muss Sie enttäuschen. Er weiß nichts. Er hat nur harmlose Gespräche über Shakespeare geführt.«

Fisher lachte. »Wenn wir das immer glauben würden, wenn einer sagt, er weiß nichts, wäre unsere Ermittlungsarbeit schnell beendet. Obwohl – Shakespeare? Na ja, der alte Knabe mag ja manches verbrochen haben, Gott, wenn ich noch an meine Schulzeit denke, wie der mich gequält hat – wie hieß das Stück nochmal, von einem, der sich nie entscheiden kann und ...«

»Hamlet«, warf Alicia trocken ein. »Sie haben wirklich eine profunde Bildung!«

»Was haben Sie mit Rosen vereinbart?«

»Nichts! Warum?«

Alicia malte die Augen der Katze.

Fisher trat hinter sie und griff ihr wie spielerisch in den Nacken, kein harter Griff und dennoch spürte sie den Druck durch ihre Locken hindurch.

»Was also?«, sagte er sanft.

»Ich darf zwei oder drei seiner Schauspieler malen. Vor Probenbeginn.«

Er ließ sie los, doch seine Hand glitt dabei leicht über ihren Rücken. Sie schüttelte ihn ab.

»Sehr gut. Braves Mädchen! Ich glaube zwar immer noch, dass Frau Hunold in gewissen Handelsgeschäften unterwegs war, die ihr nicht gut bekommen sind, aber wir können keine Spur auslassen. Die Presse ist uns auf den Fersen. Gestern hat sogar der ›Spiegel‹ bei der Pressestelle angerufen. War Gastautorin bei denen, die Hunold. Ich wäre Ihnen also sehr verbunden, wenn Sie den Kontakt sehr bald weiterspinnen würden. Haben Sie mich verstanden?«

Alicia fühlte eiskalte Wut. Sie brachte es nicht über sich zu nicken. Sie malte weiter.

Fisher lachte und ging.

Alicia nahm einen Kasten Bleistifte und warf sie ihm hinterher. An der geschlossenen Tür prallten sie ab und rollten über den Boden.

Doch sie wusste, dass sie ihm gehorchen würde.

Beate zuliebe.

Verdammte Liebe oder was man dafür hielt.

Widerstrebend ging sie zum Telefon und rief Rosen an.

Als sie zurückkam, fiel ihr Blick auf die Katze und auf die graugrünen Augen in dem niedlichen Gesichtchen.

Sie sahen grausam und böse aus.

***

Dienstag, 15. 3. 2005, mittags.

Isabella Verbicki war eine Schönheit. Sie zu malen war keine Herausforderung, sondern ein Geschenk.

Zunächst war sie allerdings ziemlich außer Puste. »Vier Stockwerke ohne Aufzug, haben Sie auch ältere Kunden?«

»Sind Sie zu Fuß hier?«

»Mama hat mir ihr Auto geliehen!«, erwiderte Isabelle sehr kurz. »Schönes Atelier haben Sie hier. Gemietet? Und der Blick!«

»Nehmen Sie Platz!«

Isabella nickte, öffnete ihre Handtasche und suchte darin nach einem Tempotaschentuch. Alicia betrachtete sie fast gerührt. Sie war noch so verspielt. In ihrer Tasche war nicht viel. Nur ein Notizbuch, der bunte Autoschlüssel und ein brauner Ledergeldbeutel, der recht abgegriffen und ziemlich dünn aussah. Wahrscheinlich war der Anfang einer Schauspielerkarriere nicht gerade mit Rosen gesegnet.

»Ich finde das eine gute Idee!«, sagte sie eifrig wie ein Kind. Und Alicia dachte, dass sie ja eigentlich auch noch sehr jung war. 26. Das war wirklich jung, gemessen an der Länge des Lebens. »Roman hat mit der Öffentlichkeitsarbeit und mit dem Abteilungsleiter das Programm besprochen. Wir werden das machen – die Bilder kommen in das Programmblatt zur Vorstellung. Die Leute denken, es ist einfach, so ein Stück zu spielen, aber es macht etwas mit dir. Es verändert dich. Die Lady Macbeth verändert mich auch! Manche meinen, es ist zu früh im Leben.« Sie lachte glockenhell. »Gestern habe ich mich zum ersten Mal getraut meiner Mutter zu sagen, sie soll nicht um sieben Uhr morgens schon anrufen. ›Ach‹, hat sie gesagt, ›liegst du immer noch so lange im Bett!‹ – ›Ja, Mama‹, sag ich. Und wenn ich Glück habe nicht alleine. Mama ist ziemlich diszipliniert gewesen. Früher und auch jetzt noch.«

»Hat es sie glücklich gemacht?«

Isabella schüttelte sich wie ein junger Hund. »Natürlich. Sie hat immer noch eine tolle Figur. Das ist auch schon etwas! Etwas, worauf man stolz sein kann.«

Alicia lachte.

Isabella wurde ernster.

»Nun ja, es stimmt schon, meine Mutter ist sehr ehrgeizig. Eigentlich ist s i e die Lady Macbeth.« Während

Alicia ihre feinen ersten Striche setzte, versuchte die Konturen einzufangen, redete Isabella weiter. »Sie ist nie zufrieden. Nie. Als Kind habe ich schon an Schönheitswettbewerben teilgenommen und wenn ich nur Vierte wurde, bekam ich kein Taschengeld. Ich kann doch nichts für mein Aussehen! Mama ist einfach perfekt. Bei ihr passt sogar die Slipeinlage zu den Ohrringen, hat meine Freundin früher gewitzelt.«

»Nein, das kann keiner! Zumindest nicht, bevor er dreißig ist!«, sagte Alicia und malte eine perfekte Stirn, die glatt war wie ein Stück Seide.

Isabella Verbicki war kräftig, hatte aber die passenden Formen zu ihrer Größe, langes, dichtes, beinahe schwarzes Haar, ohne Locken, es fiel wie ein Vorhang. Ihre Haut war natürlich braun, ihre Augen waren beinahe schwarz, groß und rund. Die Zähne perfekt.

»Eigentlich sollte ich Opernsängerin werden. Jahrelang habe ich Gesangsunterricht gehabt und dann habe ich sie sofort bestanden, die Prüfung in Salzburg. Und während die Arbeit im ersten Semester anfing, ja schon währenddessen, merkte ich, dass mir das Fach ›Mimik‹ und ›Schauspiel‹, sowie das Bühnenfechten und der Bewegungsausdruck am meisten Spaß machten. Gott, hat meine Mama gezetert, als ich gewechselt habe. Als Sängerin wäre ich nicht so schnell arbeitslos geworden. Eine Opernsängerin, das war ihr Traum, keine kleine Akteurin …« Isabella sprach hastig weiter, erzählte von Fernsehauftritten, Gastrollen in Bern und in Berlin, in Hamburg und in Baden-Baden. »Im *Reigen* von Schnitzler!«

Alicia überlegte angestrengt, wie sie das Gespräch auf Alexandra Hunold bringen sollte, damit das Ganze hier nicht zur gigantischen Zeitverschwendung würde. Schließlich hatte sie noch Herrn Macbeth zu malen.

»Diese Kritikerin, die wäre meine große Chance gewesen!«, sagte Isabella dann ziemlich unvermittelt. »Mama hat geschimpft, aber da kann doch keiner was dafür, wenn die sich im Wald umbringen lässt. Wer geht auch schon alleine in den Käfertaler Wald? Sie wäre begeistert gewesen von Romans Arbeit und von mir!«

Alicia schluckte. Sie war auch kein Mäuschen, aber Isabellas Selbstbewusstsein stand dem ihrer oft zitierten Mama um nicht viel nach. Und zumindest schied sie als Mörderin aus. Sie hatte das haargenau gegenteilige Motiv.

»Es wäre unser aller Durchbruch gewesen, denn Roman inszeniert Macbeth als grausames Kinderspiel. Deshalb ja auch ich ... wie gesagt, ich bin noch ziemlich jung für die Rolle, nicht wahr?«

Alicia erinnerte sich an die Kinderstühle, auf denen König und Königin von Schottland sitzen würden.

»Ja, das stimmt, aber es gibt ja noch andere Kritiker.«

»Ja, aber sie war so. Wirklich unbestechlich. Und gut, richtig gut. Ihr hätten alle geglaubt. Alle, die zählen!«

Das klang jetzt wirklich wie bei einem Kind, das die Hand nach der Schokolade ausstreckt, und man nimmt es ihm wieder weg. Verärgert mit kindlicher Wut die Augen. Alicia malte sie und musste dabei lächeln.

***

Dienstag, 15. 3. 200505, früher Abend.

Herr Macbeth war ein ganz anderer Typ. Er kam eine Viertelstunde zu spät. »Pressetermin, Entschuldigung, ich habe da noch eine Werbesache mit der Eichbaumbrauerei laufen!«

Geert Ringmann war ein launiger, ziemlich alltäglich wirkender Hamburger, sah aus wie ein junger Aktienbroker und war äußerst schnell und schnoddrig.

Sein Gesicht war ebenfalls hübsch, doch glatt und ohne charakteristische Züge. Er hätte jede Rolle annehmen können. Alicia begann Roman zu verstehen: Es fiel nicht schwer, ihn sich vorzustellen als einer, der nur wie eine Marionette zum Morden geführt wird.

»Es ist eine wunderbare Arbeit, obwohl ich mir eigentlich für den Macbeth gerne noch ein paar Jahre Zeit gelassen hätte!«, sagte er langsam und schleppend. »Das ist eine Rolle für später, aber nun … es ist auch eine Chance und es ist sehr gut mit Herrn Rosen zu arbeiten. Er ist ein Demokrat! Deshalb liegt ihm Shakespeare auch so.«

Aus dem Mund eines Hamburgers hörte sich das tatsächlich als ein Kompliment an.

»Was hat das mit Shakespeare zu tun?«

»Ja, wissen Sie – nach all dieser gestelzten Reimerei der Höflinge, nach der höfischen Dichtung eines Bacon und der Mittelmäßigkeit eines Philip Marlowe – oh ja, ich weiß manche schwärmen für ihn – da war einer wie Shakespeare, der sich nicht bei der Königin anbiederte und nicht in dieser Adelsclique aufgewachsen war, schon ein frühes demokratisches Element! Ich sage ihnen – gelebt hat diese Upperclass. Allein Schloss Hampton Court, das nur gelegentlich genutzt wurde, hatte 1800 Zimmer.«

Alicia nickte und strichelte Augenbrauen. Dabei unterhielten sie sich weiter.

»Alexandra Hunold? Na ja, die wird einer umgebracht haben, der ihre Kritiken nicht mochte. Ich war es jedenfalls nicht – *noch* kannte sie mich kaum.« Und er schmunzelte: »Aber ich hätte es auch sonst nicht getan. Gefängnisinsasse steht nicht auf meinem Karriereplan!«

Und er lachte ein trockenes Lachen.

»Ist Herr Rosen für Sie ein guter Regisseur?«

Jetzt wurde er ernst.

»Wenn wir vom Mörder sprechen! Der Mann ist ein Fanatiker. *Der* könnte für eine schlechte Besprechung morden, denke ich. Aber er bekommt keine schlechten Kritiken. Seit Jahren nicht mehr. Ich denke, der Mann geht irgendwann zum Film. Und nimmt vielleicht die Kleine mit. Und umgebracht hätte er die Hunold niemals, die stand nämlich auf ihn. Als Mann und als Regisseur. Seine ›Gerechten‹ hat sie über den grünen Klee gelobt. Nee, den Mörder muss die Polizei unter denen suchen, die keine guten Kritiken hatten!«

»Sie arbeiten also gerne mit Herrn Rosen?«

Er sah sie an und lachte, »Gern? Machen Sie Witze. Das ist eine Ehre!«

Alicia legte letzte Hand an seinen nichts sagenden Mund und spürte den Schlag ihres Herzens lauter werden.

Dienstag 15. 3. 2005, Abend.

Alicia im Bett mit den Elisabethanern. Das heißt mit Literatur über sie!

Fast könnte man die Engländer um diese farbenfrohe Zeit beneiden. Sie spielten leidenschaftlich Theater und die ansonsten geizige Elisabeth begünstigte die Bühnen einigermaßen großzügig. Höfischer Glanz und Macht mussten demonstriert werden und das ging wunderbar mit Stücken über Leute, die lange tot waren, aber an den richtigen Sachen gestorben waren. Also nicht etwa von solchen ermordet, die sich später auf den Ästen des Tudorstammbaums wiederfanden. Sie sah gerne Theateraufführungen, aber sie ging natürlich so wenig in öffentliche Häuser wie die heutige Königin. In ihren Schlössern, wohin sie mit einem gigantischen Tross von kicherndem, sich liebendem und Geld verschwendendem sowie vor der Pest davonlaufendem Hofstaat reiste, gaben die Schauspieler Privatvorstellungen – Alicia musste schmunzeln. »Vielleicht könnte ihr Shakespeare bei einer dieser Aufführungen aufgefallen sein?«

»Ein bisschen zu viel – könnte!«, murmelte sie. Das Telefon läutete und Felix knurrte.

Syl und Uschi wollten Pizza essen gehen.

Aber Alicia wollte lesen. Doch so huldvoll Elisabeth auch sein konnte – sie war zäh und wusste, was sie wollte. Zumindest hatte sie Zeit genug, es herauszufinden, lebte sie doch von 1533 bis 1603. Für eine Zeit, in der die Pest Stammgast war, war das ziemlich lang.

Als sie anfing zu regieren, war sie gerade mal ein Jahr jünger als Isabella Verbicki. Beispielsweise. Doch sie hatte die Sache im Griff. Fuhr die Staatsausgaben herunter, lamentierte ständig wie arm sie sei, weswegen die mächtigen Adelsfamilien sie auch mitsamt Gefolge auf ihren Schlössern verköstigen durften und noch so tun mussten als fänden sie das richtig gut. Doch sie hatte ja auch privat keinen Ärger. Alicia dachte an sich selbst und an ihre irregeleitete Schwester. Elisabeth war unverheiratet geblieben. Die Gleichgestellten vom Kontinent passten religiös oder politisch nicht und einen der vielen jungen Adeligen, die sie umgaben und ihr den Hof im wörtlichen Sinne machten, zu heiraten wäre ein Schritt nach unten auf der Hierarchietreppe gewesen. So wie die Chefärztin, die den Mann heiratet, der ihr die Küche montiert. Und solche feschen jungen Adeligen gab es offenbar viele – jedoch war es auch für die nicht ungefährlich, sich mit ihr anzulegen oder gar an ihrem Thron zu sägen.

Ihr Favorit in den Neunzigerjahren ihres Jahrhunderts, der arrogante Graf von Essex, probte den Aufstand und hatte nichts davon außer einem verlorenen Kopf.

Ihren Befehlen widersetzte man sich eben nicht.

Sie schätzte das Theater, aber sie mochte es nicht, wenn Adelige Theaterstücke schrieben.

Das war geradezu verboten.

Wie gut, dachte Alicia, dass es Shakespeare gab.

Denn der war kein Adeliger. Soviel war sicher!

***

7

Der eine lacht' im Schlaf und »Mord« schrie einer! (Macbeth, 2. Akt, 1. Szene)

Mittwoch 16. 3. 2005

Am Mittwoch haderte Alicia mit ihrem geliebten Metier – zumindest was ihren Geldbeutel betraf!

Beate hatte sich trotz der geistigen Anstrengungen des vergangenen Abends und einer Nacht, in der sie vielleicht auch von Shakespeare und dem finstersten Mittelalter als Hintergrund seines monströsen *Richard III.* geträumt hatte, rechtzeitig geduscht und ordentlich angezogen. Ihre dunkelblonden Haare waren wie gewohnt sorgfältig frisiert. Sie hatte ihr Frühstück eingenommen und war zur Arbeit gegangen.

Alicia saß auch am Frühstückstisch, nachdenklicher als gewohnt. Das Telefon läutete und gleich zweimal ereilte sie das wechselhafte Schicksal des Freiberuflers. Absagen und damit kein Geld. Alicia nahm es hin wie schlechtes Wetter. Zumal die Kundschaft immer so verdammt gute Ausreden hatte.

Eine junge Frau, die ihrem Mann ein Porträt von sich selbst zum ersten Hochzeitstag schenken wollte, sagte den Termin ab, weil sie ihre Periode bekommen hatte und sich schlecht fühlte. Ein Tänzer vom Ballett, der sich in einer bestimmten Pose für ein kleines Museum in seiner Heimatgemeinde malen lassen wollte, in dem berühmte Einwohner ausgestellt werden sollten, sagte ebenfalls ab und das mit einer unglaublichen Begründung. Er habe sich in der letzten Nacht verliebt und sei noch im Bett. Alicia wusste, dass er homosexuell war, konnte sich nur zu lebhaft die Szenerie vorstellen. 300 Euro verloren, Ersatztermine waren nicht zustande gekommen. Ein vages: »Ich melde mich wieder.«

Alicia dehnte sich und gähnte. Noch einen Kaffee vielleicht.

Sie zerzauste sich die Locken, genoss die Fülle warmen weichen Haares, das ihren Rücken herabfiel und sie zwischen den Schulterblättern kitzelte und sehnte sich plötzlich nach einem Liebhaber. Einen zu dem man jetzt zurück ins kuschelige Bett schlüpfen könnte. »Gott sei Dank haben alle abgesagt, Cherie, wie wär's noch mal mit uns beiden!«

Wie zum Hohn läutete ihr Handy und schon an der Nummer sah sie, dass es der falsche Anruf war. »Ich will, dass wir uns treffen!«, sagte Fisher, ohne sich die Mühe einer Begrüßung zu machen. »Heute Mittag im Restaurant in der Rheingoldhalle!«

»Nein!«, sagte Alicia.

»Um eins!«, sagte er und legte auf.

***

Es war fast, als tue sie etwas obszön Verbotenes. In ihrer eigenen Wohnung mit ihrem eigenen Computer. Felix beobachtete jeden ihrer Handgriffe solange akribisch und misstrauisch, bis sie ihm eine quietschende Katzenfigur hinwarf, um ihn abzulenken.

Sie schaltete den Computer an, gab den ersten Namen oben in das allgemeine Suchfenster ein.

Michael Landhaus.

12 Treffer, davon ein Landhausmöbel Michael in Speyer und ein Hotel, das sich Michaels Landhaus nannte und in der Schweiz lag. Man bot dort Entgiftungen an, vielleicht sollte sie Beate hinschicken?

Aber der Rest passte. Alicia druckte die Ergebnisse aus und klickte an »Michael Landhaus, Shakespeare-Jahrestagung Hamburg 2003!«

Die Teilnehmer an einer weiteren Shakespeare-Konferenz flimmerten über den Bildschirm, und wenn man ihre Namen antippte, erhielt man ihren Vortragstext. »Die ersten Jahre unter James I – Veränderung für Shakespeare!« und auf Englisch, »After Lizzys Death – wind of change for the bard!« was sich unterhaltsamer anhörte. Alicia überflog den Artikel.

1603 war Königin Elisabeth endlich gestorben. In den letzten Jahren ihrer langen Herrschaft, so betonte Herr Landhaus, seien *seine* großen Komödien entstanden, ein untrügliches Zeichen – für ihn – dass er am Hof gern gesehen war.

Aha, dachte Alicia, da haben wir sie wieder – die angeblichen Zeichen, die ›könnte‹ und die ›würde‹.

James I. – übrigens pikanterweise der Sohn der ermordeten, unglücklichen Maria Stuart – war ihr als erster König eines Vereinten Königreiches auf den Thron gefolgt. Ein gebildeter Mann, der wohl eine hohe Meinung von Shakespeare gehabt hatte. Wenngleich er ihn leider niemals erwähnte. So wie auch Shakespeare ihn umgekehrt niemals erwähnt hatte, ebenso wenig wie die Queen *seinen* Namen jemals nachweislich ausgesprochen hatte. Unter James wurde die Schauspieltruppe, in der Shakespeare wahrscheinlich oder so gut wie sicher gespielt hatte, die ›Chamberlain's Men‹ vom Hof übernommen und als so genannte»King's Men« anerkannt, sodass sie überall im Land das Recht hatten, mit ihren Stücken aufzutreten – ein großes Privileg. In diese fruchtbare Zeit fielen die bedeutenden Tragödien wie *Julius Cesar*, *Hamlet* und auch *Macbeth,* die von keinem anderen als von Shakespeare stammen konnten.

Mit 48 Jahren, James war immer noch am Regieren, zog sich der durchaus erfolgreiche Schriftsteller, der ja gewiss noch einiges zu sagen gehabt hätte, von allem zurück. Er kehrte heim nach Stratford, in die Mitte dessen, so, Landhaus, was ihn wahrscheinlich zum Dichter und zum Mann gemacht habe und aus dessen grüner Idylle er die Kraft für solche Versepen wie *Venus und Adonis*, gefunden habe. In dem Gedicht ging es zwar um etwas anderes, aber immerhin kam auch ein wenig Natur darin vor. Wahrscheinlich? Wahrscheinlich!

Soweit so gut. Am Ende verwies Landhaus jegliche Spekulationen, Shakespeare sei nicht der gewesen, für den man ihn seit Jahrhunderten hielt, schroff ins Reich der Spekulation und kündigte für spätestens 2006 seine neuen Shakespearebiographie an, in der er den Lebensweg des großen Barden auf neuartige wissenschaftliche Weise nachvollziehen und untermauern werde.

Alicia seufzte.

Sie schaute die Trefferliste nochmals durch. Unter Landhaus, Michael, fand sich ein kurzer biographischer Abriss: Geboren in Hamburg, Vater Halbengländer, heute Professor für Anglistik an der Universität Freiburg.

Vater Halbengländer. Sprach Mr Landhaus etwa mit britischem Akzent???

***

Auch der zweite Name fand sich im Internet. Dennis Stafford, Leiter des Shakespearedokumentationszentrums ergab allerdings nur einen einzigen Treffer. Ein Zeitungsartikel aus England, über ein neues Projekt in Stratford upon Avon.

Eine Multimedia Show, *a unique travel through time and place*. Dem kurzen Artikel entnahm Alicia mit ihrem Schulenglisch, dass Dennis Stafford zusammen mit dem Sponsor Mini Mondo, einer Firma, die Cottagehäuschen im Modell herstellte, einen riesigen Shakespearetempel außerhalb der Stadt plante. Mit Gerüchen und Geräuschen wie er sie in seiner Kinderstube gehört haben *könnte*, dem vollen prallen Leben der Renaissancemenschen, dem warmen Brot, reifen Äpfeln, dem Klirren der Schellen und dem Knarren der Räder der Ochsenkarren auf den weichen, unbefestigten Straßen.

Ein Bild war zumindest enthalten, und wenn Alicia jemals einen typischen Engländer gesehen hatte, dann ihn. Sandfarben das Haar, blass die Augen, länglich und hell das Gesicht. Auf seiner Homepage war ein Hinweis, dass er sich im März 2005 für zwei Wochen in Mannheim aufhalten werde und auf dem Shakespeare-Symposium über ›Shakespeare – from the Past to the Future‹ halten würde.

Was mochte Alexandra Hunold mit diesem Mann zu tun gehabt haben? Dennis Stafford hatte nichts mit dem Theater zu schaffen, war ein Geschäftsmann, der versuchte, Geld aus dem Rummel um den Barden herauszuschlagen.

Gut, sie war dabei gewesen, sich mit dem Beginn eines Mannheimer Shakespeare-Zyklus zu beschäftigen, aber dafür musste man sich doch nicht mit dem Betreiber eines Vergnügungsparks auseinandersetzen?

Der dritte Name, Damian Manteuffel, brachte beinahe die meisten Treffer.

Eine etwas ausgefallene Persönlichkeit.

Manteuffel war der Herausgeber eines ›New Stratford Herald‹ und Verfasser zahlreicher Artikel, die sich ebenfalls mit Shakespeare, seiner Zeit und dem Theater der Elisabethanischen Epoche abgaben. Doch selbst der allerflüchtigste erste Blick zeigte, dass da jemand offenbar aus einer fernen Ecke mit Spatzenkanonen auf Armeen schoss. Offensichtlich vertrat Manteuffel irgendeine neue oder andere Theorie Shakespeare betreffend. Er brachte ein paar Argumente vor, die sogar auf dem Papier atemlos wirkten, und es kamen Namen wie Philipp Sydney oder Gascoigne vor, die etwas untermauern sollten, von dem Alicia nicht so schnell herausfinden konnte, was es war, zumal einige der Artikel auf Englisch abgefasst waren. Sie druckte mehrere Seiten aus, und während der unmoderne Drucker etwas mühsam vor sich hin schnarrte, zog sie sich an.

Es war halb eins, Zeit zu gehen.

Sie zog einen Jogginganzug an und eine alte Joggingjacke in Flaschengrün, sie schminkte sich nicht und kämmte sich nur oberflächlich. Fisher sollte von ihr nur das Nötigste bekommen.

Um ihre Wut und ihre Aggressionen bereits im Voraus loszuwerden, joggte sie mit dem keuchenden Felix, dessen Ohren im Wind schaukelten, zur Rheingoldhalle, entlang der Straßenbahnlinie, durch ein ruhiges Wohnviertel, entlang am Stollenwörthweier, in dem sie als Kind manchmal unter der gutmütig-strengen Aufsicht der Großeltern gebadet hatte.

Keuchend kam sie um ein Uhr an, machte sich nicht die Mühe den Schweiß wegzuwischen. Fisher sollte keine Gelegenheit zu einem seiner abschätzenden Blicke haben.

Als Französin und als Malerin hätte sie eigentlich wissen sollen, dass sie naturbelassen umso reizvoller wirkte.

»Beinahe pünktlich!« Fisher lehnte am Kotflügel seines Autos und ließ seine Augen über sie wandern, als fasse er sie damit an. »Kommen Sie? Ich habe einen Tisch reserviert. Man glaubt nicht, wie viele Senioren in Mannheim mittags essen gehen.«

Tatsächlich war das weitläufige, gemütliche Restaurant voll mit älteren Herrschaften, die ruhig und voller Hingabe ihre Tellergerichte verzehrten. »Essen ist der Sex des Alters.«

»Verschonen Sie mich bitte mit ihren abgedroschenen Sentenzen und vor allem mit ihren Gedanken zu Sex. Ich frage mich ob Sie überhaupt wissen, was das ist!«

Alicia hatte mit der Antwort, »soll ich es ihnen zeigen?«, gerechnet, doch Fisher sagte gar nichts. Er nickte, schwieg eine Weile, seine grauen Augen schauten abwesend. Dann klappte er die Speisekarte zu und sah sie ernst an. »Frau Aherne, ich treffe mich mit Ihnen nicht zum Spaß und entgegen ihrer Vermutung, macht es mir keine Freude, Sie zu dieser Mitarbeit zu zwingen. Aber ich muss es tun. Wir haben einen Mordfall, an einer Frau, die halbwegs prominent war, ein Mordfall, der Aufmerksamkeit erregt. Erinnern Sie sich noch an die Sache mit diesem Münchner Paradiesvogel, Moshammer, können Sie sich in etwa vorstellen, was passiert wäre, wenn man seinen Mörder niemals gefasst hätte? So etwas ist schlecht, auch für das Bild der Gerechtigkeit in der Öffentlichkeit. Dies ist für uns ein, wie soll ich sagen, ungeschickter Mordfall und deshalb nützen uns auch die Sonderkommission, unsere Technik und unsere Labors nicht viel. Wir haben immer noch keine wirklichen Spuren. Erdreich: Nass, durch den nächtlichen Regen reingewaschen. Das Seil – eine ideale Würgewaffe übrigens – ist nach den Laboruntersuchungen wahrscheinlich ein Springseil älteren Datums gewesen. Vergleiche der Fasern mit dem Faserarchiv und den Datenbanken haben das ergeben. Wir sind da nicht ganz sicher – es könnte sich, so unsere Informanten aus der Branche um ein älteres Modell handeln, das seinerzeit von Kaufhof vertrieben wurde – Massenware aus der Spielzeugabteilung, damals in allen Städten zu haben. Natürlich waren keine Fingerabdrücke an den Sachen der Toten selbst, nur unter ihren Nägeln ein paar Hautfetzen, die von ihr selbst stammten – wohl ein vergeblicher Versuch, das Seil zu lockern. Es lag keine Vergewaltigung vor, also keine Körperflüssigkeiten, und merkwürdigerweise auch keine Kampfspuren, die uns irgendwelches genetische Material geliefert hätten. Sie kannte ihren Mörder. Und sie mochte ihn oder zumindest vertraute sie ihm. Denn sonst hätte sie sich nicht einfach so erwürgen lassen. Tatzeit kennen Sie ja – etwa 21 Uhr abends. Möglicherweise etwas früher, in der Dämmerung. Im Käfertaler Wald! An ihrer Jacke fanden sich allerdings Spuren einer anderen Jacke.«

Alicia, wider Willen interessiert und auch irgendwie geschmeichelt, dass er alle Informationen preisgab, hakte ein. »Dann haben Sie doch etwas. Ich meine, man liest davon in der Zeitung, dass dies heutzutage manchmal schon genügt.«

Er winkte der Kellnerin in jener arroganten, herrischen Art, die sie an ihm verabscheute.

»Die Jacke, von der die winzigen Gewebeteile stammten, wurde unweit des Tatorts gefunden. Sie war offenbar nur für den Mord getragen worden. Im Inneren waren keinerlei Spuren, nicht eine Einzige. Das Innere war auch aus Plastik. Man hatte sie mit der linken Seite hingelegt, der Regen hätte jegliche Spur abgewaschen. Fast ein wenig gemein. Oder wie soll ich sagen – neckisch. Uns gegenüber, meine ich. Es war übrigens eine Jacke in Größe 44.«

»Wenn es eine Frau war, müsste sie ein wenig abspecken, wenn es ein Mann war – Normalfigur!«

»Der Mantel erlaubte keine sexuelle Orientierung des Täters. Ein Regenüberwurf, den es im Januar bei Araltankstellen in ganz Deutschland zu kaufen gab, für 2 Euro, also auch eine absolute Massenware, tagtäglich viele Male verkauft, billig, aus Plastik. Ansonsten – nichts.«

Die Kellnerin, eine ältere Dame, mit Brille und Gesundheitsschuhen näherte sich. »Bratwurst mit Pommes frites!«, bestellte Fisher. »Und Sie?«

Eigentlich hatte Alicia nichts bestellen wollen. Sie mochte nicht essen in seiner Gegenwart, doch durch das Joggen war in ihr ein Hungergefühl aufgekommen. Felix sah sie sehnsüchtig an, als wünsche er sich, sie möge auch Bratwurst bestellen.

»Königinpastete!«, sagte sie fast widerstrebend. Felix ließ die Ohren hängen und Fisher lachte.

»Wie verschieden wir sind! Sie sind eine Königin und ich ein Prolet.«

»Wer würde wagen zu widersprechen!«

Er schwieg wieder eine Weile.

Spielte mit seiner Serviette.

»Das mit Ihrer Schwester ... es wird sowieso irgendwann vorbei sein, das wissen Sie!«

»Aber nicht *jetzt*!«

»Sie kennen meine Bedingungen!«

Alicia senkte den Blick, damit er ihre Augen nicht sah. Sie hasste das, was er mit ihr tat und sie hasste, was sie hier tat.

Er sagte leise und mit beinahe warmer Stimme:

»Alicia, Beate ist ein Kind. Sie sucht einen Vater. Ihren Vater. Und ich suche eine Frau!«

»Sie *haben* eine Frau!«

Er grinste, jetzt wieder der Alte: »Ich habe eine *Ehe*frau. Aber ich brauche eine Frau. Vielleicht nur für Sex. Ohne Schnörkel. Ohne Liebe. Ohne Gegenbesuch bei der Schwiegermutter und ohne Fernsehabende mit Nüsschen!«

Alicia stocherte in ihrer blassen Königinpastete herum.

»So eine Frau sollte sich finden lassen, Herr Fisher. Aber kommen wir zum Thema. Was wollen Sie heute von mir!«

Fisher machte seiner Bratwurst in unglaublicher Geschwindigkeit den Garaus. Fast hatte sie das Gefühl, er kaue und schlucke kaum. Felix verfolgte jeden Bissen. »Darf ich?«, fragte Fisher und gab ihm ein kleines Stück. Felix wedelte mit seinem kurzen, buschigen Schwanz. Er würde Fisher von jetzt an ewig lieben.

»Möchten Sie und Ihr Mann noch etwas?« Die Kellnerin hatte sich leise auf ihren Gesundheitsschuhen herangeschlichen.

»Wer?« Alicia zuckte zusammen. »Mein Mann? Das ist nicht mein Mann!«

Die Kellnerin erwiderte nichts. Ihr war das sichtlich egal.

»Danke, wir möchten nichts mehr.« Fisher schob seinen Teller weg und verlangte die Rechnung. Er bezahlte, gab Alicia ein Zeichen aufzustehen und meinte: »Gehen wir noch ein wenig an den Rhein!«

Alicia lief neben ihm her, die Faust geballt in der Tasche ihres Jogginganzugs. »Das hätten wir gleich machen können. Ich wollte nämlich nicht mit Ihnen essen gehen!«

»Ach kommen Sie«, sagte Fisher und lachte. »Ich esse nun mal nicht gerne alleine!«

Alicia spürte wie ihr übel wurde. Das alles hier war nicht in Ordnung. Sie dachte an Beate, die jetzt gerade um ihren Job kämpfte. Sie sollte sich nicht mit Fisher treffen.

»Diese Theaterleute müssen schon ein intrigantes Völkchen sein«, sagte Fisher. »Vorsicht!« Er packte Alicia am Arm. Sie erschrak. Ein Dobermann kam von hinten und drängte sich an ihr vorbei. Felix sah ihm empört nach.

»Wir haben einen Hinweis bekommen, gestern.«

»Von wem?«

Fisher atmete tief ein, packte sie wieder am Arm und führte sie einen kleinen Weg hinunter direkt zum Rhein. Sie liefen eine Weile am Ufer entlang, vorbei an Bänken, auf denen vorwiegend ältere Leute die Sonne genossen. Im Hintergrund erhob sich irgendwann hell die Brücke nach Ludwigshafen, davor die neue Brücke für die Bahnen.

»Das ist das Schöne an dieser Stadt. Der Rhein. Natur und Weite. Auf ihm kann man zumindest keine Einkaufszentren bauen. Wer? Dazu kann ich Ihnen keine Auskunft geben, natürlich nicht. Die Person hat angeblich ein Telefonat mit angehört, in dem Herr Rosen – am Handy übrigens – in einem Winkel des Theaters, irgendwo hinter der Bühne auf einem Requisitensofa sitzend, sinngemäß gesagt hätte: ›Alex, wenn du nicht damit aufhörst, dann kann ich für nichts garantieren. Diese Ware ist gefährlich. Sie zerstört Leben. Pass auf, ich warne dich!‹«

»Und jetzt meinen Sie, die Worte waren an Alexandra Hunold gerichtet? Es gibt auch Männer, die Alex heißen und beim Theater sind sowieso viele dem eigenen Geschlecht zugeneigt!«

»Ist Herr Rosen auch schwul. Haben Sie das schon herausgefunden?«

Alicia überging diese Spitze. Es war erstaunlich, dass auch Fisher mit dem Florett fechten konnte.

»Wie konnte sich der Hinweisende oder die Hinweisende diese Worte so gut merken?«

Fisher grinste. »Um ihr Vorurteil zurückzugeben, beim Theater arbeiten nun mal Leute, die sich Worte gut merken können!«

»Solche Worte können ein Zufall sein! Und, Herr Rosen ist ein interessanter Mann. Es gibt viel Eifersucht am Theater.«

Fisher warf ihr einen kurzen Blick zu. Dann warf er einen Stein ins Wasser. Felix zuckte, entschloss sich dann aber dagegen. Zu kalt. Er war ein Cavalier und kein Wasserhund.

»Zumindest hat er sie einen Tag vor ihrer Ermordung gesprochen. Ein merkwürdiger Zufall, oder? Finden Sie heraus, was für ein Stoff das war und wen sie damit zerstört hat. Herr Rosen ist Osteuropäer, der Gedanke an Rauschgift liegt nahe. Möglicherweise hat er Skrupel bekommen, wurde sie ihm zu fordernd, könnte ihm das Ganze zu heiß werden. Und sein Alibi ist leider dünn. Sehr dünn. Geschlafen. Zu Hause. Allein, das ist ganz schlecht.«

»Ich dachte, die Kripo ermittelt ohne Ansehen der Person, Geschlecht und der Nationalität!«

»Die Drogenwege sind uns nun mal bekannt und müssen in die Untersuchungen einbezogen werden! Und leider, ich darf da nicht ins Detail gehen, hat es in der Vergangenheit bereits einige Auffälligkeiten dieser Art beim Nationaltheater gegeben. Beteiligt waren auch Gastregisseure. Aus gutem Grund möchte ich, dass Sie sich nochmals mit diesem Rosen treffen! Machen Sie eine Andeutung, dass Sie auch nicht abgeneigt wären an ein bisschen guten Stoff heranzukommen. Das beflügelt bei der Arbeit und macht freier, na, Sie wissen schon. Und ich möchte, dass Sie das bald tun. Und fragen Sie auch seine Schauspieler. Vielleicht hat er was mit der Kleinen, die Lady Macbeth spielen soll. Nette Krabbe, bisschen verkrampft vielleicht. Aber wer Karriere machen will, ist zu vielem bereit. Das ist nichts Neues.«

Alicia drehte sich um und sah ihn erstaunt an. Er überraschte sie immer wieder. Der Wind, der am Rhein entlang glitt, konnte seinem kurz geschnittenen Haar nichts antun. Ihre Locken bauschten sich aber auf und schlugen ihr schwer auf den Rücken.

»Das tue ich nicht. Das ist Anstiftung zu einem Verbrechen.«

»Sie sollen ihn nicht anstiften, lediglich seine Reaktion testen!«

»Nein! Das kann ich nicht.«

Fisher griff fast spielerisch nach ihrer Hand. »Tut Ihnen die Ermordete denn nicht leid? Vielleicht müssen noch mehr Menschen sterben!«

Alicia versuchte sich zu befreien.

»So ist Rosen nicht. Er ist ein Künstler, kein mieser, kleiner Drogenkurier oder gar einer, der mit dem Zeug handelt!«

»Ich sagte bereits – wir haben unsere Erkenntnisse und beobachten eine gewisse Szene rund um das Theater schon länger. Außerdem – auch Künstler müssen leben und manchmal möchten sie besser leben als es ihr verdientes Geld zulässt!«

»Nein!«

Jetzt drückte er ihre Finger zusammen. Nicht wirklich brutal. Nur so, dass sie es spürte.

Er ließ sie sofort wieder los, wandte sich um und gemeinsam gingen sie zum Auto.

»Ich rufe Sie morgen an!«, sagte er und ließ sie stehen.

Sie sah ihm hilflos nach und in ihre Augen quoll von irgendwoher eine Träne.

Sie wusste nicht, ob er sie gesehen hatte.

***

Beate lag auf dem Sofa und starrte an die Decke.

»Was ist los?« Alicia ließ sich auf einen Stuhl fallen und zog die Schuhe aus. An ihrem kleinen Zeh war eine Blase. Unten auf der Katharinenstraße knatterte ein Mofa. Zwei junge Stimmen lachten. In der Ferne heulte ein Hund wie ein Wolf.

Beate seufzte. Sie sah blass aus. Alicia betrachtete sie und konnte es immer noch nicht verstehen. Jetzt kannte sie Fisher besser. Was band sie an diesen Mann? Und wie behandelte er sie? Sie konnte sich bei Fisher nichts anderes als Ironie oder Herablassung vorstellen.

»Darf ich dich mal was fragen, Beate?«

»Ja, sicher. Ich habe allerdings Kopfweh. Ich bin deshalb früher nach Hause gegangen. Den Blick von der Spohr hättest du sehen sollen! Ein einziges Minuszeichen. Dann war noch eine Straßenbahn in den Planken stehengeblieben, weil irgendwas mit der Leitung war, und es gab einen Rückstau durch die halbe Stadt. Mindestens bis zum Marktplatz standen die Bahnen. Ich bin ausgestiegen und bis zum Bahnhof gelaufen. Aber ich war einfach kaputt, ich bin schon seit zwei hier. Wo warst du? Was wolltest du mich fragen?«

»Was findest du eigentlich an diesem Fisher?«

Beate seufzte und richtete sich auf. »Mein Gott, Alicia, nicht schon wieder. Das hab ich dir doch schon versucht zu erklären. Er gibt mir das Gefühl von Geborgenheit. Wenn er da ist, dann kann mir nichts passieren. Zumindest habe ich das Gefühl. Er ist selbstsicher, man hat Respekt vor ihm – und er ist ein guter Kriminalist!«

Alicia räusperte sich. Ihr Eindruck war ganz anders.

»Du bist für mich das gelungenste Beispiel, dass Kinder geschiedener Eltern beide Elternteile brauchen. Du hast einen geradezu vorbildlichen Vaterkomplex. Hat nicht Shakespeare auch darüber wie über alles andere ein Stück geschrieben? Behandelt er dich jemals wie eine Gleichberechtigte?« Es war ihr beinahe peinlich, ihrer Schwester solch eine Frage stellen zu müssen. »Auch beim Sex und so? Du weißt schon, was ich meine!«

Beate lächelte ein schwaches Lachen und träufelte sich Zitrone in ein Glas Cola. »Nun, Alicia, beim Sex ist ein Mann ein Mann und eine Frau eine Frau, oder nicht? Und wenn wir schon von diesem Stück sprechen – es handelt sich wohl um *King Lear*. Dessen Töchter leiden mitnichten an einem Vaterkomplex, sondern im Gegenteil: sie setzen ihn bei Blitz und Donner auf einer Heide aus, um ihn zu beseitigen. Außer Cordelia, seiner Lieblingstochter, die dann grausamerweise vor ihm sterben muss, woran er zerbricht.«

Beate warf Alicia einen merkwürdigen Blick zu. Die schwieg eine Weile.

»Beate, woher weißt du das? Das mit *King Lear*, meine ich!«

»Ich habe mich eben auch mit Shakespeare beschäftigt!«

An der Tür klingelte es.

Beide zuckten zusammen.

»Du brauchst keine Angst zu haben«, meinte Beate ruhig, »es ist nicht Peter. Er ist heute den ganzen Tag in einer Besprechung. Nicht mal das Handy hat er angeschaltet!«

»Aha!«, murmelte Alicia. Wie leicht es war eine Frau zu betrügen.

Vor der Tür stand ein Mann, der haargenau aussah wie ein Autoverkäufer. Wörtlich. Das dunkelbraune Haar war zur Seite gegelt, Nadelstreifenanzug, Krawatte und weißes Hemd. Wache eifrige Augen.

»Ja?«

»Gestatten, mein Name ist Ralf Fürst. Ich habe bei Frau Aherne im Büro angerufen und man sagte mir, sie sei krank! Da wollte ich fragen, ob ... ich war gerade zu einem Kundengespräch in Rheinau und ich dachte, ich schaue mal vorbei!«

Alicia ließ ihn herein, Beate richtete sich weiter auf und lächelte. »Das ist aber nett, Herr Fürst. Meine Schwester kennen Sie nicht, aber ich habe Ihnen von ihr erzählt!«

»Ja, danke sehr!« Fürst setzte sich. Sein Gesicht war glatt und konzentriert. Er hatte etwas Ehrgeiziges an sich, etwas Dynamisches.

Alicia bemerkte, dass er eine sehr teure Armbanduhr trug und sehr teure Schuhe.

»Möchten Sie etwas trinken?«

»Ein Wasser, danke!«

Fürst beachtete Alicia kaum, seine Aufmerksamkeit galt Beate, das war eindeutig. Alicia dachte, dass sie wahrscheinlich genau der Typ Frau war, den Männer wie er bevorzugten: Formbar in jede Karrieresprosse, die er noch erklimmen würde.

»Sie sind der Nachbar von Frau Hunold?«

»Ja! Schrecklich das alles. Ich war ein wenig mit ihr befreundet, das habe ich Beate schon erzählt, aber es war nur eine reine Freundschaft. Nicht mehr!«

»Das reicht eigentlich schon, finden Sie nicht?« Alicia betrachtete ihn ironisch.

»Ja, nur damit Sie nicht denken, da war …«, er hüstelte, »mehr.« Er grinste ein wenig schief. »Sie war nicht mein Typ. Ich bin, nun ich bevorzuge, habe früher bevorzugt meine ich, ausländische Frauen, exotische Frauen. Mehr so den dunklen Typ!«

»Das ist aber sehr interessant. Erzählen Sie uns unbedingt mehr davon!«

Beate verdrehte die Augen. Alicia war wieder ironisch, doch Fürst merkte es nicht. Im Gegenteil. Er schien froh, dass sich jemand für sein Liebesleben interessierte.

»Ich war mal mit einer brasilianischen Balletttänzerin zusammen. Eine echte Brasilianerin, wenn Sie verstehen. Dieses Milieu, es fasziniert mich. Aber, Alexandra kannte ja in Mannheim niemanden und lebte nur für kurze Zeit hier. Seltsame Lebensauffassung. Sie verstehen das wahrscheinlich, in ihrem Gewerbe, aber ich könnte das nicht. Ich möchte wissen, wo mein Platz ist!«

»Ja, ich auch!«, bekannte Beate.

Alicia schluckte. Meine Güte, hier war ja die deutsche Mittelschicht wie aus dem Bilderbuch versammelt. Platz! Sitz! Spring! Wie fremd ihr das war!

»Sie hatte keine eigene Zeitung, da haben wir uns den MM geteilt, sie hat sie immer als Zweite bekommen, bei mir abgeholt oder ich habe sie ihr auf die Matte gelegt, deshalb bin ich ja so misstrauisch geworden, aber das habe ich diesem Kripomann alles gesagt.«

Alicia seufzte. »Sie meinen Herrn Fisher? Nein, der führt die Ermittlungen, glaube ich, nicht selbst!«

»Fisher, nein, den kenne ich aus der Presse. Der ist doch die große Nummer bei der Kripo, fast schon der Chef, nein nicht der, natürlich, irgend so einer von seinen Leuten. Also, sie brauchte am Anfang ein paar Tipps und aus der Zeitung hat sie ja dann wohl auch ihrem Englischlehrer …«

»Hat sie jemals erwähnt, warum sie ausgerechnet einen Englischlehrer brauchte?«

»Nein, sie sagte nur, sie brauche einen wirklich guten Lehrer, einen der auch so ein wenig literarisch gebildet sei. Zwei hatte sie ausprobiert, bis sie dann diesen alten Knacker gefunden hat. Der wohnt irgendwo in den Quadraten, war früher angeblich Redakteur beim Rundfunk, dann hätten sie ihn wegen politischer Differenzen entlassen. Hat seine Doktorarbeit über einen irischen Dichter, namens Choicer oder so ähnlich!«

»Joyce«, sagte Alicia kühl, »James Joyce. Nach Shakespeare vielleicht der größte Name in der englischen Literatur. So viel weiß sogar eine französische Straßenmalerin!«

»Ja, genau, na ja, und jetzt lebt er wohl ziemlich verarmt und elend. Hat wahrscheinlich in keine Rentenkasse eingezahlt!«

»Ist sie zu ihm gegangen oder kam er in die Wohnung?«

»Nein, er kam meist zu uns ins Haus. Zweimal bin ich ihm auf der Treppe begegnet. Ich muss sagen, ein höflicher Mann. Aber liegt natürlich dem Staat auf der Tasche, wenn er jetzt krank und alt wird! Es gibt immer weniger Steuerzahler und immer mehr, die …«

»Haben Sie seine Nummer?« Alicia würde Leuten wie Herrn Fürst normalerweise großräumig aus dem Weg gehen. Konservativ. Doch Vorsicht. Auch Genius Shakespeare galt als staatstragend und konservativ. Die, die regierten und zwar rechtmäßig, das heißt von Gottes Gnaden, waren bei ihm stets die Guten.

»Ja, zweimal musste ich ihn anrufen, weil er kommen sollte, und sie keine Zeit hatte. Er besaß kein Handy, deshalb konnte man ihn kurzfristig nicht erreichen. Kein Handy!« Rolf Fürst schüttelte den wohl frisierten Kopf. Beate schüttelte ihn synchron mit.

»Haben Sie das der Polizei gesagt?«

»Ja, aber sie fanden das wohl nicht interessant. Verständlich, es gibt keinen finanziellen Grund, warum ein alternder Englischlehrer seine Schülerin erwürgen sollte.«

»Manche Gründe sind nicht finanzieller Natur!«

Ralf Fürst sah aus, als sei ihm das neu. Er versuchte diese Tatsache irgendwie zu verbergen, aber dennoch machte er den Eindruck, als liege ihm viel an dem Stoff, mit dem seine Kunden ihre Neuwagen bezahlten. Wenn er morden würde, das war ihm überdeutlich anzusehen, dann n u r aus rein materiellen Gründen.

Er wandte seinen Blick wieder Beate zu, die ihn irgendwie wie ein waidwundes Reh erwiderte. Alicia wunderte sich über ihre Schwester. Sie schien trotz allem etwas an sich zu haben, das die Männer zumindest interessierte. Obwohl Fürst und Fisher sehr unterschiedlich waren.

»Würden Sie mir seinen Namen sagen und seine Adresse, vielleicht auch seine Telefonnummer!«

Fürst sah Beate an. Die nickte.

»Wir interessieren uns beide sehr für Frau Hunold. Alicia hatte, ja sie hatte auch eine Art Beziehung zu ihr. Sie hat sie nämlich gemalt, in Straßburg! Das ist der Grund!«, fügte sie ein wenig hastig an. Doch Fürst merkte nichts.

Er machte eine Bewegung, als wolle er sich durch das Haar streichen, eine nervöse aber alltägliche Geste, doch er ließ es, als ihm einfiel, dass dies seine Haarpracht zerstören würde.

»Ach ja?«

»War sie öfter in Straßburg?«, fragte Alicia.

»Nein«, sagte Fürst etwas zu rasch. Nein, ich glaube

nicht, dass sie öfter in Straßburg war. Das hätte sie mir doch erzählt.«

Doch zunächst unterhielt man sich weiter über die Tote. Eine intelligente sehr zielstrebige Frau, die wusste, was sie wollte. Zum Beispiel ein gutes Leben. Fürst schien sie ein wenig bewundert zu haben. »Aber nur als Mensch!«, wiederholte er mit einem eifrigen Seitenblick auf Beate. »Wir wohnten nun mal alleine auf dem gleichen Stock, gingen ab und zu einen Irish Coffee, das war unser Lieblingsgetränk, in dem Café in der Passage auf den unteren Planken vorne trinken und sie hat mir von den Städten erzählt, in denen sie gewohnt hat. Ich habe mal ein Praktikum bei der Bank in München gemacht, und sie war beruflich dort für ihre Kritikertätigkeit – also da gab es schon Themen. Wie gesagt, auch ich bin ganz fasziniert vom Theater, habe auch als Junge in einer Laienspielgruppe mitgemacht und deshalb würde ich zu gerne erfahren, welchen ›Schatz‹ sie da ausgegraben hat.« Er versuchte ein jungenhaftes Lächeln. »Nennen Sie es ein wenig Abenteuerspielen, so wie früher, als wir noch Kinder waren!«

»Warum haben Sie der Polizei nicht davon erzählt. Das kann Sie Kopf und Kragen kosten und gewisse Herren verstehen keinen Spaß, nicht wahr, Beate?«

Fürst gestikulierte aufgeregt. Er nestelte unsicher an seinem Kragen herum.

»Nun also, ich bin da in einer etwas ungünstigen Position. Versuchen Sie mich zu verstehen. Sie vertraut mir und damit auch der Bank, die ich empfohlen habe, den Schlüssel zu ihrem Geheimfach an. Sie lässt es aus welchen Gründen auch immer, sogar auf meinen Namen laufen. Es wäre mir nicht richtig vorgekommen, das einfach so auszuplaudern. Ein Vertrauensbruch, wenn Sie so wollen.

Deformation professionelle! Wir haben sehr viel Kundschaft, deren Namen nur verschlüsselt in unserer Kartei stehen. Sie verstehen?«

Er lachte unsicher.

»Nein!«, sagte Alicia.

Beate warf ihr einen bösen Blick zu.

»Wenn sie Ihnen vollkommen vertraut hätte, warum hat sie Ihnen dann nicht auch die Kennziffer für das Fach gegeben?«

Fürst sah nun ehrlich verzweifelt aus, oder er versuchte es zumindest.

Felix knurrte. Wahrscheinlich war der Hund ein lebender Lügendetektor.

Auch Alicia dachte, dass dies mit fast absoluter Sicherheit gelogen war. Irgendwie war das alles nicht stimmig. Beate wollte oder konnte das wohl nicht sehen, aber der Herr Autohaus-Geschäftsführer Fürst war profitlich. Wenn er der Polizei etwas verschwiegen hatte, dann nur um sich selbst einen Gefallen zu tun, aus keinem anderen Grund.

»Weil sie nicht mit ihrem Ableben rechnete. Und sie vertraute vielleicht darauf, dass ich Leute suche, die die Zahl finden. Vielleicht hat sie mir ja auch einen Hinweis gegeben und ich habe ihn nur nicht erkannt! Ich meine, ihre Welt war ja nicht meine – beruflich gesehen.«

Alicia zuckte mit den Achseln und musterte ihn misstrauisch.

Doch, es hatte jetzt keinen Sinn, ihn weiter auszufragen. Das Ganze war grotesk genug. Was taten sie beide hier – heimlich beschäftigt mit einem Mordfall, der sie nichts anging. Dazu war sie auch noch als Geheimagentin im Theater unterwegs – nur um die Beziehung ihrer Schwester zu einem Mann zu retten, den sie verabscheute.

Shakespeare hätte sich die Geschichte nicht besser ausdenken können.

Aber durch ihre zaghaften Versuche, sich Shakespeare anzunähern, hatte sie gesehen, dass er sich sowieso nicht viel ausgedacht hatte. Die meisten Stücke basierten auf alten Stoffen aus den Holinshed's Chronicles, dem Geschichtsbuch der damaligen Zeit, oder älteren Stücken, an denen sich andere bereits weniger erfolgreich versucht hatten. Was war seine Besonderheit gewesen? Sie dachte an *Der Widerspenstigen Zähmung*, ein Stück, das sie liebte wegen seiner derben Vitalität. Er hatte eine individuelle Erfahrung universell gemacht. Denn es lief noch heute so ab zwischen einer Frau und einem Mann, der Stärke zeigte und trotzdem nachgeben konnte. Und gerade dadurch stark war!

Und wieder schoss es ihr ganz und gar unbotmäßig durch den Kopf: Ein Mann, der zu Hause eine Frau und drei Kinder hatte, sich selbst ohne Vermögen in London durchschlagen musste, sollte also Zeit und Muße und genügend Vorbildung gehabt haben, sich in all diese alten Stücke und historischen Fakten einzuarbeiten. Und das Ganze auch noch *politically correct*? Denn hätte er auch nur einen einzigen Fehler in der Beurteilung der Herrscher der Vergangenheit gemacht, die Elisabeth I. gerne vergessen machen wollte, so wie die Stuartdynastie etwa, dann wäre es ihm schlecht ergangen: Stichwort Köpfe auf dem Tower.

Sie dachte wieder an das Versteckspiel, das sie alle spielten. Sie probten hier zu dritt, zu viert eine wahre Groteske.

Und Beate? Die eine stocherte in einem ungelösten Mordfall herum, um ihrem Liebhaber zu beweisen, dass sie schon groß war und die andere tat es, damit der gleiche

Liebhaber sein kleines Mädchen behielt, obwohl sie selbst ihn für den Falschen hielt. Und Fürst?

»Was tat Frau Hunold eigentlich um diese Zeit in Mannheim? Hat sie sich dazu geäußert?«

»Das ist doch weithin bekannt«, antwortete er rasch und glatt, »sie wollte das Theater eine Weile beobachten. Eine Spielzeit lang. Normalerweise begann sie damit im März und blieb bis zum Sommer, allerdings hat sie dann ein wenig überraschend ihre Wohnung gekündigt. Im Mai würde sie schon fort sein! Jedenfalls ist das Zimmer ab dem 1. Juni bereits wieder vermietet. Ich weiß nicht an wen.«

»Im Mai?«

Macbeth würde wahrscheinlich erst im Juni Premiere haben.

Eigenartig.

Jetzt fiel Alicia erstmalig etwas auf, etwas, das ihr Sorgen machte. »Hat sie jemals gesagt, wohin sie danach geht?«

»Ja – nach Kassel. Sie hatte sich dort schon um ein Zimmer bemüht! Auch ab Juni, soweit ich sie verstanden habe«, antwortete Fürst und schenkte Beate noch Tee nach. Beate sah aus, als würde sie gleich anfangen zu schnurren.

Alicia sagte nichts, doch eins war klar – wenn sie das Mannheimer Theater bis zum Mai beobachtete, der *Macbeth* aber erst für Juni vorgesehen war, frühestens, je nachdem wie die Probenarbeit vorankam – dann war sie nicht eigens für den *Macbeth* und den Shakespeare-Zyklus nach Mannheim gekommen. Warum hatte sie sich also mit Rosen getroffen? Nicht einmal, sondern mehrmals.

Hatte er ihr nicht die Wahrheit gesagt über den Inhalt seiner Gespräche mit Alexandra Hunold? Den guten alten Shakespeare vorgeschoben, um etwas anderes zu vertuschen? Woher kamen die Drogenreste in Alexandras Blut?

Die Sorge wich einer kalten Angst.

Hatte Fisher Recht und es ging tatsächlich nicht um Literatur sondern nur um so etwas Profanes wie Drogen?

***

Konrad Gundramsburg hatte einen klangvollen Namen und eine armselige Wohnung. Er empfing Alicia alleine. Offenbar lebte er auch alleine, jedenfalls konnte man sich in seiner Wohnung nicht die waltenden Hände einer Hausfrau vorstellen.

Alicia hatte das teetrinkende und idyllisch wirkende Pärchen zu Hause alleine gelassen. Fürst wollte Beate noch ein wenig bei ihren mageren Geldanlagen zur Seite stehen.

Sie selbst hatte vom Handy und von ihrem Zimmer aus Roman angerufen, ihn über eine Weiterschaltung erreicht und sich für den nächsten Tag im Thailändischen Restaurant gegenüber dem Theater verabredet.

Es schien, als freue er sich über ihren Anruf, aber ganz sicher war sie nicht. Er war irgendwie abwesend, offenbar ganz einfach mit anderen Dingen beschäftigt. »Ich komme gerne!«, hatte er dennoch mit seiner warmen und klangvollen Stimme gesagt.

Sie hatte ein schlechtes Gewissen gehabt bei dem Anruf. Judas war ein Mann, wie hieß die dazu passende Frauengestalt?

Konrad Gundramsburg wohnte in einem mehrstöckigen Mietshaus in der Innenstadt, in einer der R-Quadrate hinter dem *Mannheimer Morgen* unweit des Marktplatzes, einer lebhaften und geschäftigen Umgebung mit Läden, Döner-Läden und Leuten, die einfach nur an den Ecken herumstanden, wartend auf andere Leute, die vorüberschlenderten und sich zu ihnen gesellten.

An den Namensschildern konnte man unschwer erkennen, dass überwiegend türkische Familien hier wohnten.

Der Hausgang stand voll mit kleinen Fahrrädchen und mit Kinderwagen. Vor den Wohnungen gab es viele Blumen, manche waren allerdings vertrocknet, voll Mitleid entdeckte Alicia sogar ein halb verdörrtes Olivenbäumchen. Dem fehlte die Sonne, so wie ihr manchmal auch.

Gundramsburg wohnte im zweitobersten Stock, in der kleinen Wohnung rechts. Obwohl sie nicht geklingelt hatte, stand er schon in der Tür. Alicia sah auch warum. Ein Schüler, vielleicht vierzehn Jahre alt, mit reichlich Pickeln im Gesicht und einem unglücklichen Gesichtsausdruck verließ gerade die Wohnung.

»Moritz, du musst an die Satzstellung denken, sonst wird das nichts. Immer Subjekt, Prädikat und dann die Objekte. Auch wenn ein Zeitadverb an den Anfang des Satzes tritt!«

Der Junge nickte und floh geradezu an Alicia vorbei die Treppe herunter, hinaus in die Freiheit der Breiten Straße mit ihren ganz anderen Verlockungen, als sie die englische Grammatik zu bieten hatte. Gundramsburg sah ihm mit einem milden Gesichtsausdruck nach.

Alicia mochte ihn auf den ersten Blick. Er war nicht groß, sehr rundlich, aber wirkte nicht fett. Er hatte ein mächtiges Doppelkinn, aber auch das entstellte nicht sein fröhliches Gesicht, das das eines epikureischen Lebenskünstlers war. Hinter einer silbergefassten Brille blitzten braune, intelligente Augen. Er trug Cordhosen und ein kariertes Hemd.

»Hallo, wollten Sie zu den Besirs. Die sind für drei Tage bei Verwandten. Eine Hochzeit!«

»Nein, ich wollte zu Ihnen!«, sagte Alicia. »Herr Gundramsburg? Ich ...«

»Kommen Sie herein. Abendtermine sind leider nicht mehr viele frei, tut mir leid. Vielleicht am Samstagmorgen. Sind Sie Anfängerin oder Fortgeschrittene?«

»Gar nichts! Das heißt bei dem, was ich gerade tue, bin ich wohl mehr Anfängerin, fürchte ich.« Alicia lächelte ihn an. »Also machen wir's kurz. Mein Name ist Alicia Aherne. Ich bin, also, ich kannte Alexandra Hunold!«

Sein fröhliches Gesicht wurde ernst. »Ja!«, sagte er nur. »Kommen Sie herein. War unten offen? Manchmal schließen sie ab, es ist nicht gerade ungefährlich in dieser Gegend.« Er sah auf die Uhr.

»Ein bisschen Zeit haben wir. Mein nächster Schüler kommt um fünf!«

Alicia hatte die Gabe einen Raum sehr schnell zu erfassen, schneller als es sich sein Besitzer klar machte. Sie hatte an der Hochschule gelernt mit den Augen abzutasten und alles Besondere, alles Wichtige zu filtern. Und seit sie Menschen porträtierte, hatte sie diese Fähigkeit zur Perfektion entwickelt.

Gundramsburg lebte inmitten von Büchern und Zeitungen, die auf Stapeln lagen, Bildern, die an die Wand gelehnt waren, einer Gitarre und einem alten Klavier. Er hatte einen Schlauch von Gang, links öffnete sich eine kleine Küche, ein Bullerofen spendete Wärme, auf dem Unterrichtstisch in einer Ecke lagen Schulbücher. In einem kleinen Regal versteckt unter einem Mauervorsprung standen die Ordner mit den Namen seiner Schüler, wo er wohl die Materialien sammelte. ›Amelie, 8.Klasse‹, ›Herr Stefan, Koch, Wirtschaftsenglisch!‹

Zwei Teetassen.

Gundramsburg räumte sie in die Küche, wobei Alicia auffiel, dass er sich überraschend gewandt bewegte. »Tee?«, fragte er.

»Danke, gerne!«

Er hantierte in der winzigen Küche herum, deren Unordnung nur durch einen Vorhang vom Unterrichtsraum getrennt war. Doch es war eine durchaus kreative Unordnung, die nicht schlampig, sondern sympathisch wirkte.

»Ich biete meinen erwachsenen Schülern immer Tee an, das schafft eine ruhige Lernatmosphäre!«

»Das glaube ich! Frau Hunold war also eine Schülerin von Ihnen?«

Er kam aus der Küche, setzte sich ihr gegenüber und fragte freundlich aber bestimmt. »Wer sind Sie? Haben Sie mit der Polizei zu tun? Arbeiten Sie mit der Kripo zusammen?«

»Nein!«, sagte Alicia und hörte selbst den durchaus glaubhaften Abscheu in ihrer Stimme, »nein. Ich bin Porträtmalerin und habe Frau Hunold dadurch kennen gelernt. Sie stand mir Modell. Ich will offen sein. Es war allerdings nur eine sehr flüchtige Bekanntschaft, dennoch hat mich ihr Tod sehr getroffen. Ich weiß nicht ob Sie das verstehen können, aber ich hatte irgendwie eine Beziehung zu ihr. Nennen Sie es spirituell. Gestern traf ich durch Zufall ihren ehemaligen Nachbarn und der erwähnte, sie habe bei Ihnen Englisch gelernt.«

»Und deshalb sind Sie zu mir gekommen?« Gundramsburg lachte. »Liebe junge Frau, Sie sind hübsch und charmant und Sie mögen auch eine gute Porträtmalerin sein, aber das glaube ich Ihnen nicht. Da steckt noch ein anderes Interesse dahinter. Aber wissen Sie was – behalten Sie es ruhig für sich. Denn, ich kann Ihnen sowieso nicht viel berichten. Sie kam zu mir, um ihr Englisch zu vervollkommnen. Sie beherrschte die Sprache schon gut, aber nicht perfekt. Na ja, wer tut das schon! Vor allem wollte sie gerne Theaterstücke auf Englisch verstehen können. Wir haben dann einiges gelesen, von Shaw, Arthur Miller und von …«

»Auch Shakespeare?«

»Auch, aber nicht viel. Sie wollte einfach sicherer werden. Verhandlungsenglisch auf der einen Seite, aber andererseits wollte sie sich mit Landeskunde und Geschichte beschäftigen, besonders die Zeit von Elisabeth der Ersten hatte es ihr angetan. Wir haben da einige interessante Texte gelesen. Auch Sonette aus der Zeit. Von anderen Autoren. Ich erinnere mich an ›Women's changeableness‹ von einem mir nicht bekannten Edward de Vere, irgendeinem Höfling. Vielleicht hatte sie ein Angebot aus England, ich weiß es nicht. Ich war froh um eine interessante Schülerin. Die meisten sind doch eher Anfänger oder eben meine Schülerchen!«

»Ist ein ziemlich aufreibender Job nicht wahr?«

Alicia dachte an ihre eigene manchmal mühsame Kundensuche.

»Ja!«, seufzte Konrad. »Es gibt viele arbeitslose Studierte in Mannheim, und deshalb viel Konkurrenz. Man wird dabei sowieso kein Millionär. Ich meine, ich mache das hier natürlich an der Steuer vorbei – was soll ich von 15 Euro die Stunde noch Steuern bezahlen – doch die Polizei, die mich für ein ganz kurzes Gespräch in ihre Räumlichkeiten gebeten hat, hat sich dafür nicht interessiert. Das ist natürlich eine andere Baustelle. Ein größeres Verbrechen schlägt offenbar immer ein kleineres.«

»Hat sie jemals erwähnt, dass sie Ahnenforschung betrieb?«

»Ahnenforschung? Nein? Sie hat Ahnenforschung betrieben? Davon war nie die Rede. Das hätte sie doch gesagt, denn ich habe ab und zu über meine Familie gesprochen.«

Alicia schwieg. Dann fragte sie: »Was war sie für eine Frau?«

Gundramsburg musste nicht lange nachdenken. »Zäh, intelligent, zielstrebig. Kühl, aber nicht kalt. Und ich denke, sie liebte einen gewissen Luxus. Sie trug teures Parfüm und ihre Notizbücher waren aus Leder. Es war natürlich Understatement, aber der Stil war da. Ich konnte es spüren. So etwas merkt man.« Mit einem seiner dicklichen Arme wies er auf den kläglichen Raum um sich herum. »Ich habe nicht immer so gelebt, wissen Sie!« Alicia nickte. »Ich habe Leute gekannt, aus ersten Kreisen. Ich war beim Rundfunk, habe Schulfernsehen gemacht, Interviews, Reportagen.«

»Dann haben Sie natürlich Menschenkenntnis«, bemerkte Alicia.

»Sie war wie ein Tier auf Witterung!«, sagte Konrad. »Und ich glaube, die Witterung war Geld!«

Es klingelte, viel zu schrill für den kleinen Raum.

Gundramsburg drückte den vergilbten Türöffnerknopf. Es klingelte nochmals. »Jetzt muss ich runter.«

»Ich kann ja aufmachen«, log Alicia.

»Nett von Ihnen, warten Sie, ich schaue mal, ob es schon der nächste Schüler ist!« Gundramsburg suchte umständlich nach seinem Schlüssel und machte sich schnaufend auf den Weg fünf Stockwerke nach unten.

Er hatte die Tür noch nicht richtig zugezogen, da hatte sich Alicia bereits den Ordner ›Hunold‹ herausgezogen. Ihr vom Zeichnen geschultes Auge erfasste visuelle Dinge blitzschnell. Und ebenso schnell sah sie jetzt, dass es nicht stimmte, was ihr Gundramsburg erzählt hatte. Man hatte sich fast ausschließlich mit Shakespeare beschäftigt: Kopien von Sonetten waren abgeheftet, mit Worterklärungen versehen, daneben ebenfalls Sonette bei denen kein Name dabeistand. Auch Ausschnitte aus Stücken, mit einem dicken Stift hatte Gundramsburg daneben den jeweiligen Titel geschrieben. Manchmal auch das Entstehungsjahr. Beim *Hamlet* stand hinter dem Entstehungsjahr 1600 ein Fragezeichen mit einem dünneren Stift.

Jetzt musste er unten angekommen sein. Alicia hörte entfernte Stimmen. Rasch blätterte sie den Ordner durch, die letzte Seite. Nichts von Bedeutung, die Stunden waren bezahlt, das stand unter jedem Blatt. Sie wollte schon den Ordner enttäuscht wieder schließen, als sie auf der Pappinnenseite des grauen Ordners mit Bleistift offenbar schnell notiert einen Namen sah: Dennis Stafford, Maritim Hotel, Zimmer?

Die Schritte wurden lauter. Alicia klappte den Ordner zu und stellte ihn zurück zu den anderen. Setzte sich, rührte im Rest ihres Tees.

Gundramburg kam zurück, einen Jungen im Schlepptau, der dem Ersten zum Verwechseln ähnlich sah, zumindest für Alicia, die zunächst einmal Stirnform und Kinn, Augen und Mund abtastete. Das lag aber wahrscheinlich am Alter des Knaben von etwa 14 Jahren, in dem sich Jungen nun mal auf eine diffuse Weise ähnlich sehen.

»Ihr nächster Schüler? Herr Gundramsburg, ich möchte Sie nicht aufhalten. Vielleicht bleiben wir ja ein wenig in Kontakt!«

»Ich habe unten aufgelassen!«, rief Gundramsburg ihr hinterher, dann schloss sich die Tür hinter ihm und seinem Schüler.

Eine große Familie mit Einkaufstüten von Lidl drängte sich an ihr vorbei, die Kinder waren bildhübsch und grüßten freundlich. Alicia stand unten auf der Straße und merkte jetzt erst, dass ihr Herz klopfte. Was wäre geschehen, wenn er sie dabei erwischt hätte, dass sie den Ordner durchsah? War er gewalttätig? Ein Mörder? Hatte er seine Schülerin aus unbekannten Gründen umgebracht? Alicia lachte. Sie wurde schon allmählich schizophren, sah nur noch Verdächtige.

Es war kühler geworden, die launische Märzsonne hatte sich bereits wieder irgendwohin begeben, stand jedenfalls nicht mehr über Mannheim. Die Vorüberhastenden zogen die Mäntel enger um sich, in einer der zahllosen Dönerbuden dieses Viertels ging der Chef gemütlich zur Tür und schloss sie. Wie betäubt lief Alicia zurück zum Marktplatz. Straßenbahnen läuteten schrill, das Pflaster vor dem Alten Rathaus glitzerte unfreundlich in dem kalten Regen, der unwillkommen war und die Käufer in der Stadt um diese Jahreszeit frieren ließ.

Stafford, der Mann, der den riesigen Shakespearepark bei Stratford plante, war also auch in Mannheim. Natürlich war er gekommen, um auf dem Shakespeare-Symposium zu sprechen. Dem Faltblatt hatte Alicia entnommen, dass die Vorträge und Workshops bereits vorbei waren – die Tagungsteilnehmer würden den Rest der Woche damit verbringen, gemeinsam an einer Buchveröffentlichung ›Shakespearesymposium Mannheim 2005‹ zu feilen. Eigentlich ein gutes Konzept. So konnten die Wortbeiträge gleich in die geeignete Form gegossen werden und jeder konnte sofort Einspruch erheben und nicht erst nach umständlichem Hin-und Herschicken der Manuskripte.

Shakespeare! Alles verdichtete sich auf Shakespeare. Aber hier musste sie Fisher Recht geben. Er hatte genug Morde auf der Bühne begangen, aber gewiss keinen in der Wirklichkeit. Und die Tote hatte sich offenbar auch nicht ausdrücklich mit Shakespeare beschäftigt, sondern mit dem elisabethanischen Theater innerhalb der damals herrschenden Gesellschaftsordnung. Verwirrend. Noch vermochte Alicia keinen Zusammenhang zu erkennen zwischen dem gewaltsamen Tod einer wohl allzu scharfzüngigen Theaterkritikerin und einem Dichter, der die Welt vor mehr als 500 Jahren erschüttert hatte. Erschüttert.

›*Der Bühnenerschütterer hat ausgedient*‹ hatte sie damals in Straßburg gesagt. Was hatte sie damit gemeint?

Alicia sah auf die Uhr. Halb sechs. Entschlossen lief sie los, überquerte den Paradeplatz, vorbei am Stadthaus, welches viele Mannheimer immer noch als ›neu‹ bezeichneten, schob sich durch die Kunststraße, die wie immer sehr belebt war, vorbei an kleinen Seitenstraßen, vorüber an Geschäften, die gewechselt hatten und an welchen, die es geschafft hatten, zu überleben – so wie das winzige Lädchen mit den tausend Messern im Schaufenster, das sie als Kind so fasziniert hatte. Das Maritim Hotel am Wasserturm war einer der wirklichen Prachtbauten von Mannheim, ein herrlicher Jugendstilbau mit Säulen und unter den Säulen ein Teppich, der einen die Stufen bis zur Drehtür hinaufgeleitete. Das Innere reich geschmückt, ein Stilmix aus Jugendstil und orientalischer Pracht, edle Hölzer, viel Spiegel. An der Rezeption lächelnde Gesichter wie weltweit üblich.

»Ist ein Herr Stafford bei Ihnen noch zu Gast?«

Die junge blonde Frau in der adretten Uniform musste nicht nachsehen. »Ja, er hat sich gerade die Zeitung geholt.« Im Hintergrund schwere Ledersessel und eine Bar. Und schneller als ihr lieb war, stand ein blonder Engländer mit sandfarbenem Haar hinter ihr.

»I've heard – you want to speak to me? «

8

»Was ist's, dass jeder Ton mich schreckt?« (Macbeth, 2. Akt, 2. Szene)

Mittwochabend, 16. 3. 2005

Alicia stand vor dem Maritimhotel.

Sie fühlte etwas wie eine verwirrte Erregung. Wie früher, wenn man sich gerade verliebt hatte und nicht wusste, ob er jemals anrufen würde.

Sie spürte, dass alles einen Sinn ergab, aber sie erkannte ihn nicht. Stattdessen hallten die Worte und die Visionen von Dennis Stafford noch in ihr nach.

Auch hier wieder so viel Begeisterung. Und so viel Enttäuschung, wenn ein Lebensplan zerstört würde. Von Alexandra und ihrem ›Schatz‹.

Überhaupt Lebenspläne. Die Leute, die sie kannte, hatten alle ihren eigenen Traum. Viele waren gescheitert, waren dabei zu scheitern oder hatten Angst zu scheitern. Wie war wohl Shakespeares ureigenster Lebensplan gewesen? Auch da schien jeder seine eigenen Vorstellungen zu haben.

Warum hatte er seiner staunenden Nachwelt nicht irgendetwas Persönliches hinterlassen können? Einen winzigen Hinweis, wie man der Welt größter Dichter wurde?

Oder eine Anleitung zum kreativen Schreiben! Shakespeare hatte offenbar – wie es damals üblich gewesen war – ein äußerst ausführliches Testament gemacht. Jeden Nagel, den er besaß, hatte er aufgeführt, allerdings kein einziges Buch. Auch kein Manuskript. Papier war teuer gewesen damals. Wertvoll. Gut, aber er hatte nichts davon nach Stratford mitgenommen. Er hatte keine Anleitung zum Verständnis eines Genies in seinem Testament gegeben, außer einer Auflistung der höchst alltäglichen Gegenstände, die er besaß und dem berühmten beleidigenden zweitbesten Bett für seine Ehefrau. Alicia dachte zurück. Sie war doch mit der Schule in Stratford gewesen, die Erinnerung daran war verblasst, denn sie hatten sich damals alle nur für London und dort nur für die Pubs und Discos interessiert. Aber nun erinnerte sie sich doch noch an ihren Besuch in dem kleinen und ländlichen Stratford, dessen herrliche Bauerngärten sie unglaublich beeindruckt hatten. Aber sie hatte sich damals schon gewundert, jetzt fiel es ihr wieder ein. Wie wird man zu jemandem, der für ein paar Jahre Weltliteratur schreibt und sich dann für immer schweigend zurückzieht, um englische Apfelbäume zu züchten? Müsste einer, der das ganze Universum in Worte gefasst hat, nicht auch das Universum oder wenigstens ein Stück von der Welt kennen lernen wollen?

Irgendwo hatte Alicia einmal gelesen, er sei vielleicht in Italien gewesen. *Vielleicht.* Da war es wieder – das Lieblingswort aller, die mit Shakespeare zu tun hatten. Es sei aber sehr unwahrscheinlich, dass er jemals in Italien geweilt habe, denn in seinen Stücken liege Verona am Meer. Und das sei nicht einmal im 16. Jahrhundert so gewesen!

Doch Dennis Stafford liebte seinen Shakespeare. Ohne Zweifel!

Darüber hinaus hatte Stafford höchst indigniert behauptet, er kenne keinen Gundramshausen und Alicia war geneigt ihm zu glauben.

Wie war der alternde Englischlehrer an Stafford gekommen? War er seiner wohlhabenderen Schülerin heimlich nachgegangen?

Wollte er genauer wissen, wofür sie wirklich Englisch lernte? Vielleicht für eine kleine Erpressung? Es war gewiss nicht einfach, für diesen Hungerlohn zu arbeiten.

Alicia widerstand der Versuchung, gleich zu Roman zu gehen. Mit ihm über die Ungereimtheiten zu sprechen und ihn zu fragen, wie das alles zusammenhängen konnte. Sie konnte sich nicht wehren gegen das unbestimmte Gefühl, welches man manchmal hat, wenn man ein Stück Stoff packt und das Ende zwar in der Hand hält, aber an dem Gewicht des Materials merkt, da kommen noch viele Meter nach. Roman. Das Funkeln seiner Augen. Seine Hingabe an die Kunst, seine Begeisterung für das Inszenieren der Werke von ewiger Schönheit, denen er noch einmal ein neues unentdecktes Körnchen Wahrheit abtrotzen wollte. Durch zähe Probenarbeit, durch den Kampf gegen Zeit und Geldknappheit. Aber egal – er hatte einen Traum. Er war ein Mann, der mehr aus ihrer Welt stammte als die anderen um sie herum. Sie hatte auch früher diese Begeisterung besessen, als sie noch richtig gemalt hatte. Die Begeisterung für die ›wahre‹ Kunst. Heute dagegen malte sie Leute für Geld. Aus der wahren Kunst war die Ware Kunst geworden. Ein ewiger Widerspruch. Wie hatte Shakespeare den eigentlich gelöst? Offenbar recht geschickt, denn er hatte als Mann in mittleren Jahren ein großes, stattliches Haus gekauft in seiner Geburtsstadt und ein Wappen für sich und die Seinen erworben, damals wahrscheinlich so wenig billig wie heute. Alicia dachte an das stattliche Anwesen mit dem großen Garten. Hatte er dann nur noch einfach in den Tag hineingelebt?

Ungewöhnlich für die Zeit, und doch hatte er offenbar genug Geld mit seinen Werken verdient, um sich diesen beschaulichen Lebensabend leisten zu können? War das auch Bestandteil eines Genies: Gut zu überleben trotz künstlerischem Anspruch. Alicia dachte an Mozart in seinem Armengrab, an Schiller und an Büchner, an den tauben Beethoven und verneinte die Frage für sich.

Roman? Noch einmal kämpfte sie gegen die Versuchung. Das Maritim war schließlich nicht weit von ihm entfernt.

Alicia ließ ihren Blick über den schönen gepflegten Platz vor dem Wasserturm schweifen.

Sie müsste nur am Rosengarten entlang laufen und schon wäre sie in der Lameystraße. Doch er würde jetzt nicht zu Hause sein. Vielleicht war er aus, vielleicht war er im Theater, vielleicht im Probenraum in Neckarau. Was wusste sie denn überhaupt von seinem Leben? Nichts. Sie wusste nicht einmal ob er alleine lebte.

Doch sie würde so gerne mit jemandem reden, denn Mannheim erschien ihr plötzlich nicht mehr wie die vertraute Stadt, in der man essen ging, Kleider kaufte oder sich zum Kaffee traf. Es war jetzt eine Stadt, in der ein Mörder lebte. Unentdeckt leben konnte. Sich vielleicht ins Fäustchen lachte.

Und er mordete nicht ohne Grund. Dieser Grund – er war noch hier, es gab ihn noch und er gab dem Leben eine andere Dimension. Alicia schüttelte sich und steckte ihre Locken beinahe trotzig mit einer Klammer hoch, sodass sich ihr Haar in einer Kaskade zur Seite ergoss.

Wahrscheinlich alles Einbildung. Die Polizei würde sie sowieso auslachen.

Und dennoch, sie war noch immer fasziniert von dem, was sie gehört hatte.

Stafford hatte ihr mit ganz unenglisch anmutendem Enthusiasmus die Welt des kleinen Shakespeare vor ihren Augen erstehen lassen. Straßen, Häuser, Landleben. Der Duft von Brot. Am Boden welkende Äpfel, der ruhig dahin fließende Avon, die Wolken, die am Aprilhimmel spielten. Geheimnisvolle kleine Häuschen am Ende von schlammigen Wegen, Wäldchen, Schlösser, Hexenangst, heimliche Liebe und heimliche Geburten, streunende Hunde, langsam treibende Kähne, und eine zerrissene Frömmigkeit. Noch gab es die heimlichen Katholiken in England. So schnell hatte sich der alte Glaube nicht ausrotten lassen. Auch Shakespeares Vater war verdächtig, man hatte katholisch anmutende Gegenstände bei ihm gefunden. Aus der Zerrissenheit ließ sich manches in den Stücken des Meisters erklären. So Stafford. Natürlich alles nur ›vielleicht‹. Dann die Pest. Verrammelte Häuser, Leichenberge. Zauberei gegen den Tod. Ein Dorfbrunnen. Blumen. Häuser mit dunklem Holz, das geräuchert roch. Eine Wiege im Elternschlafzimmer.

›Shakespeares World‹ sollte der Themenpark heißen.

Er werde nicht groß, hatte Stafford erzählt, aber elegant, und er hatte einen Plan ausgebreitet, den er offenbar immer bei sich trug. Bärenkämpfe, Hahnenkämpfe, Bogenschießen, Geburten. Barbiere, die Zähne zogen, Pestkranke, die hastig verscharrt wurden, Feste, um nach einem langen nasskalten Winter, den herrlichen englischen Frühling zu feiern. ›Am 1. Mai tanzte man um den Maibaum!‹ Den Winter zu überstehen, hieß einen Sommer geschenkt zu bekommen.

»Ich möchte eine kleine Straße abbilden, so wie Shakespeare sie gesehen haben muss. Man wird sich dann vorstellen können, wie er zur Lateinschule ging, um dort zu lernen. Schon ab sechs Jahren gingen die Jungens dorthin, mit Horntafel und Ranzen, schrieben mit Federkiel und Tinte. Die Menschen sollen in s e i n e r Welt spazieren gehen. Dazu werden zweimal am Tag Schauspieler umherlaufen, die s e i n e Texte sprechen und zwar an Stellen, wo es angebracht erscheint!«

Staffords Begeisterung konnte nicht nur allein mit einem Projekt zu tun haben, das Geld kostete und Geld einbringen würde. Während der sandfarbene Engländer seinen Tee kalt werden ließ, gestikulierte er begeistert wie ein Südländer.

Alicia hörte ihm zu und fragte sich die ganze Zeit: »Was tun Sie eigentlich in Deutschland? Hat sich das für Sie gelohnt, die Anfahrt, nur wegen des Symposiums.«

»Aber sicher. Man tauscht sich aus. Man trifft die anderen, die ihn auch lieben.« Er lächelte dünn. »Nennen Sie es ein Fanclubtreffen! Und in Deutschland gibt es viele Shakespearegesellschaften – in Mannheim auch – und dann sind some von die Mitglieder auch in Firmen oder sie arbeiten für große Konzerne oder wie sagt man, Automobil-supplier!«

»Zulieferer!«

»Ja«, lächelte Stafford, »ja, genau!«

Und diese Leute seien als Sponsoren zu gewinnen, meinte er. Deutschland sei ja kulturell höchst interessiert und er habe außerdem eine halbdeutsche Großmutter. Das sei nichts, um in England Punkte zu sammeln, weswegen man es auch dort verschweige, aber gut für seine Kontakte in die hiesigen Kreise der Kulturförderer.

»Haben Sie Alexandra Hunold gekannt?«, fragte Alicia.

Er blickte sie an, nun ein wenig verunsichert. Alicia

sah ihm an, dass er sich überlegte zu lügen, sich aber dann anders entschloss.

»Ja, eine Frau, die sich für i h n sehr interessiert hat. Könnte mir durchaus vorstellen, dass sie unser Produkt gestützt hätte! Schade. A pity!«

»Wie haben Sie Frau Hunold denn kennen gelernt?«

»Oh, das ging von ihr aus. Sie hat mir einmal eine E-Mail geschrieben und sich nach einem bestimmten Aspekt in Shakespeares Leben erkundigt – ja, es ging glaube ich um seine Lateinkenntnisse. Ich glaube Seneca. E r verehrte Seneca und *Titus Andronicus* ist nach seinem Modell gemacht!«

Er schüttelte den Kopf. »Vielleicht ein bisschen grausam – der Titus! Aber meisterhaft!«

»Haben Sie die E-Mail noch?«

Er sah sie erstaunt an. »Aber nein, warum denn auch?«

»Wissen Sie, dass Alexandra Hunold ermordet wurde!«

Sein Gesicht legte sich in bedauernde Knitterfalten.

»Ja, leider, es hat sich zu mir umhergesprochen!«

»Waren Sie bei der Polizei?«

Noch erstaunter.

»Nein, aber warum denn? Ich habe doch nichts zu tun mit ihrem Tod! Und ein Engländer geht nicht gerne zur deutschen Polizei!«

Eine Französin auch nicht, dachte Alicia. Obwohl manchmal die Polizei ungebeten zu ihr kommt. »Sie waren natürlich auch bei dem Shakespearesymposium. Und Sie bleiben bis Ende der Woche hier? Und waren auch vor Beginn der Tagung schon da?« Alicia lauerte.

Stafford nahm das ungerührt zur Kenntnis. »Ja, wie die meisten von uns. So etwas will vorbereitet sein – oh, ja, es war eine schöne Zeit. Interessante Vorträge. Dr. Rosenblum aus New York hat einen ganz neuen Blick auf die Natursymbolik im Versepos ›*Venus and Adonis*‹ geworfen. Es ist so ein hübsches Stück Literatur. Ja, ich bleibe noch ein wenig. Die Wissenschaftler arbeiten ja noch an der Veröffentlichung. Vielleicht braucht man mich noch. Auch wenn ich kein Wissenschaftler bin!«

»Nun ja, so streng darf man das nicht sehen! Aber Mannheim muss Ihnen unromantisch vorkommen, nach dem Landleben in Stratford!«

»Ach!«, erwiderte er schmallippig. »Ich werde noch ein paar Gespräche führen, um auch hier wieder gute Sponsoren zu suchen – für mein wunderbares Projekt!«

»Ist das nicht ein bisschen lange? Nur um Sponsoren zu suchen? Ich meine, das Symposium ist vorbei – nur die Wissenschaftler, die die Edition bearbeiten, sind noch da – und Sie leben im Hotel. In einem teuren Hotel.«

»Ach, ich mache gleichzeitig auch ein wenig Urlaub!«, sagte er und erwiderte ihren Blick mit fast dreister Unschuld. »Heidelberg, der Odenwald, die Pfalz, Baden-Baden.«

»Straßburg!«, ergänzte Alicia.

»Ja, auch Straßburg – how perfectly true!!« Stafford lächelte wieder sein Gentlemanlächeln, sah dann auf eine Armbanduhr mit hinterlegtem Shakespearebildnis und sagte bedauernd: »Wenn Sie mich jetzt entschuldigen wollen. Ich habe heute Abend etwas geplant!«

»Sicher!« Alicia stand auf. »Vielleicht sehen wir uns wieder?«

»Vielleicht!«, bestätigte er und wieder dieses Lächeln, mit dem wahrscheinlich die Engländer Kolonien eingeheimst und Verräter enthauptet hatten.

***

Mittwoch, 16. 3. 2005, Abend.

Im Hellers gegenüber gab es alles zum halben Preis, weil schon Abend war.

Alicia genoss einen Schwarzwurzelsalat und eine Spinatquiche. Dieses fleischlose Essen im Restaurant hatte schon deshalb etwas für sich, weil sich die Köche einfach mehr Mühe gaben.

Alicia fühlte in sich eine merkwürdige Erregung. Sie kam sich vor wie ein Hund, dem noch niemand gesagt hatte, dass er ein Jagdhund war. Und jetzt saß er im Feld, schnupperte und hatte auf einmal so viele Spuren vor sich, dass er ganz nervös wurde. Alicia dachte an ihren Felix zu Hause. Kein Hund sieht so traurig aus, wenn er wartet wie ein Cavalier-King-Charles-Spaniel. Hoffentlich hatte Beate ihn wenigstens kurz ausgeführt.

Anfangs hatte sie sich nur am Rande für das Schicksal der Frau interessiert, die sich über irgendetwas in Straßburg so gefreut hatte, doch jetzt hatte sie ein Fieber gepackt. Sie sah sich selbst wie in einem Film. Eine ganze Sonderkommission, wie eine Meute fehlgeleiteter Beagles, jagte hinter einem Drogenkartell her, nur sie witterte die richtige Spur.

Da gab es eine Frage, die sie Roman morgen stellen musste, eine wichtige Frage – sie durfte sie nicht vergessen. Alicia holte ihren geliebten Skizzenblock heraus, den sie immer bei sich hatte und notierte sich die Worte, dann wartete sie auf die Straßenbahn nach Neckarau.

***

Fürst war bereits gegangen, Beate saß vor dem Fernseher und knabberte Nüsschen.

»Jede Nuss eine Sünde!«, sagte Alicia müde. »Warst du mit Felix draußen?«

»Ja, kurz!«

Schweigen.

»Warum sind die Französinnen so schlank, obwohl sie abends mehrgängige Menüs essen?« Beate legte eine Nuss zurück.

»Weil essen für sie etwas Natürliches ist. Es geschieht nie mit schlechtem Gewissen, nie aus Frust und niemals übermäßig!«

»Du hast gut reden. Hast du schon etwas gegessen?«

Alicia ließ sich auf die grüne Samtcouch fallen, ein Überbleibsel aus ihrer Straßburger Wohnung. An der Couch hafteten Erinnerungen, die ihr wehtaten. Dennoch hatte sie sich nicht von ihr trennen können. Es waren ja auch gute Erinnerungen dabei.

»Du glaubst nicht, wie besorgt dieser Ralf Fürst war. Er hat mir im Bad Aspirin aufgelöst, jetzt geht es mir besser!«, sagte Beate. »Er ist ein sehr netter Mann, und er wird uns in jeder Weise mit seinen Erinnerungen helfen! Er sagt, der Gedanke, dass dieser Schatz, wie sie es nannte, in falsche Hände gerät, ist ihm unerträglich. Natürlich wissen wir nicht genau, um was es sich handelt. Es kann ja auch etwas sein, das nur Insider interessiert. Glaube ich aber nicht. Ralf hat da ein Gespür!«

»Na wunderbar. Du scheinst bei Männern ein Kontrastprogramm zu lieben. Was habt ihr noch gesprochen? Um ehrlich zu sein – so ganz glaube ich ihm diesen künstlerischen Altruismus nicht. Man meint, er spricht vom Heiligen Gral. Und ein Gespür hat der vor allem für Geld, wenn dich meine Meinung interessiert.«

»Also, bei dir hat er sich ein wenig zurückgehalten, aber wir haben dann schon noch über Alexandra gesprochen.«

»Eines Tages wollte sie selbst etwas schreiben, hat er ihr erzählt. Das war schon ein Traum von ihr. Nicht nur immer diese Kritiken. Ein Buch, ein Theaterstück – etwas, das bleibt. Oder einen Artikel, der die Fachwelt aufrührt. Oder irgendetwas leisten, das Aufsehen erregt. Unsterblichkeit sei, seit sie ein Kind war, ihr Traum!«

»Nun, zunächst einmal war sie sehr, sehr sterblich!«, erwiderte Alicia trocken.

Felix wedelte zustimmend mit dem Schwanz. Sie fuhr ihn über den runden Kinderkopf. In letzter Zeit kam er ein wenig kurz.

»Selbst etwas schreiben, na ja, das wünschen sich viele Kritiker. Sie denken, sie können es besser. Meistens geht das gründlich daneben. Kritiker und Autor – das sind zwei Standpunkte! Worüber wollte sie denn schreiben? Shakespeare?«

Beate tat so, als wisse sie alles besser. Es wurde Zeit, dass ihr Fisher sie mal wieder auf Normalmaß zurückstutzte.

»Aber nein. Über Shakespeare kann man doch kein Theaterstück schreiben. Das wäre ja paradox. Irgendwas aus dem Milieu der Hugenotten! Wie sie verfolgt wurden, wie sie sich überall ansiedelten, wo sie ihren Glauben ausüben konnten. Über ihr Leben in Frankreich. Na, du weißt das wahrscheinlich besser als ich. Damals in Straßburg gab es auch welche, in Paris und später in Berlin, wir hatten doch da diese Klassenkameradin, Lohan, oder so ähnlich. Sie hat auch immer über ihre Familie gesprochen. Die sind da stolz drauf!«

»Hugenotten? Straßburg? Als sie zuerst verfolgt wurden, war Straßburg nicht französisch!«

Warum hatte sie wieder das Gefühl, eine ferne Glocke schlüge an. Eine ganz ferne. Sie versuchte der Spur nachzugehen. Vergebens. Sie ließ sich nicht greifen.

»Ja, sie hat ihm erzählt, dass sie ihre Abschlussarbeit in Geschichte über irgendeinen Aspekt der Hugenotten geschrieben hat und sich immer dafür interessiert habe.«

»Ja, das hat Beatrice Hagedorn auch gesagt. Aber man wird sie nicht wegen einer noch schwelenden Hugenottenfrage umgebracht haben!«

»Eins ist jedenfalls ebenfalls sicher«, sagte Beate zufrieden und betrachtete ihre kurzen, ordentlichen, blassen Fingernägel, »Shakespeare hat nichts, aber auch nicht das Geringste mit den Hugenotten zu tun!«

»Es sieht nicht so aus, nein!«

»Und dennoch, es versammelten sich für meinen Geschmack einfach zu viele Leute um diese Frau Hunold, die irgendeine Verbindung mit Shakespeare haben!«

»Also, das habe ich Peter übrigens gesagt. Du weißt, der Fall beschäftigt ihn sehr. Die Presse macht Druck und so weiter. Aber mit Shakespeare darf ich ihm nicht kommen, er lacht und sagt, wegen eines toten Dichters sei noch keiner umgebracht worden! Er ist eben Realist und er hat Recht, Leute töten nur aus Liebe und für Geld. Geld ist bei Dichtern aber nicht zu holen. Außerdem haben wir schon wieder einen neuen Mordfall. Vogelstang. Eifersuchtsdrama – der Täter ist geständig.« Beate hatte sich leider wieder die Meinung ihres Liebhabers zu Eigen gemacht.

»Hat er angerufen?«

»Ja, wir treffen uns morgen kurz zum Mittagessen!« Beate seufzte. »Ehrlich gesagt, ein Treffen mit ihm ist wirklich ein Lichtblick. Es gibt mir das Gefühl dazuzugehören. Nicht nur eine geduldete Aushilfe zu sein. Ich wüsste nicht, wie ich einen weiteren Tag mit Frau Spohr überstehen sollte. Morgen Nachmittag haben wir Gesamtpressekonferenz zum Fall ›Hunold‹. Da brauche ich ganz starke Nerven, auch wenn ich nichts sagen muss. Ich soll nur für *Blaulicht* mitschreiben, aber es trifft mich, wenn Peter angegriffen wird.«

»Spar dir dein Mitleid. Herr Fisher kann sich ganz gut wehren. Oder sagen wir mal so, den Angriff beherrscht er perfekt, da wird er auch die Verteidigung können.«

Beate schwieg eine Weile. Dann sagte sie unvermittelt. »Weißt du, er hat so herrliche Sonette geschrieben. Ich habe jetzt eins gelesen, einfach nur so, um ihn besser zu verstehen und es hat irgendwie zu mir gesprochen. Warte.«

»Wer?«

Beate gab keine Antwort, es war auch keine nötig.

Sie zauberte einen dickleibigen Band ›Shakespeares Gesammelte Werke‹ hervor, den sie wohl tatsächlich nie angeschaut hatte. »Hör mal. ›*Willst du dein Leben ehelos vergeuden, damit nicht eine Witwenträne fällt, ach, wenn du kinderlos dann müsstest scheiden, bangt um dich das verlass'ne Weib: die Welt. Die Welt wird deine Witwe sein und weinen, dass sie von dir kein Ebenbild behält*!‹ Das ist Sonett Nummer neun. Schön, nicht wahr. Irgendwie hilft mit der Gedanke, sollte ich alleine und kinderlos bleiben!«

Alicia sah sie an und dachte: Spricht so jemand, der drei Kinder hat. Und warum ohne Ebenbild. Man hat doch ein Ebenbild von ihm: seine Werke. *Oder?*

***

Donnerstag, 17. 3. 2005, morgens.

Die Universität in Mannheim: Ein waschechtes Schloss.

Es musste schön sein, in einem Schloss zu studieren. Zu ungewohnt früher Stunde lief Alicia durch den schmucklosen Innenhof. Von der Perspektive her auf jeden Fall ein interessanter Bau. Wie mit weit geöffneten Armen begrüßten die Flügel den Studenten. Aber auch Ehrfurcht gebietend. Das Mannheimer Schloss war riesig, nach dem Escorial in Madrid das zweitgrößte seiner Art in Europa. Gut, dass man die Uni hatte.

Wer hätte diesen uralten Kasten sonst übernehmen, heizen sollen?

Ein Teil der Fassade war zurzeit eingerüstet und feuchte Schutznetze flatterten in einem feuchten Wind. Baustellenautos und anderes Bauzubehör standen herum, der Hof war abgesperrt.

Alicia wusste, dass die Anglisten im rechten Flügel untergebracht waren. Die Bibliothek war damals im Erdgeschoss gewesen, am Ende des Säulenganges, in dem jetzt ihre Schritte leer hallten. Auf der anderen Seite grüßte eine griechische Männerfigur aus einer kleinen Nische heraus. Zu Alicias Enttäuschung war die Bibliothek nicht mehr da, wo sie noch vor einiger Zeit gewesen war.

»Ist jetzt in A3, da hinten, über die Straße, gegenüber der Jesuitenkirche!«

Ein großer, eigentlich älterer Bau, aber im Inneren renoviert mit modernen Treppenaufgängen.

Die Bibliothek selbst war still. Die Möbel waren aus rostrotem Holz und es gab zahlreiche Computerarbeitsplätze. Hinter dem sehr jungen Mann an der Ausleihtheke standen dicke gelbe Wörterbücher, die man sich nur borgen aber nicht ausleihen durfte. Die Anglisten waren in der dritten Etage. Oben saßen ein paar junge Leute, manche davon auf einem Tisch, unterhielten sich leise und scherzten.

»Shakespeare?«, fragte Alicia eine bildhübsche junge Frau mit Pferdeschwanz und einem sehr schmeichelhaften, weißen Pulli. Sie sah so frisch aus wie eine Deodorantreklame. Beinahe könnte man sich mit 36 schon alt fühlen. Sehnsucht nach diesen unbeschwerten Jahren ließ ihr Herz schmerzen. Was würde aus ihrem Leben werden? Lebenslänglich Gesichter malen? Alicia hatte sich trotzig einer neuen Liebesbeziehung verwehrt, doch in letzter Zeit fühlte sie manchmal die Leere.

»Dritte Reihe, hinten rechts, und ansonsten noch bei Landeskunde und allgemeinen Darstellungen sowie bei den Literaturgeschichten.«

Alicia folgte ihrem Finger, dritte Reihe. Ihre Augen wanderten entlang an einer langen Reihe Bücher mit für den Außenstehenden gewiss unverständlichen Signaturen.

Alles Bücher über Shakespeare. Werke, Interpretationen.

»Das kann ja kein Mensch jemals lesen!«, murmelte sie.

»Brauchen Sie auch nicht!« sagte hinter ihr eine Stimme. Alicia fuhr herum. Vor ihr stand ein Mann in einem zerschlissenen, unmodernen, blauen Cordanzug, den sie auf den ersten Blick erkannte, doch sie versuchte sich nichts anmerken zu lassen.

»Es reicht, wenn Sie ein oder zwei Bücher über I H N lesen und zwar die *Richtigen*.«

»Was meinen Sie mit die *Richtigen*?«

Der Mann, zerknittertes Gesicht, hellblaue Augen, die Alkoholgenuss verrieten, tiefe Ringe unter ihren leicht geröteten Rändern.

Alicia sah mit einigem Abscheu, dass er leicht gelbliche Finger hatte, vom Rauch verfärbt. Er hustete. Verbeugte sich auf eine beinahe altmodische Art.

»Entschuldigen Sie. Ich wollte mich nur ein wenig ausruhen. Ich bin Teilnehmer des Shakespearesymposiums, eigentlich lebe ich in Hannover und wir tagen da hinten in einem Nebenraum. Sie studieren Anglistik? Zweitstudium?«

»Sehr schmeichelhaft. Aber was soll das? Soll das ein Zufall sein? Wer hat Ihnen gesagt, dass ich hier bin?«

Alicia starrte den Mann an. Plötzlich schien ihr die anglistische Bibliothek mitten in Mannheim ein unheimlicher Ort. In der Nähe begannen die Glocken der Jesuitenkirche zu läuten.

»Wieso«, seufzte er, »ach so, Sie denken, nein, ich wollte Sie nicht belästigen, das ist mir zu kompliziert. Ich fand das eben nur so spontan und so natürlich, wie Sie auf die zahllose Shakespeareliteratur reagieren. Dabei steht hier doch nur Märchenbuch neben Märchenbuch.«

Alicia sah ihn immer noch schweigend an. Langsam kehrte ihr arroganter Blick zurück. Er schien verunsichert.

Er hob einen seiner verschrumpelten Hände. »Ich kann Ihnen das durchaus erklären. Ich vertrete eine andere Meinung, eine die aber totgeschwiegen wird von der herkömmlichen Anglistik! Immerhin hat man mir zum ersten Mal erlaubt, bei diesem Symposium mitzuwirken. Alles fügt sich in Mannheim zusammen.«

Das Letztere kam etwas unvermittelt.

Alicia war das Gleiche in den Sinn gekommen.

Warum treffe ich jetzt diesen Mann, dachte sie, und versuchte die Erregung in ihrem Körper und das Chaos in ihrem Kopf zu ordnen, doch sie fand keine Zeit den Gedanken zu Ende zu spinnen.

»Mein Name ist … «

»Damian Manteuffel«, entfuhr es ihr.

»Sie kennen mich?«

»Sie kannten Alexandra Hunold. Ich kannte sie auch. Waren Sie schon bei der Polizei?«

Er wich ein Stück zurück.

Nicht gerade ein geschickter Schachzug, dachte sie selbst.

»Ich habe mich nicht bei der Polizei gemeldet, weil unsere Gesprächsthemen schwerlich mörderischer Natur waren. Und ich habe sowieso nicht gerne mit hierarchischen Institutionen zu tun, deshalb forsche ich privat. Ich bin ein Privatgelehrter.«

Jetzt verbeugte er sich beinahe ein wenig, aus seiner Hosentasche fiel dabei ein Feuerzeug. Er hob es auf und steckte es wieder ein. Alicia sah es und sah ein Logo, das ihr bekannt vorkam. Bekannt. Ein Logo. Es traf sie wie ein Blitz.

Das Restaurant ›Karlsstern‹!!!

»Ein Laster!«, sagte er, grinste ein wenig hilflos und fragte: »Trinken wir einen Kaffee? Ich würde gerne einmal sprechen, über sie und über meine Verbindung zu ihr!«

Alicia stimmte zu. Seit langem nicht mehr hatten so viele Männer mit ihr Kaffee, Tee oder irgendwas trinken wollen. Erst seit sie sich mit dem gewaltsamen Tod einer Kundin befasste.

»Halt, bevor wir gehen. Haben Sie eine Leihberechtigung? Noch eine alte von früher? Noch gültig? Dann leihen Sie bitte diese beiden Bücher aus!« Er sah ihre skeptische Miene.

»Nein, sie sind nicht von mir.«

Alicia nahm die beiden Bücher. Beide waren glücklicherweise auf Deutsch.

Wer schrieb Shakespeare und *Das Shakespearekomplott!*

»Was sind das für Bücher?«

»Ich werde Ihnen davon erzählen!«

Gemeinsam liehen sie die Bücher an der Theke aus und dann hatte Alicia endlich mal wieder das Vergnügen in der Cafeteria einer Universität zu sitzen.

Zwar alterte man dabei mit jedem, der sein Tablett an einem vorübertrug um Monate und Jahre, dennoch war es schön. Die Cafeteria der Mannheimer Universität lag in einem ausgedehnten Grünstreifen, von kleinen Büschen eingegrenzt, die jetzt noch vorfrühlingshaft blass waren. In der Ferne sah man die Straßenbahn vorbeifahren. Die Räume der Cafeteria waren wie der ganze flache Bau funktional, doch der Kaffee schmeckte halbwegs wie Kaffee und der viereckige Tisch schien ideal, um ein Gespräch über Shakespeare zu führen.

»Sie haben sie gemalt? In Straßburg.«

Alicia nickte bestätigend und beobachtete ihn. Ein seltsamer Mann.

»Und Sie tragen keinen Ring? Gehen alleine durchs Leben. Eine so schöne und kluge Frau wie Sie sollte verheiratet sein.«

Alicia erzählte ihm vom Leben mit ihrer Schwester, worauf er bemerkte: »Ist ihre Schwester denn noch ein lediges Mädchen oder spielen Sie mit zusammengebissenen Zähnen die liebe Tante und hüten den Nachwuchs?« Seine Ironie hatte etwas Bitteres. Spontan dachte Alicia, dass dieser Mann hier wahrscheinlich sein Leben der Akte-Shakespeare gewidmet hatte.

»Als Person ist sie ledig, ihr Herz ist es nicht. Leider.« Alicia verzog den Mund. »Aber sprechen wir nicht davon! Mit den Eigenheiten meiner Schwester muss ich mich sowieso allzu oft auseinandersetzen. Also, was soll das alles? Was sind das für Bücher und was hatten Sie überhaupt mit Frau Hunold zu tun?«

»Es sind die Bücher, die die Wahrheit sprechen. Die Wahrheit über einen Mann namens Shakespeare oder so ähnlich, der vielleicht alles Mögliche war, aber gewiss kein Dramatiker.«

Alicia hatte das Gefühl, das könne einfach nicht unwidersprochen bleiben. Shakespeare, das war mehr als ein Name, das war eine Ikone. Noch glaubte sie daran.

Sie erinnerte sich an den herrlichen Klang des Sonetts gestern Abend. Und an den des anderen. Des berühmten, das sich auf Englisch noch herrlicher anhörte ›*Shall I compare thee to a summer's day?*‹ Deshalb ging Alicia auch nicht auf seinen Hinweis ein.

»Solche Spinner gibt es natürlich immer da, wo ein großer Name ist. Ich habe einmal ein Buch über Mozart gelesen. Über die Suche nach seinem wirklichen Grab und dass die Freimaurer ihn vergiftet hätten und so weiter.«

Manteuffel machte eine verächtliche Handbewegung. »Das ist etwas anderes. Mozart war Mozart, man hat ihn gesehen, gehört, von ihm berichtet, wir haben Briefe, wir haben Zeugnisse seines Lebens. Gemälde, gestochen wie Fotos. Wichtig ist, wie er das gelebt hat, was wir von ihm kennen und nicht wie er gestorben ist!«

»Na hören Sie mal!«, sagte Alicia, die Mozart insgeheim und mit romantischer Unvernunft liebte. In ihren Augen hatte die französische Musik nichts Vergleichbares hervorgebracht. Mozart, Van Gogh, Shakespeare – das waren doch die Größten. Und Marx und Freud und Michelangelo und da Vinci. Und Levi Strauß. Und die Brüder Mc Donald.

»Spinner also?«, sagte Manteuffel und lächelte überlegen, wobei sich sein verlebtes Gesicht in Kluften wie die der Rocky Mountains legte.

»Dann hören Sie fünf Minuten einer weltberühmten, etwas anderen Biographie von Shakespeare zu.«

Alicia seufzte.

Die Zeit begann ihr davonzulaufen. Heute Mittag wartete das Porträt des Firmenchefs einer kleinen Holz verarbeitenden Firma in Seckenheim. Man hatte sich auf Pferdeboxen spezialisiert und klug daran getan. Angeblich lieferte man sogar nach VAR, wie der Sohn Ernst gesagt hatte. »VAR?«, hatte Alicia gefragt. »Ja, Vereinigte Arabische Emirate, da wo Geld ist!«

»Ach so!«

»Also, dann sprechen Sie!«

Es war seltsam. Dieser merkwürdige Mann holte ein schmales kleines zerlesenes Buch heraus, hob zu einem Vortrag an und musste kaum einmal in dem Buch nachschauen.

Shakespeare kam am 23. 4. 1564 zur Welt, ein Kind braver analphabetischer Bauersleute in einem heruntergekommenen Städtchen, wo kaum einer seinen Namen schreiben konnte. Nichts wissen wir über die ersten 18 Jahre seines Lebens, nur dass er 1582 die Erlaubnis bekam eine 8 Jahre ältere Frau zu heiraten von der er bis 1585 im Ganzen drei Kinder bekam. 1587 geht er für 10 Jahre ohne Familie nach London, wobei in den ersten 5 gar nichts passiert, ab 1592 wird er als Schauspieler erwähnt, was er einige Jahre tat; sogar vor der Königin. 1597 kaufte er New Place, ein großes Haus in Stratford und erwarb sich in London einen Ruf als Theatermanager und Schauspieler, wird auch ab und zu ohne wahrhaften Nachweis mit Stücken in Verbindung gebracht, protestiert nie gegen Raubdrucke, kümmert sich nicht um den Druck seiner Werke. Etwa 1610 kehrt er für immer nach Stratford zurück, wo er sich in allen möglichen größeren und kleineren Streitigkeiten und Nachbarschaftsintrigen verwickelte. 1616 machte er sein Testament, das bis ins Kleinste seinen gesamten Besitz auflistete, nur kein einziges Buch! Er erwähnte alles, bis zum weltberühmt gewordenen Detail des zweitbesten Betts, aber kein Manuskript, nichts Unvollendetes, kein Gedicht, keinen Fetzen, nicht den allerwinzigsten eines Entwurfs. Das Testament unterschrieb er an 3 Stellen, mit den zwei anderen amtlichen Dokumenten, die er in den Jahren davor unterschrieb, haben wir 5 Unterschriften – das ist alles!!! Seine Enkel konnten nicht schreiben. Als er starb, nahm kein Mensch Notiz von seinem Tod – anders als Ben Jonson oder Francis Bacon starben, als sich rühmende Stimmen erhoben. Nichts ist nachweisbar: kein Stück, kein Brief und das einzige Gedicht, was er wohl verfasst hat, ist der alberne primitive Spruch auf seinem Grab – alles, was es sonst an Büchern, Biographien oder Arbeiten über sein Leben gibt, ist erfunden und besteht aus haltlosen Annahmen!«

Alicia hatte zugehört, mit mehr Interesse und Spannung als ihr lieb war.

»Wer behauptet so etwas, wer hat das alles so gesagt!«

»Einer, der eigentlich erhaben ist, dem deutschen oder englischen Wissenschaftsbetrieb anzugehören – kein Geringerer als Mark Twain!«

»Daran kann ich nicht glauben. Es gibt reihenweise Bücher über ihn. Reihenweise. Von Professoren aus aller Welt. Vorlesungen. Colloquien. Es gibt Stratford. Das ist wie der Tempelberg! Oder wie Notre-Dame. Das kann doch nicht alles erfunden sein.«

Sie stand auf.

Manteuffel blieb sitzen und zündete sich eine Zigarette an. Seine Hände zitterten dabei leicht.

»Lesen Sie, was ich Ihnen empfohlen habe. Und lesen Sie es bald. Morgen werde ich Ihnen mehr erzählen. Ich rufe Sie an!«

Er war noch nicht gegangen, da hatte sie bereits angefangen, die Bücher durchzublättern. Und was sie da las, das war einfach unglaublich!

***

Donnerstag, 17. 3. 2005, mittags.

Alicia floh geradezu und rannte durch die Stadt, die beiden Bücher in ihrer Tasche. Sie fühlten sich an wie Mühlsteine.

Wieso hatte sich Alexandra Hunold keine andere Malerin aussuchen können, damals am Straßburger Münster?

Sie hätte sich dann weiterhin geärgert über das Verhältnis ihrer Schwester zu einem unsympathischen Kripobeamten, aber sonst hätte sie nichts mit diesem Mann zu tun gehabt. Man war sich die ganze Zeit aus dem Weg gegangen und wenn man sich begegnete, hatten sich die Klingen kurz und scharf von gleich zu gleich, Auge in Auge gekreuzt.

Und jetzt? Sie vernachlässigte ihr Geschäft, sie trieb sich in der Stadt herum.

Auf einmal hatte sie das Bedürfnis in die Stadtbibliothek zu gehen.

Vielleicht kam sie dort zur Ruhe. Bibliotheken hatte sie schon immer geliebt, etwas das sie mit Beate verband.

Als sie noch Kind gewesen war, war die Stadtbibliothek im Dalberghaus untergebracht gewesen, und die manchmal erschöpften Großeltern hatten ihre Enkelinnen erleichtert dort geparkt. Heute residierte sie im Stadthaus mit der Nummer N1.

Ein schickes Gebäude, gläsern und lichtdurchflutet, mit ebenfalls schicken, nicht ganz billigen Läden und einer einladenden Treppe, die nach oben in die Bibliothek führte.

Die hatte nichts mehr gemein mit den verwinkelten, alten Bibliotheken früherer Zeiten.

Ein offenes Halbrund mit verstreut stehenden Bücherregalen, alles transparent und ein ebenfalls halbrundes Ausleihdesk. Auch hier wieder Inseln, wo man sitzen und lesen konnte und auch hier wieder Internetarbeitsplätze.

Alicia betrat seit Kinderzeiten eine Bibliothek stets mit Neugier, aber auch mit Respekt.

Es war schließlich die ganze Welt, die dort zwischen Buchdeckeln wartete. Gedruckt zwar aber trotzdem – so echt als ob. Für die fantasievolle und wilde kleine Alicia war ein Bild vom Dschungel der Dschungel selbst gewesen.

Vielleicht konnte sie auch deshalb nicht glauben, dass alles was sie über Shakespeare gelesen hatte, falsch sein sollte.

In der Reisebuchabteilung suchte sie nach einem Buch über Stratford, konnte aber nichts finden. Sie wollte ihr Bild von jenem Ort auffrischen. Als ob er dadurch wahrhaftiger würde! Sie war doch dort gewesen. Man hatte ihr diese Sachen in den Vitrinen gezeigt – gut, es waren oftmals Dinge gewesen, die nichts *direkt* mit ihm zu tun hatten – Briefe von seinem Schwiegersohn, eine Pfeife, die vielleicht einem Nachbarn gehört hatte. Da war es wieder, dieses verunsichernde Wort.

Das Regal ›Englische und amerikanische Literaturgeschichte‹ vermied sie tunlichst. Die beiden Bücher, die ihr Manteuffel gegeben hatte, warteten an der Garderobe.

Zwischen den Buchreihen sah sie Isabella Verbicki, ein schönes bekanntes Gesicht. Es war für Alicia immer wieder merkwürdig, jemanden zu treffen, den sie porträtiert hatte. Es war fast als träfe man sich selbst mit dem Blick überraschend im Spiegel.

»Hallo!« Isabella lächelte freundlich. Sie sah hübsch aus in einem grünen Mantel aus weichem Stoff. Ihr dichtes, schwarzes Haar war zu einem Pferdeschwanz gebunden, ihr Gesicht strahlte.

Sie war noch natürlich, eine Mimin erst am Anfang ihrer Karriere, noch unverfälscht und nicht eingebildet.

»Hallo, was machen Sie denn hier?«

»Ich hatte ein wenig Zeit! Und da dachte ich …«, begann Alicia.

»Ich komme oft hierher!«, sagte Isabella. »Meine Wohnung ist wahnsinnig klein und die meisten Bücher, an denen ich hänge, habe ich zu Hause, bei meiner Mutter in Frankfurt. Eine Bibliothek ist doch immer etwas Besonderes!«

»Ja, das stimmt!«

Isabella stand bei den Biographien. Marlene Dietrich, Marilyn Monroe, Alfred Hitchcock.

»Ich glaube, mit dem war nicht gut Kirschen essen, wenn er Regie geführt hat!« Alicia deutete auf das fiese, fette Gesicht des Meisters. »Von einer Schauspielerin habe ich gehört, er habe sie aus Wut über Nacht an einen Schweinwerfer gefesselt!«

»Oh nein, das ist furchtbar«, erwiderte Isabella, »aber alle, die mit ihm gedreht haben, sind berühmt geworden. Das ist es wert, manchmal angeschrien zu werden! Es scheint so, als muss man immer bezahlen!«

»Aber, das ist ja bei Herrn Rosen nicht so, oder?«

»Oh, nein!«, sagte Isabella und lächelte verträumt.

Bestimmt, dachte Alicia, ist sie verliebt in ihn.

»Aber man kann auch anders berühmt werden!«, fügte sie dann hinzu.

»Durch solide Leistung? Hingabe an die Sache und ernsthafte Beschäftigung damit.«

»Natürlich. Das ist auch das Beste! Erfolg, der andauert.« Sie legte die Stirn in Krausen und sah dadurch einen Moment lang älter und ernster aus als sie war. »Sie müssen erst einmal eine Chance bekommen. Ich habe in Berlin studiert. Die meisten aus meiner Abschlussklasse sind froh, wenn sie bei einem Laientheater mithelfen dürfen.«

»Wollen Sie verreisen?«

Alicia sah den Stapel in Isabellas Hand, alles Bücher über den Schwarzwald, erstaunt an. Sie selbst machte einmal im Jahr eine Abenteuerreise, irgendwohin, manchmal ganz kurz entschlossen. Sie brauchte dieses Stück Verrücktheit im Alltag. Beate dagegen verreiste wenig, da sie niemanden hatte, mit dem sie verreisen konnte. »Ja, Wellness und Schönheitsfarm. In Badenweiler. Sie haben da neue Sauerstofftherapien. Mit Sauerstoffmolekülen. Schön, dass ich etwas gefunden habe. Die Frau dahinten sagt, sie haben die Reiseführer gerade neu eingearbeitet. Es ist Frühjahr, da kaufen sie für die Sommersaison Reiseliteratur ein! Die Leute entscheiden sich jetzt!«

Alicia nickte. Sie sah sich um. Überall Bibliotheksmitarbeiter, die unauffällig und leise ihre Arbeit verrichteten. Am Informationstisch auf jeder Etage, an der Ausleihe, bei der Rückgabe, an der Stelle, wo man einen Ausweis beantragte. Man sah sich, man wurde gesehen.

So etwas wäre kein Arbeitsplatz für sie. Der Gegensatz von Freiheit. Sie verabschiedete sich von Isabella und sprach eine Bibliotheksmitarbeiterin, eine große, grobe Frau mit geschmacklosen Kleidern an.

»Wo ist die Abteilung Englische Literatur?«

»Was suchen Sie denn?«

»Shakespeare!«

»Der hat ein eigenes Fach!«

»Ach?«

Die Blonde wusste Bescheid. Und hob zu einer jener Belehrungen an, die Alicia immer wieder verwundert bei den Deutschen registrierte.

»Natürlich. Shakespeare liest doch jedes Kind. Nun,

Kind vielleicht nicht, aber er steht auf dem Lehrplan für die 12. Klasse. Und viele Leute leihen sich etwas aus, bevor sie ins Theater gehen. Die Mannheimer sind interessiert am Theater und schließlich gehen auch Leute hin, die kein Abitur haben. Die müssen sich ja irgendwie einlesen, oder? Außerdem hat er ein so interessantes Leben gehabt, nicht wahr!«

Letzteres war keine Frage, sondern eine Behauptung.

»Ja?«, sagte Alicia trocken. »Was denn für eins?«

Die Frau sah sich um. Es wurde nicht gerne gesehen, wenn man in einer Bibliothek laut redete und man tat hier keine Dinge, die nicht gerne gesehen wurden. Doch niemand achtete auf sie. Die Bibliothek war personell eher dünn besetzt, da gab es viel zu tun und bot ein Schlupfloch für die Individualität.

»Na, Schauspieler und dann hat er dieses Theater gehabt und außerdem hat er diese herrlichen Wahrheiten in diesen herrlichen Stücken …«

»Woher wissen Sie das?«

»Es steht doch in seinen Biographien!«, sagte die Blonde mit dem Brustton der Überzeugung.

***

Donnerstag, 17. 3. 2005, nachmittags.

Alicia saß im Hellers und las. Sie bemerkte kaum die Menschen, die fragten, ob an ihrem Tisch noch Platz sei. Nickte nur. Und las weiter.

Eine neue Welt tat sich ihr auf.

Hier wurde alles angezweifelt.

Gnadenlos wurde Shakespeares Leben zerpflückt. Nicht

einmal den Namen Shakespeare ließ man ihm. *Shaksper* nannten sie ihn. So wie er sich selbst geschrieben hatte. Sechs Unterschriften auf kaufmännischen Dokumenten, keine glich der anderen, alle krakelig, keine Einzige war darunter, die wie das Wort Shakespeare aussah. Keine weitere Zeile von seiner Hand, außer einem außerordentlich dümmlichen Spruch auf seinem Grab – ein primitiver Spruch, der den verwünschte, der es wagte seine Knochen zu entfernen. Geradezu peinlich und Meilen entfernt von der zeitlosen Schönheit der Sonette, für die man ihn bewunderte.

Dieser Mann, von dem nicht einmal bekannt war, ob er wirklich jemals zur Schule ging, sollte lateinische Dichter mit ihren Zitaten in sein Werk eingeflochten haben, die zu seiner Zeit gerade erst übersetzt wurden. Übersetzt übrigens vom Onkel eines anderen Bewerbers.

Der Mann, dessen Unterschrift mehr auf einen halben Analphabeten als auf alles andere deutete. Der Mann, der niemals deutlich in Erscheinung trat als Autor, der aber die höfischen Sitten und Kreise so gut kannte, als habe er sich ein Leben lang in ihnen bewegt. Kein Zeitgenosse hat je ein herausragendes Wort über ihn als Dichter verloren, es gibt keinen Beweis, dass er zu Lebzeiten gemalt worden sei – obwohl er doch so berühmt war. Oder?

Aber, dachte Alicia beinahe verzweifelt und ließ zu, dass ihr erkalteter Kaffee abgeräumt wurde. Es gibt doch trotzdem dieses Bild, das wir alle kennen.

Aha, auch hierfür gab es eine Antwort:

Nicht einmal das berühmte Porträt von *ihm* war authentisch. Der Maler, ein Flame namens Droeshout, war erst 15 gewesen, als Shakespeare starb. Er hatte ihn also vermutlich nie gesehen, sondern irgendein anderes Bild mehr schlecht als recht abgemalt. Das ausdruckslose Antlitz, so die Kritiker, ähnele mehr einer Schauspielermaske.

Beim zweiten Kaffee landete Alicia bei der so genannten *besseren Theorie.*

Da tauchte ein Mann auf, aus dem Dunkeln – Edward de Vere, der 17. Earl von Oxford. Nummer 17. Das zeigt in England, das man aus einer alten Familie kommt. Sehr alt in diesem Fall – ein Aubrey de Vere war schon mit William dem Eroberer nach England gekommen. Edward hatte früh den Vater verloren, die Mutter heiratete sofort wieder. Ein gewandter Draufgänger, einer aus den ersten Kreisen, deren feudale Werte er verinnerlicht hatte – jene Werte, die sich zahllos in den Texten des bürgerlichen Shakespeare fanden. Einer, der den Hof kannte und mit seinen Regeln spielte. Schon mit 14 Master of Arts, mit 17 am Gray's Inn – der Juristenschmiede der damaligen Zeit – immatrikuliert, wo berichtet wird, dass er viel Theater gespielt hatte. Er war auch einer, der den Waffengang kannte, war 1569 an der Niederschlagung eines Katholikenaufstandes im Norden beteiligt. Er wusste von den Jagdvergnügen und kannte das Leben der Oberschicht – eine Liebesaffäre mit einer ›Dark Lady‹ hatte er auch – Anne Vavasour, eine Hofdame, die sogar ein Kind von ihm hatte. Der trübe Ton der Sonette – alles passte. Und noch viel mehr. Indiz schien sich an Indiz zu reihen.

Alicia fühlte ein Herzklopfen. Sie holte sich ein Stück Kuchen, mit Honig gesüßt, anstatt mit Zucker und mit einer gesunden Haferschicht bedeckt.

Dieser Edward de Vere aus einem uralten Adelsgeschlecht wuchs auf in einem hochkultivierten Haushalt in dem Latein, Griechisch und Geschichtsunterricht zum Alltag gehörten. Auch war er körperlich verletzt, ein gebrochener Mann in mancher Hinsicht, schwach und beschädigt, so wie der Mann in den berühmten Sonetten, für die der eigentliche Shakespeare viel zu jung gewesen wäre. Er kannte die Eifersucht sehr gut am eigenen Leibe, da man ihm – gerade unterwegs – zugetragen hatte, seine in Abwesenheit geborene Tochter sei gar nicht seine eigene.

Die Zeit reichte nicht sich zu vertiefen. Alicia konnte nicht weiter lesen. Sie packte die Bücher wieder ein, sah sich vorsichtig um. Warum kam sie sich nun wie eine Verräterin vor?

***

Donnerstag, 17. 3. 2005, später Nachmittag.

Sie mochte die Straße nach Seckenheim, denn sie vermittelte Aufbruchsstimmung. Im Hintergrund verhieß der Odenwald mit zarten, grünblauen Bergen Natur und Freiheit, der Neckar schien dorthin zu führen wie ein Band, an dem man sich entlang hangelte.

Er glitzerte heute Mittag kalt und blau, an seinem Ufer auf den ausgedehnten Wiesen spielten Hunde miteinander, während die Besitzer langsam auf und ab schritten.

Seckenheim machte einen dörflichen Eindruck, entlang der Hauptstraße waren Häuser, denen man die Herkunft noch deutlich ansah.

Der Firmenchef hatte sich gewünscht in einer Ecke des Hotels ›Löwen‹ gemalt zu werden, denn das Restaurant gehöre zu seinen Stammlokalen.

»Daheim ist kein gutes Licht. Zu viel Holz, dunkles Holz. Die Frau mag das, aber, Fräulein, ich denke für ein Porträt ist das nicht so günstig!« Alicia war es recht. Sie erhielt einen weiteren Kaffee und begann mit den Umrissen des runden, rötlichen, lebensfrohen Gesichts. In den Zügen spiegelte sich Lebenserfolg und die Gewissheit, die Dinge richtig geordnet zu haben. Kinder waren da, Enkel, die Firma florierte, Arbeitsplätze konnten erhalten werden, es gab Auszubildende und man ging sonntags mit jenen Freunden in die Kirche, mit denen man auch Karten spielte und im Chor sang.

Ob Shakespeare in den letzten Jahren seines Lebens, die er in Stratford verbracht hatte, auch so zufrieden mit sich selbst gewesen war? Mit dem Erreichten! Hatte er nie mehr Lust gehabt, nur so aus Spaß, etwas zu schreiben. Konnte man mit dem Schreiben aufhören wie auf Knopfdruck? Es niemals mehr erwähnen? Sie ahnte – das war unmöglich!

Alicia strichelte an den kräftigen Augenbrauenbüscheln ihres Gegenübers, als ihr Handy läutete. Fisher! Sie erkannte seine Nummer und spürte wie ihr Herz klopfte.

»Ich habe zu tun!«, sagte sie barsch. »Was wollen Sie schon wieder?« Er lachte. Dann ernst.

»Sie treffen sich heute mit Rosen?« Alicia antwortete nichts.

»Gut. Sie brauchen nicht zu antworten, es nur zu tun. Morgen früh will ich Sie sehen!«

»Morgen früh?«

»Um neun im Café Herrdegen. Da hat es uns doch letztes Mal so gut gefallen, nicht wahr?«

»Morgen früh habe ich keine Zeit!«, sagte Alicia, doch er hatte schon aufgelegt.

***

Donnerstag, 17. 3. 2005, Abend.

Beate war zu Hause und offenbar ganz guter Laune. »Ich habe in drei Wochen einen Termin bei der Personalverwaltung. Das ist ein gutes Zeichen. Wenn sie meinen Vertrag auflösen wollten, bekäme ich keinen Termin mehr. Das würde keinen Sinn machen!«

»Na, dann hat sich ja alles gelohnt!« Alicia ließ ihre Kleider fallen und seufzte. »Heute Abend bin ich nicht da. Ich gehe weg. Was machst du?«

Beate errötete doch tatsächlich immer noch. Nach all der Zeit.

»Es kann sein, dass Peter kurz vorbei kommt. Wenn es die Arbeit im Präsidium erlaubt. Leider sind wir noch nicht viel weiter in der Sache Hunold!«

»Wir oder ihr?«, fragte Alicia ironisch.

»Lass das. Wenn ich von ›wir‹ spreche, meine ich meine Kollegen. Peters Frau hat ein wichtiges Bridgeturnier heute Abend.«

Es hörte sich an als sei sie stolz auf die Ehefrau ihres Geliebten.

»Bridge«, sagte Alicia nachdenklich, »das ist kein Spiel für Dumme sondern eins für Leute, die sehr gut denken und rechnen können. Meinst du wirklich, sie weiß nicht längst von eurem Verhältnis?«

»Aber nein!«, antwortete Beate empört und schob Felix weg, der sehnsüchtig vor dem Kühlschrank saß. »Sonst müsste er doch nicht so vorsichtig sein und könnte viel öfter mit mir etwas zusammen unternehmen! Wir könnten uns öffentlich zeigen.«

Dazu sagte Alicia nichts.

»Sah Liebe jemals mit den Augen?«, fragte Shakespeare. Der Alleswisser.

***

Donnerstag, 17. 3. 2005, Abend.

Roman und sie gingen wieder in seine düstere Stammkneipe in der Mittelstraße. Diesmal fanden sie nicht einmal einen Tisch für sich alleine, mussten sich ans Eck eines Sechsertisches klemmen, an dem alle anderen Beteiligten rauchten. Erleichtert holte Alicia ihre Gauloiseschachtel raus.

»Meine Hauptdarsteller müssen Nichtraucher sein. Ich will keine kratzigen Stimmen auf der Bühne hören. Außer es passt, und dann muss es mit anderen Mitteln erreicht werden.«

»Nicht einfach, diese Auswahl immer zu treffen!! Wen nehmen Sie? Wie kommt er an? Hängt er durch?«

Er zuckte mit den knochigen Schultern.

»Ja, Bühnenarbeit ist Schwerstarbeit. Schauspieler erbringen nicht nur eine geistige, auch eine körperliche Leistung. Sie müssen sportlich sein und durchtrainiert. Was glauben Sie, wie viele Kilometer sie auf der Bühne zurücklegen und wie viel Kraft sie brauchen, um sich vom Boden im Liegen scheinbar so leichtfüßig wieder in die Gerade zu bringen. Und das möglichst ohne zu schnaufen.«

»Ja, Lügen kostet Kraft! Illusionen erzeugen, meine ich!«

»Ein interessanter Gedanke!«

»Wie gehen die Arbeiten an *Macbeth* voran?«

»Eigentlich gut.« Er lächelte wieder dieses unvergleichliche Lächeln. »Inzwischen haben meine beiden bösartigen Eheleutchen sogar gelernt bei Kerzenlicht über die Bühne zu gehen. Auch der Mord am König findet im Dunkeln statt. Der Tiefpunkt im Leben zweier Menschen, von denen der eine zu machtbesessen ist und der andere zu schwach, es zu verhindern. Es ist stockfinster auf der Bühne für eine ganze Weile. Aber die kriegen das hin. Der Ringmann hat Isabella das gut beigebracht – ein Profi, der kann sich überall bewegen. Dunkelheit liegt über dem ganzen Stück – es wird im Laufe der Aufführung immer heller bis die Gerechtigkeit wiederhergestellt ist! Und dabei wird das Bild, das ich von Shakespeare hinten an die Leinwand werfe, unsere Videoinstallation, immer klarer.«

»Das klingt gut! Beeindruckend. Wann hat Shakespeare dieses Stück eigentlich geschrieben!«

»1605 oder 1606!«

Das Datum kam Alicia bekannt vor. 1604 war Edward de Vere an der Pest gestorben. Wie konnte es sein, dass dann nach dem Tod de Veres, nach Meinung der Gruppe um Manteuffel, noch Stücke erschienen waren. Dann fielen ihr die Sätze in seinen Abhandlungen ein. Das Verschweigen der adeligen wahren Verfasserschaft an den Stücken sei eine übliche Praxis gewesen. Nach- und Fehldatierungen von Stücken die Regel. Noch Jahre nach Shakespeares Tod waren etliche Stücke weder gedruckt noch je erwähnt.

Sie räusperte sich und bestellte sich einen zweiten Wein. Ohne seine Unterstützung konnte sie die nächste Frage nicht stellen.

»Gibt es eigentlich keinen Zweifel, keinen Einzigen, dass dieses Stück und die anderen – hm – wirklich von Shakespeare sind! Von dem William Shakespeare, den wir kennen!«

Romans Hand, die das Mineralwasserglas umfasste, wurde weiß, so fest umklammerte er es plötzlich. »Keinen Einzigen!«, sagte er.

Und damit war das Thema beendet.

***

Donnerstag, 17. 3. 2005, Nacht.

Sie landete in seiner Wohnung in dieser Nacht.

In seinem Bett.

Es war dunkel. Wie auf der Bühne erleuchteten nur Kerzen ihre Körper, die einander zärtlich erst, dann lustvoll, dann erschöpft kennen lernten. Er war sanft, kreativ und beinahe verträumt.

Als Alicia in der tiefen Nacht einmal erwachte und ihn voll Erstaunen über das, was sie getan hatte, betrachtete, da dachte sie, dass es ein Spiel gewesen war.

Doch dann kam die schreckliche Erinnerung an den Verlauf der Nacht. Sie hatte Rotwein getrunken. Er war bei Mineralwasser geblieben. Es waren die Gespräche gewesen, die sie berauscht hatten.

Man hatte sich schließlich geduzt, einen warmen, weichen Kuss ausgetauscht, der länger ausgefallen war als bei einem solchen Anlass üblich.

»Trinkst du niemals Alkohol. Bist du frei von jedem Laster?«, hatte Alicia gescherzt, als sie – einander vorsichtig noch und beinahe unschuldig wie Kinder an der Hand haltend – über die Kurpfalzbrücke liefen, auf der in beiden Richtungen noch Nachtschwärmer unterwegs waren.

»Wer ist schon frei von jedem Laster?«

Ein Sportwagen hupte und raste an ihnen vorbei. Drinnen saßen junge Männer, die wenig Vertrauen erweckend aussahen. Mannheim bei Nacht.

»Es gibt solche Tage, solche Nächte und diese gehört dazu.«

Wie fühlte sie sich bei diesem schrecklichen Verrat? Sie hasste Fisher, sie verfluchte ihn, sie dachte an Beate und an ihren Wunsch, diese kleine, diese brave Stelle zu behalten und dann kamen die Worte fast als spreche jemand anders als sie. »Ich würde gerne etwas nehmen, um dies alles richtig zu genießen, um es auf eine andere Ebene zu bringen, um zu verstehen!«

Er hatte sie ruhig reden lassen von »nur ab und zu, leider nichts da und wie es diesen Abend zu etwas Besonderem machen würde«.

War sie eine bessere Schauspielerin als sie geglaubt hatte.

Als sie bei ihm in der Lameystraße waren, das Theater lag schon im Dunkeln, die Vorstellung war vorbei – da bot er ihr etwas an.

Stoff, Rauschgift. Dope. Sie tat so, als sei sie jetzt über den Moment, in dem es ihr noch gut tut. Er packte es wieder weg, achselzuckend. Er tat all das mit ruhiger Selbstverständlichkeit.

Und das erschreckte sie.

Hatte sie in den Armen eines Mörders gelegen?

***

Freitag, 18. 3. 2005, morgens.

Frühstück mit Fisher.

Und die nächste Lüge in das Gesicht ihrer Schwester. »Was machst du heute Morgen!« Die Pressestelle hatte heute Mitarbeiterbesprechung, Beate musste länger arbeiten.

Etwas, das sie nicht mochte, denn sie war eine Frühaufsteherin und liebte es abends den Haushalt zu machen, ihre komplizierten Abnehm-Gerichte zu köcheln sowie auf die Anrufe ihres Freundes zu warten.

»Ich gehe in die Stadt. Ich muss ...« Ja, was musst du, Alicia? Wie leicht log es sich mit ein wenig Übung.

»Ich brauch eine neue Batterie für meine Uhr!«

»Das kannst du doch auch hier in Neckarau«, murrte Beate.

Sie frühstückte nicht gerne alleine. »Hier gibt es alle Geschäfte, ein Grund warum ich hierher gezogen bin. Man braucht nicht immer in die Stadt zu fahren!«

»Du sprichst wie eine ältere Dame. Und außerdem, wenn ich eine lückenlose Kontrolle meines Tagesablaufs haben will, kann ich genauso gut auch heiraten!«, erwiderte Alicia.

»Wen denn?«

»Lass das meine Sorge sein. Obwohl, diese grandiose Auswahl wie du habe ich natürlich nicht. Was macht dein Autoheini?«

»Vielleicht holt er mich von der Arbeit ab, heute Abend. Ich denke, er weiß mehr über die Tote, als jeder andere!«, bemerkte Beate nachdenklich. »Vielleicht ist ihm noch etwas von Bedeutung eingefallen, etwas, das auch Peter interessieren könnte.«

Alicia schüttelte den Kopf. »Willst du immer noch deinen Galan mit einer mörderischen Lösung beeindrucken? D u bist doch ein Fan unserer deutschen Ordnungsmacht. Wenn also die Polizei auch nur das geringste Gefühl hätte, dass dieser Fürst etwas weiß oder etwas verbirgt, dann würde sie sich an ihn kleben wie eine Klette. Schließlich ist dein Fisher ein Experte, wahrscheinlich auch auf diesem Gebiet!«

»Ich bin einfach nur interessiert, sonst nichts. Es passiert ja sonst nicht viel in meinem Leben!«, erwiderte Beate spitz und ging ins Bad.

Manchmal erstaunte sie ihre eigene Schwester.

Ja, dachte Alicia, das stimmt. Aber in meinem? Passiert da viel mehr? Fließt mein Leben hier nicht auch allzu ruhig.

Treibe ich von der Quelle weg anstatt zur Quelle hin, wo man gegen den Strom kämpfen muss. Wie waren die Tage in Paris aufregend, die Menschen, die Begegnungen. Was geschieht hier eigentlich? Was geschieht mit mir?

Und dann war sie froh um die Nacht, die hinter ihr lag.

Roman und sie hatten keine Zukunft. Er war ein Künstler, er würde immer nur dorthin gehen, wo man seiner Kunst einen Raum gab.

Fisher war schon da. Er hatte sich im Café Herrdegen einen ruhigen Tisch gesucht und las die Bildzeitung als sie hereinkam. Alicia schauderte. Hoffentlich sah niemand sie mit diesem Mann.

»Na, wen haben wir denn da?«, fragte er, stand auf und rückte ihr einen Stuhl zurecht. Er trug ein blaues Hemd, eine braune Lederjacke und eine Art Jeans. »Das ist aber nett. Was nehmen Sie? Einen Orangensaft für die Vitamine? Bleiben Sie mir ja gesund, meine Liebe?«

»Warum?«

»Na, damit Sie nicht im Bett liegen müssen. Haben Sie gut geschlafen?«

»Danke!«

»Sie sehen etwas übernächtigt aus!«

Einen kurzen Moment lang fragte sich Alicia, ob er sie überwachen ließ. Bemerkt hatte sie niemanden. Der Gedanke war ihr nicht neu. Auf der Kurpfalzbrücke hatte sie sich – unauffällig wie sie hoffte – ein paar Mal umgesehen, doch außer Jugendlichen und halb angetrunkenen Nachtschwärmern sowie einem älteren Ehepaar, das einen Pudel ausführte, niemanden bemerkt.

»Das geht Sie alles gar nichts an!«

Fisher bestellte Kaffee und Brötchen und Butter. Gut gelaunt lehnte er sich zurück und musterte sie.

»Wir sind nicht zum Vergnügen hier. Was hat Rosen gesagt? Wie hat er reagiert?«

Alicia hoffte ihre schauspielerischen Qualitäten reichten aus. »Keinerlei Reaktion. Ich habe es zuerst nur angedeutet und dann habe ich direkt gefragt. Also, ich hatte den Eindruck, er weiß nicht einmal, wovon ich rede.«

»Na, das ist wohl ein wenig übertrieben, oder? Ich warne Sie – lügen Sie mich nicht an. Ich sage Ihnen nämlich etwas – wir haben inzwischen herausgefunden, in welchem Viertel sich Frau Hunold in Straßburg mehrfach aufgehalten hat?«

»Wie denn das?«

»Zusammenarbeit mit den Franzosen und Französinnen!« Er grinste bei seiner schlechten Kopie eines Franzosen, »›très charmant‹. Zweimal Strafzettel, eine Rechnung in einem Restaurant und zweimal ist sie in einem Café gewesen. Letzteres durch Fotobefragung. Es handelt sich um ein Viertel rund um die Kunsthochschule. Krutenau. Und genau in diesem Viertel hat die Polizei in den letzten Monaten zwei Drogennester ausgehoben. Es waren auch Menschen beteiligt, die sich … in Deutschland aufhalten. Im weitesten Sinne im Grenzgebiet. Zufall?«

»Das kann ein Zufall sein.«

»Oder auch nicht. Deshalb warne ich Sie, bleiben Sie an diesen Theaterleuten dran. Da steckt etwas dahinter!! Ich ahne, dass dort etwas Böses lauert. Das fühle ich und meine Ahnungen haben mich weit gebracht.«

»Und Ihre Gefühle?«

Alicia betrachtete ihn. Und plötzlich sah sie hinter dem Verführer, dem Liebhaber ihrer Schwester, den Kämpfer.

Und musste an ihren Vater denken. Und beschloss, ihm eine letzte Chance zu geben. Langsam und prononciert setzte sie ihre Worte.

»Ich sage es Ihnen noch einmal. Ein letztes Mal – Frau Hunold war nicht der klassische Typ, der regelmäßig Drogen nimmt, ohne diese nicht mehr leben kann, oder für Geld damit handelt. Ich denke, der Mord hat etwas mit Shakespeare zu tun. Mit Shakespeares Leben. Ich denke, sie hat irgendetwas herausgefunden, das fürs Theater wichtig war!«

Fisher lachte sein an einen Haifisch erinnerndes Lachen.

»Meine Güte, wie froh bin ich, dass Ihre liebe Schwester etwas realistischer ist als Sie. Hätte ich mit Ihnen ein Verhältnis – nichts als überspannte Ideen und Probleme.«

»Mit mir *hätten* Sie kein Verhältnis, Herr Fisher!«

»Warten wir's ab. Nein, nein, da sehe ich die Dinge glaube ich etwas realistischer. Geld kann jeder brauchen und Drogenhändler sehen durchaus nicht immer so aus wie Drogenhändler. Nicht immer sind es schmierige kroatische Dunkelmänner – Sie würden sich wundern. Außerdem haben Sie selbst gesagt, dass sie euphorisch war, nervös und aufgeregt! Das klassische Bild einer ehrgeizigen Frau, die sich ein wenig ... aufputscht, um in ihrem Leben bestehen zu können.«

Die letzte Chance! Sie würde ihm noch eine einzige Chance geben. Aber er sah sie nicht. Er war zu überheblich.

»Ich habe durch die Gespräche den Eindruck, Frau Hunold hat eine Spur entdeckt.«

Fisher schlug mit der Hand auf den Tisch.

»Und jetzt sag ich Ihnen was! Sie haben Gefallen gefunden an diesem Zigeuner. Mehr als das. Sie wollen ihn schützen, aber der Kerl hat Dreck am Stecken, ist kein unbeschriebenes Blatt. Die österreichische Polizei hat uns ein ganz nettes Dossier gegeben von der Zeit, als der feine Herr noch in Wien studiert hat. Natürlich werden Sie kein Wort davon erfahren, so weit kann unsere gedeihliche Zusammenarbeit wohl kaum gehen, aber wenn Sie meinen, Sie können mich mit einem Dichter aus dem 18. Jahrhundert ablenken, müssen Sie früher aufstehen. Sie bleiben dran und wenn Sie mir etwas verschweigen, dann Gnade Ihnen Gott!«

Alicia stand auf, die Kaffeetassen klirrten.

»Wenn Sie das nächste Mal unsere Wohnung betreten, werde ich den Hund auf Sie hetzen.«

Fisher lachte.

»Und Shakespeare hat im 16. Jahrhundert gelebt – er ist 1616 gestorben! Wie wäre es, wenn Sie Ihre Abende mit Lesen verbringen würden, anstatt mit …«

»Sagen Sie es nicht!« Fisher stand auch auf. Die beiden standen sich in dem Café drohend gegenüber. »Und sehen Sie sich vor. Ich warne Sie!! Ganz abgesehen von Ihrer Schwester.«

Die letzten Worte hörte Alicia schon nicht mehr. Sie stand in einem Strom schubsender und drängelnder Passanten auf der Straße, kochend vor Wut.

Und dann beschloss sie, konsequent alle Termine in ihrem Studio abzusagen.

Sie würde hinter das Geheimnis der Alexandra Hunold kommen. Nur mit der Kraft ihres Verstandes – ihres klaren, analytischen, französischen Verstandes.

Sie würde ihre Gefühle, ihre Emotionen an die Kette legen und den Fall lösen – nur und alleine durch Nachdenken.

9

Kein einzger, in deß Haus mir nicht bezahlt ein Diener lebte. (Macbeth 3. Akt 4. Szene)

Freitag 18. 3. 2005 immer noch morgens

Die Kernmannschaft der Sonderkommission rund um Peter Fisher – erfolgsverwöhnt und mit allen Mitteln der modernsten Kriminalistik ausgestattet – traf sich jeden Morgen um elf, um die neuesten Ergebnisse und weitere Vorgehensweisen zu besprechen.

Die Besprechungen im Fall ›Alexandra Hunold‹ waren rasch, allzu rasch beendet, der Geschickteste wurde zur Pressestelle entsandt, und die Pressestelle tat das, was ihre Aufgabe war – den Journalisten verheißungsvollen Sand in die Augen streuen.

Neue Spuren würden verfolgt, interessante Erkenntnisse könnten zu sehr raschen Ergebnissen führen. Noch sei alles nicht konkret, aber man werde rechtzeitig informieren.

Und doch hatte sich tatsächlich etwas Neues ergeben.

Etwas, womit von Anfang an zu rechnen gewesen war.

Ein alter Mann war aufgetaucht, der bisher grippekrank zu Bett gelegen hatte. Er hatte sich aus diesem Grund verspätet gemeldet und behauptete, er habe an dem fraglichen Tatabend gegen 19 Uhr, »also es war jedenfalls nach den

›Heute Nachrichten‹, ein verdächtiges Auto an sich und seinem uralten, blasenschwachen Hund vorüberfahren sehen. Er selbst war die Straße, den Farnkrautweg, Richtung Käfertaler Wald entlang gegangen, »nur ein paar Schritte, weiter kann Napoleon nicht mehr laufen«, da wo man langfristig zum ›Karlsstern‹ abbiege. Das Auto sei sehr langsam gefahren, und darin habe eine ältere Person gesessen, er meinte eine Frau mit Kopftuch, aber es könne auch ein Mann, ein älterer Mann mit einer Kapuze gewesen sein. Da war er sich nicht sicher.

Er oder sie sei so gefahren, als kenne sie den genauen Weg nicht. Es sei nicht direkt dunkel, aber schon ein wenig dämmerig gewesen. Geregnet habe es noch nicht.

Kein Mensch sei unterwegs gewesen und er habe auch nur wenige Autos gesehen.

Warum er darauf geachtet habe?

Weil er auf seine Tochter wartete, die ihm Medikamente hätte bringen sollen und außerdem habe er schon lange einen Hass auf die Türkenweiber, die sich Kopftücher überziehen und deutsche Steuergelder verbrauchen.

Das Auto sei nicht bis zum Wald gefahren sondern vorher abgebogen. Da wo manche halten, die dann bis zum ›Karlsstern‹ laufen oder joggen. Eigentlich kenne er die meisten Leute hier in der Gegend und auch ihre Autos – dieses hier habe er noch nie gesehen.

Nun rollte die Maschinerie. Endlich gab es etwas zu tun in einem Fall, der immer peinlicher für die Mannheimer Kripo wurde.

Dem Mann wurden Autos gezeigt, alle möglichen Typen – schließlich deutete er auf einen Polo. In Rot. Ein roter Polo. Oder war er rosa gewesen? Und auch bei der Marke ›Polo‹ war er sich nicht ganz sicher.

Der Computer begann zu rattern.

Wer von den Leuten, die auch nur andeutungsweise mit Alexandra Hunold zu tun gehabt hatten, besaß einen roten Polo oder einen entsprechenden Kleinwagen.

Der alte Mann konnte sich leider nicht an die Autonummer erinnern.

»Ich hab ein schlechtes Zahlengedächtnis, weiß nur noch die Nummer von meinem ersten Auto, mit dem ich 1971 einen Totalschaden hatte. Komisch, dass man sich das immer merkt! Das Negative, meine ich.«

Fisher und seine Leute sahen sich entmutigt an. Mal sehen, was die Fahndung nach dem Auto brachte. Viel Hoffnung hatten sie nicht. Wäre ein Mörder, der Alexandra Hunold so clever aus dem Weg geräumt hatte, langsam mit seinem eigenen Auto dem Tatort entgegengefahren.

Alicia war von wütendem Ingrimm erfüllt.

Man hatte sie beleidigt – jetzt würde sie zeigen, was sie konnte.

Napoleon hatte gesagt, Gott ist immer mit den stärksten Bataillonen. Alicias verletztes Ego machte sie stark und es schien sich alles wunderbar zu fügen.

Keiner der abgesagten Kunden war beleidigt, dass der Termin ausfiel. Wieso auch?

Wenn die reizende, französische Malerin mit den künstlerisch verwuschelten Locken eine böse Darmgrippe hatte – wer wollte sich schon anstecken? Das Bild sollte schließlich richtig gut werden und das wurde es nicht, wenn besagt reizende, französische Malerin nicht im Vollbesitz ihrer Kräfte war.

Die gelassene, bodenständige Gutmütigkeit der Mannheimer war etwas, das Alicia schätzte. Man sagte ihr, sie ähnelten darin den Pfälzern.

Sie besuchte wieder die Bibliothek. Sie konnte nicht

sagen warum. Vielleicht gaben die vielen Werke der Literaturgeschichte, in denen Shakespeare Shakespeare und kein anderer war, ihr jene Sicherheit zurück, die sie durch die Lektüre der Manteuffelbücher verloren hatte. Die ältere Dame vom Vortag war immer noch mit dem gleichen Wägelchen unterwegs wie am Tag zuvor, für Alicia ein deprimierender Anblick. »Immer noch Reiseliteratur?«, fragte Alicia.

»Wanderführer!«, erwiderte die Frau verdrießlich. »Werden oft ausgeliehen, aber wenn man so viel liest, hat man ja gar keine Zeit zum Verreisen! Sag ich immer zu meinem Mann!« Und sah sich bei ihren aufrührerischen Worten vorsichtig um.

Im Hintergrund erschien eine weitere, gestrengere Dame, die ebenfalls unzufrieden wirkte. Alicia war in ihren eigenen Gedanken, sie fühlte sich innerlich sehr unruhig und rastlos.

»Frau Mau, wenn Sie mit den Reisesachen fertig sind, wäre es nett, wenn Sie die Deutschlehrbücher mal durchsehen. Die mit alter Rechtschreibung können wir zum Flohmarkt geben! Und später helfen Sie an der Ausleihe, Frau Götz muss früher gehen.«

»Ja, selbstverständlich, das mache ich!«

Der Blick wanderte fragend zu Alicia. »Kann man Ihnen helfen? Suchen Sie etwas Bestimmtes!«

Alicia hatte gerade eben einen Entschluss gefasst.

»Ich hätte eine Bitte. Dürfte ich mal das Telefon benutzen und haben Sie ein Telefonbuch von Heidelberg?«

Die Ältliche mit dem viel sagenden Namen Mau verzog schmerzlich das Gesicht. Ihre Chefin um ein Telefonbuch zu bitten. Unglaublich.

Die Gestrenge betrachtete Alicia mit gerunzelter Stirn.

»Es ist schön, dass eine Bibliothek wie die Mannheimer Stadtbibliothek so bürgernah ist«, ein alter Trick, »das kann man auch oft in der Zeitung lesen! In Leserbriefen und so.«

Die Chefin musterte Alicia jetzt nervös und verunsichert.

»Ja, sicher. Wir bemühen uns immer. Also normalerweise ...«

»Es handelt sich um einen Notfall!«, lächelte Alicia. »Gewissermaßen! Und mein Handy hat eine Karte. Ich kann nicht mehr länger als eine halbe Sekunde sprechen.«

»Ja, sicher!« Man war Alicias Charmeoffensive hier nicht gewachsen.

In einer ruhigen Ecke des Abteilungsleiterbüros erhielt Alicia das Gewünschte. Die Universität Heidelberg unterschied sich nicht von anderen größeren Firmen. Durchstellen, durchstellen, Zwischenmusik, Warten. Die Sekretärin von Professor Schneider. Herr Dr. Landhaus befinde sich gerade auf dem Weg nach Mannheim, wo man sich wegen der Publikationen besprechen werde. Er sei gerade losgefahren. Mit dem Auto? Nein, Herr Dr. Landhaus fahre gerne Zug. Dabei könne er besser denken. Das verstand Alicia.

Handynummer?

Nein, das gehe nun wirklich nicht

Sehr dringend? Etwas Familiäres? Nicht. Aha, etwas Wissenschaftliches, seine Shakespearearbeit betreffend. Das war ein Probeschuss von Alicia. Doch er traf ins Schwarze.

Sie erhielt eine Handynummer und Dr. Landhaus antwortete vor der Hintergrundmusik eines Bahnhofslautsprechers.

»Landhaus? Hallo?«

»Ich muss Sie dringend sprechen, Herr Dr. Landhaus«, sagte Alicia. »Mein Name ist Alicia Aherne. Ich kannte Alexandra Hunold. Es geht um Shakespeare!«

Schweigen am anderen Ende der Leitung.

»Wann sind Sie am Hauptbahnhof? Können wir uns kurz treffen?«

Alicia vernahm ein Räuspern.

»Es ist wichtig!«

Landhaus stimmte nach kurzem Zögern zu und Alicia begab sich einmal mehr zum Mannheimer Hauptbahnhof.

Alicia kannte den Bahnhof noch aus früherer Zeit. Außer der Fassade war nicht viel davon übrig geblieben. Die Gemütlichkeit war weg, gläserne moderne Perfektion war entstanden.

Er unterschied sich jetzt kaum noch von einem Einkaufszentrum mit Boutiquen und Läden, in dem zufällig unten auch noch ein paar Züge losfuhren.

Wie immer an solchen Orten, trafen sich hier alle möglichen Gestalten, vor allem jüngere Leute, darunter viele jugendliche Ausländer mit bunten Turnschuhen und ständig klingelnden Handys. Hierin unterschied sich der Bahnhof in nichts von seinen großen Brüdern in Paris oder London.

Dr. Landhaus stand etwas verloren und mit einem abweisenden Gesichtsausdruck, wie ein trotziges Kind, an der Information. Seine Schultern hingen nach unten und seine Schuhe waren mindestens zehn Jahre nicht geputzt worden. Alicia verglich ihn mit Manteuffel und stellte beunruhigt fest, dass die Beschäftigung mit Shakespeare anscheinend den modischen Sinn bei seinen Jüngern abtötete.

Allerdings war er sowieso kein gutaussehender Mann. Er wirkte blass mit spärlichem Haar und bleicher Gesichtsfarbe, etwas basedowschen, wasserblauen Augen und Durchschnittskleidung über einer Durchschnittsfigur mit schlechter Haltung.

In seiner Hand hielt er eine ziemlich abgeschabte, bräunliche Aktentasche. Wahrscheinlich, dachte Alicia, war er unverheiratet, denn jede Ehefrau der Welt hätte diesem Mann längst eine neue Aktentasche geschenkt.

»Herr Dr. Landhaus?«

»Ja.« Erwartungsgemäß ein eher schlaffer Händedruck.

Man stand sich verlegen gegenüber. Jemand, der die Szene beobachtete, musste annehmen, dass sich hier zwei trafen, die sich über eine Heiratsannonce kennen gelernt hatten. Erkennungszeichen: Abgeschabte, braune Aktentasche.

»Gehen wir vielleicht kurz irgendwohin!«

Der Mann sah sich ratlos um.

»Unten ist ein Café!«, sagte Alicia. »Es ist nicht direkt schön oder gemütlich, aber darauf kommt es ja nicht an! Ich frühstücke manchmal dort.«

Das Café war mit kleinen runden Tischen ausgestattet und hatte Bahnsteigatmosphäre. Alicia steuerte auf den Tisch in der hintersten Ecke zu. »So«, sagte sie. »Hier können wir bestimmt ein wenig reden!«

»Einen Pfefferminztee«, bestellte Landhaus nicht überraschend und übersah den Blick der jugendlich drallen Bedienung, der zu Alicia schweifte. »Ein Latte Macchiato!«

Landhaus sah erstaunt aus, aber es war ihm wohl nicht wert zu fragen, was das eigentlich sei.

»Sie haben behauptet, Sie kennen Frau Hunold.« Landhaus musterte Alicia eher unfreundlich.

»Ja, kennen Sie sie auch?«

»Ich kannte sie. Sie ist tot. Die Polizei war da.« Verwirrt

strich er sich über die leicht picklige, weiße Stirn, hinter der sich hoffentlich wenigstens viel Geist verbarg.

»Doch ich konnte ihnen nicht helfen. Ich habe sie nicht umgebracht, warum sollte ich auch. Meine Frau schaut viele Krimis. So weiß ich – es muss ein Motiv da sein. Ohne das gibt es keinen Mörder. Hätte Macbeth nicht gehofft, König zu werden, so hätte er nicht gemordet.«

Alicia dachte kurz über den Satz nach. Irgendetwas irritierte sie daran, sie wusste aber nicht genau was es war.

Wenn die Polizei bei ihm gewesen war, so befand er sich wahrscheinlich auch in Alexandra Hunolds offiziellen Adressen- oder E-Mail-Liste. Das konnte alles oder nichts bedeuten. Es war absolut in Ordnung, dass sich eine Theaterkritikerin mit einem Anglisten unterhielt.

»Ja, wir haben uns zweimal getroffen. Sie wollte einiges über Shakespeare wissen, vor allem über *Macbeth* aber auch über *Hamlet*. Sie plante einen Vorabartikel in dieser Theaterzeitschrift, wie heißt sie noch, ›Theater heute‹. Sie interessierte sich auch sehr für das Elisabethanische Zeitalter.«

»Und was genau wollte sie wissen?«

»Ach, nichts Spezielles. Das Verhältnis Staat-Bürger«, jetzt lächelte er, »welches natürlich von sehr einfachen Prinzipien von Bespitzelung und Gewalt aufgebaut war, unbeleckt von jeder Demokratie, schon kleinste Vergehen wurden mit dem Tode bestraft. Sie interessierte sich auch für das Theater, für die ›*devices*‹, die Unterhaltungen, die auf den häufigen Reisen der Königin über Land, ›*progress*‹ genannt, aufgeführt wurden. Sie wollte einiges wissen über die Adeligen und ihre Beziehung zum Theater – Mäzene waren sie, Gönner, ohne deren Schutz und Erlaubnis kein einziges Stück je aufgeführt werden durfte. Auch nicht gedruckt. Der Lord Great Chamberlain und sein *blocking entry*, sein Druckverbot, Sie wissen schon. Doch Shakespeare war diplomatisch. Er hatte seine Freunde bei Hof – den Earl of Southampton und seine Clique. Eine Widmung sicherte sich deren Gunst!«

Alicia hatte keine Ahnung, wer der Lord Great Chamberlain oder ein blocking entry sein mochte, aber dennoch hatte sie einen Trumpf.

»Der Earl of Oxford! War das auch sein Gönner?«

Landhaus überging diese Bemerkung. Und Alicia überging sein Übergehen. Es schien im Moment klüger.

»Sprechen wir wieder von Frau Hunold. Wie kam sie denn auf Sie?«

»Ich nehme an durch unser allseits gerühmtes Internet. Und da ich hier in der Nähe lehre, sogar eine Gastvorlesung an der Universität Mannheim halte, bot sich das an! Außerdem wurden die Namen der Teilnehmer des Shakespearesymposiums mehrfach in der Presse erwähnt.«

Er nahm einen Schluck von seinem Tee. Alicia hatte das Gefühl, dass er trotz allem irgendwie nervös war.

»Sie arbeiten gerade an einem neuen Buch?«

»Ja, an einer Shakespearebiographie. Shakespeare mit den Augen der Stücke gesehen. Rückwärts sozusagen. Was kann ich in den großen Königsdramen, was im *Hamle*t erkennen, was in *King Lear* das auf Shakespeares Leben deutet? Und dann werden die bekannten Dinge gleich in ein neues Licht gerückt. Sie wird nächstes Jahr in einem sehr namhaften Verlag erscheinen; die Übersetzung ins Englische entsteht derzeit schon!«

»Dann wissen Sie alles über i h n?«

»Nun, ich habe mich viele Jahre mit ihm beschäftigt. Ich verehre ihn schon, seit ich ein kleiner Junge war. Meine verstorbene Tante hat mich als Neunjähriger mitgenommen in *Der Kaufmann von Venedig* – es hat mich unglaublich fasziniert!«

Alicia schwieg einen Moment, rührte pietätvoll in ihrer Latte.

»Aber es gibt doch Zweifel, ob er es wirklich war, der die Stücke geschrieben hat!«

Draußen auf dem Gang strebten hektische, in offene, flatternde Frühjahrsmäntel gekleidete Menschen ihren Zügen zu. Drinnen umklammerte Landhaus seine Tasse so heftig, dass man fürchten musste, er werde sie zerbrechen. Er stand abrupt auf. Seine Miene war verzerrt. Sah so ein Mörder aus?

»Ich muss jetzt gehen. Es tut mir leid. Diese Zweifel sind haltlos. Es gibt keinen einzigen Beweis *gegen* Shakespeare. Unzählige Hinweise in seinem Werk beziehen sich auf das Landleben, wie er es erlebte, manche davon sogar direkt auf die Wälder von Arden, die wie Sie wissen, in der Nähe lagen – seine Mutter war eine Arden. Jetzt behaupten sie, andere Kandidaten hätten dort auch Ländereien gehabt. Doch das ist lachhaft. Der echte Shakespeare kannte die Natur, kannte die Sorgen der einfachen Leute. Und, zweifeln Sie, dass die Sonne im Osten aufgeht? Oder glauben Sie etwa daran, dass im März der Flieder voll erblüht ist oder Goethe ein Holländer war?«

Ohne zu zahlen, verschwand Landhaus und ließ eine höchst nachdenkliche Alicia zurück. Sie hatte es am eigenen Leib erfahren und jetzt sah sie es wieder: Shakespeare schien Leidenschaften zu wecken.

Langsam ging sie durch den belebten Bahnhof, ein Hindernis für die Kinder, die mit ihren hüpfenden Schulrucksäcken auf dem Rücken versuchten ihre Stadtbahn nach Schwetzingen oder nach Weinheim noch zu erwischen. Sie selbst nahm die Straßenbahn nach Hause. Am Hotel

Steubenhof stieg sie aus und ging langsam durch den Park nach Hause.

Ganz am Ende des Parks, da wo zwei Getränkecontainer standen und gerade hatte es begonnen in fetten Flocken zu schneien, da sah sie ihn: einen kleinen Fliederbusch, der blühte! Im März!

***

Freitag, 18. 3. 2005, früher Abend

Zu Hause erwartete sie nichts Gutes. Beate putzte das Bad. »Aus den Haaren, die hier am Boden herumliegen, könnte ich mir drei Perücken machen lassen!« Wütend scheuerte sie weiter an einer schwer zugänglichen Stelle unter dem Waschbecken.

»Hey, hey, was ist los? Beruhige dich, bitte! Ich kann nichts dafür, dass ich mehr Haare habe als Felix!«

»Der hat auch schon genug, aber der kämmt sie wenigstens nicht im Bad!« Sie pfefferte ein Handtuch in die Ecke.

»Und ich finde es unmöglich, dass du an meiner früheren Arbeitsstelle auftauchst, gerade, wo du ja weißt, wie schwierig es für mich ist und nach einem *Telefon* fragst. Meine ehemalige Chefin kennt meine jetzige Chefin, also Frau Spohr, gut. Ich meine, du hast doch ein Handy. Und wen musstest du so dringend anrufen? Willst du eigentlich, dass ich meinen Job verliere? Und wie du aussiehst? Diese Lederjacke gehört in die Altkleidersammlung!«

»Da habe ich sie auch her, Schätzchen!«, entgegnete Alicia lässig. »Hat jemand für mich angerufen?« Beate richtete sich auf. Sie atmete schwer.

»Ja, dieser Typ mit dem Zigeunernamen. Sie sind heute Abend in irgendeinem griechischen Restaurant am Ring. Ob du kommen willst. Hast du was mit dem?«

»Das fragst du!«

»Lass mich bloß in Ruhe. Und es ist mir sehr recht, wenn du heute Abend nicht zu Hause bist. Ich erwarte nämlich Peter. Wir möchten gemütlich ein Glas Wein miteinander trinken. Wenn er mich darauf anspricht, werde ich ihm wohl von deinen Aktivitäten berichten müssen.«

»Würde ich nicht machen an deiner Stelle! Schließlich hast du mitgemacht. Wahrscheinlich kostet dich das sowieso deinen Schatten von einem Job!«

Beate sah auf die Uhr und dann in den frisch geputzten Spiegel, der ihr etwas angestrengtes Gesicht nunmehr noch deutlicher wiedergab.

»Meine Güte, ich muss mich fertig machen. Er kommt heute schon um sechs!«

»Na, dann zieh am besten eine Gesichtsmaske auf. So wie in dem Wallace Film: Der Frosch mit der Maske. Soll ich Uschi holen. Sie schminkt dich auf fünfundzwanzig.«

Beate antwortete nichts mehr. Felix sah aufmerksam von einer zur anderen. Wahrscheinlich war er froh, dass er früh genug von seinen Wurfgeschwistern getrennt worden war.

Die nächste halbe Stunde machten sich beide Schwestern getrennt voneinander für ihre sehr verschiedenartigen Rendezvous fertig.

Beate wusch sich die Haare und föhnte sie glatt, Alicia zerwuschelte ihre noch mehr und schmierte Gel hinein. Beate zog einen taubenblauen Hausanzug aus einem schimmernden Material an, Alicia streifte sich ein grelllila hautenges T-Shirt über ihre engen verwaschenen Jeans, auf dem quer über ihrem üppigen Busen »Halt! Sie verlassen

Westberlin!« gedruckt stand. Beate schminkte sich dezent, damit keine Farbe an Peters Hemd geriete – Alicia dachte sich, dass es in dem griechischen Restaurant dunkel sein würde und schminkte sich extra deutlich, vor allem malte sie grüne Ringe unter ihre Opalaugen.

Als sie einander in der Küche begegneten, musterten sie sich wie Katzen, die sich ein Revier teilen müssen.

»Na, schon fertig!«

»Das ist mehr ein berufliches Gespräch heute Abend. Peter gibt etwas auf meine Meinung, und gewiss werden wir noch einmal über Frau Hunold und die neuen Erkenntnisse der Kommission sprechen. *Dir* werde ich bei deinem zweifelhaften Umgang allerdings nichts mehr an Informationen weitergeben. Von der Aufklärung des Falles kannst du dann in der Zeitung lesen.«

Alicia musterte ihre sanfte und brave Schwester erstaunt.

»Donnerwetter! Du kannst dich ja richtig auf die Hinterfüße stellen. Warum machst du das nicht mal im Büro?«

Beate sagte nichts, denn es klingelte. Alicia ging in die Küche, machte die Tür zu und versuchte nicht zu hören, was gesprochen wurde.

Doch der Versuch misslang.

»Wieso?« Das klang jämmerlich und doch trotzig.

Begütigend zunächst seine Stimme. »Nichte zu Besuch!«, hörte sie nur.

»Nichte?« Das war schrill. Man hörte weitere Wortfetzen.

»Verständnis. Ein anderes Mal!« Die Stimme wurde härter, mehr so wie Alicia sie von ihm kannte aber noch hatte er nicht seine vollständige, professionelle Kälte entfaltet.

»Immer muss ich warten. Ich wollte mit dir über deinen Fall reden. Deine Frau …«

Das konnte Alicia nun nicht hören, doch es war nicht das Richtige gewesen.

Jetzt nahm Fishers Stimme die übliche Klangfarbe an.

Alicia konnte nicht alles verstehen.

Lediglich Worte wie »Wenn ich Rat brauche, werde ich ihn nicht bei einer weltfremden Bibliothekarin holen, die von der Aufklärung eines Mordes soviel Ahnung hat wie von ...«

Wovon die Bibliothekarin keine Ahnung hatte, war nicht mehr zu vernehmen. Sie wollte es auch gar nicht mehr hören, denn Alicia war auf den kleinen Küchenbalkon hinausgetreten und sah in den beinahe ländlich anmutenden Hinterhof ihres Neckarauer Sträßchens. Sie steckte sich eine Gauloise an.

Es dauerte nicht lange, und die Tür schlug zu. Die Küchentür öffnete sich. Alicia warf einen letzten Blick auf die Sterne am Himmel, die so friedlich blinkten. Sie drehte sich um und erwartete das übliche Gesicht zu sehen, dass Beate zeigte, wenn Fisher sie enttäuschte.

Doch diesmal war es anders. Beates Gesicht war einfach nur wütend.

»Das Wochenende liegt vor uns. Ich muss mich nicht mal krankmelden. Sie brauchen mich sowieso nicht. Und wenn – dann hänge ich eben noch den Montag dran. Ich kann auch mal fehlen in dieser Pressestelle, wo sie mich anscheinend sowieso nicht schätzen. Nicht mal für diese Delegation, die morgen kommt«, sagte sie dumpf. »Wir werden auf das Geheimnis von Frau Hunold kommen! Und er? Er!!! Er???«

»Kann zum Teufel gehen?«, half Alicia glücklich aus.

»Er? Nein! Er wird vor mir auf den Knien kriechen!«

Und zum ersten Mal seit Alicia mit ihrer Schwester zusammenlebte, trug sie die Züge ihres Vaters!

Und dann erzählte Beate mit wachsender Begeisterung das, was sie eigentlich nicht erzählen durfte. Von der Morgenbesprechung. Von dem alten Mann und dem roten Wagen. Und von der älteren Person.

»Sie sind also getrennt hingefahren!«, sagte Alicia nachdenklich. »Eng befreundet waren sie nicht. Kein Liebespaar. Sie wollten etwas besprechen. Ich habe gehört, die Schließung des Lokals am Karlsstern an diesem Abend war unüblich – wegen einer Beerdigung. Die alte Wirtin. Die Todesanzeige stand in der Zeitung. Das hat der Mörder gewusst, hat es einkalkuliert. Die Besprechung ist fehlgeschlagen. Dann hat man sie umgebracht. Geplant war es nicht, aber im Bereich des Möglichen. Dass es beginnen würde, stark zu regnen, kam dem Mörder gelegen, aber er konnte es nicht ahnen!«

»Aber eine ältere Frau oder ein älterer Mann?«

»Auf der anderen Seite haben wir auch einen alten Mann, Beate. Wer weiß, ob er wirklich so schnell Mann und Frau auseinander halten konnte! Eine Joggingjacke oder ein Sweatshirt mit Kapuze tragen auch Männer!«

»Ja. Und wir wissen nicht, ob es wirklich der Mörder war, da in dem Wagen – auf dem Weg zu Alexandra Hunold!«

Und sie dachte an Landhaus' Feuerzeug und Staffords englischen Akzent. Auch Gundramsburg könnte als Englischlehrer einen solchen Akzent nachahmen.

Und Manteuffel?

Alicia fühlte ›a cold thrill‹ über ihren Rücken ziehen und erst dann fiel ihr ein, dass das auch ein Ausdruck von Shakespeare war.

***

Freitag, 18. 3. 2005, am Abend.

Beide Schwestern saßen mit angezogenen Knien auf dem Sofa und auf dem Sessel. Alicia trank Rotwein und Beate genoss ihren Rotbuschtee. Beate wirkte müde aber entspannt.

»Was hat es nun auf sich mit dieser ganzen Geschichte rund um William Shakespeare?«, fragte Beate sanft. »Ich habe zwar Literaturwissenschaft studiert, aber ehrlich gesagt, weiß ich nicht allzu viel über Shakespeare außer dem, was ich in den letzten Tagen gelesen habe. Natürlich kann ich seine bedeutendsten Stücke nennen, so wie eben den *Lear,* aber viel mehr auch nicht.«

»Also, aus dem was ich jetzt in der Eile verstanden habe, ergibt sich folgendes Bild. Tausende von Veröffentlichungen haben versucht, dem Mythos Shakespeare und seiner so genannten Phantom-Biographie nachzuspüren. Zweifler gibt es viele! Leute wie Mark Twain und Freud haben sich ein Leben lang damit beschäftigt. Da wir so wenig über ihn wissen, weniger als über jede andere historische Persönlichkeit dieses Rangs, haben sich natürlich Ungläubige zu Wort gemeldet. Seit dem 19. Jahrhundert spätestens tobt nun schon die Verfasserschaftsdiskussion. Eine Frau namens Delia Bacon hat versucht nachzuweisen, ihr Vorfahr, der hochgelehrte Francis Bacon, sei der wahre Shakespeare – sie ist übrigens im Wahnsinn geendet. Es gibt Stratfordianer, die glauben an Shakespeare wie wir ihn alle kennen und es gibt die Rutlandianer …«

»Nie gehört!« – »Der Earl of Rutland. Egal!« –»Hm.«

»Ja, und Marlowianer und eben auch Oxfordianer, die inzwischen die größte und mächtigste Gruppe darstellen. Unser Damian Manteuffel ist ein Vertreter dieser Gruppe. Zu verlieren bei der ganzen Diskussion haben vor allem die Stratfordianer, denn die Shakespeareindustrie ist weltweit ein bedeutender Geschäftsbereich, ist sowieso Kult und versorgt Tausende von Leuten mit irgendeiner Art von Arbeit! Bard Business. Bard Biz!«

»Aha!« Beate griff nach einem Nüsschen. »Klar. Ich war schon mal in Stratford. Du doch auch, nicht wahr? Seltsam – du mit einer französischen Klasse, ich mit einer deutschen. Mama hat mir nur 50 Mark Taschengeld gegeben.«

Alicia schwieg. Sie hatte eine Kinderscheckkarte dabei gehabt. Papa war großzügig gewesen.

»Also, das klingt unglaublich. Wie auf dem Oktoberfest oder in einem Fantasyfilm!«

»Eben. Doch für keine Theorie gibt es bisher einen echten *Beweis.*«

»Beweis. Wie? Nach was suchen alle diese Forscher?«

»Nach einer Handschrift, einem Dokument. Sie können eben ihre eigene Theorie nicht beweisen. Man kann nur die anderen angreifen. So behaupten alle außer den Stratfordianern, Shakespeare könne die Stücke nicht geschrieben haben, da er keinerlei nachweisliche Schulbildung besessen habe. Die höhere Schule von Stratford stand zwar den Bürgerskindern offen, doch Voraussetzung für ihren Besuch war, dass man bereits lesen und schreiben konnte. Wer hätte es ihm denn beibringen sollen? Und die anderen? Bacon war psychologisch gesehen nicht der Richtige, Oxford starb zu früh, um die letzten großen Dramen geschrieben haben zu können und der Earl of Rutland …«

»Wer?«

»Der von vorhin. Rutland! Von dem hatte ich bisher auch noch nie gehört, also dieser Earl wurde zu spät geboren!«

»Aha!« Felix knurrte im Schlaf. Er war sichtlich nicht für Rutland.

»Manche haben sogar behauptet, Königin Elisabeth selbst habe die Stücke geschrieben, was lächerlich ist. Man hat also die jeweiligen Argumente zu entkräften versucht, vermochte aber seine eigene Theorie niemals positiv zu untermauern. Es gab Leute, die ihr ganzes Leben Berge von Papierschnitzeln in Bibliotheken, Nachlässen oder verstaubte Dokumente in englischen Landhäusern gesichtet haben – gefunden haben sie n i c h t s. Auch keine Zeile von Shakespeares Hand.«

»Man sucht also …?«

»Nach schlüssigem Beweismaterial. Das wäre eine kleine, nein, eine große eine riesengroße Sensation. Die ganze Diskussion wurde und wird noch mit viel Aggressivität geführt, es ist für manche Leute eine Frage auf Leben und Tod!!«

Alicia und Beate sahen sich stumm an. »Auf Leben und Tod!«, wiederholte Beate langsam. »Du meinst, man würde für seinen Shakespeare morden?« Alicia nippte nachdenklich, sehr nachdenklich an ihrem Rotwein und merkte nicht einmal, dass sich Felix unbemerkt an einen Salzstängel herantastete.

Dann nickte sie.

»Könnte es also sein, nur mal so ins Unreine gesprochen, dass Alexandra Hunold durch Zufall ein Dokument gefunden haben könnte, einen Schatz also – wie Herr Fürst immer betont – der als Beweis dient. Für oder gegen Shakespeares wirkliche Verfasserschaft?«, sagte Beate beinahe vorsichtig.

»Und deshalb wurde sie umgebracht. Jemand wollte verhindern, dass diese Wahrheit zutage trat.«

»Aber wer? Und welche von den vielen Wahrheiten?«

»Die Wahrheit, dass *nicht* William Shakespeare aus Stratford diese Stücke geschrieben hat!«

»Aber wer sollte es dann gewesen sein? Auf *wessen* Spuren ist sie gewandelt?«

Alicia warf ihrer Schwester einen ironischen Blick zu.

»Hast du nicht immer behauptet, dass man einen Kriminalfall nur mit den supermodernen Methoden deines Fishers aufklären könnte? Und jetzt sitzen wir hier und versuchen nur und ausschließlich durch die Kraft unseres Geistes darauf zu kommen.«

Beate sagte nichts, sondern versenkte lieber ihre kleine weiße Hand in den Erdnüssen.

»Der Hund hat einen Salzstängel gestohlen!«

Alicia seufzte. »Jeder hat seine geheimen Leidenschaften. Lass uns logisch nachdenken: Alexandra Hunold hat sich häufig in Straßburg aufgehalten. Warum? Sie war in einem bestimmten Viertel rund um die Kunstakademie in der Krutenau unterwegs wie die Rechnungen zeigen, die sie bei sich hatte.«

»Woher weißt du das«, fragte Beate argwöhnisch.

Alicia fühlte, wie sich ihr Herz zusammenkrampfte. Sollte sie ihr das schmutzige Geschäft beichten, in dem sie mit Fisher steckte. Jetzt wäre eigentlich die richtige Gelegenheit. Sie könnte Beates Enttäuschung und Wut ausnutzen. Nein, das brachte sie nicht übers Herz. Dabei wäre es gut gewesen, ihr hätte damals jemand reinen Wein eingeschenkt, Frederic betreffend. Doch dann dachte sie zurück. Sie hätte es nicht geglaubt sondern den Überbringer der schlechten Botschaft lediglich abgrundtief gehasst.

»Als ich auf dem Polizeipräsidium war, du erinnerst dich, um die Begegnung mit ihr zu schildern, hat man mir einiges mitgeteilt. Wahrscheinlich nur, um Informationen aus mir herauszulocken.«

»Ach ja?«, bemerkte Beate misstrauisch. »Das ist aber eigentlich sehr unüblich. Nun ja, und was war das für ein

Viertel? Ich erinnere mich nicht mehr. Nach der Sache mit unseren Eltern bin ich nicht mehr in Straßburg gewesen.«

»Du weißt doch noch. Krutenau, bei der Alten Börse, nicht weit vom Hafen. Wir hatten mal einen Zahnarzt dort in der Nähe!«

»Ach ja!«, sagte Beate und fügte überraschend an, »ich würde gerne mal wieder mit dir zusammen nach Straßburg fahren. Also, was ist das für ein Viertel?«

Ein Viertel, in dem es vor Rauschgift angeblich wimmelt! dachte Alicia. Sie sagte es aber nicht laut.

»Wie man es nimmt. Es gibt viele Studenten dort. Natürlich. Auch die Kunsthochschule ist nicht weit. Alte Straßen, ein paar kleine gebückte Kirchen, Kneipen. Plätze. Gute Restaurants. Geheimtipps. Eine der ältesten Bäckereien von Straßburg. Ich glaube früher im Besitz von ...«

Aber das kann nicht der Grund gewesen sein, warum sie dorthin gegangen war. Alicia sprang auf.

»Ich muss mal rasch telefonieren. Trink noch was und selbst wenn es nur Tee ist. Ich bin gleich zurück!«

Wie gut, wenn man noch ein paar Adressen in einer Stadt hatte, auch wenn man nicht mehr in ihr lebte. Alicia, die sonst ein eher bedenkenloser Mensch war, hatte die Eigenschaft, alte Terminkalender mit den Telefonnummernverzeichnissen aufzuheben. Und da fand sich auch die Nummer von Pierre Meier, dem Stadthistoriker, mit dem sie ... nun ja, der Mantel des Schweigens darüber. Auf jeden Fall hatte sie auch seine Privatnummer.

Und genau die würde sie jetzt anwählen.

Beate zog die Beine noch enger an den Körper, während sie wartete. Nach der Aufwallung von Wut und Zorn nagten Ängste und ein schlechtes Gewissen an ihr.

Was tat sie hier? Ausgerechnet mit Alicia. War das nicht Verrat?

Aber es war spannend, etwas Eigenes zu unternehmen, endlich einen eigenen ersten Schritt zu tun. In einer Anwandlung von Rebellion dachte sie: Warum gebe ich diese unwürdige Hängepartie im Präsidium nicht einfach auf, kündige und habe endlich mein eigenes Leben unter meiner Kontrolle. Wäre doch auch eine neue Chance. Bevor sie diese neuen Gedanken zu Ende denken konnte, war Alicia wieder da.

»Es ist so, wie ich es mir gedacht habe. Die zwei Straßen in dem uralten Viertel Krutenau sind bei Touristen weithin unbekannt und werden selten besucht. Nicht schmuck genug. Früher – auch im 16. Jahrhundert – wohnten dort viele eingewanderte Hugenotten. Straßburg gehörte zum Schmalkaldischen Bund, dem Zusammenschluss der protestantischen Fürsten, und die Hugenotten waren ebenfalls protestantisch. Ich musste in der Schule mal ein Referat über das Thema schreiben. Du erinnerst dich doch noch an die Bartholomäusnacht und all die grausamen Verfolgungen, unter denen sie zu leiden hatten. Bis zum Edikt von Nantes und der Duldung ihrer Religion sollten noch ein paar Jährchen vergehen, und auch dann waren sie nicht sicher. Erst mit der Revolution ging es ihnen besser – viele Hugenotten entschieden sich dennoch dafür woanders zu leben. Sie waren ja auch tüchtig und so ging wahrscheinlich auch die Familie von Alexandra Hunold in ein anderes Gebiet. Wir müssen unbedingt Beatrice noch einmal treffen. Vielleicht hat sie ihr erzählt, wohin die Familie emigriert ist?«

»Aber, sei mir nicht böse, was hat die Familiengeschichte von Frau Hunold mit ihrer grausamen Ermordung im Käfertaler Wald zu tun?«

Alicia stand auf und blickte auf die stille Katharinenstraße hinaus. Unten reparierte ein Junge sein Mofa, eine alte Frau schlurfte mit einer leeren Jutetasche zu dem italienischen Lebensmittelhändler an der Ecke. »Wenn man diese Straße sieht, möchte man nicht meinen, man ist in einer richtigen, echten Großstadt, nicht wahr? Dabei ist Mannheim so lebendig. Es pulsiert, das gefällt mir daran. Du, ich weiß es nicht. Ich weiß es wirklich nicht. Wir fassen noch einmal zusammen. Sie muss etwas gefunden haben an dem Tag, an dem ich sie so triumphierend gemalt habe. Oder die Bestätigung für etwas. Dann hat sie angefangen mit diesem Pfund zu wuchern. Und irgendjemand wollte dieses Pfund haben oder verschwinden lassen. Jemand, der sich nicht leisten konnte, es zu kaufen. Deshalb ist sie gestorben. Es hat etwas mit der elisabethanischen Zeit zu tun, mit der Diskussion um Shakespeare. Nehmen wir mal an, sie hat einen Beweis für den wahren Shakespeare gefunden.«

Felix seufzte und legte sich schlafen.

»Aber doch nicht in Straßburg. Diese ganze Geschichte und Diskussion rund um Shakespeare spielt sich doch in England ab, und damals reisten die Leute nicht herum.«

»Shakespeare vielleicht nicht. Leute wie er konnten das Land natürlich nicht einfach so verlassen. Kein Geld. Keine Reisegesellschaft, keine Kontakte auf dem Festland, aber andere schon!«, sagte Alicia langsam und allmählich fiel Puzzlestück in Puzzlestück. »Manche fuhren über den Kanal. Adelige beispielsweise. Einer der Kandidaten auf das Amt des wahren Shakespeare war nämlich durchaus in Europa unterwegs. Im Jahr 920 erschien das Buch eines gewissen Looney, das von Oxfordianern wie die Bibel angesehen wird. Er stellte als Erster einen Kriterienkatalog für einen zum Werk passenden Kandidaten auf, demzufolge der eigentliche Shakespeare ein Mann des Hofes, ein Jurist, ein Italienreisender und jemand der die Falknerei beherrsche gewesen sein müsse. Seither sind sich seine Anhänger sicher: Edward de Vere, der siebzehnte Earl of Oxford, ist der wahre Shakespeare.«

»Was?«

»Ja, sie haben alle Eigenschaften aufgelistet, die E R gehabt haben müsste und dabei kam eben dieser Herr de Vere heraus.«

»Und auch Manteuffel glaubt daran!«

»Ja. Er ist ein besessener Detektiv in Sachen Mr S. Ich habe das Buch von Manteuffel gelesen: er behauptet auch, die Zeichen seien erdrückend, dass Edward de Vere, der siebzehnte Earl of Oxford, der eigentliche Shakespeare war! Übrigens ist der Ehemann von Claudia Schiffer ein entfernter Nachfahre dieser Familie. Ein Regisseur. Ein Zufall?«

»Und warum das? Wie kommt man auf diesen Earl?«

»Weil alles zu stimmen scheint. Familie, Temperament, Bildungsgrad. Im Haus seines Onkels ging ein Verwandter, Arthur Golding, Übersetzer von Ovids Texten, deren Zitate in solch erstaunlicher Fülle bei Shakespeare auftauchen, ein und aus. Teilweise waren solche Texte der Öffentlichkeit gar nicht zugänglich gewesen. Woher hätte e r sie nehmen sollen?«

Beate atmete tief ein. Schüttelte den Kopf.

»Für die Form des Sonetts, zwei Vierzeiler und zwei Dreizeiler in fünffüßigen Jamben – für die unser traditioneller Shakespeare berühmt wurde – fanden sich im 16. Jahrhundert nur zwei Beispiele: Eines davon ohne

Verfasser und das andere stammte von Edward de Vere. Seine Frau soll ihn betrogen haben, er raste vor Eifersucht – hier die Parallele zum *Othello* und so könnte man endlos weitererzählen. Wer den *Kaufmann von Venedig* geschrieben hat, kannte die Verhältnisse dort in Italien – bis hin zu solchen Dingen wie dem Unterschied zwischen sephardischen und aschkenasischen Juden. Erstere durften Handel treiben, Letztere nicht. De Vere war in Venedig, Shakespeare gewiss niemals. Es gibt so viele Details. Zum Beispiel, dass in Oxfords Familienwappen ein Löwe zu sehen ist, der gerade einen Speer zerbricht. Adeligen war es verboten, Stücke für Geld zu schreiben, ein Gentleman gab nichts zum Drucken. Was läge näher, als einen skrupellosen, aufstiegswilligen jungen Schauspieler vorzuschieben, der Geld für seine ungeliebte Familie brauchte, ja, der geradezu geflüchtet war vor der Verantwortung für ungeliebte Kinder und eine ältere Frau. Oxford hingegen liebte das Theater, hatte als Gönner und Mäzen viel mit ihm zu tun. Und sein Lebenslauf – Vater früh gestorben, Mutter heiratet gleich wieder – er passt einfach zu den Figuren in den Dramen. Er war ein Tausendsassa, Jagd, Jura, Waffenkunde – das ist ihm alles sozusagen in die Wiege gefallen. Und er hatte Ländereien am Avon, sodass die zeitgenössische Shakespearebezeichnung ›sweet swan of Avon‹ auch auf ihn zutreffen könnte.« Alicia schenkte sich nach, griff nach Felix Pfote und schüttelte sie, ein Spiel zwischen den beiden. »Bon soir, bon soir, Monsieur! Es ist alles sehr kompliziert. Bis zu den rätselhaften 1000 Pfund jährlich, die Oxford von der als geizig bekannten Queen bekam, für eine Leistung, die nirgends dokumentiert ist. Und was ich am tollsten fand – man hat seine Bibel, also seine eigene Bibel – genannt die Geneva Bible, untersucht und die angestrichenen Stellen entsprechen Stellen aus den Stücken, die wir von Shakespeare kennen!«

»Also hat dieser Oxford zugegebenermaßen selbst geschrieben! Ich meine, dann müsste man die Werke doch vergleichen können!«

»Ja, es war – so habe ich gelesen und ich muss sagen, das war eine überraschend spannende Lektüre – allgemein bekannt, dass Oxford begabt war und auch Sonette schrieb. Und sein Alter, ein Mann um die vierzig, der ein wenig vom Leben enttäuscht und müde war, passte besser zu dem Thema der Sonette, als dasjenige von Shakespeare, der bei der Entstehung erst 26 gewesen wäre. Auf der Titelseite steht *Shake-speares Sonnets* getrennt geschrieben, so wie man damals Pseudonyme schrieb. Und dann der merkwürdige Zusatz im Inneren, als es um den Autor geht ›our ever-living poet‹ – eine Formulierung, die auf einen toten Dichter schließen lässt und niemals zuvor für einen noch lebenden verwendet wurde. Von allen Kandidaten war nur Oxford 1609 bereits tot. Es gibt noch viel mehr angebliche Beweise, Wortspiele mit Namen und Orten, doch das führt uns heute zu weit. Doch eines ist wirklich wichtig. Oxford kämpfte lange darum, dass die Königin ihn auf den Kontinent reisen ließ und schließlich gelang es ihm und nun rate mal, welches eine seiner Stationen war?«

»Was?« Beates Augen waren trotz Müdigkeit und später Stunde jetzt ganz rund.

»Straßburg!«

10

Wirf deine Kunst den Hunden vor, ich mag sie nicht (Macbeth, 5. Akt, 3. Szene)

Samstag, 19. 0 3. 2005, Morgens.

Schweigend waren sie am vorangegangenen Abend ins Bett gegangen.

»Ich muss nachdenken!«, hatte Beate gesagt. »Ich glaube nicht, dass es jemals in Mannheim einen solchen Fall gab. Einen Kriminalfall wie diesen. Mittelalter. Straßburg. Wie in einem englischen Roman! Mord aus literarischen Gründen. Wer hat davon je gehört! Außer bei Dorothy Sayers. So etwas passt doch nicht mehr in unsere Welt.«

Auch Alicia hatte über allem gegrübelt, bis sie das Gefühl hatte, der Kopf platze ihr. Sie hatte Angst, einen Denkfehler zu machen.

Inzwischen hatte sie eine vage Ahnung von dem Geheimnis, welches das Bankfach in einer kleinen feinen Bank in Mannheim hütete, doch sie würden es wahrscheinlich niemals sehen. Irgendeine Zahl. Und deren Logik im Kopf einer Toten!

Als sie schließlich unruhig einschlief, fühlte sie, wie im Traum Hände über ihren Körper streichen. Sie streckte sich in Erinnerung an Romans schlanke Finger, doch als ihr Traumbild deutlicher wurde, sah sie, dass an der Hand ein Ehering höhnisch funkelte.

Am anderen Morgen saßen beide wie verkatert am Frühstückstisch. Sie fühlten sich dabei selten einträchtig in ihrer Ratlosigkeit.

»Diese ganze Sache rund um Shakespeare – das kommt mir bei Tageslicht ganz ungeheuerlich vor. Trotzdem, ich kann nicht so ganz verstehen, dass Peters Leute diese Personen, mit denen sie darüber im Kontakt stand, nicht genauer vernommen haben.«

Beates unerschütterlicher Glaube in die Allmacht ihres Polizisten hatte Risse bekommen, das war offensichtlich.

Alicia zuckte die Achseln und freute sich.

»Vielleicht kann man ihm das nicht einmal verdenken. Dein Peter und seine Leute können sich nicht vorstellen, dass jemand so interessiert am Rätselraten um einen Dichter ist, der ein halbes Jahrtausend tot ist. Er lebt nur im Heute. In einer Welt von Autos, Uhren, Frauen und Freuden. Vielleicht noch im Morgen, aber bestimmt nicht im Gestern. Ich wette er war noch nie im Reißmuseum! Geht er überhaupt jemals ins Theater?«

»Weiß ich nicht«, murmelte Beate, »nicht mit mir jedenfalls. Vielleicht ins Kino. Mit seiner Tochter. Aber ich denke immer noch, dass es nicht richtig ist, dass wir der Polizei wichtige Informationen vorenthalten.«

»Das tun wir gar nicht, Beate. Die Kripo hatte genau die gleichen Informationen wie wir. Sollen wir nicht mal denken dürfen? Ist das verboten!«

»Ich weiß nicht! Vielleicht nicht solches *Denken.*«

Felix dehnte sich ausgiebig in seinem blauen Schlafkörbchen. Er glich nun mehr einer Katze, als einem Hund. Seine Ohren hingen rechts und links über den Korbrand hinaus.

Beate knabberte nachdenklich an einem Brötchen. Alicia kannte ihre Gedanken.

Wenn sie eine Spur in der Mordsache Hunold fanden, nur durch Nachdenken und durch den Vorteil ihrer Bildung, dann wäre das die einmalige Gelegenheit, ihr Konto in Sachen Selbstwertgefühl aufzustocken.

»Auf jeden Fall habe ich Interesse gezeigt!«, meinte sie tapfer, an das Gute in ihren Arbeitgebern glaubend. »Und das wirkt sich positiv auf meine Weiterbeschäftigung aus. Du solltest meine verehrte Kollegin und Konkurrentin hören: sobald sie unser Gebäude – sie sagt immer ›der Laden‹ – verlässt, denkt sie nicht mehr an Kriminelle und an Verbrechen sondern kauft sich was Nettes, überlegt, was sie ihrer Tochter kocht und versucht auf andere Ideen zu kommen! Abends bastelt sie. Und ich? Ich denke sogar unbezahlt!«

Alicia lachte und Beate versuchte es mit einem Lächeln.

»Beate, wer weiß wozu alles gut ist. Vielleicht stellt sich die Frage, ob du überhaupt anstreben solltest, dort weiterhin zu arbeiten. Jedem neuen Anfang wohnt ein Zauber inne. Ausnahmsweise nicht Shakespeare – aber Hermann Hesse ist auch nicht schlecht und bei ihm wissen wir wenigstens, dass er das geschrieben hat, worunter sein Name steht. Vielleicht machst du dann was anderes als verlogene Pressemitteilungen für die Polizei schreiben oder deren überflüssige Mitarbeiterzeitung zu betreuen!«

»Was soll ich denn sonst machen? Ich habe kein Geld geerbt, wenig gespart, ein Ehemann, der mir das Leben auspolstert ist nicht in Sicht. Auch bin ich kein Genie wie Shakespeare oder wer auch immer, der aus Nichts etwas macht!«

Alicia schwieg. *Wenn* er aus Nichts etwas gemacht hat, dachte sie. Wenn …

»Und eins steht fest!«, sagte Beate plötzlich und betrachtete einen blassen Toast in ihrer Hand. »Fisher hat einen untrüglichen Riecher, wenn es um Drogen und Waffengeschäfte geht. Es klingt vielleicht unromantisch, aber die meisten Morde, sie nennen es Tötungsdelikte, spielen sich tatsächlich in diesem Milieu ab. Und vergiss nicht – Alexandra h a t t e Drogenreste, wenn auch nur geringe Spuren davon, im Blut. Wenn sie sie nicht genommen hat, hätte sie ihr jemand zuführen müssen und wie sollte das gehen? Von wem hat sie die Drogen? Wir wissen ja auch nicht, mit wem sie vor ihrem Tod zusammen war.«

Alicia biss in ihr Croissant vom Vortag. Aufgewärmt schmeckte es zwar nicht wie frisch, aber wenn man es in den Kaffee stippte, konnte es durchgehen.

»Das verwirrt mich auch! Andererseits – in manchen Kreisen nimmt man vielleicht Drogen, um sich … besser zu fühlen. Um Einsamkeit oder Frustration zu bekämpfen, das Alter zu vergessen. Wenn man das kontrolliert tut, sich nicht in die entsprechenden Kreise begibt und nichts mit Beschaffungskriminalität zu tun hat, kann manchem Intellektuellen oder Wohlhabenden das geeigneter als Alkohol vorkommen, um sich ein wenig … aufzuheitern.«

Dennoch war Alicia beunruhigt, doch sie sagte nicht warum. Aber diese Spur führte zu Roman. In die Welt von Roman. Sie wollte ihn nicht als Mörder sehen und vor allem sollte er nicht aus niedrigen Motiven gemordet haben.

»Wir wollten versuchen, den Mord an Alexandra Hunold ganz alleine aufzuklären!«, erinnerte Alicia und seufzte.

»Ohne technische Hilfsmittel!«, meinte Beate leicht zweifelnd.

»Nur durch die Kraft unseres Verstandes!«, erwiderte Alicia. »Wir waren uns darüber klar, dies ist kein Mord wie andere, bei denen Spermaspuren und Schuhprofile und DNA-Analysen eine Rolle spielen!«

»Profile?«, meinte Beate und fuhr sich durch das blonde Haar. »Sie haben doch bei der Polizei jetzt diese Profiler, Leute, die einen Täter durch seinen Charakter entschlüsseln können!«

»Das gilt nur bei Serienmördern. Dieser hier mordet nur einmal.«

»Da bin ich mir nicht sicher!«, erwiderte Beate. »Solange es den *Schatz* gibt, gibt es auch die Gefahr. Für den Mörder, meine ich!«

Felix hob aufmerksam den Kopf.

Alicia gab sich einen Ruck. Sie hatte das Bedürfnis nach einer Dusche.

»Beate, du musst dich entscheiden. Am Montag wieder eine inhaltsleere Mitarbeiterbesprechung, langfristig ein ungelöster Fall, der deinem Chef letztlich nicht zur Ehre gereicht oder du strengst deinen Kopf noch einmal ohne Anweisung von oben an!«

»Gut!«, erwiderte Beate und stülpte die Lippen resignierend vor.

»Abgemacht! Wir denken also noch einmal mit voller Kraft. Und wenn es mich den Montag kostet.«

Und lachte fröhlicher als noch ein paar Tage zuvor. Es macht Spaß beim *Himmel und Hölle spielen* über die Linie und damit geradewegs in die Hölle zu treten.

Doch tief drin war Alicia nicht besonders optimistisch.

Es war Samstag. Am Montag würde der Alltag wieder beginnen. Das Shakespearesymposium war dann endgültig vorüber, die Teilnehmer würden allmählich nach Hause reisen.

Spätestens Dienstag stünden sie mit leeren Händen da.

Höchstens noch der Montag! Länger konnte sich nicht nur Beate im Moment nicht in der Pressestelle krankmelden, ohne dass es zu jener unheilvollen Situation käme, die Alicia eigentlich verhindern wollte.

Alicia wiederum konnte ihre Kundschaft unmöglich noch weiter vertrösten, das wäre geschäftsschädigend. Freiberufler sind zwar dem Namen nach frei aber ebenso frei ist auch ihre Klientel sich einen anderen Künstler auszusuchen. Bevor man sich selbstständig macht, sollte man das ganz genau wissen.

Noch etwas einte die Schwestern an diesem Morgen.

Keine würde es zugeben, doch sie waren beide enttäuscht, dass kein Telefon oder Handy mehr geläutet hatte. Alicia, die durchaus nicht mit jedem Mann ins Bett zu gehen pflegte, der ihr gefiel, wartete insgeheim auf Romans Anruf, es sei wunderbar gewesen, und Beate versuchte nicht mit einer Entschuldigung von Fisher zu rechnen, tat es aber doch.

Wie auf ein geheimes Kommando waren sie alle beide sehr früh aufgestanden an diesem Morgen. Deshalb vielleicht auch die seltene Eintracht.

»Wir werden diese nächsten beiden Tage am besten mit Rolf Fürst zusammenarbeiten. Er hat Zeit! Urlaub!« Beate räumte das Kaffeegeschirr in die Spülmaschine. Felix verfolgte jeden ihrer Handgriffe atemlos, er wartete auf sein Frühstück. Mit dem Alter brauchte er zunehmend mehr Schlaf und geregelte Mahlzeiten.

»Zeit? Und Urlaub? Keine Verabredung – nichts? Zufall?«, fragte Alicia viel sagend.

Beate schloss ihren braven, taubenblauen Bademantel fester um sich, nachdem sie einen nicht neidfreien Blick in das üppige Dekolletee ihrer Schwester geworfen hatte, welches aus einem grün schimmernden Seidenpyjama herauslugte. Alicias Kleiderordnung gehorchte keinen Gesetzen. Sie konnte morgens herumlaufen wie ein Fischer am Atlantik und zu Bett gehen wie Grace Kelly.

»Nein.« Beate schien zur Offenheit entschlossen. »Also, ich denke, er wollte mir ein wenig zur Seite stehen! Vergiss nicht, er war mit Alexandra Hunold befreundet. Und er hat ihren so genannten *Schatz*, eigentlich ein albernes Wort, für sie aufbewahrt. Das Schließfach läuft auf seinen Namen. Sie hat ihm den Schlüssel anvertraut. Es ist normal, dass er sich für ihren Tod interessiert. Und vergiss nicht, er weiß immer noch nicht, dass ich bei der Kripo arbeite!«

Alicia nickte langsam.

»Auch egal. Brauchen können wir ihn auf jeden Fall. Alleine schaffen wir es nicht. Zwei Tage sind zu wenig, um noch einmal mit allen zu sprechen, wenn sie überhaupt bereit sind mit uns zu reden. Aber irgendwo unter diesen Leuten verbirgt sich ein Mörder. Wir müssen es versuchen. Ruf ihn an. Wir haben nichts mehr zu verlieren. *Do* oder *die*!«

»Sag das nicht! Das mit dem Sterben.«

Fürst erschien bereits eine Stunde später und traf zwei nunmehr korrekt gekleidete Damen an. Er selbst sah aus, als sei er bereits als geschniegelter Autohausangestellter zur Welt gekommen. Besonders interessant seine Krawatte mit einem Motiv, das Alicia bekannt vorkam. »Ist das nicht Baden-Baden? Die Laternen?«

»Ja!«, sagte er beiläufig. »Aus dem Kaufhof. Kauf ich sonst nichts, aber gefiel mir. Hat Stil.«

»Waren Sie schon mal da? In Baden-Baden?«

Er zögerte.

»Ein, zweimal im Kurpark. Vor längerer Zeit. Nicht meine Stadt, zu viele alte Leute!«

Alicia lächelte. Es tat gut zu wissen, dass das Gegenüber log. Sie kannte diese Krawatte. Sie hatte sie in der Boutique gesehen, welche in der Spielbank in Baden-Baden kleine Erinnerungsartikel verkaufte. Vor einiger Zeit war sie dort gewesen, mit einer Freundin aus Paris, um ihr die berühmte Spielhalle zu zeigen. Die Freundin hatte ihrem Mann eine solche Krawatte kaufen wollen, sich dann aber für einen edlen Füller mit dem gleichen Motiv entschieden. Die freundliche Verkäuferin hatte das Präsent verpackt. *»Die Sachen kriegen sie nur hier in der Spielbank! Da wird sich ihr Mann freuen!«*

Alicia betrachtete Ralf Fürst. Er ging also in die Spielbank. Er liebte den Luxus. Das mochte ihn mit Alexandra verbunden haben. Aber Luxus kostete Geld.

***

Samstag, 19. 3. 2005, immer noch morgens.

Fürst akzeptierte einen Kaffee, den er mit viel Milch in eine helle Brühe verwandelte und auf einen Zug austrank.

Alicia sah es mit Schaudern. Er schien sich in ihrer Küche durchaus wohl zu fühlen und räusperte sich dynamisch.

Beate tat inzwischen so, als habe sie mindestens einen Grundkurs Kriminalistik absolviert. Vor sich hatte sie wieder einen großen, weißen Block ausgebreitet. Ihr Kugelschreiber zitterte erwartungsvoll über den Linien.

»Noch einen Kaffee, Ralf?«

Das letzte Wort sprach sie beinahe schüchtern aus. Tatsächlich hatten Fisher und sie bereits miteinander geschlafen, bevor sie sich das erste Mal getraut hatte ihn Peter zu nennen.

»Danke, vielleicht einen kleinen Schluck!«

Das Telefon läutete. Fürst schaute erstaunt hoch, wie schnell die Schwestern aufsprangen. Alicia, die insgesamt sportlicher, weil drahtiger war, griff als Erste nach dem Hörer.

Als sie Fishers Stimme hörte, wollte sie den Hörer sofort an Beate weiterreichen.

»Bleiben Sie dran!« Sein üblicher Befehlston. »Ich will mit *Ihnen* sprechen! Wir haben eine weitere Spur, die in Richtung ihres romantischen Freundes zielt. Eine sehr, sehr negative Entwicklung. Und die Hauptrolle dabei spielt mal wieder das rote, vielleicht erdbeerfarbene, kleine Auto, Typ Polo oder so ähnlich. Jemand, der nichts zur Sache tut, hat ihn vor längerer Zeit in einem solchen Auto durch die Stadt fahren sehen. Richtung Neckarau. Vermutlich zum Probenraum. Ihr Freund selbst behauptet, er leihe sich gelegentlich Autos von Freunden, habe aber vergessen wann und welche, habe niemals ein solches Auto selbst besessen oder bewusst gefahren. Und schon gar nicht am Mordabend, für den er bekanntlich kein wirklich gutes Alibi besitzt. *Bewusst* gefahren! Schön ausgedrückt. Der Marder windet sich geschickt in der Falle. Er muss es sich von jemandem geliehen haben, den er natürlich nicht preisgibt. So auch an dem Abend, als er in den Käfertaler Wald fuhr.«

Alicia schwieg.

»Tja, die Schlinge zieht sich zu. Ich erwarte, dass Sie noch einmal mit ihm sprechen, bevor wir ihn uns greifen. Der Kerl ist raffiniert, geschickt, und er kommt aus dem Ostblock. Die sind genetisch lange Verhöre gewöhnt. Sie werden sich noch einmal mit ihm treffen. Heute Abend.

Klopfen Sie ihn noch mal auf die Drogensache ab und fragen Sie ihn ganz harmlos nach dem Auto. Wir treffen uns wieder morgen früh, in dem kleinen Park hinter dem Kaufhof, neben dem Kurpfalzgymnasium.«

»Nein, diesmal endgültig nein!«, sagte Alicia wild. »Ich mache da nicht mehr mit! Und dieses Gerede vom Ostblock. Roman ist kein Kirgise oder Eskimo. Er ist aus Österreich-Ungarn, uraltes Kulturland, und es gibt keinen Unterschied zwischen Männern aus Ungarn oder Österreich und Männern aus Mannheim.«

»Es gibt ihn, denken Sie an meine Worte!«

Aus der Küche drang leises Wortgemurmel.

»Sie wollen nicht? Auch gut. Dann geben Sie mir jetzt Beate. Ich habe etwas sehr Ernstes mit ihr zu besprechen!«

»Bitte!« Alicia legte den Hörer unsanft neben den Apparat. Sollte er doch mit Beate Schluss machen. Sie würde schon darüber hinwegkommen. Plötzlich erschien ihr Fishers Drohung lachhaft und leer.

Sie öffnete die Tür zur Küche. Gerade noch hörte sie ihre Schwester mitten in Fürsts enttäuschtes Gesicht sagen. »Er meint es nicht so. Eigentlich ist er sehr sensibel. Er hat einen sehr anstrengenden Beruf. Und es gibt Anzeichen, dass er *es* seiner Frau sehr bald sagt. Er ist, nicht böse sein, meine ganz große Liebe und ich wüsste nicht, wie ich diese Zeit in meinem Büro ohne ihn durchstehen sollte.«

Während Alicia die Tür leise wieder schloss, zum Telefon ging, einfach nur okay sagte und auflegte, fragte sie sich, was dieser Fürst eigentlich von ihnen und mit ihnen wollte.

Sie hatte gedacht, so etwas wie Verliebtheit in die kindliche Beate sei das Motiv, ein Motiv, das ihr von Anfang an für einen geschniegelten Autoverkäufer, der bestimmt nicht ohne Erfahrungen war, merkwürdig vorgekommen war. Doch nun, nach Beates neuerlichem Liebesbekenntnis für einen anderen Mann müsste er doch eigentlich aufstehen und gehen.

Alicia begann ihre französischen Wurzeln des rationalen Denkens auszugraben und beurteilte die Fakten, wie sie waren. Und die waren nicht besonders günstig für Herrn Fürst.

Es war nur zu offensichtlich – er wollte bei ihnen sein.

Er wollte auch, dass sie, Beate war schließlich auch Kennerin der Geschichte und Literaturwissenschaftlerin, etwas das sie ihm sicher bei ihrem ersten Treffen schon erzählt hatte, denn sie erzählte das immer und jedem, den Nummerncode herausfänden. Er wäre dann der Erste, der es erführe, da er immer mit ihnen zusammen war.

Deshalb hatte er der Polizei nicht alles gesagt, denn wenn sie den *Schatz* in die Hände bekamen, hatte er keine Chance mehr auf etwas, das man offensichtlich zu Geld machen konnte.

Und Ralf Fürst war ein Geldmensch. Sein Äußeres und sein Verhalten sprachen dafür, auch die Dinge, die er nicht laut sagte. Kleidung, Auto, Uhr.

Er ging in die Spielbank und leugnete es. Schulden? Vielleicht!

Und was würde er tun, wenn sie den Schatz in Händen hielten? Teilen? Oder …?

Alicia fühlte wie ein Schauder über ihren Rücken kroch.

Was war der *Schatz?*

Was es war, konnte jetzt noch keiner wissen, aber es war sinnvoll, Herrn Fürst jetzt endlich ein paar sehr gezielte Fragen zu stellen.

Sie betrat wieder die Küche.

»Wer war das?«

»Ach, niemand!«, log Alicia mitten in Beates rundes,enttäuschtes Gesicht hinein.

Sie setzte sich wieder, stützte die Ellbogen auf den Tisch und beugte das Gesicht vor.

»Herr Fürst!«

»Sagen Sie doch Ralf!«, erklärte Ralf Fürst mit einem breiten Verkäuferlächeln.

»Fürst ist durchaus ein schöner Name!«, wich Alicia aus.

Fürst hob lächelnd die Achseln und breitete die Hände lachend im Nachgeben aus. »Comme vous voulez, Madame!«

»Herr Fürst, ich denke, Sie haben uns nicht die Wahrheit berichtet. Ich denke, Sie wissen ganz genau, was Alexandra Hunold in der Bank deponiert hat.«

»Wenn ich es wüsste, hätte ich es längst gesagt. Sie war sehr zurückhaltend, sie hat nicht über persönliche Dinge gesprochen!«

»Soll ich Ihnen sagen, was ich denke!«, sagte Alicia und war selbst erstaunt, wieso ihr das alles nicht längst eingefallen war. »S i e haben ihr den Kontakt mit der Kunsthändlerin, die sich auf Manuskriptfunde und ähnliches spezialisiert hat, verschafft, denn S i e kennen sich in der Szene aus, haben vielleicht Kunden aus diesem Milieu. Sie kennen Frau Liebling und Sie ahnen auch den Marktwert dessen, was in dem Tresor der Bank in Mannheim liegt. Und Sie haben sich an uns, nennen wir es mal, herangemacht, um mit uns zusammen das Passwort herauszufinden. Gingen Sie zur Polizei damit, dann wird das Bankfach geöffnet und Sie gehen leer aus. Da das Fach auf Ihren Namen läuft, ist es sicher, solange Sie niemandem etwas von der ganzen Angelegenheit sagen und sich nicht verdächtig machen. Aber sonst sehen Sie in die Röhre. Und Frau Liebling auch! Ehrlich gesagt, frage ich mich im Nachhinein, ob die Wahl der Wohnung nicht auch mehr als ein Zufall war. Aber lassen wir das, ich will es nicht so genau wissen. Was liegt in dem Tresor der Filiale von Glas und Sohn in der Oststadt?«

»Alicia, ich glaube Ralf, wenn er sagt …«

Alicia brachte sie mit einem Blick zum Schweigen.

»Ich denke, Sie haben ein höchst ureigenes, finanzielles Interesse, Herr Fürst. Doch jetzt sage ich Ihnen etwas, das Sie möglicherweise überrascht. Oder auch nicht. Meine Schwester hier *ist* zwar Bibliothekarin und ist auch durchaus bei einer öffentlichen Dienststelle beschäftigt, arbeitet aber bei der Pressestelle der …«

Fürst sah bestürzt drein als befürchte er was kommt.

»Der Kripo, ganz recht und sie hat gute, sehr gute, ich will gar nicht genau sagen, *wie* gute Beziehungen zu den Herren Kommissaren. Ich denke, es geht Ihnen um Geld, aber davon haben Sie gar nichts mehr, wenn wir unsere Erkenntnisse weitergeben. Helfen Sie uns aber jetzt und spielen Sie mit offenen, ehrlichen Karten, dann finden Sie das Dokument oder was es auch ist als Erster mit uns zusammen. Ich bin sicher, es wird jede Menge Presse geben. Man bezahlt ganz gut für solche Enthüllungsstorys. Vor allem, wenn Mord und Totschlag damit einhergegangen ist. Überlegen Sie es sich!«

Ralf Fürst brauchte nicht lange. Er hätte seinen beruflichen Werdegang nicht bei einem Autohaus als Geschäftsführer stattfinden lassen, wenn er ein Träumer gewesen wäre. Beate und Alicia konnten fast den Ruck sehen, der durch ihn ging.

»Also gut, aber jetzt müssen Sie mir wirklich glauben,

denn jetzt sage ich wirklich die Wahrheit.« Er machte wieder eine fragende Handbewegung. »Alexandra hat etwas gefunden, welches ihrer Meinung nach beweist, dass Shakes-peare, also der Dramatiker Shakespeare ...«

»Wir wissen inzwischen, um wen es sich handelt!«, meinte Alicia trocken. »Und?«

»... dass er die Stücke nicht geschrieben hat. Sie wissen schon das mit dem Farbigen, Jago, und *Romeo und Julia* und all die anderen Sachen. Anscheinend eine große Sache, aber ich kenne mich da wirklich nicht aus.«

»Obwohl Sie doch so gerne ins Theater gehen!«, bemerkte Alicia ironisch. »Und das Stück heißt *Othello.*«

»Aber Shakespeare!«, antwortete Fürst müde und wirkte zum ersten Mal ehrlich. »Ich meine, den nimmt man doch als gegeben hin. Man bewundert ihn, seine Texte, die Schauspieler und man hinterfragt das nicht. So wie den Papst!«

»Ich kenne eine Menge Leute, die den Papst hinterfragen. Aber das tut nichts zur Sache. Hat sie keine Andeutung gemacht, um was für ein Dokument es sich handeln könnte.«

»Nein. Sonst, ich meine sonst wäre ich ...« Er grinste ein wenig verschlagen. »Ja, vielleicht wäre ich selbst darauf gekommen. Ich bewahre den Schlüssel zum Bankfach sowieso auf, seit ihr Schlüssel gestohlen worden war, aber der nützt mich nichts ohne die Nummer, die man bei dieser Bank drehen muss. Es ist eine sehr sichere Bank, wissen Sie! Ein besonders diskretes Geschäftsgebaren – anders als die Sparkasse. Sehr persönlich, sehr speziell.«

»Hat sie die Nummer betreffend eine Anspielung gemacht!«

»Nur, einmal hat sie gesagt: wer die Nummer herausfindet, der hat auch ein Recht das Dokument zu klauen.

Der versteht mich! Und hat gelacht. Sie hatte manchmal einen etwas merkwürdigen Humor!«

Alle drei schwiegen. Alicia dachte, dass es unmöglich sein würde, die Nummer herauszufinden, denn sie hatte Alexandra nicht einmal gekannt. Wusste nichts von ihr. Nur, die Dinge, die ihr Fürst und Beatrice hatten sagen wollen. Vielleicht war das nicht einmal die Wahrheit gewesen.

Von Geheimnissen der Kindheit, oder dem Geburtstag der Lieblingstante.

»Und jetzt?«, sagte Beate. »Es hat keinen Sinn. Wir kommen so nicht weiter. Wer weiß, wie viele Zahlen es gibt, die mit Shakespeare zu tun haben!«

»Soweit ich meine Ansprechpartner in den vergangenen Tagen verstanden habe, gibt es höchst spannende Zahlenrätsel, die mit Shakespeare zu tun haben. So wie in diesem Psalm in der King James Bible, in dem das jeweils 46. Wort von oben shake und von unten speare lautete und das ausgerechnet im 46. Psalm, als die Bibel 1610 vollendet war, stand Shakespeare gerade im 46. Jahr.«

»46 ist es nicht!«, unterbrach Ralf Fürst, der sich wieder gefangen hatte, »Es sind sechsstellige Kombinationen!«

»Die Menschen im Elisabethanischen Zeitalter liebten solche Rätsel. Sie legten ja auch überall Irrgärten an!«, bemerkte Beate mechanisch. »Man kann sich darin verlaufen. Sogar verhungern!«

Felix schubste seine Futterschüssel an, ein nicht ganz stummer Protest, dass er etwas zu essen haben wollte. Alicia sprang auf und schüttete ihm Leckerli in den Napf. Felix betrachtete die normalerweise einzeln gegebenen Wohltaten erstaunt.

»Ich denke«, überlegte Alicia laut, »sie hat einigen Leuten das fragliche Dokument angeboten. Wahrscheinlich wollten es alle haben, aber einer wollte es noch mehr haben als andere oder er konnte nicht den geforderten Preis dafür zahlen.«

»Wer kommt da in Frage?«, erkundigte sich Beate so, als wisse sie es nicht.

»Hier – unser Herr Fürst!«

Fürst stöhnte auf und widerstand wieder der Versuchung seine Frisur zu zerraufen.

»Ich habe sie nicht umgebracht! Das wäre sinnlos gewesen. Und wenn, wäre ich bestimmt nicht mit ihr in diesen Wald gefahren. Ich war noch nie im Käfertaler Wald.«

»Aber Sie arbeiten doch schon zwei Jahre in Mannheim?«

Fürst verzog den Mund wie ein verwöhnter Junge.

»Dieser Wald liegt nicht in meinem bevorzugten Spaziergebiet!«

»Klar – zu proletarisch. Sie ergehen sich lieber im Luisenpark oder an der Rheinpromenade. Da, wo es am schicksten ist. Oder noch besser – in Baden-Baden!«

»Also, wer noch?« Beate sah jetzt wirklich aus wie ein Kind, das das Mörderspiel spielt.

»Shakespearedetektiv Manteuffel!«

»Warum denn der?«

»Gleich!«

»Dr. Landhaus!«

»Der arbeitet doch an der Uni!«

»Dennis Stafford!«

»Alicia!«

»Gundramhausen!«

»Das ist doch ein alter Mann!«

»Frau Liebling!«

»Glaube ich nicht!«, warf Ralf Fürst ein.

»Oder Roman Rosen, dessen Shakespearetrilogie gewiss auf Eis gelegt worden wäre – erst mal!«

»Deshalb mordet man nicht!«

»Und Beatrice?«

»Warum denn die?«

»Weil sie früher mal sehr wohlhabend war und das sichtlich sehr vermisst!«

»Glaub ich nicht!« Das war jetzt Beate.

»Alle hätten ein Motiv. Einer von denen war es und darauf kommt dein Polizist niemals. Hier nützt ihm seine ganze hypermoderne Ausstattung nichts.«

»Warum aber Manteuffel?«

Alicia spielte ihren letzten Trumpf aus. Fürst hatte den Schlüssel zum Schließfach. Wenn sie an das Dokument kämen, damit einen Mord beweisen und Fisher zur lächerlichen Figur machen wollten, brauchten sie ihn.

»Also, ich denke sie hat einen Beweis, Edward de Vere, den 17. Earl of Oxford betreffend, gefunden. Er wird von vielen Leuten für den wahren Urheber der Stücke gehalten und seine Anhänger sind nicht die schlechtesten. Zahl steigend. Und zumindest geben sie offenbar die besten Partiys. Das Internet ist voll von ihnen. Manteuffel ist der Anführer der Gruppe hier bei uns. Er gibt eine de Vere Zeitschrift heraus, er hat sein ganzes Leben dieser Frage gewidmet.«

»Und umgekehrt« Langsam dämmerte es Beate, »umgekehrt hat Landhaus *sein* halbes Leben der neuen Shakespeare Biographie mit dem Geniegedanken gewidmet!«

»Du sagst es!«

»Und Stafford plant ein riesiges Shakespearedrom in Stratford. Was wäre Stratford ohne Shakespeare? Ein verschlafenes, kleines Provinznest! Und eine Menge Leute stünden ohne jedes Einkommen da. Ein toter Dichter hält sie am Leben. Aber er muss bleiben, was er ist – das ländliche Genie!«

»Wir müssen alle noch einmal sprechen und uns dann zum Nachdenken treffen. Wenn wir dann nicht weiterkommen, war's das! Dann geben wir auf.«

Alicia stand auf und deutete auf die Küchenuhr.

»Es ist früh. Zehn Uhr. Es bleibt uns Zeit bis morgen Abend. Am Montag können wir die Erkenntnisse nicht mehr länger vor der Kripo geheim halten. Außerdem reisen die Teilnehmer des Shakespearesymposiums spätestens am Dienstag ab. Alle, und dann ist fini.«

»Eigentlich«, warf Beate ein, »können wir auch jetzt schon, also ich meine, Peter ...«

Alicia warf den Kopf zurück. Ihre Locken knisterten.

»Meine Güte, Beate. Weißt du was dein Fisher machen wird? Er wird uns auslachen, so wie er es gestern auch getan hat. Höchstens hast du ein Disziplinarverfahren am Hals, dein Ralf hier eine Anzeige und ich muss den Rest meines Lebens eine geknickte Schwester ertragen. Es ist sowieso Wochenende. Wir teilen uns auf. Ihr beide besucht den Englischlehrer und Stafford. Ich nehme Landhaus und Manteuffel!«

»Warum?«

»Weil ich mich am besten in die Materie der Verfasserdiskussion eingearbeitet habe. Beatrice sollten wir für Montag zum Mittagessen bitten. Montag müssen wir wohl noch dranhängen. Es sind Schulferien, und sie sieht mir nicht aus, als hätte sie in den Ferien besonders viel Verabredungen.«

***

Samstag, 19. 3. 2005, ebenfalls tagsüber.

Fisher verrichtete im Garten die ersten Arbeiten des Jahres, aufmerksam beobachtet von seiner Frau, die Blumenkübel bepflanzte und umgeben von seiner Tochter, die ihr Fahrrad putzte. Beide Hände in der warmen, feuchten Erde, dachte er über diesen unerfreulichen Mord nach, der möglicherweise als ungelöst in den Akten endete und eine Schande seiner Laufbahn werden würde. Es würde schwer sein, diesen Rosen festzunageln – keine wirklichen Beweise, selbst die Autosache war so dünn, dass kein Staatsanwalt deswegen seine Robe anziehen würde. Das Telefon im Haus läutete. Frau und Tochter schienen Anrufe zu erwarten. Frauen, dachte Fisher, erwarten eigentlich immer Anrufe. Seine Frau kam zurück in den Garten.

»Hat aufgelegt, als ich dran ging!«, sagte sie vielsagend und wandte sich wieder ihren Blumen zu. Fisher dachte an Beate und begann den Boden aufzulockern. Dann richtete er sich auf, sah an den Himmel über Feudenheim, an dem sich erste Regenwolken bildeten und dachte weiter. An Alicia!

Heute würde sie sich noch einmal mit diesem Rosen treffen. Das heißt, wenn sie ihm gehorchte.

Als er sich wieder bückte, war er sich gar nicht so sicher, ob er sich das wirklich wünschte.

***

Samstag, 19. 3. 2005 Abend

Auch Alicia fühlte sich nicht wohl, als sie unten an Romans Tür klingelte. Diese ganze Sache hatte etwas Schmutziges.

Ihre Liebesaffäre war besudelt von Verrat und von unechten Gefühlen.

Es dauerte ein paar Sekunden, bis er ihr öffnete. Als sie das helle und gepflegte Treppenhaus hinaufging, hörte sie oben in seiner Wohnung Stimmengewirr.

Bekannte Stimmen.

Sie konnte nur hoffen, dass es ihr gelungen war, ihre Enttäuschung zu verbergen, als sie sein von Kerzen erleuchtetes, in warmem Grün gehaltenes Wohnzimmer betrat und Isabella und Geert Ringmann sah. »Wir sind schon am Gehen!«, betonte Ringmann und warf ihr einen viel sagenden Blick zu. »Ihre ersten Bilder von uns sind übrigens ganz wunderbar geworden. Sie hängen bei uns im Gang zum Probenraum. Ich finde, wir sind gut getroffen. Richtig böse!«

»Noch nicht richtig böse! Richtig böse werden wir erst, wenn wir das erste Mal auf der Bühne stehen Vor dem geneigten Publikum«, sagte Isabella und lachte. »Jetzt üben wir noch, böse zu sein!«

Alicia sah, dass sie offenbar gearbeitet hatten. Blätter und Notizen lagen herum, Teetassen und Zigarettenkippen. Ein Hampelmann. Ein Xylophon.

»Das ist deins, nimm es mit!«

Auf Alicias fragenden Blick: »Während der Morde trällert sie ein Liedchen und klimpert auf dem Xylophon. Dabei hüpft sie wie ein Kind über die Bühne. Das muss man alles vorher üben!«

Alicia lächelte.

»Versuchen Sie es mal!«

Sie ließen ihr eine kleine Schneise – Alicia holte Luft und versuchte zu hüpfen wie ein Kind – es misslang. Sie fühlte sich wie eine alte Frau, die Bocksprünge macht.

Alle lachten.

»Also, wir gehen. Oder habt ihr Lust, noch mit uns eine Pizza essen zu gehen!«

»Ich nicht!«, sagte Isabella, und Alicia war ihr dankbar, dass sie ihr die Peinlichkeit einer Absage ersparte. »Ich muss schließlich noch in dieses enge Kleidchen passen und dort gucken meine Beine meilenweit draus hervor. Also – keine Schlemmereien, sondern Rohkost bis zur Premiere!«

»Sollte ich vielleicht auch!« Ringmann lachte. »Also, dann gehen wir brav nach Hause, holen unseren Schönheitsschlaf nach und lassen euch beide alleine Pizza essen gehen!«

Alicia und Roman gingen nicht Pizza essen; sie gingen ins Bett. Dort verbrachten sie Stunden der Lust, manchmal verbissen, manchmal sanft, bis zur Erschöpfung und voll Trauer, denn im Grunde wussten beide, dass sie keine Zukunft hatten. Erst als Roman aufstand und das Fenster öffnete, als frische Luft hereinkam, die sich mit dem Duft seiner Zigarette und den Gerüchen ihrer Leidenschaft vermischte, besann sich Alicia auf ihre Aufgabe.

Und sie konnte nicht mehr lügen, nicht nachdem die Küsse dieses Mannes, warm und weich, zart und knabbernd, ihren ganzen Körper bedeckt hatten. Er setzte sich im Bett neben sie. Beinahe keusch berührten sich ihre Schenkel nicht.

»Roman, du hast gewusst, dass Alexandra Hunold etwas gefunden hatte, welches die Aufführung deiner Stücke gefährden könnte. Hast du sie bedroht deswegen! Bitte sag es mir Dann können wir einen Weg finden.«

Er machte sich von ihr los, rückte zur Seite, stützte sich auf einen Ellbogen und sah ihr forschend ins Gesicht.

»Du meinst, ob ich sie umgebracht habe? Du schläfst mit einem Mann, den du insgeheim für einen Mörder hältst? Wie kannst du so etwas tun? Hast du kein Gefühl?«

»Ich halte dich nicht für einen Mörder!«

Beide schwiegen. Eigentlich wäre jetzt der Moment gekommen, um zu sagen »Ich liebe dich doch!« aber keiner sagte es. Vielleicht wollte keiner lügen.

»Ich war an diesem Abend erst in Schwetzingen, wo ich – wie gesagt – oft hingehe. Allein. Und später habe ich hier geschlafen. Ich war müde. Die Probenarbeit ist anstrengend. Vorher war ich noch kurz im Theater. Doch, es ist wirklich so – sie hatte etwas in der Hand. Doch sie umzubringen? Ich hätte die Wahrheit sowieso nicht aufhalten können. Es ist wahr, dass sie mir erzählt hat, von ihrem Fund. Gezeigt hat sie ihn mir nicht. Ich habe ihr von Anfang an gesagt, dass ich ihr kein Geld geben kann, ich habe nämlich keines. Natürlich haben wir überlegt, das Projekt zu stoppen, doch wird ein *Macbeth* weniger wert, nur weil er vielleicht nicht von Shakespeare ist?«

Er fuhr sich mit der Hand durch seine Locken. Sein Mund war müde.

»Aber dein Geniegedanke, deine Videoinstallation, dein Flirt mit dem Autor, er fällt weg. Ein Earl of Oxford, der herrliche Texte schreibt, den aber keiner kennt. Ein Ausnahmetalent, das aus einer Adelsclique stammt, vielleicht mit anderen zusammen gedichtet hat, ist weniger spektakulär als ein einfacher Handschuhmacherssohn. Die Welt liebt Shakespeare, so wie er ist.«

»Ich kann es nicht ändern, Alicia. Als ich noch in Ungarn war, als junger Mann, da habe ich ihn schon verehrt. Es war für mich nicht nur die Schönheit der Kunst, es war auch – jeder kann es schaffen. Wenn du so willst, war er auch eine Verheißung des Kapitalismus. Was aus dem Projekt geworden wäre, wenn das Dokument erschienen wäre – ich weiß es nicht! Wahrscheinlich hätte man es verschieben oder absetzen müssen.«

Alicia nickte.
»Mit welchem Auto warst du in Schwetzingen?«
Er rückte noch weiter von ihr weg.
»Ich habe kein Auto, das weißt du. Ich war mit Geerts Auto dort. Ein blauer Citroën, wenn es dich sehr interessiert? Ist das Verhör beendet? Was willst du noch? Stoff?«
Alicia schwieg.
»Ich glaube dir!«, sagte sie schließlich.
Doch jetzt war er schon sehr sehr weit von ihr entfernt.

***

Sonntagmorgen, 26. 3. 2005, Gegen 11.30 Uhr.

Mannheims Tore waren alle weit geöffnet.
Es war der Tag der Offenen Tür in den Institutionen der Stadt – Museen, Universität, Archive.
Und in den Läden war verkaufsoffener Sonntag.
Die Stadt war ein reiner Hexenkessel. Bis aus dem Odenwald waren die Kauflustigen gekommen. Aus der Pfalz, aus dem Elsass, sogar Karlsruher Nummern wurden gesichtet.
Alle Parkplätze und alle Parkhäuser waren belegt. Alicia war mit dem Fahrrad in die Stadt gefahren, hatte es an der Post am Paradeplatz abgestellt. Das Leben tobte an ihr vorüber, aber sie fühlte sich merkwürdig weit von allem entfernt. Sie lebte halb hier, halb in einer anderen Zeit.
Manteuffel saß Alicia gegenüber in der Cafeteria des Kaufhofs. Felix war in der Obhut von Uschi, die mit ihm spazieren ging. »Aber nicht in den Käfertaler Wald, Schatz,

was? Wir wollen schließlich in einem langen Hundeleben noch viele Hundeknochen fressen.«

Es war frühe Mittagszeit, doch die Mannheimer hatten ihre offene Innenstadt bereits gestürmt und mit Tüten und Taschen erobert. Sie kauften in Sonntagslaune.

Tabletts wurden vorsichtig an die Tische balanciert, es herrschte Stimmengewirr, Tellerklappern. Nicht gerade eine intellektuelle Atmosphäre.

Ein Treffen in der Cafeteria der Uni hatte er aber abgelehnt. »Ich will ihn nicht treffen, verstehen Sie! Ich habe nichts mit diesen Leuten zu tun. Ich verzweifle, wenn ich noch ein weiteres ›Leben des William Shakespeare‹ lesen muss. Kann man denn noch mehr aus fünf oder sechs Fakten quetschen? Es ist alles so lächerlich, so an den Haaren herbeigezogen. Seine *lost years*, die Jahre von denen wir nichts wissen, 1580 bis 1592, sind genau das, als das wir sie bezeichnen: lost, verloren und warum auch nicht – bei einem kleinen Gauner wie Shakespeare es war. Ja, ein kleiner Gauner. Wir haben seinen Namen gefunden in einigen weniger erfreulichen Dokumenten aus dem London des 16. Jahrhunderts. Bei einem Fall von Epressung wird er mit anderen schrägen Figuren zusammen als Täter genannt. Wer weiß, was unser Dr. Landhaus wieder erfinden wird, aber aus seinem Vortrag, hier gehalten, beim Symposium, vermute ich nichts Gutes: Er soll irgendwie ein gefährliches Leben geführt haben in dieser Zeit, vielleicht als Lehrer in katholischen Untergrundfamilien im Norden geweilt haben, lachhaft – ›vielleicht‹ und er ›könnte‹ und ›wahrscheinlich war er‹ sind die Worte ohne die die Stratfordianer nicht auskommen!«

Alicia beobachtete ihn aufmerksam. Der ganze Mann bebte.

»Man kann keine Biographien über ein Phantom schreiben!«

»Wir haben die Stücke!«

»Ja, ein Phantom kommt, wirft die genialsten Werke englischer Sprache hin und verschwindet ohne ein Zeichen an die Nachwelt? Der Mann, der kein einziges Buch besaß? Dafür aber eifrig in Stratford Grundstücke kauft und verkauft und Gelder eintreibt? Nein, nein, unser Shakespeare war einer, der Stücke schrieb, die bei Hofe aufgeführt wurden, mit einer Fülle von Anspielungen auf lebende Personen und Ereignisse, Stücke, die kichernd und flüsternd aufgenommen wurden, deren Seitenhiebe man verstand. Nur ein Adeliger konnte das erreichen Aber er durfte es nicht! Andere vielleicht, aber nicht e r, der die Sympathie der Königin genoss. Die Stücke, anonym noch, kamen an. Es musste ein Autorenname her und damit ein Strohmann – der clevere junge Kerl vom Land, kam da gerade recht. Ein gewitzter junger Bursche, ja, aber kein Genie. Für Oxford muss es hart gewesen sein – diese Trennung von seinem Werk. Er mag noch viel in der Schublade gehabt haben, das er an seinen Strohmann gab, der es im Laufe der Jahre, auch als Oxford schon tot war, fertig stellte und herausgab. Diese Dinge liefen damals anders als heute.«

»Und jetzt?«, unterbrach ihn Alicia, »Warum sitzen wir hier?«

»Weil man den Tatsachen ins Auge sehen muss – es ist alles so logisch. Drei Jahrhunderte lang hat man wie besessen geforscht, in Schlössern und privaten Haushalten Dachböden durchsucht, nur enttäuschende Dokumente ausgegraben, Fresken freigelegt, die nichts gezeigt hatten. Und doch – Es hat sich keine Verbindung zu diesem Mann und einem der größten literarischen Werke der Weltgeschichte herstellen lassen. Ein möglicherweise skrupelloser doch verschwiegener, junger Mann im Theatergeschäft des von Pest und ständiger Umsturzangst geschüttelten unruhigen London, beliefert die aufstrebenden Theater mit Stücken unter dem praktischen Markennamen Shakespeare. Er beliefert sie mit Stücken, die er vielleicht ein bisschen bearbeitet hat, doch deren Grundmaterial von jemand anderem stammt – jemand, der wollte, dass keine Fragen gestellt wurden.«

»Das werden viele nicht glauben!«, sagte Alicia und ließ eine schnaufende Frau vorbei, die einen Mond aus Plastik mit sich herumschleppte. »Fürs Enkele, des guckt so gern nuff!«, seufzte sie und ließ sich am Nachbartisch nieder. Kaum vorstellbar, w i e egal es ihr war, wer die Stücke von Shakespeare geschrieben hatte.

»Lassen Sie uns offen reden, Herr Manteuffel«, sagte Alicia, »durch einen wahrscheinlich für Sie unglaublichen Zufall hat Alexandra Hunold einen Beweis für die Verfasserschaft Edward de Veres gefunden. Den Beweis, nach dem Sie und die Ihren ein Leben lang suchen!«

***

Er hatte sich ein wenig gewehrt. Doch dann hatte er es zugegeben.

»Ja, ich kann es bis heute nicht begreifen!«

»Was war es, was sie gefunden hat?«

Er atmete schwer.

Inmitten der quirligen Kantine des Karstadt in Mannheim, mit Blick auf den Paradeplatz und auf den Straßenbahnknotenpunkt weit unter ihnen, gegenüber vom C & A, in dem Alicia und Beate schon als Kinder von der Oma Röckchen und Blüschen bekommen hatten, entfaltete sich ein Wunder der Literaturgeschichte.

»Sie hatte sich intensiv mit ihrer Familiengeschichte beschäftigt. Plante eventuell eine Veröffentlichung. »Eine Hugenottenfamilie in Europa« oder etwas in der Art. Eigentlich recht interessant.«

Alicia sah das Mannheimer Leben um sich, sah H & M und im Hintergrund das Schloss. Alles erschien ihr unwirklich. Plötzlich spürte sie die Vergänglichkeit der Zeit. Sie waren alle nur ganz kurz da, bevor sie verblassten, verschwanden, vielleicht eine kleine Spur hinterließen, die auch bald schwächer wurde und auf der Bühne des Lebens erschienen neue Figuren.

Wozu all diese sinnlosen Kämpfe des Alltags? Die Welt drehte sich mit grausamer Konsequenz weiter so wie die astronomische Uhr im Münster in Straßburg, die niemals stehen blieb.

Manteuffel rührte in seiner Tasse, hob dann wieder den Kopf und fuhr fort:

»Es ist eine fast unglaubliche Geschichte! Und ein Wunder, dass sie erst jetzt …«

»Ach!«, sagte Alicia und warf den Kopf zurück. Ihre Locken flogen. »Diese ganze Sache ist von Anfang bis Ende unglaublich!«

»Ja, aber jetzt geht es weit in die Vergangenheit.«

Alicia seufzte. »Erzählen Sie!«

»Ein Zweig ihrer Sippe waren Hugenotten, die im 16. Jahrhundert in Straßburg lebten. Es waren die Zeiten der religiösen Verfolgungen, die immer wieder in Wellen aufkamen.

Sie hat im Verlauf ihrer Forschungen auch deren Dokumente ausgewertet, die sie sich aus ihrer Familiengeschichte zusammengesucht hatte und dabei einen halb zerfetzten, aber noch leserlichen Brief gefunden, den später ein Lehrer namens Jules Hunaud, im ausgehenden 18.

Jahrhundert an einen Onkel in Orleans gerichtet hatte. Jules war interessiert an der Geschichte des Viertels, in dem er lebte – in Krutenau. Warum er selbst von dem Geheimnis, von dem ich jetzt berichte, nie Gebrauch gemacht hat, weiß man nicht. Und die Briefe sind dann niemals mehr beachtet worden oder man hat die Botschaft nicht verstanden.

In seinen ausführlichen Briefen berichtete er seinem Onkel von den Nachbarn und Freunden und deren Geschichte und Geschichten. Darunter sei auch eine Familie Muller, die im 16. Jahrhundert mit dem bekannten Reformator und Schulgründer Sturmius befreundet gewesen waren. Damals hatten die Leute noch Zeit lange Briefe zu schreiben. Jules berichtete ein wenig ironisch, diese Nachbarn seien höchst vornehme Leute, die ziemlich angeben, wen sie alles kennen oder gekannt haben.

So berichteten sie etwa nur zu gerne, ihre Vorfahren wären vor vielen Generationen eben in jenem Hause von Johannes Sturmius einem Mann vorgestellt worden, einem sehr vornehmen Engländer aus den allerersten Kreisen, der abends beim Wein erzählt hatte, er habe in England Stücke und Gedichte geschrieben. Auf Drängen habe er auch daraus zitiert. Das sei seine große Passion. Die Nachbarn haben wohl ziemlich angegeben mit ihm. Seine Stücke seien nämlich später sogar aufgeführt worden und berühmt geworden, aber unter einem ganz anderen Namen, den jeder kenne. Dieser Adelige habe sich mit der Königin gut gestanden, deshalb auch reisen dürfen, aber sie wollte nicht, dass er Stücke über die Liebe zu anderen schriebe. Der Mann habe sehr anmutig gesprochen und wunderschöne Verse seien einfach so aus seinem Munde geflogen. Er, der verheiratete Mann, habe der Tochter des Hauses den Kopf verdreht und ihr ein kleines Gedichtchen geschrieben.

Diese Geschichte sei in der Familie immer weitererzählt und nie vergessen worden.«

Alicia sah einen Mann vor sich, einen unruhigen Geist, vielleicht einen genialen Geist, der erstickt war von den Konventionen des intriganten Hofes und der – im Ausland – endlich einmal offen über seine Schriftstellerei und seine Träume sprechen konnte, die Zunge gelockert vom französischen Wein.

»Woher wissen Sie, dass es sich um Oxford handelte? Es kann irgendein ein anderer gewesen sein.«

Manteuffel lächelte. »In dem Brief stand, so die Hunold, er sei nicht berühmt gewesen, obwohl man seinen Namen als den einer uralten Stätte des Wissens kenne! Und Oxford war Ende April 1575 in Straßburg. Bei Johann Sturmius. «

Alicia schwieg.

»Es gibt keinen Zweifel. Es handelte sich um Oxford, und der Beweis ist aus dem Mund von Zeitgenossen!«

»Wiedergegeben! Jemand vor 200 Jahren erzählt eine Geschichte, die weitere 200 Jahre zurück liegt.«

Manteuffel schob seine Tasse hin- und her.

»Das Elsass ist traditionell und so sind es die Hugenotten. Familiengeschichten halten lange. Vor allem solche, aus denen sich später noch etwas entwickelt hat. Fragen Sie jeden Historiker. *Oral History* ist unverzichtbar und bietet Erkenntnisse, die man sonst nicht bekommt. Und hier haben wir sogar noch einen handgeschriebenen Brief, dessen Echtheit sie hat nachprüfen lassen. Warum sollte ein Lehrer Jules Hunaud im Jahre 1802 lügen.«

Alicia zündete sich nervös eine Zigarette an, doch vom Nachbartisch trafen sie böse Blicke einer jungen Mutter. »Nichtraucher!«, sagte sie sofort.

Alicia drückte die Zigarette wieder aus. Das Baby der jungen Mutter begann zu schreien.

»Trotzdem – das reicht nicht aus!«

Manteuffel betrachtete sie lange, als überlege er sich, was er sagen sollte.

Schließlich hob er seine dürren Schultern, wodurch er aussah wie ein Rabe, der sein Gefieder schüttelt.

»Es ist auch nicht alles. Dieser Jules hat die Geschichte nämlich auch nicht geglaubt. So haben sie ihm das Gedicht gegeben. Überlassen. Nein, nein, nicht das Original. Sie haben es abgeschrieben für ihn. Das Gedicht … es ist in Wahrheit ein Sonett.«

»Ja und? Haben Sie es gesehen?«

»Nein. Natürlich nicht. Dazu war sie zu klug. Aber sie hat mir die ersten vier Zeilen gezeigt und vorgelesen.«

»Und?« Er lächelte ein schiefes Lächeln.

»Ich kenne seine Werke in – und auswendig. Seinen Klang, seine Wortwahl. Der Rhythmus der Sonette. Unverwechselbar das Reimschema. Es besteht kein Zweifel. Keiner. Und das wird auch jede literaturgeschichtliche Auswertung – Sie wissen das kann man heute mit dem Computer machen – zeigen. Es handelte sich um ein Sonett, das später nicht genau gleich aber ähnlich als Sonett Nummer 82 abgedruckt wurde – und zwar unter dem Namen William Shakespeare. Ich zitiere deutsch *»Ich liebe deine Augen: ein Bedauern Les ich Verschmähter drin; wohl kennen sie dein Herz und tragen Schwarz und scheinen mild zu trauern*!

Das Gedicht für ein trauriges Mädchen in Straßburg, die ihre Heimat hatte verlassen müssen – ein Hugenottenmädchen!«

Alicia schwieg eine Weile.

»Deshalb war sie also öfters in Straßburg. Sie hat versucht, herauszufinden, ob alles stimmt – dass dort wirklich eine Familie diesen Namens gewohnt hat. Dazu muss man mit vielen alteingesessenen Elsässern sprechen.«

Und an dem Tag, an dem ich sie malte, hatte sie ihre Recherchen abgeschlossen, dachte Alicia. Sie wusste, sie hatte einen Beweis.

»Haben Sie ihr Geld geboten für das Dokument!«

Manteuffel schüttelte den zottigen Kopf. »Erst nicht. Ich dachte, sie gibt es mir so – im Dienste der Wissenschaft, aber da hat sie mich ausgelacht. Ja, sie wollte Geld, mehr Geld, als ich ihr zahlen konnte!«

»Haben Sie sie deshalb umgebracht? Weil sie den Beweis gefunden hatte, nach dem Sie ein Leben lang vergeblich gesucht hatten?«

»Was hätte ich davon gehabt? Das Dokument wäre für immer verschwunden gewesen und damit unsere jahrelange Arbeit vergeblich. Es kann nur jemand gewesen sein, der verhindern will, dass es auftaucht. Muss ich deutlicher werden?«

***

Sonntag, 20. 3. 2005 14 Uhr

Frieder Landhaus lachte, aber sein Lachen klang hohl. Er war blass, wie immer und schlecht gekleidet, wie immer. Seine Hände zuckten nervös.

Im Gegensatz zu Manteuffel wollte er sich in der Cafeteria im Torbogen in der Universität treffen, die heute ausnahmsweise wegen eines Erstsemestertages ebenfalls geöffnet hatte, und er hatte auch nicht viel Zeit.

Hektisch fuhren seine Hände über die gelben Resopaltische in dem alten Gewölbe.

»Wir liegen in den letzten Zügen unserer Symposiumsschrift. Sie muss natürlich noch überarbeitet und lektoriert werden. Herrn Manteuffels Einlassungen werden allerdings nur als komische Einlage in unserem Buch erscheinen!«

»Finden Sie es gut, seine Theorie so ganz totzuschweigen.«

»Weil sie einfach lachhaft ist. Lassen wir die zu jener Zeit schwierige Datierungsfrage einmal außer Acht. Gedruckt wurde nicht immer sofort, das ist klar. Niemand zu seiner Zeit hatte einen Zweifel an Shakespeare: Zehntausende sahen ihn auf der Bühne. Er gehörte zu den acht Gründungsmitgliedern der Chamberlain's Men. Er wurde von seinem Bühnenkollegen Robert Greene in einem 1592 erschienenen Werk über das Leben des Schriftstellers neidisch als »upstart crow« bezeichnet, der versuchte die Bühne zu erschütten. Shakescene.

Und noch etwas – würde sich ein zweitklassiger Schriftsteller wie William Davenant als Shakespeares Sohn ausgeben, um sich damit interessanter zu machen. Er behauptete, er sei das Ergebnis einer Liebesaffäre Shakespeares mit einer Kneipenwirtin, die ein Gasthaus auf halber Strecke des Kutschweges von London nach Stratford betrieb. Würde er das getan haben, wenn Shakespeare ein ›Niemand‹ gewesen wäre? Und das war 1616, nach seinem Tod!«

»Dennoch – es ist ein Beweis aufgetaucht! Ein starker Beweis. Das wonach die Fachwelt seit Jahrhunderten sucht. Haben Sie …«

Landhaus lachte sein unfrohes Lachen.

»Sie umgebracht? Um dies zu verhindern?«

Er starrte Alicia an. Die blickte ihn ungerührt an.

»Ja, ja, diese Dame, sie hat es mir angeboten. Genaueres weiß ich nicht über den Inhalt. Natürlich wollte sie Geld. Ich war enttäuscht von ihr. Wenn ich sie umgebracht hätte, um das Auftauchen des Dokumentes zu verhindern

– ich hätte doch niemals mehr ernsthaft an meiner Shakespearebiographie arbeiten können. Ich hätte sie niemals mit gutem Gewissen auf den Markt bringen können, daraus vorlesen, mich zitieren lassen. Schließlich bin ich kein Scharlatan sondern ein seriöser Wissenschaftler. Nein, nein – ich glaubte sowieso nicht an ihr Dokument. Ein Brief, der eine Episode erzählt, die vor zweihundert Jahren geschehen war. Im Straßburg des tiefsten Mittelalters – ich bitte Sie. Und ein Gedicht, das man erst einmal sehen musste. Die damalige Zeit hatte ihre eigenen Bilder, ihren typischen Klang, ihre Sprache. Nachahmer und Vorgänger wird es immer gegeben haben. Zuerst hätte man das Dokument verifizieren müssen und das wäre noch ein langer Weg gewesen. Diese Hunold war eine berechnende und unsympathische Frau – den Täter muss man am Theater suchen. Einer von denen, die sie gnadenlos kritisiert hat, hat sie umgebracht.«

***

Sonntag 20. 3. 2005 gegen 16 Uhr

Das angedrohte Treffen mit Fisher um vier Uhr in dem kleinen Park neben dem Kurpfalzgymnasium musste natürlich vor Beate verheimlicht werden. Dies wurde dadurch erleichtert, dass Beate sich um sechs Uhr für eine Stunde mit einer Freundin verabredet hatte. So würde sie vielleicht auf andere Gedanken gebracht und würde nicht mit besorgten und misstrauischen Fragen an ihrer Schwester kleben.

Sie fragte nur: »Was machst du heute Mittag!«

»Ich habe etwas zu erledigen. Schließlich geht das Leben

weiter! Und heute ist Sonntag. Verkaufsoffen. Einmalige Chance.«

»Was hast du zu erledigen. Etwas, das mit unserem Fall zu tun hat. Ich sollte informiert sein, vor allem, wenn dir etwas passiert!«

»Mein Gott, Beate, du bist ja schlimmer als eine Ehefrau! Lass mich, bitte!«

Beate hatte daraufhin beschlossen, die Wohnung endlich österlich zu schmücken. Schon vor Wochen war sie im Mann Mobilia nahe der Vogelstang herumgestrichen und hatte Dekorationen eingekauft. Beate liebte Dekorationen und eine heile Welt, die von Weihnachtsengeln oder Osterhasen bevölkert war.

Fisher saß auf einer Bank. Es war mild geworden. Als er Alicia kommen sah, stand er höflich auf. Bei ihm wirkte Höflichkeit wie eine ironische Beleidigung.

Er bot ihr keine Hand an, vermutlich wollte er sich die Ablehnung ersparen. In gespielter Besorgnis musterte er ihr Gesicht: »Sie sehen etwas abgespannt aus. Lange Nächte?«

»Lassen Sie das! Das geht Sie nichts an!«

Er lachte. »Etwas höflicher könnten Sie schon sein!«

Sie zuckte die Achseln.

Ein Penner schlich vorbei.

»Und – was hat Ihr Treffen mit Herrn Rosen ergeben!«

»Er war es nicht. Er hat auch kein rotes Auto, sondern hat sich für seinen Besuch in Schwetzingen einen blauen Citroën geliehen. Was er mit ihr zu tun hatte, ich weiß es nicht, aber er hatte keinen Grund sie umzubringen.«

»Und kein Rauschgift?«

»Nein!«

Sie sah Fishers konzentrierte Miene, sein scharf geschnittenes Gesicht war ernst, seine Augen kalt.

Und sie erkannte plötzlich, wie ernst es ihm war, damit einen Mörder zu finden. Wo der Grund dafür lag und warum er war wie er war, wusste sie nicht. Vielleicht würde sie es eines Tages herausfinden. Ob sie das überhaupt wollte – die Zeit würde es zeigen. Der Gedanke erstaunte sie selbst. Und sie beschloss, ihm noch einmal eine Chance zu geben.

»Er hat sich mit ihr über literarische Fragen unterhalten. In diesem Milieu sollten Sie forschen!«

Er lachte und schüttelte den Kopf.

»Fangen Sie wieder damit an? Schauen Sie mal in die Kriminalstatistik. Ich glaube nicht, dass Sie in ganz Mannheim in den letzten hundert Jahren einen Mord aus literarischen Motiven finden. Dafür haben wir aber Hunderte aus den bekannten anderen Gründen.«

»Und wie ist es mit Geldgier! Schließt sich das mit Literatur aus?«

Er machte eine wegwerfende Bewegung.

»Ich kannte mal einen Schriftsteller. Schrieb Romane. Er lebte vom Sozialamt. Hatte nichts, weswegen man ihn ausknipsen würde. Lohnt sich nicht. Und auch wegen einem Stück von Shakespeare wird keiner umgebracht. Hoffentlich stecken Sie Ihre Schwester nicht an, mit solchen Phantasien.«

»Herr Fisher, Sie sind einfach nur überheblich! Sie wollen die Wahrheit nicht sehen, nur weil sie in anderer Gestalt erscheint als sonst. Wenn Sie Shakespeares Stücke lesen würden, dann könnten Sie einen Ozean an Bösartigkeit darin erkennen!«

»Oh, ich sehe die Wahrheit. Sehr bald, sehr bald greifen wir ihn uns und dann werden wir ein paar nette Stunden mit ihm verbringen.«

»Warten Sie noch ein wenig! Ich will nicht, dass Sie sich in ganz Mannheim lächerlich machen. Dazu haben wir Sie wirklich alle beide zu gern, meine Schwester und ich«, erwiderte Alicia, drehte sich um und ging.

***

Sonntag 20. 3. 2005, Abend

Beate war besser gelaunt nach Hause gekommen. »Es hat gut getan, mal an was anderes zu denken!«, sagte sie. »Ralf hat mich auf dem Handy angerufen. Er bringt Pizza mit und dann reden wir noch mal!«

Alicia dachte, dass diese virtuelle Mörderjagd ihrer Schwester nicht schlecht bekam. Sie sah optimistisch und interessanter aus als sonst.

Fürst erschien gegen acht Uhr. Im Gepäck hatte er zwei Pizzen, die man sich gut zu dritt teilen konnte.

»Gundramsburg hat anfangs wohl nur gewusst, dass sie etwas Wertvolles besitzt. Sie hat ihm gesagt, die Literaturgeschichte müsse neu geschrieben werden. Für eine geschickte Intrigantin und Verkäuferin redete sie ein wenig zu viel, aber ich denke, sie genoss den Triumph. Sie war eine – auftrumpfende Frau. Was es genau war, will er nicht mal geahnt haben. Sie wollte von ihm ein paar Konversationsstunden, aber sie haben auch zeitgenössische Sonette miteinander gelesen: Shakespeare und …«

Fürst fühlte sich anscheinend schon sehr wohl in der Küche der Ahernes. Er ging zum Schrank, holte Zucker und Milch heraus, man trank Kaffee.

»Genau, eines von Edward de Vere. Gundramsburg sagte, er habe keinen Verdacht gehabt, worauf das Ganze hinauslief! Sie sagte, sie wolle ihr Englisch derart aufpolieren, dass sie auch Interviews und Statements im Fernsehen und Radio geben könne. Das sei ihm etwas wunderlich vorgekommen. Aber man habe sich sonst sehr gut verstanden. Aber er will ganz unwissend gewesen sein, worauf das Ganze letztlich hinauslief.«

»Wieso hat er dann Staffords Adresse notiert? Ich habe sie schließlich bei ihm entdeckt.«

Beate sah zu Ralf.

Der verzog ein wenig das Gesicht.

»Er ist ihr nachgegangen. Ja, sagt er, er sei halt auch nur ein Mensch und wenn da ein Stück Kuchen auch für ihn drin gewesen wäre – warum nicht? Er muss sein Geld sehr schwer verdienen, und er ist nicht mehr jung. Stafford und er haben sich getroffen. Und Stafford hat ihm gesagt, worum es ging. Stafford bestätigt das und hat Gundramsburg Geld gegeben, damit er auf Alexandra einwirkt, nicht willkürlich Menschenleben zu zerstören.«

»*Menschenleben zerstören*!«, wiederholte Alicia mechanisch. Das kam ihr bekannt vor. Fisher hatte das gesagt. Fisher, bei welcher Gelegenheit? Ach, das Telefonat, das jemand belauscht hatte. Romans Telefonat mit Alexandra! Roman hatte es also auch gewusst, sie hatte ihn auch erpresst. Und dann die Sache mit dem Auto? Roman – ein Mörder???

»Hey, hörst du noch zu. Gundramsburg, der als Alibi übrigens einen Kinobesuch angibt, sagt, er habe sie nicht umgebracht, denn das sei nicht sein Stil, lieber verhungere er. Stafford hält dagegen, er hätte sie nur zu gerne umgebracht, aber jemand sei ihm zuvorgekommen. Er war noch dabei, das Geld bei den Shakespearefreunden zusammenzukratzen, das sie verlangte. Ohne natürlich den Grund zu nennen und auch ohne Erfolg. Wie er zugibt. Außerdem hat er ein Alibi, wenn auch kein feines. Er hat sich vergnügt an dem Abend, an dem sie ihr Leben lassen musste – nein, nein, er ist nicht schwul, keine Vorurteile, er war in einer gewissen Seitenstraße in der westlichen Neckarstadt und hat mit sich zwei Damen amüsiert, mit einer schwarzen und einer weißen. Gut und böse nah beieinander. Kommt von ihm! Merkwürdiger Humor. Die Polizei hat ihn gar nicht verhört, übrigens!«

»Schlampig, schlampig, der Herr Fisher!«, bemerkte Alicia. »Hat er sich übrigens mal gemeldet?«

Beate schüttelte den Kopf. Ralf griff nach ihrer Hand.

»Was hat Stafford gesagt, dass sein Projekt zerbrochen ist?«

Ralf antwortete.

»Oh, nach dem ersten Schock und nach dem Scheitern seines Bestechungsversuchs hat er sich hingesetzt und nachgedacht. Jetzt sieht er es gar nicht so dramatisch. Der Mann ist Geschäftsmann und Realist. Er hat – kaum hat er von Alexandras Fund gehört – mit seinen Geldgebern gesprochen und man hat angedacht, ein leeres Fabrikareal in London zu kaufen, auf der anderen Seite der Themse, da wo früher die Theater standen. Man könnte dort einen Themenpark aufbauen. »Two men and a secret: the greatest literary mystery of all times!!«

»Sagt er. Ob das aber stimmt?«

»Wir können nichts beweisen und nichts entkräften. Sowieso nicht. Wir können nur nachdenken.«

»Auf jeden Fall sollten wir noch mal mit Beatrice sprechen. Möglicherweise hat sie ihr irgendwas erzählt. Wir brauchen einen Hinweis auf die Geheimzahl.«

»Morgen habe ich einen Termin mit Frau Liebling ausgemacht. Wir gehen mit ihr im Löwen in Seckenheim essen. Schließlich ist sie die Einzige, die das Dokument gesehen hat! Vielleicht erreichst du Beatrice und sie kommt noch einmal nach Mannheim!«

»Ich denke schon, dass sie Zeit hat. Sie ist allein stehend und macht nicht den Eindruck, als ob sie ein reges, gesellschaftliches Leben führt. Danach hätten wir alle Informationen!! Ohne Unterstützung der Kripo, die das Recht hat, Beweise vorzulegen und Verhöre zu führen, kommen wir nicht mehr weiter.«

Die drei sahen sich an.

Und jeder hatte ein Geheimnis vor dem anderen.

Würde es ein tödliches Geheimnis sein?

11

Kann wohl des großen Meergotts Ozean dies Blut von meiner Hand rein waschen – Nein! (Macbeth, 2. Akt, 2. Szene)

Montag, 20. 3. 2005, Mittag.

Wenn ein geselliger Mensch plötzlich ungesellig wird, gibt es Klagen.

So bei Alicia.

»Du hast niemals mehr Zeit für uns, oder was? Uschi und ich denken, du bist also doch verliebt. Wer ist es, gestehe! Jos? Harry und die anderen fragen schon dauernd nach dir.«

Syl war rasch vorbeigekommen. Sie war in der Nähe gewesen. Sie hatte eine Privatkundin in der Feldbergstraße, nobles Viertel, die sie sich warm halten wollte und bei der sie immer mal wieder reinschaute, um sich wieder in Erinnerung zu bringen.

Felix mochte Syl gerne, vielleicht sogar lieber als Uschi, weil sie ihm einen Hundeknochen mitbrachte und sah zu ihr auf als sei sie seine große Liebe. Sie kraulte ihn. Ihre Haare waren noch kürzer, sie hatte eine rosa Strähne hineinfärben lassen, in Form eines Herzens. Es sah ein wenig merkwürdig aus, aber beim Theater fällt so etwas nicht weiter auf.

»Und? Gut zu tun? Montags zu Hause? Schwesterlein auch? Na, ihr habt's gut!«

Alicia lachte. »Du doch auch!«

»Ja, aber ich muss heute Mittag ins Nationaltheater. Der Inspizient hat sich total aufgeregt über die Unordnung in den Requisitenkammern. Man findet nichts mehr und jeder nimmt sich gerade raus, was er braucht. Manche schmeißen sogar etwas hinein. Kannst du dir vorstellen«, sie kicherte, »ein Kollege hat bei Harry Weiser zu Hause die weißen Kerzen gesehen, die wir für dieses superkritische Anti-Papst-Stück gebraucht hätten, das dann kurzfristig abgesetzt worden ist. Hat er sich einfach mitgenommen. Hat behauptet, er wolle zu Hause Kerzenanzünden üben. Lachhaft.« Syl streckte sich, akzeptierte einen raschen Kaffee und wies zum Fenster. »Da, ein Sonnenstrahl. Erwischt. Wird Zeit, dass der Frühling kommt. Wie sagt Shakespeare, ›*Nun ward der Winter unsres Missvergnügens.*‹ Sie wedelte mit der Hand, »und so weiter und so weiter!«

Alicia zuckte zusammen. »Wer?«

»Nun, Richard III. Von Shakespeare! Du wirst gelegentlich von ihm gehört haben. Irgendein englischer Provinzschriftsteller!«

Und lachte.

Und wunderte sich, dass Alicia nicht mitlachte.

***

Wieder nach Seckenheim. Rechts grüßten die großen Supermärkte mit halbleeren Parkplätzen – sie sahen verlassen aus, denn am Wochenende hatten die Käufer sich und ihre Geldbeutel erschöpft. Links begleiteten saftige, leuchtendgrüne Wiesen den Neckar, der sich wie ein breites, blaues Band Richtung Odenwald schlängelte.

Hunde, vor allem große, spielten ausgelassen miteinander und jagten sich so als sei es ernst.

Seckenheim selbst war auch heute Morgen dörflich, die Häuser konnten mit ihren großen Hoftoren nicht ihre Herkunft als Bauernhäuser verleugnen, auch nicht wenn ein Mercedes darin stand.

Alicia war es recht, dass man sich wieder im Gasthaus *Löwen* traf. Die Französin in ihr ging gerne gut essen. Die Speisen ein wenig anders aussehen zu lassen, als man sie gewöhnt war.

Vor dem Hotel wartete mit allen Anzeichen der professionellen Ungeduld bereits eine Frau, der der Name Liebling wie aufgedruckt schien. Auch wenn sie vermutlich alles andere als ein Liebling war.

Dennoch war Alicia von der Kunsthändlerin überrascht, denn sie war winzig klein, höchstens 1,55. Automatisch schied sie für sie damit zumindest als Mörderin aus, denn Alexandra Hunold war ziemlich groß gewesen und hatte zumindest nicht unsportlich ausgesehen.

Auch hatte sie sich die Händlerin in Sachen Kunstgeschichte jünger vorgestellt, doch trotz ihrer Winzigkeit hatte sie durchaus etwas Imponierendes an sich.

Sie war sehr elegant gekleidet, in einem Stil, den sie wohl der alterslosen Pariserin nachgebildet hatte, ihre Lippen waren dick und kräftig geschminkt, ihre Augen vogelartig.

Die Frauen reichten sich, ohne Sympathie zu heucheln, die Hände. Ralf erhielt nur ein würdevolles Nicken.

»Gehen wir hinein!«

An einem Vierertisch in einem kleinen Nebenraum sei »man ungestört« verkündete Frau Liebling. Es war offensichtlich, dass sie häufig Gespräche führte, bei denen man ungestört sein musste. Sie bestellte sich einen Wellnessalat mit Croûtons und Nüssen und empfahl Gleiches auch den anderen.

Die Frauen gehorchten. Ralf verzehrte dagegen ungerührt ein Rumpsteak. Männer konnten in jeder Lebenslage Rumpsteaks verzehren, dachte Alicia. So wie sie auch besser schlafen können und überall ... nun ja.

»Tja!«, eröffnete Frau Liebling das Gespräch, denn es war nur zu offensichtlich, dass sie sich das Heft nicht aus der Hand nehmen lassen würde. »Es ist schon traurig, was mit der armen Frau Hunold geschehen ist, aber ich empfehle meinen Verkäufern immer, die Dinge nicht auszureizen.«

»Und Sie meinen, sie hat das Spiel überreizt!«

Die Dame nickte, ohne dass sich viele Härchen auf ihrem Kopf bewegt hätten. »Offenbar. Sonst wäre sie ja nicht tot, oder? Sie hätte den Verkauf der Ware mir überlassen sollen. Ich habe viele potente und seriöse Kunden, nicht nur im Mannheimer und Frankfurter Raum. Aber das Objekt war natürlich auch international interessant! Wir haben eine Expertise, nein, nein – keine Namen. Aber sie hatte keine Geduld, wollte selbst ein wenig lieber Gott spielen und das geht fast immer ungut aus.« Frau Liebling senkte ihr kleines Näschen in ihren Salat.

Die drei sahen sich an.

»Das Objekt!«, meinte Alicia dann und schob sich eine kleine Tomate in den Mund. Sie schmeckte köstlich süß. »Das Objekt, Sie haben es also gesehen!«

Frau Liebling presste die roten Lippen energisch zusammen. »Ich verhandele nicht über Ware, die ich nicht gesehen habe!«

»Woraus bestand sie?«

Jetzt zeichnete sich so etwas wie ein Lächeln auf Frau Lieblings Gesicht ab. »Darüber spreche ich nicht!«

»Aber Frau Hunold ist doch tot! Es gibt niemanden mehr zu schützen.«

»Vielleicht. Aber die Ware ist noch da! Und ich spreche nie. Das ist mein Grundsatz und deshalb werde ich geschätzt.«

»Doch keiner kann an die Ware heran. Außer vielleicht der Polizei, die den Safe mit Gewalt öffnen könnte, wenn Herr Fürst zustimmt oder sich meldet – ich weiß nicht, wie da die Rechtslage ist, und dann ist sie sowieso wertlos! Alexandra hat sie Herrn Fürst nicht in ihrem Testament vermacht – er führt nur den Safe für sie!«

Frau Liebling wusste Bescheid.

»Die Staatsanwaltschaft müsste der Meinung sein, ermittlungsrelevantes, beziehungsweise eindeutig überführendes Material läge dort – sonst gehört der Tresor Herrn Fürst, doch ohne die Nummer niemandem! Oder dem Erben. Was der damit macht weiß niemand. Vielleicht steht auch ein Vermächtnis im Dokument selbst.«

Alicia zuckte mit den Achseln und fühlte kribbelnde Ungeduld aufsteigen.

»Dann sehe ich wenig Chancen, jemals an das Fach heranzukommen. Die Polizei lacht uns sowieso aus, wenn wir die Geschichte erzählen. Sie haben das von Anfang an nicht ernst genommen. Mord aus literarischen Motiven ist zu exotisch in einer Stadt, in der es meistens um hübsche solide Raubmorde geht. Wer ist denn überhaupt ihr Erbe?«

Ralf Fürst legte Messer und Gabel zur Seite.

»Ihr Cousin auf Mallorca. Ein wohlhabender Immobilienhändler. Er hat keine Ahnung von dem *Schatz* und von der Zahl, die zu ihm führen könnte. Das hat sie mir selbst gesagt.

Er wäre also verloren gewesen. Das ist die Politik dieser Bank. Bei den zusätzlich mit Zahlenkombinationen gesicherten Safes kann nur und ausschließlich der Kenner dieser Nummer dran. Das müssen vorher alle unterschreiben! Der Halter des Fachs und der Deponierende. Die Polizei kann nicht an das Fach, außer vielleicht wenn sie mich damit des Mordes überführen könnte. Aber ich habe sie nicht umgebracht. Warum sollte ich?

Wer Nummer *und* Kennzahl hat, ist automatisch der Besitzer des Inhaltes. Unabhängig davon, auf wessen Name das Fach läuft. Das ist in manchen Fällen manchen unserer Kunden sehr recht. Es gibt da sehr viele Fälle, die nicht wollen, dass ihr Tod bedeutet, dass ihr Schließfach geöffnet wird!« Er grinste

Frau Liebling nickte, als kenne sie auch einige solcher Leute und sah gelassen in die Runde

»Eines Tages wird unsere Ware wieder auftauchen, nicht wahr Herr Fürst. *Sie* haben den Schlüssel. Und außerdem, solche Dinge verschwinden eigenartigerweise niemals für immer. Nennen Sie es so etwas wie das Weltgewissen. Seit den Zeiten von Jesus Christus. Oder noch davor. Denken Sie an Qumran und die Schriftrollen vom Toten Meer. Tut mir leid, Verschwiegenheit ist mein Geschäftsprinzip!«

»Uns fehlt die Zahl, um den Tresor zu öffnen! Möglicherweise hat sie dort hinterlegt, mit wem sie verhandelt hat. Derjenige der sie umgebracht hat, wollte das Dokument, o d e r dass es niemals gefunden würde!«

Frau Liebling zuckte die Achseln. »Die Zahl kenne ich natürlich nicht. Aber vielleicht findet Herr Fürst sie im Laufe seines Lebens heraus – er ist ja noch jung – dann wird er sich an mich wenden, nicht wahr? Es soll sein Schaden nicht sein.«

»Wir sind übereingekommen«, erklärte Ralf Fürst säuerlich, »das Dokument der Wissenschaft zu übergeben. Eventuell kann man aus der Geschichte als solches einen kleinen Profit herausholen!« Er sah äußerst frustriert aus, als er dieses Wort aussprach. Wie viel lieber wäre er an das ganz große Geld gekommen. Die Autos fahren, die er verkaufte. Wie gerne. Alicia betrachtete ihn nachdenklich. Sie selbst war wie ihr Vater. Geld bedeutete ihr nicht allzu viel – Lebensfreude alles. Und Liebe? Wieder fühlte sie den Schmerz.

Frau Liebling lachte.

»Das tut weh, was Herr Fürst. Also, ich habe die Ware gesehen, sie scheint echt und sie stieß bereits bei meinen ersten Sondierungen auf lebhaftestes Interesse. Sie hat keinen materiellen Wert als solches, aber sie erschüttert die Theaterwelt und dies ist ebenso viel Geld wert wie Mozarts Grab! Sie hätte das Ganze mir überlassen sollen. Doch als sie hörte, dass ich, nun, nicht ganz billig bin, wir wollen jetzt nicht über Prozentsätze sprechen, ist sie offenbar noch eigene Wege gegangen. Dieses Shakespearesymposium war ihr Tod, wenn Sie mich fragen.«

Alicia nickte. Sie winkte dem Kellner. »Noch einen Wein, bitte!«

»Haben Sie irgendeine Vorstellung über das Passwort? Es nützt Ihnen nichts, wenn Sie es uns verheimlichen, denn Herr Fürst hat den Schlüssel. Wir könnten Sie an dem Geld, das die Presse bezahlen wird, beteiligen.«

Beate sah immer unbehaglicher drein.

Sie arbeitete schließlich immer noch bei der Kriminalpolizei, kämpfte um ihre Weiterbeschäftigung und verhandelte hier mit einer schmierigen Kunsthändlerin über Beweismittel, die in die Hände der Polizei gehörten. Ihr Herz schlug, wenn sie an gestern Abend dachte. War es richtig gewesen, was sie getan hatte?

»Nein. Wie viele Versuche haben Sie?«, erkundigte sich Frau Liebling routiniert in Ralf Fürsts Richtung.

»Drei. Und die sind schnell vergeben. Alexandra war zu raffiniert für ein schlichtes Geburtsdatum oder für eine Hausnummer. Oder etwas dergleichen. Deshalb hat es keinen Sinn, damit anzufangen. Raten bringt nichts.«

Er seufzte und wischte das Blut mit Weißbrot von seinem Teller.

»Und wenn ich bei drei Versuchen gescheitert bin, ist das Fach für immer versiegelt. Es wird fünfzig Jahre aufbewahrt, dann ungesehen vernichtet. Das ist Usus bei dieser Bank. Ein bei bestimmten Kreisen sehr geschätzter Usus!«

Alicia nickte. »Sehr interessant. Und dennoch wollte Alexandra Hunold, dass es möglich war, dass man die Nummernkombination irgendwann herausfindet. Sie wollte nicht, dass wenn ihr etwas zustößt, das Dokument für immer verschwunden bliebe. Dafür war sie zu sehr mit dem Theater verbunden. Und dieser Triumph in ihren Augen, als ich sie in Straßburg traf. Solch ein Gefühl stirbt nicht mit einem. Das bleibt. Sie wollte, dass es irgendwann gefunden würde. Deshalb denke ich auch, dass sie irgendjemandem einen versteckten Hinweis gegeben hat. Ihnen Herr Fürst?«

Er zuckte die Achseln. »Ich denke seit Tagen an nichts anderes. Aber es fällt mir nichts ein!«

Frau Liebling, für die Zeit erkennbar Geld war, sah auf ihre Uhr. »Sie werden mich entschuldigen. Über eine solche Zahl weiß ich nichts. Wenn sie den Safe öffnen, denken Sie an mich. Ansonsten – für mich ist die Sache leider abgeschlossen. Kein Interesse mehr!«

Frau Liebling stand auf, strich mit einer eher beiläufigen Geste über ihren Rock, obwohl der gar nicht zerknittert war und sagte: »Vielen Dank für die Einladung!« und weg war sie, einen Hauch Chanel hinterlassend.

Da fiel Alicia noch etwas ein. »Frau Liebling?«

»Ja?« Die Kleine drehte sich um.

»Übrigens, an eines haben Sie noch nicht gedacht.«

Frau Liebling wartete und sah aus wie ein gepflegter Pudel.

»Sie haben die Ware gesehen. Wenn der Mörder das erfährt und wahrscheinlich weiß er es schon – sind Sie in Lebensgefahr!« Eleanor Liebling lächelte ein beinahe trauriges Lächeln.

»Damit lebe ich schon viele Jahre, Mademoiselle. Und deshalb kenne ich trotzdem diese Zahl nicht. *Und keiner wird sie jemals erraten können!!«*

***

Montag, 21. 3. 2005.

Beatrice Hagedorn trug den gleichen Mantel wie beim letzten Mal. Sie sah auch ansonsten unverändert aus – sie gehörte sowieso zu den Frauen, die wahrscheinlich nicht altern, sondern verblassen wie ein Foto, das zu lange in der Sonne gelegen hat.

»Es ist sinnlos«, sagte sie, »noch einmal werde ich nicht nach Mannheim kommen. Heute ist das letzte Mal. Es tut zu weh. Alexandra ist tot, ich bin wieder einmal alleine und muss schauen, dass ich eine andere allein stehende Dame finde, die ab und zu mit mir essen geht oder einen kleinen Bummel macht. Und man kann ihren Tod nicht aufklären. Es gibt Todesfälle, die nie geklärt werden.«

»Aber nicht dieser!«, stellte Alicia fest. »Der oder die Täterin wollte etwas ganz Bestimmtes. Und damit wird er oder sie sich verraten. Wenn wir das Dokument haben, dann wird er sich zeigen. Vielleicht nicht gleich, aber irgendwann. Es wird etwas in Bewegung kommen!«

Beatrice schüttelte den Kopf. Biss die ohnehin schmalen Lippen zusammen.

»Ich habe die ganze Zeit darüber nachgedacht. Warum hat sie ihre Pläne nach Kassel zu gehen so plötzlich geändert. Und was wollte sie im Käfertaler Wald? Es war zu spät zum Joggen.«

Schweigen am Tisch. Von den anderen Tischen klang gedämpftes Gemurmel.

»Sie hat mich am Abend zuvor angerufen. Es gefiele ihr ganz gut in Mannheim, nur die Natur vermisse sie. Wenn sie jogge, würde sie an den Rhein gehen. An die Uferpromenade im, wie nannte sie das Viertel noch gleich? Almenhof. Sie liebte den Rhein. Und alle Städte am Rhein. Mainz, da war sie auch mal für eine Spielzeit, Mannheim und auch Straßburg.«

Es war Kaffeezeit.

Man hatte sich in dem Café, welches zur Kunsthalle gehörte, getroffen.

Es war jetzt wirklich mild, man konnte endlich draußen sitzen. Der Autoverkehr flutete geschäftig rund um den Wasserturm. Auf den Grünflächen hinter dem Mannheimer Wahrzeichen kugelten die Kinder wie verfrüht fallengelassene Ostereier herum. Es waren viele schwarzgelockte Kinder darunter. Multikulti musste nicht verordnet werden – es war in Mannheim längst angekommen.

Sie sah auf die Uhr. »Ich nehme den Zug um 18.11. Viel Zeit bleibt nicht!«

»Hat Alexandra jemals irgendeine Zahl erwähnt, die eine besondere Bedeutung für sie hatte. Der Geburtstag ihrer ersten großen Liebe? Die Nummer ihres allerersten kleinen Autos, irgend so etwas. Sie besaß ein wertvolles

Dokument, das wissen wir inzwischen, ein Dokument, das für die Theaterwelt wichtig ist. Um es zu finden, brauchen wir eine Zahl. Hat sie jemals irgendeine Andeutung gemacht.«

Beatrice sah zwei kichernden, jungen Mädchen in bauchfreien T-Shirts nach. Ihr Blick war dabei ausdruckslos. Doch ihre Hände wirkten nervös. Auf ihrer Stirn glitzerte Schweiß. Diese innere Unruhe war Alicia schon letztes Mal bei ihr aufgefallen.

»Nein. Alexandra war sowieso überhaupt kein Zahlenmensch. Sie war ein reiner Wort-und Verstandesmensch. Und einer, der auf Bilder reagierte. Ihre Daten für diese Familienchronik, an der sie so unglaublich eifrig arbeitete, hatte sie alle im Computer gespeichert. »Ich kann mir nichts merken, nicht meine EC-Nummer, nichts!« Das hat sie oft gesagt. Sie konnte sich auch Telefonnummern nicht behalten, musste sich alles aufschreiben. Sogar ihre eigene Handynummer. Ihr Telefonbuch und ihre Notizbücher, die in der Wohnung waren, sind aber alle bei der Polizei. Nur dieser Zettel, den ich Ihnen gegeben habe – für den sich der junge Polizist nicht interessiert hat. Den habe ich noch, aber da steht außer den Dingen, die Sie gesehen haben nichts drauf.«

Den Zettel hatte Alicia schon so oft umgewendet, dass er ganz dünn geworden war.

»Und sie hat niemals eine Anspielung gemacht, wenn sie etwas vergessen hat, wie sie sich Dinge merkt!«

»Nein. Über so etwas spricht man ja auch nicht, oder? Mit einer Freundin? Wir hatten andere Themen. Sie hat nur einmal gesagt, seltsam sei, dass sie beim zwanzigsten April immer an Hitlers Geburtstag denken müsse, und dass sie sich kaum den Geburtstag ihrer Mutter merken könne, aber den eines Scheusals sehr wohl! Aber wahrscheinlich hätte man von diesem Tag in der Schule mit solchem Abscheu gesprochen, dass man ihn eben einfach nicht vergessen könne.«

Fürst seufzte. »Also, wir können es morgen probieren, aber ehrlich gesagt, kann ich mir nicht vorstellen, dass sie Hitlers Geburtstag als Zahlencode genommen hat!«

Beate war immer stiller geworden in letzter Zeit. Sie war auch auffallend blass. Alicia verstand sie und fühlte wieder einmal Mitleid.

Emotional war das alles zu viel für ihre Schwester, die nicht robust war, sondern sehr sensibel.

»Seid mir nicht böse!«, sagte Beate. »Mir ist nicht gut. Ich gehe kurz nach Hause, ich muss mich hinlegen!«

»Du siehst schlecht aus! Ich bringe dich nach Hause!«

»Nein, nein, bleibt noch bei Frau Hagedorn. Vielleicht fällt ihr doch noch etwas ein. Obwohl – ich glaube nicht, dass noch etwas dabei herauskommt!« Sie seufzte. Wahrscheinlich hatte sie Angst vor morgen. Wenn sie das Dokument nicht aus seinem Schließfach befreien konnten, dann müssten sie morgen mit Fisher reden. Morgen wäre sie vielleicht schon arbeitslos.

***

Als Beate gegangen war, kehrte grüblerisches Schweigen am Tisch ein.

Alicia betrachtete ihre Umwelt und fühlte sich müde.

Gut gekleidete Menschen mittleren und älteren Semesters, meist frühe Rentner, strebten auf die Kunsthalle zu, die heute auch montags geöffnet hatte. Ein kultivierter Tag mit moderner Kunst, danach noch ein Kaffee mit Blick auf die Jugendstilanlage und die herrlichen Häuser um den Platz wartete auf sie. Sie sahen zufrieden aus. Man konnte viel unternehmen in Mannheim. Von den Litfasssäulen grüßte eine schwarze Maske mit dem Wort Pompeji herunter. Da waren sie bestimmt alle schon gewesen. Und wenn mal gar nichts los war, in den Museen, warum nicht ins Planetarium gehen?

Alicia liebte diesen Platz auch. Immer hatte sie sich gewünscht in einer der beiden Wohnungen zu wohnen, die in den Kuppeln der beiden Häuser waren, welche die Einfahrt in die Augustaanlage bildeten.

Das Gespräch mit Beatrice ergab tatsächlich nichts mehr.

Obwohl sie wirklich nachdachte. »Ich sage doch, sie war kein Zahlenmensch. Meine Telefonnummer hat sie sich auch nicht merken können obwohl sie einfach ist: 344334.«

»Gerade so einfache Nummern vergisst man leicht. Und im Zusammenhang mit Shakespeare hat sie auch niemals eine Zahl erwähnt?«

Beatrice zeigte Zeichen deutlicher Ungeduld. »Wir haben gar nicht über Shakespeare gesprochen. Niemals. Sie war gar nicht so besonders interessiert an ihm. Ich habe ihnen doch schon erzählt – sie liebte die Franzosen und dort eher das moderne Theater. Ach, das bringt doch alles nichts. Sie sind die selbsternannten Hobbydetektive. Warum überlassen Sie der Polizei nicht diese Arbeit? Ich fürchte Sie werden sowieso scheitern.«

Mit diesen Worten stand sie auf. Ihre Miene war verbittert. Sie hatte das Wort scheitern wie jemand ausgesprochen, der es nur zu gut kennt.

»Ich denke nicht, dass wir uns noch mal sehen.«

Fürst und Alicia sahen ihr stumm nach wie sie ging. Gerade, steif und unendlich traurig.

»Nicht mein Typ!«, sagte Fürst. »Verklemmt. Ich wette die säuft heimlich!«

Oder etwas anderes, dachte Alicia plötzlich. Oder etwas *anderes*. Und dachte an die winzigen Rauschgiftreste in Alexandras Blut. Es könnte sein. Sie schüttelte den Gedanken ab, er machte sie traurig.

Dann wandte sie sich wieder Fürst zu.

»Was ist denn Ihr Typ? Ach so – jetzt fällt es mir wieder ein. Die brasilianische Tanzmaus."

Fürst grinste. »Reines Paprika. Mein Gott, die wusste, was sie wollte. Leider wollte sie vor allem eine Aufenthaltserlaubnis. Aber, die Nächte mit ihr waren es wert. Dunkel, feurig und von brennendem Willen. Ich glaube, es war dieser unbedingte Wille, der mich so fasziniert hat.«

Alicia spürte plötzlich den intensiven Wunsch alleine zu sein.

Sie hatte alles so satt. Sie waren nur Hauptfiguren in einer Farce. Keinen Schritt kamen sie weiter, konnten nicht mit der Kraft ihres Geistes eine Nummer finden, aus Milliarden von Zahlenkombinationen, deren Logik nur und alleine im Kopf von Alexandra Hunold gewesen war.

Plötzlich hatte sie Lust, etwas ganz anderes zu tun. Schwimmen, Tanzen, Tennisspielen. Oder mit jemand zusammenzusein, der nicht nur über Frau Hunold sprach.

Von ihrem Handy rief sie Uschi an und hatte Glück. »Kann ich kurz bei dir vorbeikommen?«

Erleichtert legte sie auf.

Fürst fühlte sich abgehängt, schien ein wenig enttäuscht. »Machen Sie halt auch irgendetwas. Gehen Sie ins Kino oder gehen Sie in den Herzogenriedpark. Um acht Uhr bei uns – für ein kurzes Schlussgespräch! Doch dann ist wirklich Schluss. Morgen müssen wir uns an die Polizei wenden. Obwohl wir wahrscheinlich wieder abgewiesen werden. Aber dann ist es wirklich nicht mehr unsere Schuld, wenn ein Mörder unerkannt davonkommt«

Und sie dachte an *Macbeth*.

Nichts auf der Welt konnte mehr in Ordnung sein, wenn ein Mord ungesühnt bliebe.

***

Uschi hatte sich ebenfalls die Haare gefärbt, ein paar blauschwarze Punkte, die nicht abgegangen waren, zierten noch ihre Stirn.

»Macht dich älter. Jemand wie du sollte sich jünger schminken und nicht älter.«

»Ach, Schätzchen. Älter machen ist viel leichter.«

Alicia nickte nachdenklich.

»Hey, was machst du, wo steckst du? Wir hatten doch Stammtisch vorgestern. Sogar der Ringmann und die Kleine waren da. Roman hat kurz reingeschaut, musste aber dann wieder gehen. Irgendein Pressegespräch. Die beiden haben die Bilder gezeigt, die du von ihnen gemalt hast. *Vor der Premiere.* Sehr gut gelungen. Ich denke, da kommen noch ein paar Aufträge. Die Kleine ist ja wirklich süß. Stolz wie ein Kind, dass jemand sie malt und sich Mühe gibt, ihren Charakter zu erkennen, wobei ich denke, in dem Alter hast du noch keinen. Der kommt erst noch. Manch einer ist wahrscheinlich total verliebt in sie, aber ich denke, das dauert noch lange bis die für eine Beziehung reif ist. Wenn überhaupt je – aber sonst ist sie eine echte Künstlerin. Gibt nicht mehr viele von der Sorte. Jos hat auch nach dir gefragt, aber er war stark erkältet. Die anderen waren schlecht drauf. Einsparungen für die übernächste Spielzeit. Rückgang bei den Abos. Aber sag mir, warum soll nur das Theater blühen, wenn die Wirtschaft kränkelt. Und wie geht es dir? Was macht die Liebe? Hast du eigentlich mit Rosen geschlafen?«

»Wie bitte?«

»Du siehst aus als seiest du, wie soll ich sagen … wie eine Jägerin!«

»Was? Ich?«, Alicia lachte, »aber das Wild ist noch nicht erlegt.« Sie gähnte. »Mein Gott, bin ich müde. Uschi – ab nächste Woche habe ich wieder viel mehr Zeit! Ich gehe heim und lege mich hin!«

Beate lag auch und schlief fest. Felix war dabei sein Futter zu sich zu nehmen und grunzte dabei.

»Ach, das riecht mal wieder. Also, im Sommer wirst du auf Trockenfutter umgestellt!«

Alicia ging in ihr Zimmer, schenkte sich einen Pernod ein und strich mit den Fingern leise über die Bücher, die sie ausgeliehen hatte.

Der Earl of Oxford? Kein schlechter Typ. Hatte immerhin durchgesetzt, dass er verreisen durfte. War stolz in seiner Kränkung gewesen, als er erfuhr seine Frau habe ihn betrogen. Kannte kein Pardon mit Leuten, die ihn beleidigten. Schrieb Weltliteratur? Alicia warf seinem Porträt einen Blick zu. *»hast du diese Stücke wirklich geschrieben?«*

Er gab keine Antwort. »Wenn ich eine Zeitreisende wäre«, sagte Alicia, »wenn ich eine Zeitreisende wäre, dann würde ich mich an genau den Tag versetzen, als du in Straßburg warst und dein Geheimnis verraten hast. Du musst es gerne erzählt haben, vielleicht in einer weinseligen Laune, denn zu Hause in England, da sollte es – zumindest offiziell – keiner wissen. Einem netten Straßburger Mädchen hast du deine Wortkunst an diesem Tag preisgegeben und für einen Moment bist du der geworden, der du wirklich warst. Kein Adeliger wie die anderen, die nur um die Königin scharwenzelte, Mädchen verführten, Bärenhatz und Fuchsjagd veranstalteten, beim Würfeln und mit Alkohol die Zeit vertaten. Irgendwann musst du dich immer zurückgezogen haben. Du warst Waise, bist als Mündel in einem anderen Haushalt groß geworden. Wer weiß wie sensibel du warst. Und traurig war für dich der Tag, als du von Straßburg weggehen musstest! Wie sagte Frau Hunold: Traurige Tage kann man sich merken.«

Und nun begannen Alicias Gedanken zu rattern.

De Veres Todestag: Zu offensichtlich, ebenso wie Shakespeares Todestag. Die Zeit, die er in Straßburg verbracht hatte – nicht ein einziger Tag, sondern mehrere. *Ein schrecklicher Tag! Hitlers Geburtstag.*

Doch Hitler? Es müsste etwas mit *ihr* zu tun gehabt haben. Mit ihr als Alexandra. Natürlich könnte sie irgendeine beliebige Zahl genommen haben – der Tag, als sie ihre Unschuld verlor oder irgendetwas von Bedeutung.

Alicia schloss die Augen und schlief langsam ein.

Sie glitt zurück in ihre französische Kindheit, in ihre Schulzeit, sah den Geschichtsunterricht vor sich, Bilder von der französischen Revolution. Auch ein schreckliches Ereignis. Aber bedeutungslos für die Menschen von heute.

Andere Blutströme.

Alicia schauderte.

Wachte auf.

Und wusste plötzlich, welche Zahl Frau Hunold, alias Hunaud, gewählt hatte.

***

Dienstag, 22. 3. 2005, morgens.

Die Oststadt in Mannheim. Zwischen Augustaanlage und Park.

Sehr vornehm. Villen, abgesichert durch Alarmanlagen.

Gitter vor den Fenstern. Große Grundstücke, kaum einsehbar. Dazwischen immer wieder ausgedehnte Gärten und ein paar öffentliche Grünflächen. Mannheims teuerste Wohnlage. So nah an der Stadt und doch eine andere, eine noble Welt. Die zu betreten teuer war. Rechtsanwälte, die man sich nicht leisten konnte. Architekten, die verrückte Sachen wagten und irre Rechnungen stellten, Versicherungen. Banken. Kleine Banken mit in goldenen Lettern gehauenen Namen. Geldadel.

So auch die Privatbank, bei der Ralf Fürst Geschäfte abwickelte. Weißes Portal. Säulen am Aufgang. Eindrucksvoll die anderen Orte, an denen man die Bank ebenfalls noch fand: Frankfurt, Zürich, London. Eine schmiedeeiserne Tafel.

Die Bank lag in einem Garten, der so groß war wie ein kleiner eigener Park.

Ralf hatte sein Auto, einen sehr kleinen, grauen Sportwagen aus seinem Autohaus, am hinteren Ausgang dieses Parks geparkt.

»Wir gehen am besten hier durch den Garten. Wer weiß, wer uns sieht oder beobachtet? Ganz sicher können wir nie sein. Und dann laufen wir um das Gebäude herum zum vorderen Eingang.«

Alicia und Beate nickten.

»Sie werden sehen, sehr nobel der Empfangsbereich! Wer hier Kunde ist, hat es normalerweise geschafft.« Er lächelte ein wenig schief. Aus dem großen Reibach war nichts geworden. Er würde weiter arbeiten müssen – für Provisionen und für die Rente. Und die Spielbank meiden. Und das Pferderennen.

Der hintere Garten schloss sich an einen der vielen kleinen Grünflächen an, die die Oststadt zierten und sie zum bevorzugten Wohngebiet machten. Nur durch ein kleines Eisentor gesichert, das sich zu der ruhigen Nebenstraße öffnete. Die Straßen trugen die Namen von Musikern – es war passend, dass hier Beethoven und Gluck Pate gestanden hatten.

Doch jetzt mussten sie zunächst Einlass durch den Vordereingang finden. Sie umrundeten das flache Gebäude, sogar die Kellerfenster waren stabil mit Eisenstäben gesichert.

Kameras überwachten die Treppe, die zu einer undurchsichtigen, schwarzen Glastür führte. Glas und Sohn war in geschwungenen goldenen Lettern aufgedruckt.

Ralf betrat den Vorraum des Schalterraums, wo ein Mann in einem blauen Anzug wartete und erste Kontrollen vornahm. Nachdem er sich selbst und seinen Ausweis gezeigt hatte, den der Mann so ausdruckslos ansah, als habe er Ralf Fürst noch niemals gesehen. Nachdem auch Alicia sowie eine hochgradig aufgeregte Beate, die zitterte vor Angst, ihre Personalausweise gezeigt hatten sowie ihre Taschen abgegeben hatten, durften sie den Schalterraum betreten, in dem die Atmosphäre einer Kirche herrschte.

Undenkbar, dachte Alicia, dass man hier einen Strafzettel bezahlte, seinen monatlichen Trennungsunterhalt überwies oder sonst etwas Alltägliches tat.

Ein Mann, mit ebenfalls ausdruckslosem Gesicht, geleitete sie nach unten in einen schalldichten kleinen Raum, der mit blauem Samt ausgelegt war. In dunklem Holz mit goldenen Nummern war Schließfach neben Schließfach.

Ralf zeigte den Schlüssel. Die Nummer 129.

Der Mann verglich sorgfältig Schlüssel mit Nummer.

Zog sich dann in den Vorraum zurück. Die eichene Tür schloss sich langsam hinter ihm.

»Also, sollte ich jemals etwas von Wert besitzen«, seufzte Beate, »dann tu ich es hier herein!«

»Schließ doch deinen Lover hier ein. Und hol ihn nur

heraus, wenn du ihn brauchst!« Alicia kicherte, doch sie war auch nervös. So nervös, dass ihre Finger eiskalt waren und ihr Kopf begann zu schmerzen.

»So!«, sagte Ralf mit unterdrückter Erregung. »Jetzt! Drei Versuche!«

Alicia atmete tief durch: »Ich brauche nur einen oder gar keinen!«, flüsterte sie und drehte an der Scheibe.

Sekunden des Wartens. Dann knackte die runde Wählscheibe zufrieden.

Die Zahl stimmte.

»Mein Gott!«, flüsterte Beate. »Unglaublich! Wie bist du da drauf gekommen? Sag es mir?«

Alicia fühlte wie ihr ganz schwindlig wurde. Die Anspannung ließ nach, ihre Knie wurden weich. Sie atmete tief durch.

»Sie hat diese Andeutung über Hitlers Geburtstag gemacht. Dass man sich solche Schreckenstage, von denen man in der Schule höre, eher merken könne als gute Tage. Sie war wie besessen von ihrer hugenottischen Familiengeschichte und nur durch sie hatte sie das Dokument gefunden. Welches ist der Schicksalstag der Hugenotten. Im Grunde weiß es jedes französische Schulkind: das Datum der Bartholomäusnacht, der 24.8.1572, als mindestens 15.000 Menschen starben. Sie hat die wichtigsten Zahlen genommen und die Hunderterstelle weggelassen, so wie man es ja auch oft im Alltag macht: 24872. Es war ein Risiko, aber es hat sich gelohnt.«

»Mein Gott, meinst du, sie hat Beatrice absichtlich davon erzählt?«

»Ja. Einer musste irgendetwas wissen. Wahrscheinlich hat sie es noch deutlicher gesagt, aber Beatrice hat dem keine Bedeutung zugemessen. Sie hat nicht viel Phantasie. Und nicht viel Mitgefühl. Und dein Fisher sagt, die Freundin weiß nichts. Ich habe ihm gesagt, Freundinnen wissen immer etwas! Sie hätte nur richtig zuhören müssen.«

»Hör bitte sofort auf, auf ihm herumzuhacken. Er könnte auch dein Leben retten!«

Alicia sah Beate argwöhnisch an – welch eine merkwürdige Bemerkung – doch Ralf Fürst unterbrach.

»Können wir mal mit dem Gerede aufhören und endlich aufmachen!«

Das Fach öffnete sich langsam.

Zunächst einmal war sein Inhalt enttäuschend.

Das Dokument war nur ein brauner, länglicher Briefumschlag und darunter ein modernerer Zweiter, auf dem in einer klaren Handschrift geschrieben stand: ›Echtheitsanalyse!‹ Zwei weitere kleine Papierumschläge.

Die alles verändern sollten, woran Menschen glaubten, die Shakespeare liebten.

Alicia wagte kaum sie zu berühren. Manteuffel. Stafford. Landhaus. Roman. Was hätten sie dafür gegeben?

Ralf streckte die Hand nach ihnen aus, doch Alicia legte sanft ihre Finger darauf.

»Ich!«, sagte sie.

Jetzt ging alles wie im Märchen. Alicia hatte das Gefühl, die Welt nur noch hinter Glas zu sehen. Der Boden unter ihr war weich wie Gras.

Ralf musste unterschreiben.

Zweimal. Er bekam seinen Ausweis zurück.

Dann gehörte das kleine Paket aus unscheinbarem Papier ihnen.

Langsam verließen sie die Bank, wendeten sich um die Ecke des Gebäudes, liefen auf den gepflegten Garten hinter dem Haus zu. Die Sonne ließ den Rasen grell aufleuchten, die Vögel sangen als sei ihnen das alles ganz egal. Ein Eichhörnchen erschrak. Es war eine eigenartige Stimmung. Wie auf einer Bühne, dachte Alicia plötzlich. Dies ist ein Bühnenbild. Und ein kalter Schauer lief ihr über den Rücken. *Man sagt, die Erde bebte fieberkrank* – der Macbeth. Es war hier wie dort. Schottland im Mittelalter, eine Bühne in Mannheim.

»Jetzt wissen wir immer noch nicht, wer sie umgebracht hat!«, sagte Beate beinahe erstaunt.

Sie liefen an einem stillgelegten Springbrunnen vorbei, öffneten wieder das kleine Tor, welches knarrte und ein wenig hakte und betraten den kleinen Park, der sie zur Straße zurückbringen sollte. Unweit stand das Auto. Alicia hielt das Paket in der Hand. Ralf hatte noch einmal danach greifen wollen, doch sie hatte es nicht hergegeben. Sie würden es jetzt anschauen und dann würden sie beraten. Ihr Herz jagte schmerzhaft.

Der kleine Sportwagen war bereits in Sichtweite, als eine eigenartige Stimme hinter ihnen sagte: »Gebt mir die Umschläge!«

Alicia fuhr herum, Beate schrie auf. Das Eichhörnchen witterte Böses und verschwand.

»Wer, was?«

Aus dem Schatten eines Busches trat die eher unförmige Gestalt einer alten Frau. Sie trug eine sehr weite Hose und einen großen, schwarzen Anorak. Den Hals verdeckte ein Schal, die Augen eine Brille. Eine gespenstische Erscheinung.

Die Stimme klang blechern und scheppernd. Es war eine Stimme wie aus der Hölle.

»Gebt mir das Paket!«, sagte das Wesen noch einmal mit seiner seltsamen Stimme.

»Nein, aber wieso?«, rief Beate. »Wir werden um Hilfe rufen.«

»Nein, das werden Sie nicht!« Jetzt erschien eine graue,

kleine, gefährliche Waffe in behandschuhten Händen. Es waren grüne Samthandschuhe und sie kamen Alicia sehr bekannt vor. Sie hatte sie schon einmal gesehen. Wo? Wo?

»Geben Sie es mir, geben Sie es mir. Ich reiche es ihr weiter, geben Sie es mir!«

Ralf riss Alicia das Bündel aus der Hand.

»Lassen Sie das. Nehmen Sie ihre Hände weg!«

»Ralf, du hast es uns …«

Ralf nahm das Paket, er sprang in Richtung seines Autos, die vermummte Gestalt folgte ihm ebenfalls mit weiten Sprüngen. Die nutzlose Brille fiel herunter.

»Gib es her!«

»Nein. Wir nehmen es zusammen!«, schrie Ralf. »Zusammen! Das hast du mir …«

»Ich will es haben. Niemand wird es sehen! Es wird für immer verschwinden. Es ist Lüge, es ist Verrat.« Ein Schuss fiel und noch einer. Seltsam, dachte Alicia noch, ich dachte immer Schüsse sind lauter.

Die Szene war wie in einem surrealistischen Film.

Alicia und Beate standen da, starr, wie gelähmt, so als gehörten sie nicht zu dieser Szene dazu. Irgendwann hörten sie nur noch einen Schrei, einen Schuss und das Letzte was sie sahen, bevor Polizisten die Szene erstürmten, war wie Ralf zu Boden sank, das Dokument fest an sich geklammert. Aus seiner Brust schoss helles Blut wie eine Fontäne, sie färbte langsam aber unaufhaltsam das Papier, und atemlos sahen Alicia und eine zitternde Beate zu, wie ein nasser, sich beinahe auflösender roter Papierklumpen vor seine Füße fiel. In Sekundenschnelle war jedes Wort, das dort einmal gestanden haben mochte, vernichtet.

Die ältere Frau befand sich im Griff der Polizei. Ihre runzligen Züge waren im Hass verzerrt.

»Mein Gott, wer, wer hat ihn erschossen!«

»Wissen Sie es?«

Von irgendwoher war Fisher erschienen, wie ein Geist. Er schien trotz allem gelassen wie immer.

»Ja!«, sagte Alicia erschüttert, »ich weiß es. Es war Isabella Verbicki. Mein Gott, es ist so klar. Brennender Wille. Den hatte sie wahrhaftig. Karrierebesessen wie er. Ralf war ihr total verfallen.« Alicia schluchzte, Beate zitterte und murmelte nur: »Mein Gott, mein Gott!«

»Und das Auto im Käfertaler Wald. Es war das ihrer Mutter, nicht wahr? Roman leiht sich immer Autos. So hat er sich damals auch ihrs geliehen.«

»Hätte er doch sagen können!« Fisher schüttelte den Kopf und sah ungerührt zu wie eine tobende, kratzende Frau zum Auto geschleppt wurde. Bald würde man ihr Make-up abwaschen oder abkratzen und darunter würde die makellose Schönheit erscheinen. Von wem? Ja, von wem?

Von einer beängstigend perfekten Lady Macbeth. Hätte man es nicht von Anfang an wissen können? Im Hintergrund begannen sich kleine, entsetzte Trauben von murmelnden Passanten zu bilden.

Alicia bemühte sich das Zittern in ihren Beinen zu unterdrücken.

»Er ist eben ein Gentleman. Der Mann aus dem Osten – nun mal ein Kavalier, Herr Fisher, ein Begriff, den sie nicht erkennen würden und wenn er Ihnen in die Teetasse fiele. Wieso wussten Sie überhaupt von unserem Treffen?«

Fisher lächelte arrogant. »Sie haben sich wieder ganz gut erholt, was? Das geht schnell bei Ihnen! Und was das betrifft, meine Liebe – ich habe meine Informanten in Ihrem Haushalt!!« Beates zitternde Unterlippe versuchte sich zu einem Lächeln zu verkrümmen.

Alicia spürte wie die Enttäuschung ihre Erschöpfung überdeckte.

»Das war alles nur gespielt! Euer Streit! Beate, du hast ihn über all unsere Schritte informiert! Oh, Dieu, ich hätte es eigentlich merken sollen! Als ich gestern heimkam, war Felix Futter noch frisch. Es stank noch. Du konntest also noch gar nicht so lange geschlafen haben. Ihr habt euch getroffen und sie hat alles …«

»Und du dachtest, er liebt mich nicht mehr!« Beate atmete tief durch. »Hab ich meinen Job jetzt sicher, Peter? Ich meine, das lief doch wirklich gut.« Und versuchte kokett zu lächeln, was wie immer misslang. Fisher sah sich um, gab ein paar knappe Anweisungen und betrachtete dann Beate nachdenklich. Sein Mund kräuselte sich zu jenem ironischen Lächeln, das er wahrscheinlich nicht einmal in seiner Todesstunde ablegen würde. Alicia betrachtete ihn stumm.

»Wir werden sehen – ich könnte mir denken, dass der Chef über eine Verlängerung von deinem Jahresvertrag um ein weiteres Jahr nachdenkt, aber wir müssen natürlich prüfen, wie sich unsere Zusammenarbeit weiterhin entwickelt!«

Alicia konnte nicht mehr an sich halten.

»Beate, ich will, dass du weißt, was dieser Mann …«

Fisher legte ihr eine Hand auf die Schulter. Ganz leicht nur.

»Und es ist gut so, wie es ist, nicht wahr? Wir wollen, dass Beate glücklich ist, nicht wahr?«

Fishers Augen wanderten über Alicias Gesicht.

Und ein weiteres Mal gab sie ihm nach.

Sie lehnte sich gegen einen Baumstamm.

»Aber nie wieder. Niemals wieder!«, sagte sie leise.

Im Hintergrund tönten Lautsprecher der Polizei. »Bitte weitergehen! Gehen Sie bitte weiter!«

Jetzt rollte eine Maschinerie ab, die man im Film sieht und die in Wirklichkeit viel weniger romantisch war.

Fotoapparate blitzten auf, Kreidestreifen wurden gezogen, Absperrungen aufgestellt. Handys klingelten und Wagentüren schlugen. Uniformierte machten Bemerkungen, eine Polizistin mit einem Block strebte in Richtung des vergitterten Einsatzwagens, in dem die Mörderin saß.

»Der arme Rolf. Ist er tot? Welche Frage, kein Mensch kann das überleben. Warum aber Isabella?« Beate sah Fisher an, als wisse nur er die Wahrheit.

Er zuckte die Achseln. »Sie wird es uns schon sagen! Wir haben viel Zeit mit ihr!«

Alicia stieß sich von ihrem Verhör ab. »Das kann ich Ihnen auch ohne Verhör sagen. Sie war krankhaft ehrgeizig, von ihrer Mutter auf Erfolg gepolt, gnadenlos. Von Kindheit an.

Die Lady Macbeth, das war ihre große Chance. Vielleicht die Einzige bei der heutigen Stellensituation. Käme das Dokument ans Licht, würde das Stück vielleicht oder sogar ziemlich sicher zunächst auf Eis gelegt. Romans ganzer Zyklus würde nicht gespielt werden, oder wenn, dann eben nicht so. Sie wusste durch Roman von dem Dokument. Sie hat Alexandra in den Käfertaler Wald gelockt. In Mannheim aufgewachsen, war er ihr vertraut – als Ort für heimliche Treffen und schwierige Gespräche. Sie wusste auch, dass der ›Karlsstern‹ geschlossen war. Hat die Todesanzeige der alten Wirtin gesehen. Sie hat dort angerufen, um sicher zu gehen. Eine Männerstimme und einen englischen Akzent nachzumachen, war für sie eine leichte Übung. Doch sie hatte den Mord nicht hundertprozentig geplant. Sie wollte erst einmal mit ihr verhandeln. Das Dokument sollte verschwinden, zumindest bis nach ihrem Triumph als kindlich böse Lady Macbeth.

Verhandeln, aber ganz alleine.

Alexandra kannte den Käfertaler Wald auch – sie hat sich dort mit Stafford getroffen, vermute ich. Wahrscheinlich auch mit Manteuffel. Ich habe das Feuerzeug bei ihm gesehen. Sie hat mit allen verhandelt. Wer würde ihr mehr Geld geben? Nicht für die Veröffentlichung des Dokumentes – für sein Verschwinden. Oder für die Behauptung, es selbst entdeckt zu haben, wie in Manteuffels Fall. Oh, es wäre die Erfüllung seines Lebenswerks gewesen – der lächerliche, kleine, erfolglose Rufer in einer Wüste von Stratfordianern.

Sie fuhr ahnungslos bis vorne an den Tierpark.

Isabella hat gesagt, sie wolle noch ein wenig joggen, sie komme zu Fuß.

Und ihre Verkleidung? Wie sie ihr die erklärt hat. Oh, sie hat doch bekanntlich immer für ihre Rollen geübt.

Sie plante zunächst, Alexandra Geld zu bieten oder an ihre weibliche Solidarität zu appellieren. Alexandra lehnte alles ab. Wahrscheinlich hat sie sie sogar ausgelacht. Um es deutlich zu sagen, sie war ein arrogantes Miststück.

Man ist ein wenig spazieren gegangen. Weg vom Hauptweg. Zum Kinderspielplatz. Es war schlechtes Wetter, kein Mensch war zu sehen. Alexandra blieb hart. Hat sich möglicherweise provozierend auf eine Schaukel gesetzt. Dann hat sie vielleicht geschaukelt, ist wie versehentlich gestürzt und als sich Alexandra über sie beugte, hat Isabella sie mit dem Kinderspringseil erwürgt, das sie in ihrer Tasche hatte. Sie hat es mitgenommen, im Theater, um zu üben – aus der alten Requisitenkiste fürs Kindertheater.

Sie hat andauernd geübt. Und das Hüpfen eines kleinen

Mädchens, das sie als Lady Macbeth beherrschen sollte, das ließ sich so am besten üben. Sie war übertrieben ehrgeizig.

Und das Erwürgen?

Oh, das war auch eine Szene, die sie kannte, eine Bewegung, die ihr von der Bühne vertraut war. Das Seil war ideal. Es war klein und doch kraftvoll genug, das konnte sie in ihrem Jogginganzug verstecken. Wahrscheinlich hat sie es dabei gehabt und zumindest die Möglichkeit in Betracht gezogen, Alexandra damit zu bedrohen. Hätte sie etwas Größeres oder eine verdächtige Tasche dabei gehabt, wäre Alexandra gewiss misstrauisch geworden.«

»Aber ein Springseil, genau so wie man es im Theater benutzte, das war doch verdächtig?«

»In dem Stück kommt kein Springseil vor, aber sehr wohl ein Kinderdegen und ein Hampelmann. Dafür hat die Requisite eben jene eigene, kleine Kammer. Mit Kinderspielzeugen. Dort hat sie ein solches Seil gesehen und ist auf die Idee gekommen ihren hüpfenden Schritt zu perfektionieren. Roman hat mir erzählt, sie springt wie ein kleines Mädchen. Sie konnte es herausnehmen, ohne dass es jemand merkte. Und die Herkunft des Seiles war für die Polizei niemals nachvollziehbar. Wahrscheinlich hat sie das Hüpfen und Springen wie eine Verrückte geübt. Um perfekt zu werden. Sie war übertrieben perfektionisch. Ich wusste, dass sie übt. Als ich sie bei Roman sah, hatte sie einen Degen dabei und eben einen Hampelmann! Und das Xylophon.«

»Woher wusstest du das mit dem Auto?«, fragte Beate, in deren Gesicht sich allmählich die Enttäuschung malte, dass nicht sie alle diese Dinge herausgefunden hatte. »Man hat niemals ein Auto bei ihr gesehen!«

»Als sie für das Porträt bei mir war, hat sie gesagt, sie

fahre das Auto von ihrer Mutter. Es stand aber nicht vor dem Haus, obwohl dort ein Parkplatz gewesen wäre. Das hat mich erstaunt. Ihre Mutter sei perfektionistischer als sie, hat sie mir gesagt – immer passe alles in ihrer Kleidung bis ins kleinste Detail. Und als sie sich ein Tempotaschentuch herausholte, sah ich ein erdbeerfarbenes Schlüsseletui. Ich habe mir nichts dabei gedacht, die Zusammenhänge werden mir jetzt erst klar. Sie kam natürlich gar nicht in das Fahndungsraster, da sie offiziell gar kein Auto hatte, und außerdem war sie sowieso nicht verdächtig. Und die Mutter erst recht nicht, obwohl die vielleicht die wahre Schuldige ist. Übertrieben ehrgeizig.«

Alicia warf einen vielsagenden Blick auf Fisher, an dem solche Spitzen aber offenbar vollkommen vorübergingen.

»Und wie kommt Ralf ins Spiel?«

»Er hat sie über Alexandra kennen gelernt. War fasziniert von dieser neuen Welt und diesen Frauen. Er hatte wohl etwas mit ihr, aber sie hat ihn nur benutzt. Auch sie wollte nur an das Dokument – das Dokument finden! Sie wollte ihn danach umbringen und das Schriftstück vernichten. Aber sie wollte es natürlich nicht vor den Augen der Polizei tun. Nicht seine Geldgier, seine Leidenschaft für einen bestimmten Frauentyp hat ihn getötet. Und das Dokument – es ist verloren, unrettbar. Stafford wird sein Shakespeare Memorial bauen, Landhaus seine Biographie schreiben, Roman sein Stück aufführen, mit der zweiten Besetzung und Manteuffel wird weiter nach dem Beweis suchen.«

»Wäre es anders verpackt gewesen, hätte man das Dokument lesen können. So – im Blut ertrunken der Beweis. Rettungslos verloren. Wie sinnbildhaft. Sogar für einen unromantischen Bullen wie mich ein hübsches Ende. Wir sehen uns nachher auf dem Präsidium für das Protokoll!«

»Was war mit den Drogenresten in ihrem Blut?« fragte Beate. »Das hätte uns alle beinahe auf eine falsche Spur geführt!«

Fischer zuckte die Achseln. »Für uns nichts Neues. Auch in den Kreisen der sogenannten Bessergestellten ist man nicht gefeit davor, sich das Leben ein wenig zu verschönen, um mit dem alltäglichen Leistungsdruck oder einer aufkommenden Panik vor dem Älterwerden und der Einsamkeit fertig zu werden. Sie und wahrscheinlich Beatrice haben es manchmal getan. Nicht oft. Nicht so, dass es auffiel. Woher sie es hatten? Da gibt es viele Möglichkeiten. Das werden wir vielleicht nicht erfahren. Uns hätte es tatsächlich beinahe in die Irre geführt! Aber – nun kennen wir ja das wahre Mordmotiv!«

Eine Weile herrschte Schweigen.

»Kann man also einen Mordfall nur mit dem Kopf lösen?«, fragte Beate müde.

»Mit dem Kopf und mit modernster Technik!«, sagte Fisher und machte eine Handbewegung Richtung Auto.

Beate und Alicia stiegen ein. Alicia drehte sich noch einmal zu ihm um.

Er sah ihr direkt in die Augen.

»Und mit dem Herzen!«, sagte er, bevor er die Autotür zuschlug.

ENDE

Weitere Krimis finden Sie auf den folgenden Seiten und im Internet: www.gmeiner-verlag.de

Friederike Schmöe
Fratzenmond

277 Seiten, 11 x 18 cm, Paperback.
ISBN 3-89977-675-5. € 9,90.

Privatdetektivin Katinka Palfy wird von der 76jährigen Ida Schenck um Hilfe gebeten. Angeblich schleicht allabendlich ein als der berühmte „Bamberger Reiter“ verkleideter Mann um ihr Haus und jagt ihr Angst und Schrecken ein. Katinka glaubt zunächst an eine etwas zu üppige Fantasie der alten Dame, doch als sie sich im Garten auf die Lauer legt, wird Ida Schenck zur selben Zeit in ihrem Haus ermordet …

A. Thadewaldt / C. Bauer
Kreuzkönig

325 Seiten, 11 x 18 cm, Paperback.
ISBN 3-89977-678-X. € 9,90.

In einem Wald wird ein auf außergewöhnlich grausame Weise ermordetes Paar gefunden. Die blutige Art der Hinrichtung wirkt auf Hauptkommissar Frithjof Arndt wie eine große Inszenierung. Noch ahnt er nicht, wie nah er mit seiner Vermutung an der Wahrheit liegt ……

KRIMI IM GMEINER-VERLAG

Claudia Puhlfürst
Dunkelhaft

470 Seiten, 11 x 18 cm, Paperback.
ISBN 3-89977-672-0. € 9,90.

In einem lichtlosen Verlies erwacht die sechzehnjährige Helene aus tiefer Bewusstlosigkeit. Im ersten Moment glaubt sie an einen Albtraum. Der Albtraum erweist sich jedoch viel zu schnell als entsetzliche Realität: Sie ist in einem fensterlosen Keller gefangen, sie kann sich nicht erinnern, wie sie dorthin gekommen ist und sie hat keine Ahnung, warum sie hier eingesperrt wurde ...

Ella Danz
Osterfeuer

326 Seiten, 11 x 18 cm, Paperback.
ISBN 3-89977-677-1. € 9,90.

Trude Kampmann wollte das Osterwochenende mit ihren Freundinnen nutzen, um ihnen die Schönheiten ihrer ostholsteinischen Wahlheimat zu zeigen und sie mit eigenen Kreationen aus der Landhausküche zu verwöhnen. Doch die Vorfreude wird getrübt, als auch Margot aus dem Auto steigt, von der sich Trude gewünscht hatte, sie nie wieder zu sehen. Als Margot zwei Tage später, am Morgen nach dem traditionellen Osterfeuerfest, tot im Mühlteich gefunden wird, sind Ruhe und Frieden auf dem malerischen Anwesen endgültig dahin.

GMEINER-VERLAG
www.gmeiner-verlag.de

Alle Gmeiner-Autoren und ihre Krimis auf einen Blick